W0218978

LE COLOC DE MON FRÈRE

De la même auteure dans la collection

New adult addictives

Toxic Games

ISLA A. ROWLEY

LE COLOC DE MON FRÈRE

Luv

À l'Italie, si belle, si colorée, si exaltée…
ce pays qui m'a accueillie pour devenir
l'une de mes deux patries de cœur.

1

Auréa

À peine ai-je franchi les doubles portes automatiques de l'aéroport de Milan Malpensa qu'un cri de joie transperce ma gorge. Lâchant aussitôt mon énorme valise, je me rue dans les bras de mon frère. Ce dernier, un immense sourire aux lèvres, m'enlace avec autant de tendresse que de force. Durant une bonne minute, je profite de nos retrouvailles, de sa présence qui m'a tant manqué. Durant une bonne minute, j'ai la sensation que ces dernières années s'évaporent d'une seule étreinte.

Avant de me souvenir. Doucement, je me recule, puis, soudain, bourre son biceps de coups de poing qui ne lui extirpent qu'un grognement amusé.

– Espèce. De. Petit. Con, je peste entre chaque coup.

– Espèce de chieuse, répond-il en éclatant de rire sans même tenter de me contrer. *Dai*, Auréa ! Tu me chatouilles !

Je me fige, les poings sur les hanches, et ma colère fond comme neige au soleil sous ses yeux verts pétillants. La tête penchée, Énes me couve d'un regard chaleureux et rusé. Ses cheveux blonds, rasés sur les côtés, retombent en mèches plus longues sur le haut de son front, renforçant son allure de… bah, de petit branleur. Bien qu'âgé de six ans de plus que moi, du haut de ses 27 ans, il conserve cet air de sale gosse qui lui attire toujours l'attention féminine, si j'en crois le groupe de filles gloussant non loin.

– *Dai*? je répète. Tu t'es pris pour un Italien?

– Ça fait presque cinq ans que je vis ici. Normal que je prenne quelques habitudes locales, non?

– Mouais, pas la peine de me le rappeler, je grommelle.

– Tu vas m'en vouloir encore longtemps? demande-t-il, plus sérieusement.

Si je lui en veux? Carrément! J'ai vécu son déménagement définitif en Italie comme un réel abandon. Ce qui devait n'être qu'un voyage estival en Europe avec son meilleur ami s'est transformé en changement radical de vie lorsqu'ils ont décidé de poser définitivement leurs valises ici après être tombés amoureux du pays de la dolce vita. Or, un trajet Chicago-Milan ne se fait pas tous les jours… surtout lorsque nos parents nourrissent également une certaine rancœur envers leur fils. Il faut dire que recevoir un coup de fil la veille du jour où il devait revenir pour s'entendre dire: «Maman, papa, je ne rentre plus» a de quoi blesser. Aussi, mon frère a dû nous rendre visite quatre fois en cinq ans, et toujours en coup de vent. J'imagine que lorsque l'on se trouve soudain libre, loin d'une quelconque autorité parentale, on se laisse pousser des ailes au point de vouloir profiter en oubliant le principal: sa famille. Heureusement, je suis du genre acharnée. Je ne lui ai donc jamais donné l'occasion de couper les ponts avec moi, le harcelant au téléphone, refusant tout net de m'amputer de notre relation. J'adore mon frère, même si, parfois, il peut se révéler bien égoïste.

– Toute ma vie, je rétorque sur le même ton.

– Toujours dans l'exagération, petite sœur. Remarque, tu te fonderas parfaitement dans le paysage, comme ça.

Alors que je lève les yeux au ciel, il en profite pour enrouler son bras autour de mon cou, puis m'attirer contre lui.

– On y va, ou tu comptes me faire une crise en plein aéroport?

– La crise, je te la garde pour plus tard. J'emmagasine des forces avant. Par contre, faut qu'on passe récupérer mon bébé. Huit heures de vol, il doit être dans un sale état, mon pauvre amour.

– Parce que tu l'as emmené? s'exclame Énes en se reculant.

– Je n'allais quand même pas venir sans mon chaton!

– *Chaton?* On parle d'un dogue allemand de presque soixante-dix kilos!

– Et? Il reste et restera toujours mon chaton d'amour!

Après un long soupir, a puis récupère ma valise pour ensuite attraper ma main et me tirer derrière lui.

Une bonne demi-heure plus tard, je me sens enfin complète. Oui, je sais, c'est ridicule, mais mon chaton – Blue, de son vrai nom, en référence à la couleur de sa robe – m'est essentiel. Il m'a été offert par Énes lui-même, la première fois qu'il est revenu à la maison après sa décision de s'installer de l'autre côté de l'océan. Et je crois avoir fait un léger transfert sur mon chien qui partage depuis chaque instant de ma vie. Ou presque. À moitié groggy sur sa couverture étalée sur le chariot à bagages, mon chaton se laisse traîner jusqu'au parking extérieur. Le soleil du mois d'août nous écrase de chaleur. L'humidité alourdissant l'air tapisse ma peau d'un voile pas franchement agréable. Mais je m'en fiche. Je suis avec mon frère. Loin de ma vie sur le campus de Brown, où je suis un cursus scientifique en vue de devenir vétérinaire. Prête à bouffer chaque seconde de cette nouvelle année avec avidité et passion.

Une fois Chaton installé dans le coffre duquel mon frère a retiré la plage arrière, nous partons enfin.

Enfin.

– N'empêche, ricane Énes en s'engageant dans la file de voitures qui s'extirpent de l'aéroport, j'aurais aimé être là lorsque tu as annoncé la grande nouvelle aux parents.

– Je t'avoue m'être sentie un peu mal, dis-je, une moue chiffonnant mes traits.

– Et pourquoi? Tu as 21 ans. C'est à toi de choisir ta vie, à personne d'autre.

– Certes, je soupire, mais je ne suis pas toi. Et moi, je me préoccupe un minimum de ce que ressentent les personnes que j'aime.

Je risque un coup d'œil sur son profil qui se raidit violemment avant de se détendre à nouveau, presque aussitôt. Un court instant, je m'en veux. Je m'en veux de nourrir autant de rancœur à son égard alors que, comme il le dit, il n'a fait que choisir sa vie. Un soupir barricadé derrière mes lèvres, j'abaisse le pare-soleil, puis m'observe dans le petit miroir. Mes longs cheveux blond très clair forment une sorte de... truc assez informe qui cascade de façon pas du tout sexy sur mes épaules. Les rayons du soleil ont beau caresser mon visage à la peau pâle, celui-ci n'a plus rien de lumineux après mon voyage en avion. Des cernes accentuent mon allure fantomatique. Et un tic poinçonne ma poitrine en repensant aux paroles de maman à propos de mes yeux vairons, l'un vert et l'autre marron. Selon elle, ce n'est qu'une preuve de plus que je suis incapable de me restreindre, de choisir. À l'instar de mon habitude de tout vouloir, mon corps a également «décidé» de ne pas se limiter à une seule couleur. Enfin, toujours selon ses dires...

Je secoue la tête, chasse mes pensées désireuses de me ramener vers la maison, puis me rencogne dans mon siège tout en m'excusant:

– Pardon, Énes. T'as raison, en plus... mais tu n'as pas vu le regard de maman quand je lui ai dit que je voulais faire une pause dans mes études pour prendre une année sabbatique auprès de mon frère adoré.

– Adoré, hein? susurre-t-il avec un air mi-espiègle, mi-arrogant.

– Adoré seulement, car cela fait longtemps que nous ne sommes pas vus, répliqué-je avec un sourire resplendissant. Pas sûr que j'en dise autant après trois jours en ta compagnie.

Puis j'ajoute :

– D'ailleurs, Néoh a dit quoi quand tu lui as parlé de ma venue ?

– Tu le connais, dit-il en haussant les épaules. Du moment qu'on ne l'emmerde pas…

Le connaître ? Auparavant, oui, je le connaissais… quand je n'étais même pas encore une ado et qu'il était toujours fourré avec Énes. Ses parents étant décédés, il a été recueilli par sa tante et son mari à tout juste 5 ans. Seulement, la sœur de sa mère était loin d'incarner le profil parfait du parent. Aussi, dès qu'il le pouvait, Néoh passait le plus clair de son temps à la maison, notre famille devenant également la sienne au fur et à mesure des années.

Depuis que lui aussi a pris la décision de tout plaquer pour s'installer ici, je ne l'ai pas revu. Et, même s'il ne me doit rien, il n'empêche que de passer de tout à… du vide reste perturbant. Douloureux.

– Et puis, renchérit mon frère, il n'aurait jamais refusé que ma petite sœur me rejoigne. Il sait que… tu as mal vécu mon départ.

En déviant légèrement son attention de la route, il m'adresse un clin d'œil qui, d'emblée, me replonge dans une douce euphorie et éloigne cette ombre passagère.

Bien.

Je suis officiellement en vacances prolongées.

Au revoir Chicago. Au revoir New York. Au revoir mes cours épuisants à Brown. Bonjour l'Italie. Bonjour la Dolce Vita et… bonjour les Italiens.

À moi la liberté.

Un énième sourire accroché aux lèvres, je retire mes nu-pieds puis étale mes jambes recouvertes d'un slim en cuir noir sur le tableau de bord. Après un regard en direction de mon pauvre chaton qui peine à sortir du brouillard, je prends enfin le temps d'observer dehors. Un superbe ciel bleu se peint au-dessus de nous, se logeant direct entre mes côtes. Et lorsque nous quittons le goudron de l'autoroute, c'est carrément le soleil qui s'invite au cœur de ma poitrine. Le paysage est juste magnifique. Avec un air de Toscane, bien que nous soyons encore en Lombardie. Des vignes s'étendent et bordent chaque côté de la route, avec des maisons aux couleurs chaudes surplombées de toits en brique rouge. Et puis, le clou du spectacle : le lac de Garde qui ne tarde pas à émerger de derrière les villas. Enchâssées entre des montagnes, les eaux émeraude reposent dans un écrin de verdure, de palmiers ou encore d'oliviers. Les yeux rivés à l'extérieur, je contemple avec un certain émerveillement les différents bourgs pittoresques, ou encore les ports qui se succèdent à mesure que nous roulons. La sensation de plonger dans une carte postale de l'Italie typique constellée de villages à flanc de montagne et surplombant la mer ou, en l'occurrence, l'un de ses nombreux lacs.

Après une bonne heure et demie, nous arrivons enfin à Desenzano, une ville de presque trente mille habitants, l'une des plus habitées du lac, mais surtout l'une des plus animées. Bâtie sur des ruines romaines, elle resplendit. Littéralement. Et, en laissant mon regard se perdre dans ses rues étroites aux différentes couleurs délavées, je réalise avoir bel et bien quitté mon pays. Aussi, quand mon frère se gare près de leur résidence, je n'attends pas un quart de seconde pour sauter hors du véhicule. Aussitôt, la chaleur et l'humidité me retombent dessus, mais, encore une fois, je m'en fiche. Je m'en fiche, car le bruit des cigales résonne à mes oreilles comme la plus douce des musiques. Ça sonne bon le soleil. Ça sent bon le soleil.

Parfait. Juste parfait.

– Alors c'est ici que tu vis depuis cinq ans ? je commente devant la façade d'un immeuble bien plus moderne que le reste de la ville.

– Et ta demeure pour l'année à venir, me répond-il en souriant.

Comme une gamine à qui l'on vient de promettre une rivière de bonbons, je me mets à sautiller de bonheur. Et même après avoir galéré durant dix bonnes minutes pour convaincre Blue de rentrer dans l'ascenseur, je ne parviens pas à descendre de mon nuage de bonheur. Au quatrième étage, Énes me fait une visite guidée de leur appartement, divisé en trois parties. Au centre se trouve un grand salon au style un peu désuet, mais confortable, ainsi qu'une cuisine américaine. De chaque côté, se déploient, à droite, un couloir ouvrant sur une chambre et une salle de bains, puis, à gauche, un autre donnant sur deux autres chambres. Mon frère me dirige vers l'une de ces dernières pour m'inviter à en prendre possession.

– Désolé, Auréa, mais c'est la seule disponible.

– Pourquoi désolé? demandé-je en pénétrant dans la pièce.

– Elle est adjacente à celle de Néoh, et… bref, tu verras, conclut-il en lâchant un ricanement.

Sans tenir compte de sa réflexion, je balaie la déco inexistante de la pièce d'un œil assez dépréciateur. Un lit en bois sombre. Une armoire minuscule en bois sombre. Et… un bureau en bois sombre. Le tout sur un carrelage d'un marron-beige affreux.

OK. Mes premiers achats seront des tapis. Des tapis. Et peut-être encore des tapis.

– Je te laisse t'installer, petite sœur, dit Énes en m'embrassant le front.

Néanmoins, au moment de franchir le seuil, il s'arrête, puis ajoute:

– Auréa, je sais que… je n'ai pas géré en tant que frangin, ces dernières années, mais je te promets de me rattraper.

Une vague irradie mon cœur.

Oui, décidément, tout est parfait.

2

Auréa

Sur le balcon de l'appartement, je profite du soleil, étendue sur une couverture aux côtés de Chaton. Ce dernier, le museau subtilement placé près de ma main, cherche mon attention en lâchant de temps en temps quelques grognements.

– Non, je suis toujours fâchée, je finis par lui répondre.

Énes bosse en tant que concierge dans un hôtel cinq étoiles sur les rives du lac. Il est donc parti aux aurores. Quant à Néoh, je ne l'ai pas vu depuis mon arrivée, la veille. Son boulot d'interprète-traducteur le force souvent à faire des allers-retours entre ici et Bruxelles, ou parfois Londres. Aussi, après une nuit plus que compliquée à cause du *jet lag*, je suis allée me promener avec Blue, ce matin. Les premiers rayons effleurant les eaux du lac sont saisissants de beauté. Néanmoins, je n'ai pas pu profiter du spectacle bien longtemps… Plusieurs « soucis » se sont comme qui dirait télescopés. D'un, la promenade sur les berges est… vraiment sur les berges. Un pas de travers, à certains endroits, et le bain matinal peut se révéler glacial. De deux, mon chaton porte très mal son nom puisqu'il adore l'eau. De trois, rester dans un état apathique presque une journée a rempli sa jauge d'énergie au max. Du coup, je me suis retrouvée avec un monstre de plus de soixante-dix kilos en train de chasser les canards sur leur propre territoire, dans l'espoir de croquer un bout d'aile, avant de repartir en sens inverse lorsqu'un cygne s'en est mêlé et lui a donné un coup de bec. Tout ça sous mes cris désespérés. Résultat, Chaton est revenu, la queue littéralement entre les pattes, pour se planquer dans mon dos. Après, évidemment, s'être bien secoué en arrosant les joggeurs qui ont eu la malchance de passer par là. Mais le pire… le pire n'est pas tout ce que je viens de raconter. Non, le pire fut le retour à l'appart. Je ne pouvais pas le laisser se balader partout, sale comme il était. Je vais faire bref : chien adorable mais têtu, douche minuscule, pelage trempé. Dogue allemand qui flippe devant un simple sèche-cheveux. Chaton géant qui court – moi sur ses talons – et se frotte partout. Absolument partout. Appartement entier à nettoyer.

Autrement dit, je suis vannée. Même ma sieste de trois heures cet après-midi n'a pas rechargé mes batteries.

– Tu fais quoi, là ? maugréé-je quand, lassé de mon indifférence, il abat deux pattes sur mon abdomen.

Un aboiement – malheureusement trop mignon pour mon bien – me répond. Je consens enfin à ouvrir les paupières et une moue tord mes lèvres face à ces deux billes bleues qui me fixent d'un air triste. Un long soupir plus tard, je le grattouille derrière l'oreille avant que monsieur ne prenne ses aises et pose sa tête adorable sur mon ventre.

– Je suis toujours fâchée, Chaton. Toi et moi allons devoir revoir les bases. Hors de question que tu me fasses le même cirque à chaque sortie. Alors, si tu veux reposer une papatte à l'extérieur de ces murs, va falloir filer droit.

Cette fois, un petit grognement contrit vibre contre moi.

– Mouais, je préfère. Mettons cet incident sur le dos d'un effet post-traumatique du voyage en soute, et n'en parlons plus.

– Ah, quand même, se marre soudain une voix grave. Cinq ans sans moi, et ma sœur a viré folle.

Un sourcil arqué, je pivote la tête vers Énes qui, une épaule contre la baie vitrée, me couve d'un regard clairement moqueur.

– Rassure-moi, Auréa, tu n'as pas passé ta journée ici à parler à Blue?

Sans lui répondre, je lève les yeux au ciel et un majeur dans sa direction.

– Allez, va te préparer, petite sœur. Ce soir, je t'emmène pratiquer ton italien.

***

La frontière entre «pratiquer l'italien» et «pratiquer un Italien» est assez subtile, semblerait-il. Plus fine qu'une feuille à rouler. Ou qu'une goutte de *gelato*[1], pour donner dans la couleur locale. Et ce n'est pas le brun qui ondule contre moi, les mains fermement agrippées à mes hanches, qui dirait le contraire. Mon italien – et là, je parle bien de la langue – est loin, très loin même d'être parfait, mais les cours en ligne portent leurs fruits. Je suis capable de saisir plus de la moitié de ce qu'on me dit, et je parviens plus ou moins à me faire comprendre. Bon, heureusement pour moi, je suis Américaine. Vive l'anglais et sa portée internationale. Les doigts du mec, dont j'ai oublié le nom, se referment sur la couture de mon short noir en jean, puis dérivent dans le bas de mon dos, sous mon gilet sans manches en cuir. D'une pression, il soude davantage nos bassins, sûrement afin de me montrer – si tant est que j'en doutais – à quel point… j'éveille son *intérêt*.

Tout à coup, sa bouche vient chatouiller mon oreille, chuchotant un tas de paroles que là, je suis incapable de traduire. Cela dit,

1. Glace.

le langage des corps aussi est international. Or mon instinct me susurre, lui aussi, que l'Italien n'est pas en train de me dicter la recette du tiramisu. Et franchement, ça me va très bien. Je ne lui demande rien de plus que quelques heures.

Sauf que...

Soudain, des doigts accrochent ma nuque pour m'extraire de la chaleur italienne et me retournent contre un torse à la dureté minérale. Dans l'élan, mes mains s'abattent sur une ligne abdominale ferme, mon visage échoue contre un cou à la peau brûlante. Décontenancée durant quelques secondes, je ne bouge pas. N'esquisse pas le moindre mouvement. Perturbée par ce contact. Par ce feu qui semble soudain enlacer la moindre de mes cellules, par ce parfum outrageusement... outrageux.

Néanmoins, je me reprends rapidement, tente de repousser cet inconnu, mais suis de nouveau propulsée contre lui par son bras sur mes épaules. Et, alors que j'envisage sérieusement un autre type de langage international – à savoir mon genou pile entre ses jambes –, sa voix me fige une seconde fois.

– Néoh? soufflé-je, bien qu'il ne semble pas m'entendre.

Une envolée de mots italiens résonne au-dessus de moi. Mots que je ne saisis pas à cause du bordel ambiant. Avant que mon partenaire de danse bafouille un: *«Mi dispiace»* dans mon dos.

Désolé? Désolé de quoi?

Agacée, cette fois, je force Néoh à me relâcher, ouvre la bouche pour lui demander des comptes, et... rien. Je crois que mon esprit se met en mode «bug mental» au moment où son regard sombre me fauche. OK, cinq ans, c'est long, mais là... j'ai la sensation qu'une vie entière me sépare de l'homme qui me fait face. Un homme. Qui n'a définitivement plus rien de l'ado que j'ai connu. J'ignore pourquoi mes yeux se posent en premier sur ses mâchoires carrées mangées par un voile léger de barbe.

Peut-être parce que ces dernières se contractent et tressautent comme s'il retenait une sorte de colère sourde. Une boule au ventre, je renoue avec ses deux iris si noirs que je devine à peine les contours de ses pupilles.

– Néoh?

Un sourire ourle ses lèvres fines, sans toutefois contaminer la dureté de son regard.

– Qui veux-tu que ce soit? ricane-t-il en collant le bordel dans les mèches de jais sur le sommet de son crâne. Je n'ai pas tant changé que ça, piccolina[2].

Putain, si, tu as changé.

Gardant ma pensée pour moi, je me force à sourire, perturbée par ces retrouvailles sans que j'en saisisse la raison.

– Je peux savoir pourquoi tu as fait fuir ce pauvre mec? répliqué-je en indiquant le vide, comblé il y a encore quelques secondes.

– De rien, raille-t-il.

– De rien?

– Tu avais l'air de ne pas savoir comment t'en défaire, dit-il avec un rictus indéchiffrable.

– Il est temps d'aller chez l'ophtalmo si tu confonds «danser» et «se débattre». Ou alors, je vais me poser des questions sur ma capacité à séduire.

– À séduire? se marre-t-il. Mais tu as quoi, 10 ans?

Un vent de colère me fouette les côtes. Durant une fraction de seconde, je ne comprends pas s'il se moque de moi ou pense réellement ses paroles. Cependant, il ne tarde pas à exploser de rire, déployant davantage sa carrure ainsi que… ce truc qu'exsude son corps et que je ne parviens pas à définir. Un truc sombre et obscur… qu'il ne possédait pas lorsque nous étions plus jeunes. D'un revers mental, je me reconnecte avec la réalité.

---

2. Petite.

– Toujours aussi con, à ce que je vois, je ris avec lui.

– Et toujours aussi peste, Auréa.

– Une peste qui va squatter tes murs, alors… sois mignon ou je fais de ta vie un enfer.

– Pitié, feint-il de se plaindre. J'ai déjà assez de ton frangin.

Puis il attrape mon poignet et m'entraîne à sa suite.

– Viens, piccolina. C'est ton premier soir avec nous. Tu séduiras plus tard.

Voilà comment, environ deux heures plus tard, je me retrouve de nouveau sur la piste de danse, mais avec Énes. Nos mains jointes, un taux d'alcool frôlant l'indécence perfusé dans nos veines, nous dansons, sautons, crions, chantons… Bref, nous rattrapons ce temps qu'il nous a volé, ces dernières années. Mais surtout, je souris. Si passionnément que je suis sûre d'avoir des courbatures aux joues demain. Si, si, c'est possible.

Et c'est le seul souvenir que je souhaite garder de cette soirée : mon sourire.

Et…

Ce regard onyx, obscur, qui me dévore au loin, pendant que le reste de son corps est vissé à des courbes féminines. Au loin, mais qui me brûle violemment la peau.

3

Auréa

Quelles étaient les paroles d'Énes à propos de ma chambre voisine de celle de Néoh, déjà? Ah, oui: «Désolé, Auréa.» Il aurait peut-être dû ajouter: «Désolé, Auréa, pour tes futures nuits blanches à écouter un concerto en orgasme majeur, le grincement du sommier comme tempo particulièrement bruyant et désagréable.» Et frustrant, aussi. Si je ne suis pas du genre à retenir mes pulsions, je crois avoir trouvé mon maître. Sept nuits de suite que YouPorn a dû établir son dernier tournage dans la chambre d'à côté. Impossible autrement. N'importe qui de «sain» s'autoriserait au moins vingt-quatre heures de repos…

Un grondement vrombit depuis le panier tout déglingué, sur le sol. Même Chaton sature.

– Chhh, je tente de le calmer. Ça devrait bientôt être terminé.

Une vilaine idée impliquant une porte ouverte à la dérobée et un dogue allemand en quête d'une paire de fesses – pour ne pas dire autre chose – à croquer me vrille le crâne, et tourbillonne jusqu'à ce que je ne puisse plus penser à autre chose. Aussi, avant de céder à la tentation, je souffle un bon coup et me lève. Uniquement vêtue d'une nuisette blanche en coton, Blue sur les talons, je sors dans le couloir, abats un énorme coup de poing sur le bois de la porte voisine – oups! – puis me rends dans la cuisine. Dans la pénombre, j'extirpe du freezer un contenant en polystyrène, prends une cuillère dans un tiroir, et après avoir versé un peu de glace dans un petit bol que je donne à Blue, je me sers. Hissée sur le rebord de l'évier, je ferme les paupières lorsque la saveur des amandes caramélisées explose sur mes papilles. À défaut d'un véritable orgasme, je m'en tape au moins un culinaire. Ou pas... parce qu'il semblerait que même là, Néoh ait décidé de perturber mon moment. Deux ombres se découpent soudain dans mon champ de vision. L'une gloussant et essayant de s'accrocher au cou de la seconde qui, elle, impassible, n'a qu'une hâte: la mettre dehors. Ce qui arrive à peine trente secondes plus tard.

– Connard en plus d'être *serial fucker*, sacré CV, je raille alors qu'il rebrousse chemin en direction de sa chambre.

Aussitôt, je me mords la lèvre, maudis sur cent générations cette tête de mule sous ma peau qui n'a jamais compris que, parfois, il est préférable de se taire. La silhouette de Néoh se fige, puis pivote légèrement dans ma direction.

– Connard? ricane-t-il. J'avais oublié que les temps changeaient... maintenant, lorsqu'une femme collectionne les aventures sans lendemain, elle assume totalement sa féminité. Quant au mec... ce n'est qu'un connard de plus.

– Oh, petit bouchon! Besoin de t'épancher sur cette société si sexiste envers les hommes?

J'observe les contours de sa carrure trémuler sous son rire, puis ajoute:

– Et quand je dis connard, je ne parle pas de tes tendances à vouloir concurrencer un groupe de bonobos, mais du fait qu'elles ont à peine le temps de se rhabiller que tu les fous dehors.

Cette fois, il se retourne complètement et, sans que je puisse voir son expression, contourne le plan de travail pour se planter devant moi.

– En quoi ça te regarde, Auréa?

– En rien, mais je m'inquiète pour ton karma. Je n'ai pas l'impression que tu le soignes.

– Et moi, je n'avais pas l'impression que tu étais du genre à juger aussi facilement.

– Je ne te juge pas, Néoh, je m'interroge. Énes a toujours été un petit branleur adorant collectionner les conquêtes. Mais je me souviens de toi, au lycée, qui est resté accroché à la même fille pendant trois ans.

– Eh bien, répond-il d'une voix dégoulinante de raillerie, la voilà, ton explication. Mon pauvre petit cœur n'a pas supporté de se faire plaquer la veille du bal de promo. Une autre inquiétude dont tu aimerais me faire part, piccolina?

– Pas une inquiétude, un conseil. Arrête de m'appeler comme ça. Je n'ai plus 15 ans, Néoh.

Soudain, l'ombre de son bras se rapproche, frôle ma tempe pour venir allumer la lumière de la hotte située à ma droite. Un halo m'éblouit, puis nous recouvre, ou plutôt me recouvre, parce que sur lui, j'ai plutôt la sensation qu'il se brise pour être avalé au cœur de ses yeux sombres. Yeux qui, avec lenteur, se coulent le long de mes jambes, glissent sur mon abdomen, butent une fraction de seconde sur ma poitrine pour enfin se suspendre à mon regard. Un frisson lèche le creux de mon ventre avant de chahuter violemment mes reins. De me chahuter violemment.

Bordel, c'était quoi, ça?

Je déglutis sous le regard acéré de Néoh, qui se durcit davantage.

– Effectivement, tu n'as plus 15 ans…

L'air encore plus enténébré, il chope le pot de glace sur le rebord de l'évier, puis recule pour caler le bas de son dos contre l'îlot central. Torse nu, seulement habillé d'un pantalon de sport gris, il plonge un index dans la glace, puis le fourre dans sa bouche. Afin de masquer le trouble qui m'envahit, je force une grimace sur mon visage.

– Je n'ose même pas imaginer où tu as mis ce doigt il y a tout juste dix minutes, raillé-je.

– Je te le dirais bien, mais… je m'en voudrais de te choquer, piccolina.

Tout en roulant les yeux, je dresse mon majeur. Ce qui a au moins le mérite d'éloigner ces ombres qui voilaient ses traits. Un sourire ourle ses lèvres, les étire jusqu'à creuser une fossette sur sa joue gauche. Et, malheureusement pour moi, ce feu sorti de je ne sais où qui brûlait dans mon ventre revient à la charge pour se déchaîner au moment où il pose deux coudes sur la surface plane, déployant les muscles de son torse. De sa ceinture abdominale séparée en deux par une ligne verticale. De ce creux au niveau du sternum. Puis de ses pectoraux aux contours secs et déliés.

Déployant ma putain de frustration, ouais.

OK, il est plus que temps que moi aussi, je donne un petit concert a cappella dans ma chambre.

– Pourquoi tu es partie de Chicago ? demande-t-il soudain.

Sa voix fend l'air comme une lame tant elle semble lourde, presque métallique.

– Une envie de… plus. J'en avais marre des cours, de Brown et de cette compétition quasi permanente. Alors j'ai décidé de prendre une année pour souffler, pour… savoir ce que je veux vraiment faire de ma vie. Et puis, Énes me manquait…

Un long silence me répond, s'étire. Silence durant lequel Néoh enfonce ses deux billes onyx dans mes yeux avec… une certaine agressivité.

– Menteuse, lâche-t-il dans un murmure obscur.

Un sourcil arqué, je rétorque.

– Qu'est-ce que tu en sais? Tu crois pouvoir lire en moi comme avant? Tu ne me connais pas, Néoh. Pardon, tu ne me connais plus. Comme moi, visiblement, je ne te connais plus. Parce que celui que j'ai en face de moi en cet instant n'a plus rien à voir avec ce garçon qui, en compagnie de mon frère, menaçait mes petits copains de représailles s'ils me brisaient le cœur.

Un rictus s'empare de sa bouche, barre son visage d'un trait sournois et froid.

– *Visiblement*, c'est toi qui ne m'as jamais cerné. Il faut croire que l'ado que tu étais m'a un peu trop idéalisé. *Tu* as changé, Auréa. Pas moi.

Soufflée, je demeure muette durant quelques secondes, avant de sourire à mon tour.

– Menteur.

Sans émettre un seul son, il se décolle de l'îlot d'un coup de hanche, comble l'espace entre nous pour s'immobiliser à quelques ridicules millimètres de mon corps soudain à vif. D'un geste brusque, il jette le polystyrène dans l'évier, me faisant sursauter. Puis, sans me toucher, il se penche, me recouvre jusqu'à venir chuchoter à mon oreille, d'un ton tranchant :

– Comme tu l'as si justement précisé, tu n'as plus 15 ans, Auréa. Aussi, sois mignonne et habille-toi un peu plus lorsque je suis dans les parages.

Néoh se redresse, me bombarde d'un regard polaire qui, paradoxalement, enflamme mes nerfs. Tandis qu'il opère une volte-face pour rejoindre sa chambre, quelque chose enfle sous ma poitrine.

Oh, que non, il ne me connaît pas! Sinon, il saurait… que je me nourris de provocations.

4

Auréa

– Je suis fatiguée, me lamenté-je en m'échouant littéralement sur un bain de soleil.

Après un footing sur les rives du lac, à l'aube, j'ai rejoint mon frère sur cette plage privée offrant service au parasol et piscine. Grâce à son boulot de concierge, Énes a de sacrés avantages, comme de pouvoir fréquenter ce genre d'endroits à prix très réduit ou encore d'être invité par les restaurateurs en échange d'un mot glissé à ses clients.

– En même temps, personne ne te demande d'aller courir à l'aube, se moque-t-il, sans bouger un seul muscle, depuis son transat.

– Blue a besoin de se dépenser, sinon il va te refaire la déco de l'appart en mode raid aérien. Et puis il fait trop chaud la journée pour mon pauvre bébé. Cela dit…

Je retire mes nu-pieds ainsi que la mini robe qui couvrait mon maillot de bain noir et doré, puis reprends :

– Ce n'est pas mon chien qui me fatigue, mais un autre type de… d'animal. D'animal noctambule un peu trop vorace.

Un sourire se déploie sur les lèvres de mon frère.

– Toi et tes comparaisons animalières, vous m'avez manqué, dit-il en riant.

– T'avoueras, répliqué-je en étalant de la crème sur ma peau trop pâle, que ça lui correspond bien. Sérieux, depuis quand Néoh baise plus que toi ?

Cette fois, Énes éclate de rire tout en plaquant une main sur son abdomen nu.

– Je te remercie de te soucier de ma vie sexuelle, petite sœur. Ou de celle de mon meilleur pote.

Sa tête pivote dans ma direction. De l'index, il abaisse ses lunettes de soleil sur le bout de son nez pour accrocher mon regard.

– Auréa, déclare-t-il d'un ton plus sérieux, parfois, se perdre dans les excès est une façon de survivre. Et, je l'espère, de se retrouver.

Mes paupières se plissent, mon attention ferrée par les mots de mon frère.

– Et pourquoi il aurait besoin de se perdre ?

L'un de ses doigts repliés effleure le bout de mon nez en un geste tendre et, au moment où il ouvre la bouche pour me répondre, une ombre nous recouvre, et réduit Énes au silence. Ce dernier lâche un ricanement, secoue la tête, puis replace ses verres fumés. Quant à moi, je ne retiens pas un soupir contrarié.

– Je vous dérange en plein partage fraternel ? raille une voix sombre.

Sombre comme tout ce qui transpire de lui. Sombre, avec un zeste de… sensualité. Alors que, merde, ça ne devrait pas.

Néoh replie son poing pour le cogner doucement contre celui de mon frère avant de tirer un transat jusque devant les nôtres. Habillé d'un jean et d'un tee-shirt noir malgré la chaleur étouffante, il se laisse tomber sur la toile, pile en face de nous.

– Je lui demandais s'il connaissait ton secret, dis-je d'une voix doucereuse.

Trop doucereuse pour ne pas puer l'ironie. À ma droite, je sens mon frère se raidir violemment, à l'instar de son meilleur pote.

– Quel secret? siffle Néoh, les mâchoires si serrées que j'en ai mal pour lui.

– Bah, pour posséder autant d'énergie, tu as forcément un secret, non? Parce que, perso, je suis épuisée par procuration.

Énes se détend aussitôt quand son ami se contente de hausser un sourcil.

– Ce qu'Auréa essaie de te dire de façon si subtile, se marre mon frère, c'est: «Mec, sérieux, va baiser tes coups d'un soir chez elles.»

– Oh, quelle belle idée! je renchéris en applaudissant. Je n'y aurais jamais pensé seule.

Un rictus rehausse le coin de sa bouche. Le même que celui qu'il m'a offert dans la cuisine, l'avant-veille, lorsqu'il m'a «conseillée» sur ma façon de m'habiller. À cette seule pensée, un élan de colère me fouette les flancs. Pour qui se prend-il? Jouer les mecs paternalistes alors qu'un vide de plusieurs années s'est interposé entre nous? Et quand bien même. Énes ne s'est jamais permis de me faire la moindre réflexion de ce genre. Ce n'est certainement pas lui qui en a le droit. Personne ne l'a, d'ailleurs.

– Je devrais changer mes habitudes parce que tu viens de débarquer? rétorque-t-il, les yeux arrimés aux miens.

– Hum… 27 ans, c'est vrai que ça commence à faire vieux, raillé-je. Difficile d'abandonner ses petites *habitudes* à cet âge, hein?

– Tu vois? Tu apprends vite, piccolina.

– OK, OK, intervient Énes. J'échangerai ma chambre avec celle d'Auréa. Ainsi, nous pourrons tous cohabiter dans le bonheur et une félicité parfaite. Ou presque.

– Non, laisse, le coupé-je. L'avantage d'être jeune, c'est qu'on sait s'adapter…

Je ponctue ma phrase d'un immense sourire éclatant. Puis, sous les yeux assassins qui me font face, je défais l'attache de mon haut de maillot de bain en le retenant sur ma poitrine d'un bras, et me retourne sur mon bain de soleil, mes fesses parfaitement visibles sous le bout de tissu minuscule qui les recouvre.

Du coin de l'œil, j'aperçois mon frère qui dévie d'emblée le regard dans la direction opposée.

– Je vais regretter tes 10 ans et ton appareil dentaire ! s'esclaffe-t-il avant d'ajouter :

– Que des canons, dans cette famille.

Ignorant Néoh, même si j'espère intérieurement qu'il bouillonne de rage, je traite mon frère d'arrogant, puis attrape des écouteurs au fond de mon sac pour les brancher à mon téléphone. Quelques secondes plus tard, « Dirty Mind » de Boy Epic envahit mes tympans pour leur plus grand bonheur. Cependant, dès que je devine la silhouette d'Énes qui s'assoit pour se rapprocher de son pote, je ne résiste pas. Je coupe la musique afin de jouer les espionnes.

– Mec, fais un effort, s'il te plaît, je l'entends parler. Il s'agit d'Auréa, quoi. Auréa. Je ne sais même pas comment tu peux t'envoyer en l'air en la sachant à côté.

– C'est ta sœur, pas la mienne.

Je retiens de justesse une grimace. Déjà parce que son timbre polaire me file une sérieuse envie de le bourrer de coups. Et surtout parce qu'il a craché ces paroles comme si… comme si, effectivement, je ne comptais pas. Certes, nous n'avons eu aucun contact en cinq ans. Certes, il est le meilleur ami de mon frère, pas le mien. Mais merde ! Je ne pense pas exagérer en prétendant que notre passé commun m'octroie au moins le droit au respect. Petit con.

– Écoute, Néoh, je sais que c'est difficile, en ce moment. Je suis très bien placé pour le savoir. Mais elle n'y est pour rien. Tu viens de le dire, Auréa est ma petite sœur. Je me suis coupé d'elle, ces dernières années, et j'aimerais… rattraper les choses. Vraiment. Or, je ne le pourrai pas si je commence à jouer les arbitres entre vous deux. Et puis, putain, c'est Auréa, quoi ! Elle est presque ta sœur également. Pourquoi tu lui affiches ton mode gros connard ?

Un long silence plane entre eux. Et je serais prête à tuer pour pouvoir voir l'expression de Néoh à cet instant.

– Je crois que… je ne sais plus faire autrement.

J'ignore ce qui me blesse le plus. Ses paroles, ou sa voix si basse, si obscure qu'elle semble perdue dans les ténèbres ?

Toutefois, je n'ai pas le temps de m'appesantir davantage sur le sujet, car des mots italiens m'arrivent en rafale.

– *Ehi, ragazzi ! Mi siete mancati alla festa di Michele*[1] *!*

D'instinct, je pivote légèrement de façon à analyser la femme qui vient de parler. Mes yeux butent sur une paire de jambes si longues que j'en ai le vertige, remontent jusqu'à une taille fine vêtue d'un maillot de bain turquoise avec aussi peu de tissu que le mien, avant de, malgré moi, marquer un arrêt sur une poitrine dont le décolleté, là aussi, est juste… vertigineux. Une longue chevelure noir d'encre caresse la cambrure… vertigineuse de ses reins. Quant à la couleur de ses iris… elle est d'un bleu si clair que même les eaux du lac doivent la jalouser. La femme, sentant sûrement que je la mate sans pudeur, dirige son attention sur moi, et me souris avec tant de chaleur et de naturel que… bah, qu'elle me file le vertige.

Ouais, vertigineux sera le mot du jour.

– *Ciao !* s'exclame-t-elle, enjouée, en me tendant la main. *Piacere, sono Malena*[2] *!*

Après avoir cligné des paupières afin de réintégrer la réalité, je rattache mon soutien-gorge, me rassois, puis lui rends son sourire ainsi que sa poignée de main :

---

1. Hey, les gars ! Vous m'avez manqué, à la fête de Michele !
2. Enchantée, je suis Malena !

– *Piacere, io mi chiamo Auréa*[3].

– Oh ! Toi aussi, tu es américaine ! poursuit-elle dans un anglais impeccable.

– C'est ma petite sœur, précise Énes avant de s'adresser à moi et d'ajouter :

– Malena est une influenceuse italienne. Elle vit dans la partie nord du lac, mais vient souvent à l'hôtel.

– Ouais, la partie nord-est magnifique, mais beaucoup moins fun, si tu vois ce que je veux dire, commente-t-elle avec un clin d'œil.

J'ai à peine le temps d'acquiescer de la tête qu'elle se met à agiter son portable sous mon nez.

– Donne-moi ton numéro. Je t'appellerai pour qu'on sorte, si tu veux. Je connais tout et tout le monde, ici ! Et puis… j'imagine que tu ne veux pas spécialement rester dans les pattes de ton frangin.

– Tu sais quoi ? Tu as tout à fait raison, dis-je avec un faux sourire à l'attention de Néoh.

– Cool ! glousse-t-elle en… dessinant un cœur avec ses doigts pour le coller contre sa poitrine.

Malgré moi, je tente un coup d'œil quelque peu paniqué à mon frère qui se marre sous cape. Plusieurs minutes plus tard, durant lesquelles Malena n'a pas cessé une seule seconde de babiller sur tous ceux qu'elle comptait me présenter, elle prend congé, me laissant avec… bah, avec un vertige monstre entre les tempes.

Tandis qu'elle s'écarte légèrement, son corps entier change de fréquence. De gamine excitée, elle mute en… une femme sensuelle et provocatrice. Au moment de frôler Néoh, elle se fige et pose un ongle sur son épaule.

– On se voit bientôt, beau gosse ?

Beau gosse, really ?

3. Enchantée, je m'appelle Auréa.

– Ce soir? répond-il, laconique, sans même la regarder.

– Nan, demain, plutôt. Ce soir, j'ai un dîner.

– Demain, alors.

– *Perfetto, babe*[4]*!*

Puis, en roulant des hanches, Malena s'éloigne. Et, hypnotisée par ses mouvements gracieux, qu'elle n'exagère même pas, la garce, je l'observe jusqu'à ce qu'elle s'évanouisse au loin. Cette fille est… un avion de chasse. Oui, je parle comme un mec, mais il faut avouer qu'elle ne laisse pas indifférent.

– Ouah, je lâche dans un souffle. Heureusement que je n'ai aucun souci avec mon sex-appeal. Il y a de quoi se sentir menacée, à côté.

– Tu veux bien éviter de faire allusion à ton sex-appeal? ricane Énes. Même moi, j'ai des limites.

– En même temps, elle a raison, coule la voix de Néoh. Du coup, piccolina, tu ne m'en voudras pas?

– De?

Un sourire arrogant et indécent fend son visage.

– De faire trop de bruit…

Ma langue se glisse entre mes lèvres. Pas par provocation, mais dans une tentative d'entraver la connerie que je sens poindre. Tentative vaine parce que, sans m'en rendre compte, je riposte:

– Finalement, tu as raison, tu ne sais pas faire autrement que d'être un gros connard.

Un éclat de colère flamboie au creux des ténèbres de ses iris. Ses poings se referment jusqu'à faire blanchir ses articulations, jusqu'à ce que les muscles de son torse soient parcourus d'un spasme. La seconde d'après, il se relève d'un bond, et disparaît dans la même direction que Malena.

Je suis têtue, je le sais. Tout comme je sais être beaucoup

---

4. Parfait, bébé!

trop impulsive. Néanmoins, j'ai toujours assumé ces qualités qui peuvent souvent se convertir en défauts. Jamais je n'ai regretté une parole prononcée.

Jamais.

Jusqu'à maintenant.

5

Auréa

Le yoga. Ce sport dont raffole ma mère au point de m'avoir trop souvent traînée aux séances de sa prof préférée. Certes, je ne nie pas que le yoga est idéal pour les étirements, le placement de son corps et de sa respiration. Néanmoins, je n'ai jamais réussi à tenir plus d'une demi-séance. Trop de concentration requise contre trop de… bouillonnement sous ma peau. Trop de bordel sous mes côtes.

Cependant, il présente un avantage certain. Non négligeable lorsqu'il s'agit de provoquer un ancien ami enfermé sous une couche de connaritude : celui d'être sexy, quand on sait s'y prendre.

Voilà comment, tandis que mon frère et Néoh sont en pleine conversation dans le salon, l'idée de m'adonner à quelques exercices de yoga m'est soudain venue à l'esprit. Enfin… plus qu'une idée, j'avoue que c'est surtout l'envie de faire enrager Néoh qui m'a complètement vrillé le crâne… et les nerfs.

Je vais lui coller mon cul sous le nez, on verra s'il aura encore envie de prétendre que je suis *piccolina*.

Aussi, après avoir rejoint le balcon, pile face à eux, et refermé la baie vitrée à cause de la clim, j'étale une petite couverture sur le sol. Toujours flanquée de Blue, évidemment. Parfois, j'ai la sensation d'être une maman canard avec son énorme bébé qui la suit partout. Ma poitrine compressée dans une brassière courte et mes jambes moulées dans un legging noir, je prends quelques secondes pour profiter du soleil léchant ma peau, avant que cette dernière ne soit couverte d'un film dû à l'humidité ambiante. Et lorsque je prends place à terre, c'est un film de satisfaction qui me lèche l'épiderme. Néoh a les yeux braqués sur moi malgré mon frère qui continue de parler sans prêter la moindre attention à mon petit manège. Une série d'étirements plus tard, je commence le yoga mudra. Assise dans la position du lotus, j'inspire, le dos droit. Puis, en expirant, je me penche, les bras étirés, jusqu'à ce que ma tête se rapproche au maximum du sol. Bienfaits de cette posture ? Stimuler les nerfs de l'abdomen, renforcer la région lombaire ainsi que le bon fonctionnement des intestins, ou aider à avoir un regard direct sur mon décolleté qui pigeonne grâce à ma brassière un peu trop serrée. Vient ensuite la position du Prasarita Padottanasana, ou grand angle, qui consiste à… bah ouvrir son grand angle, justement. Pour faire simple, cela ressemble à une sorte de poirier, mais avec bras et jambe écartés, touchant le sol. Le yoga peut parfois être très voisin du Kama-sutra. En même temps, tout n'est qu'une question de souplesse… Et encore une fois, de point de vue. Or, celui de Néoh plonge aussitôt sur mon entrejambe. D'où je suis, tête en bas et cul en l'air, donc, je peux tout à fait contempler sa réaction à travers la vitre. Sa pomme d'Adam semble riper sous sa gorge. Ses poings convulsent contre ses cuisses. Son visage est figé, et ses yeux dévient de mon intimité pour s'emparer de mon regard, ainsi que de mon corps entier. Une lame de feu – nullement provoquée par la chaleur – s'abat sur mes reins, avec une telle puissance que je manque de perdre l'équilibre, pour finir par se loger au creux de mon ventre en une boule torturant mes sens.

Putain.

Au moment où mon propre souffle se dérobe sous le regard acéré de Néoh, je me remets en tailleur. J'aperçois vite fait mon frère secouer la tête en se marrant, mais, là, je m'en contrefous. Perturbée par ma propre réaction, par ce truc qui galope tout à coup dans mes veines et que je refuse catégoriquement d'identifier, je ferme les paupières. Tente de me calmer.

Soit je suis vraiment en manque, et il est grand temps que je remédie à cet état, soit, mes chakras sont un peu trop *open* à mon goût, soit je viens de me découvrir un léger penchant sadomasochiste, et donc je m'enflamme devant le côté dominateur de Néoh, soit je... non, ça, je refuse, j'ai dit.

Ou alors, la folie me guette.

Je crois que je préfère encore ce dernier point...

Quoi qu'il en soit, je peux au moins m'avouer intérieurement avoir perdu cette manche. Et lamentablement, même. Afin de ne pas totalement perdre la face, j'exécute une dernière position pour étirer mon corps, la plus connue. Allongée à plat ventre, les jambes légèrement écartées, je ramène mes mains près de ma poitrine puis tends mes bras de façon à soulever mon buste et mon bassin. Le visage en l'air, je clos de nouveau les paupières en essayant d'apaiser ma chair étrangement à vif.

Tout à coup, des éclats de rire passent la barrière vitrée, me forçant à réintégrer la réalité. Mon regard fuse d'emblée sur les deux abrutis, à l'intérieur, qui rigolent à gorge déployée, leurs regards braqués dans ma direction. J'arque un sourcil, suspicieuse, et les plisse carrément quand Énes sort son téléphone pour me prendre en photo.

Euh... What the fuck?

C'est alors que je remarque que ce n'est pas moi qu'ils fixent, mais autre chose... Aussitôt, je tourne ma tête vers la droite avant d'ouvrir la bouche, en mode carpe. Sous mes yeux soudain exorbités, Chaton se… se quoi, d'ailleurs ? En appui sur ses deux pattes avant, celles de derrière étirées par terre, et le museau au vent, ce petit con ferme aussi les yeux. Dans la même position que la mienne. Je rêve, ou mon propre chien est en train de m'imiter ?

Je bloque quelques secondes, hallucinée, avant, à mon tour, d'éclater de rire. Plus que de voir Blue s'amuser à me copier, je crois que c'est mon propre comportement stupide qui me revient en plein dans les dents. Je bascule le dos au sol pour être rejointe par une tonne de muscles canins. Son museau chatouille mon cou, et un aboiement lui échappe face à mon rire incontrôlé. Une fois calmée, je l'embrasse entre les yeux puis, attirée par un autre regard plus sombre, je chuchote :

– Tu as raison, Chaton. Je suis ridicule. Je ne veux pas qu'il me traite comme une enfant, mais je réagis comme telle.

Une grattouille sous son oreille plus tard, j'ajoute :

– Qu'est-ce que tu en dis, Blue ? On tente une percée sous sa carapace de connard ?

Un autre aboiement me répond.

– Parfait… Néoh ne pourra pas nous résister bien longtemps…

6

Auréa

Les jambes battant le vide sous le ponton de bois sur lequel je suis assise, je raccroche avec mes parents. Ces derniers ont encore mon départ en travers de la gorge. Il leur rappelle celui de leur fils. Néanmoins, contrairement à Énes, je sais comment les tranquilliser. Ou plutôt, je fais l'effort de les tranquilliser. Le lac est particulièrement *stupendo*[1] aujourd'hui – comme diraient les Italiens. Le ciel est déchiré entre l'azur au-dessus de ma tête et, au loin, des nuages sombres annonciateurs d'un orage. Mais le plus saisissant reste cette couleur turquoise qui s'est emparée des eaux. Comme si le beau temps se jetait dans le lac en une ultime tentative de résister à ce qui cherche à recouvrir les montagnes.

Pour le moment, le soleil brûle encore ma peau, que mon short en jean et mon débardeur noir ne couvrent pas. Aussi, je savoure les derniers rayons en attendant. En attendant Néoh. Et je jure que s'il ne se ramène pas, je dégonde la porte de sa chambre et la fous à la déchetterie. Quoique… mon petit doigt me dit que ça ne l'arrêterait pas pour autant. En poussant un soupir, je sors une bouteille d'eau de la petite glacière que j'ai apportée, en verse dans une gamelle avant de mouiller le museau et les pattes de

1. Merveilleux.

Blue. Voilà pourquoi je préfère le promener tôt le matin ou tard le soir : l'après-midi, ici, on se sent comme dans un four. Mais lorsqu'il m'a regardée avec ses deux billes bleues toutes tristes au moment de partir de l'appartement, je n'ai pas résisté. Je suis faible, face à mon chien, c'est un fait.

Tout à coup, une silhouette se découpe, un peu plus loin. Les mains dans les poches, la démarche assurée et fauve, Néoh avance lentement dans ma direction. Enfin, il avance… on dirait plutôt qu'il avale, dévore la moindre particule entre lui et moi, à mesure qu'il progresse, déployant une aura à la fois obscure et puissante qui cherche à enlacer chacun de mes membres. Décontenancée, je détourne le regard, le cœur battant. La paume contre ma poitrine, je déglutis, ne parvenant plus à saisir mes propres réactions. Si, hier, lorsque j'ai donné raison à l'adage « Le ridicule ne tue pas », je pouvais mettre ça sur le dos d'un foutoir hormonal, aujourd'hui, je sens bien que… c'est différent. J'ignore si c'est dû au fait que lui soit différent, aux cinq années sans se voir, ou… putain, je n'en sais rien. Ce que je sais, en revanche, c'est que je n'en veux pas, de ce « plus ». Pas avec le meilleur ami de mon frère, en tout cas. Pas avec un homme que je ne connais plus.

– Piccolina, me salue-t-il en s'asseyant à ma droite.

Je roule les yeux, mais étouffe mon envie de répliquer. De toute façon, je crois qu'à la seconde où son regard s'est arrimé au mien, j'ai temporairement oublié jusqu'à mon propre nom. J'ai la sensation qu'un froid brûlant vient de tout raser entre nous pour s'abattre sur moi. Obligée de cligner des yeux afin de réintégrer le monde réel, je ne réponds pas.

– Ton message disait de « ramener mon cul, si en feu que même le lac ne pourrait l'éteindre, à cet endroit », alors je t'écoute, que me veux-tu, Auréa ?

Ouais, hein ? Tu lui veux quoi, Auréa ?

D'un revers mental, je m'oblige à verrouiller mes pensées et à me focaliser sur la raison de mon texto. La bouche close, je récupère deux bières dans la glacière, les décapsule et lui en tends une, un immense sourire aux lèvres. Les siennes s'étirent également, chahutent un peu plus mon pouls avant de prononcer :

– La paix à l'américaine ?

– Tu comprends vite, pour un vieux, raillé-je.

Néoh émet un ricanement étouffé au moment où le goulot effleure sa bouche. Il se fige le temps d'un rictus en coin puis, enfin, avale une gorgée. Je m'empresse alors de l'imiter. L'alcool est mon nouveau meilleur ami pour les prochaines minutes. Je reporte mon attention sur le spectacle magnifique au cœur duquel nous sommes plongés, laisse planer quelques minutes de silence que Néoh ne cherche aucunement à combler. Et je lui en sais gré. J'ai besoin de… réunir mes idées pour ne pas balancer de paroles trop désagréables.

– T'es qu'un con, Néoh.

Oui, bon… visiblement, j'ai encore des efforts à faire, sur ce point.

Il ne moufte pas. Comme s'il savait que la suite n'allait pas tarder, que je ne faisais pas uniquement allusion à son comportement depuis mon arrivée.

– Je t'en ai voulu, tu sais, je poursuis. Partir, OK. Il s'agit de ta vie, et tu ne me dois rien. Mais, justement… je pensais que, quelque part, j'en faisais aussi partie. Du moins assez pour que tu me donnes des nouvelles. Je ne demandais pas grand-chose, un appel tous les six mois, un message ou même un mail. En cinq ans, je n'ai eu droit qu'au silence. Un silence blessant que j'ai détesté.

– Auréa, soupire-t-il avant que je l'empêche de poursuivre.

– Non, écoute-moi, s'il te plaît.

D'un hochement de tête, il acquiesce, ses yeux couleur d'obsidienne fixés sur les miens. Mon palpitant s'emballe une fois de plus, mais je n'en tiens pas compte.

– Tu ne me dois rien, répété-je. Seulement, j'ai grandi en présence d'Énes. Puis ta présence à toi est venue se mélanger à la sienne et... c'est un peu comme si, pendant un temps, j'avais eu deux frères. Je veux dire, tu étais le plus protecteur et le plus sympa des deux, tu passais ton temps à la maison, tu m'accompagnais même parfois à mes cours d'équitation. Du jour au lendemain, je me suis retrouvée seule. Je sais que je n'ai pas le droit de te le reprocher, tu n'es pas mon vrai frère, après tout. Seulement, je pensais que tu serais heureux, un minimum, de me revoir. Or, je vois bien que ce n'est pas le cas. À part ce regard sombre ou ces remarques de merde que tu me jettes, tu m'ignores. Alors je dois te poser la question : je t'ai fait quelque chose ? Tu me détestes ?

L'espace de quelques secondes, j'ai la sensation que ses iris deviennent encore plus noirs, plus tranchants. *Plus brisés.* Toutefois, à mon grand soulagement, ses traits se chiffonnent pour s'habiller de tendresse. De cette tendresse que je lui ai toujours connue. Avec douceur, le revers de sa main caresse ma joue, déclenchant un frisson sur ma peau qui, lui, n'a rien de doux.

– Auréa, à part être une chieuse qui aime trop me tenir tête, tu ne m'as strictement rien fait, déclare-t-il, le timbre chaud et suave, tandis que sa paume retombe sur ma cuisse nue. Cela dit, tu as raison sur un point : j'ai changé. Et je suis désolé de ne pas avoir changé comme tu l'aurais aimé. Mais c'est moi et, malheureusement, tu ne vas pas avoir d'autre choix que de composer avec.

Un sourcil arqué, je réplique :

– Et c'est tout ? Après mon petit discours, c'est tout ce que tu as à me dire ? « Désolé, Auréa, mais je m'en carre que tu aies été blessée par mon absence. Oh, et d'ailleurs, je suis devenu un sale con, mais là encore, je m'en carre d'en être aussi un avec toi.» C'est à peu près bien résumé, là, non?

Un rire s'échappe de sa gorge, déclenchant, bien malgré moi, un sourire sur mes lèvres. Puis sa paume se referme sur la chair de ma cuisse, me troublant plus que de raison.

– Qu'est-ce que tu aimerais que je te dise?

– La vérité.

– C'est ce que je viens de faire.

– Menteur.

– J'ai changé, c'est la vérité.

– Une demi seulement. Parce que je ne te crois pas lorsque tu sous-entends que tu n'en as rien à faire de moi.

– Présomptueuse en plus d'être chieuse?

– Lâche en plus d'être con?

Ses mâchoires se contractent brusquement, faisant tressauter le voile de sa barbe.

– Touché? insisté-je.

– Saoulé. Et énervé aussi.

– Touché, donc, affirmé-je avec un petit sourire victorieux.

– T'es une vraie casse-couilles.

– Je préfère le terme «déterminée».

– Demain, treize heures.

– Tu... Hein?

– Putain, dit-il en éclatant de rire. J'aurai au moins réussi à te réduire au silence.

La bouche ouverte, j'hésite entre l'insulter et me marrer avec lui. Toutefois, je n'ai pas le temps de choisir, car ses doigts accrochent ma nuque, m'attirent jusqu'à ce que mon front cogne son torse. Sa bouche embrasse ensuite mon cuir chevelu, provoquant encore ce «truc», mais au creux de mon abdomen, cette fois.

– Je t'emmène faire la touriste, demain, mais prépare-toi. Tu as tendance à attiser le connard en moi, alors…

Il relâche sa prise avant de venir coincer mon menton entre son pouce et son index pour m'obliger à le fixer.

– On va voir à quel point tu es déterminée, piccolina.

La seconde suivante, il se relève, tourne les talons, les muscles de son dos visibles à travers son tee-shirt bleu nuit, puis… disparaît. Comme s'il ne venait pas de provoquer une saloperie de révolution dans mes veines.

7

Auréa

– Promis, mon chaton, déclaré-je d'une voix un peu coupable tout en caressant le bout du museau de Blue, quand je reviens, je t'emmène faire une immense balade sur le lac. Je te laisserai même chasser quelques canards. Et puis Énes m'a promis de te sortir, pendant sa pause.

Ses deux yeux bleus me fixent, me couvent d'une tendresse infinie. Ce qui ne fait qu'accentuer ce pic de culpabilité qui malmène mon estomac. Vivre dans un appartement est difficile pour un chien de sa taille, c'est pourquoi je compense en le sortant au lac au moins trois fois par jour. Malgré cela, le laisser seul tout un après-midi me fait me sentir égoïste. Même si on dirait bien que je me fais du souci pour rien puisque Blue, remuant la queue, lâche un aboiement, puis regagne son panier, attrapant dans sa gueule le dernier jouet que je lui ai acheté.

Le cœur plus léger, j'enfile des sandales et observe mon reflet dans le miroir de l'entrée. Je suis sûre que mon frère l'a placé lui-même afin de s'assurer de sa belle gueule. Une moue chiffonne mon visage tandis que je scrute d'un œil trop attentif ma robe blanche à pois, le perfecto court sur mes épaules ainsi que mes cheveux longs. Depuis quand je me préoccupe autant de mon apparence ? Pour une soirée, je ne dis pas... mais pour aller battre le pavé en mode touriste ? Un grognement m'échappe, auquel répond immédiatement celui de Blue. Un dernier câlin pour le tranquilliser et, enfin, j'attrape mon sac à bandoulière, puis sors. Une fois dehors, je patiente sur le trottoir, comme me l'a demandé Néoh.

Ce dernier se pointe à peine quelques minutes après. Je ne peux retenir un rire moqueur lorsqu'il s'arrête à ma hauteur.

– Ah, ouais... tu n'avais pas d'autres clichés en réserve ? Parce que là, tu tapes dans le master des clichés, quand même.

Un sourire en coin – qui me perturbe un peu trop pour un sourire, d'ailleurs – il retire son casque et descend de... sa Vespa turquoise. Ses cheveux bruns retombent en foutoir total sur le sommet de sa tête.

– Désolée de te dire ça, hein, je renchéris, mais cette couleur n'aide en rien ta virilité de connard assumé.

Sans un mot, sexy à tomber – ça, je peux me l'avouer – avec son jean brut et sa veste en cuir, il se rapproche, se penche, chuchote à mon oreille :

– Ne t'en fais pas pour ma virilité, Auréa, elle se porte à merveille. Ce n'est pas toi qui prétendras le contraire, n'est-ce pas ?

Durant une fraction de seconde, je me fige.

À quoi il joue ?

Mais je réalise alors qu'il fait seulement allusion à ses passe-temps nocturnes.

– Tu es au courant que la virilité ne se mesure pas au nombre d'orgasmes donnés ?

Me surplombant de toute sa hauteur, il m'adresse un regard empreint de... pitié ?! Puis il ébouriffe mes cheveux sur le sommet de mon crâne, et répond :

– Finalement, je vais t'appeler « piccolina » encore un temps.

Je grommelle un «petit con» qui lui extirpe un rire.

– Allez, en selle! déclare-t-il en regagnant le deux-roues.

Il extirpe ensuite de sous le siège un second casque qu'il me lance. Une minute après, je me tiens sur la selle de cuir qui me semble soudain bien étroite, et avec… le cul de Néoh logé pile au creux de mes jambes.

Oh, gosh[1] *!*

Je lève aussitôt le regard vers le ciel. Pour quelle raison? Je n'en sais foutre rien, mais bizarrement je ressens le besoin, à cet instant précis, de me concentrer sur Mère Nature, et non sur l'une de ses créations sur pattes.

– Ne me dis pas que tu as peur, se marre Néoh, me sentant sûrement crispée. Je me souviens pourtant que tu aimais dévaler les pistes de ski comme une furie.

– Ouais, mais c'est moi qui contrôlais, maugréé-je.

J'ai bien envie de lui dire que ce n'est pas le moteur, qui ne doit pas avoir plus de puissance que celui d'une Mobylette, qui m'effraie soudain, mais je me tais. Je préfère encore qu'il pense que je suis une flipette plutôt que… que rien du tout, d'abord.

Néoh se tourne légèrement de façon à afficher son profil – beaucoup trop satisfait à mon goût – puis ajoute:

– Laisse-toi porter, Auréa. Tu ne crains rien, avec moi.

Mouais… ça reste à prouver.

Avec une pichenette sur son front, je le force à se retourner.

– Go, Schumacher, raillé-je. Montre-moi ce que tu as sous le capot.

Un rire chaud et suave s'envole de sa gorge. Le temps d'une prière dans l'espoir d'être la seule à avoir capté l'énorme sous-entendu de mes paroles, il rabat la visière de son casque sur son visage, et démarre enfin. Par réflexe, j'enroule mes bras autour

---

1. Oh, mon Dieu!

de sa taille, ignorant le trouble qui m'envahit de le sentir si près, et tente de me focaliser sur les rues de la ville qui défilent sous mes yeux.

Et c'est là, à cette seconde précise, que débute l'un des moments les plus longs de ma vie. Non, mais… quel abruti! Il ne pouvait pas me dire son programme de la journée? J'aurais au moins pu prévoir une tenue adéquate, pas une petite robe fluide sous laquelle le vent peut s'engouffrer comme un vieux dépravé croisé dans un couloir de métro. Une flopée d'insultes s'envole de mon casque. J'imagine d'ici le spectacle… une petite blonde, gesticulant dans tous les sens, les fesses à l'air par intermittence. Or, ce que je porte dessous est loin, très loin d'être un maillot de bain. J'espère au moins que, dans la voiture derrière nous, ce n'est pas un couple de petits vieux, mais des jeunes qui sauront apprécier la vue, tel un stroboscope d'images quelque peu trash. Au bout de plusieurs longues minutes, je parviens à caler le tissu sous mes fesses. Bon, au moins, la croupe est sauve. Ne reste plus que le devant. D'une main, je cale un côté du bas de ma robe entre Néoh et moi, effleurant au passage la sienne, de croupe. Je le sens se raidir aussitôt, m'extorquant un «désolée» qu'il n'entend pas, de toute façon. Toutefois, je ne m'appesantis pas davantage, et tente de trouver un moyen de tenir en laisse l'autre côté du tissu.

Tout à coup, certainement agacé par mon comportement, Néoh abat sa main sur ma cuisse, empêchant enfin ma robe de se soulever. Sauf qu'autre chose se soulève sous ma peau. Un frisson. Une onde électrique dans mes veines. Une fièvre au creux de mon ventre. Un putain de bordel entre les parois de mon crâne. Paradoxalement, malgré ce qui s'agite sous la surface, je m'immobilise, me fichant pas mal de savoir si je me balade le cul à l'air devant tous les piétons et automobilistes. Mon regard est rivé à son dos tendu, que je devine sous sa veste en cuir, et surtout, mes paumes ne peuvent ignorer son abdomen violemment contracté. La chaleur de ses doigts sur ma cuisse nue est juste… atrocement provocatrice, indécente, insupportable. Beaucoup trop enivrante. Chamboulée par les réactions de mon propre corps, je n'ose plus bouger, mais surtout, je n'ose plus suivre le fil de mes pensées qui me hurlent toutes ce que je ne veux pas affronter.

Lorsque, enfin, Néoh est obligé de reporter sa main sur le guidon, une bouffée d'air ravage mes poumons. Un certain soulagement m'envahit avant qu'une autre sensation le remplace : la frustration. Les paupières closes, j'essaie de reprendre le contrôle sur mes sens partis à vau-l'eau quand, soudain, une ombre semble nous avaler. Je rouvre aussitôt les yeux pour découvrir que nous roulons à présent dans un tunnel à peine éclairé. Légèrement flippant, je dois l'avouer. Toutefois, lorsque nous sortons du ventre de pierre, je ne peux réprimer une exclamation. Ce n'est plus dans une carte postale que je plonge, mais carrément dans un décor de film. Émerveillée, je ne sais plus si je dois regarder du côté de la roche qui surplombe la route ou, à l'opposé, le lac qui s'étend à perte de vue. Les rayons du soleil effleurent nos peaux, se fracassent contre les falaises et illuminent la surface de l'eau. J'entends vaguement Néoh me crier « strada della Forra[2] », mais je ne l'écoute plus. Perdue dans le paysage. Au gré des mouvements de la Vespa qui évolue sur les collines sinueuses, les petits ponts en pierre qui projettent par intermittence des ombres sur nos silhouettes ou les monstres de roche qui nous engloutissent, nous accompagnant quelquefois sur des kilomètres.

Sans m'en rendre compte, je resserre ma prise sur l'abdomen de Néoh. L'air, parfumé d'un mélange d'oliviers et de fleurs sauvages,

---

2. Célèbre route du lac de Garde, considérée comme l'une des plus belles au monde. Célèbre également grâce à la scène du James Bond *Quantum of Solace*, où Daniel Graig échappe à ses poursuivants au volant d'une Aston Martin.

fait virevolter mes cheveux. Je me sens bien, libre, légère, et surtout privilégiée. Oublié, mon trouble. Je pose ma joue – ou plutôt mon casque – entre les omoplates de mon guide pour la journée, et profite de cet instant juste parfait.

J'ignore combien de temps nous roulons encore avant que Néoh s'arrête sur une sorte de terre-plein construit pour les amateurs de photographie. En silence, je retire mon casque, descends du deux-roues et me dirige vers la rambarde de roche. La vue est splendide. Enclavé entre les montagnes et la route sur laquelle nous nous trouvons, le lac resplendit littéralement, des milliers de faisceaux lumineux dus au soleil se mêlant à l'émeraude des eaux.

Décidant d'immortaliser cet instant, je récupère mon téléphone dans mon sac, puis capture le paysage, quand autre chose capte mon attention. Quelques mètres plus loin, Néoh, les mains dans les poches de son jean, contemple aussi le panorama. Ou plutôt semble le contempler, parce que la dureté de son regard et de ses traits m'indique qu'au contraire, il divague bien plus loin, dans les profondeurs de son esprit. Son expression torturée me tord les tripes. J'ignore pourquoi, mais elle trouve un refuge sous ma propre poitrine. Aussi, je me force à plaquer un sourire sur ma bouche, et le rejoins. À sa hauteur, je lui flanque un coup de coude, puis, avec la moue la plus adorable que j'aie en réserve, je tente :

– Photo ?

Néoh s'extirpe enfin de ses sombres pensées. Après avoir pivoté vers moi, il pousse un soupir à la fois ennuyé et amusé.

– Quoi ? Je pourrais la montrer à mes parents comme preuve que tu as survécu à cinq ans en compagnie de mon frère.

Le sourire timide qui commençait à poindre sur sa bouche s'évanouit aussi sec.

Merde.

– Allez, insisté-je afin de dissiper son soudain malaise. Laisse-moi rendre mes copines jalouses en leur montrant ta tête de beau gosse.

– Beau gosse? réplique-t-il, un sourcil arqué.

– Je peux au moins te concéder ça, soupiré-je, théâtrale.

Mon cœur effectue une embardée lorsque ses lèvres s'étirent à nouveau. Son bras s'abat ensuite sur mes épaules, et me tourne de façon à avoir le lac dans notre dos. Satisfaite qu'il se prête au jeu, je braque mon portable sur nous et, malheureusement, tressaille dès que sa main descend jusque sur ma taille, qu'il serre un peu trop fort. Néanmoins, je feins l'indifférence et nous prends enfin en photo.

– Néoh?

– Piccolina?

Je roule des yeux, mon poing fusant sur l'un de ses biceps.

– Je sais, se moque-t-il, «petit con».

Rigole, tu vas moins rire dans deux secondes.

– Menteur, lâché-je sur un ton presque accusateur.

– Menteur? répète-t-il, plus sombre.

– Je ne te crois pas quand tu prétends être un connard par choix.

– Qui a dit que c'en était un? J'en suis un parce que j'en suis un, c'est tout.

Un rictus calculateur s'imprime sur mon visage.

– Men-teur.

Ses yeux se voilent, encore, d'ombres. Les lignes de son visage se durcissent, presque plus tranchantes que la roche autour de nous.

– Ne joue pas à ça avec moi, Auréa. Tu te briserais. Tu l'as dit toi-même, hier, je ne te dois rien. Ne pense pas que je serai plus sympa avec toi parce que tu es la sœur de mon meilleur pote.

Un méchant spasme me noue les entrailles. Qu'il me réduise à «la sœur de son meilleur pote» me file une envie de le gifler.

Toutefois, j'opte pour un autre moyen de le provoquer. Tandis qu'il se dirige vers la Vespa, j'enroule mes doigts dans le bas de son tee-shirt, sous sa veste ouverte. Immédiatement, il se bloque. J'en profite pour le ramener doucement à moi.

– Néoh… qui a dit que je jouais?

Ignorant ses iris enténébrés, je le relâche, puis regagne notre véhicule. Un sourire éclatant sur les lèvres, j'ajoute:

– On y va?

Tendu, il ne s'exécute pas tout de suite. Son regard s'obscurcit davantage, presque menaçant, alors que, de nous deux, c'est lui qui devrait se sentir menacé, parce qu'à cette seconde précise, je me fais une promesse: je retrouverai une partie de l'homme que j'ai connu. Quitte à plonger mes mains dans son torse pour l'en extraire.

8

Auréa

Les cheveux fouettant mon visage, je prends le temps de souffler un peu. Ce que je n'ai pas fait de la journée, je crois bien. Après notre petit tour en Vespa, Néoh m'a traînée près d'une cascade située entre deux montagnes, à la Terrazza del Brivido[1] où, depuis une plate-forme de trois cent cinquante mètres de haut, au-dessus des eaux, nous avons une vue imprenable sur le lac. Le souci, c'est que ladite plate-forme est assez petite, or la masse de touristes, elle, l'est beaucoup moins. Mais je ne voulais plus descendre. J'adore sentir le frisson de l'altitude. Lorsque, comme moi, on a grandi près de la région des Grands Lacs, aux États-Unis, les hauteurs deviennent vite un refuge. Néoh a dû me menacer de me jeter par-dessus la rambarde pour que je me décide à quitter les lieux. En parlant du loup, je pense l'avoir épuisé, aujourd'hui. Cinq ans, c'est long, surtout quand on essaie de les rattraper en quelques heures. J'ai la bouche sèche et pâteuse d'avoir trop parlé. Quant à lui, je ne serais pas étonnée qu'il se soit déplacé une côte ou deux à force de soupirer. Néanmoins, même ce visage fermé qu'il tentait d'imposer entre nous n'a pu me dissimuler ses sourires dérobés. Et il ne m'en faut pas davantage pour loger une boule de chaleur sous ma poitrine.

---

1. Terrasse du frisson.

À présent que le soleil décline lentement, nous nous trouvons sur un bateau qui fend les eaux à toute vitesse. Assise, je resserre les pans de ma veste contre moi, ma robe, cette fois, bien coincée entre mes cuisses. Néoh, à ma gauche, demeure silencieux, son bras étendu dans mon dos sans toutefois me toucher. Une part de moi s'en veut de l'avoir poussé dans ses retranchements, en début d'après-midi, mais l'autre... est déjà prête à recommencer. Ce qui, dans un sens, m'effraie. J'ai plein d'amis. Ma bonne humeur instinctive fait qu'il est facile de m'approcher. En revanche, de vrais amis, je n'en ai pas. Je n'ai qu'à voir comment il m'a été facile de tout plaquer pour venir ici... Je n'ai jamais ressenti le besoin de gratter sous la surface, de créer des liens profonds. Peut-être parce que mon frère et Néoh se sont évanouis du jour au lendemain, me prouvant qu'un lien se brise d'un rien. Peut-être parce que je suis ainsi faite, tout simplement.

Mais là, c'est différent. J'ai besoin que Néoh s'ouvre à moi, besoin de savoir ce qui projette une ombre sur son âme. Seulement, le «pourquoi» de ce besoin commence à réellement me faire peur, comme le pourquoi je meurs d'envie qu'il pose ce fichu bras sur moi...

– Tu ne m'as pas dit où on allait? demandé-je en criant presque.

Il penche légèrement le visage, son regard se suspend au mien durant une fraction de seconde qui me bouscule, avant de se reporter vers l'horizon. D'un geste vague de la main, il m'indique de l'imiter. Les paupières plissées, j'aperçois enfin un bâtiment qui se découpe. Et plus on avance, plus le bâtiment se déploie, majestueux et grandiose. Peut-être même trop, d'ailleurs... Le bateau ralentit tandis que l'immense terrasse de ce que je devine être un hôtel s'étale sous mes yeux ronds. Il n'y a pas à dire, l'endroit est magnifique. Des petits salons de jardin sont dispersés çà et là, des tables hautes ainsi que des matelas sous des tentures. Des lampions blancs éclairent le tout, certains étant même accrochés dans de grands arbres.

– Pourquoi tu m'as emmenée ici?

Incertaine, je me relève lorsque le bateau s'arrête enfin près d'un petit ponton en bois. Incertaine, car… cet endroit est trop beau, trop luxueux, et surtout trop romantique.

– Rassure-moi, plaisanté-je afin de masquer mon trouble, tu ne viens pas ici avec toutes celles que tu sautes après dans ta chambre?

Alors que j'attrape la main tendue du skipper afin de me hisser sur la passerelle en bois, la voix moqueuse de Néoh résonne dans mon dos:

– Désolé de te décevoir, piccolina, raille-t-il en insistant sur le dernier mot. Premièrement, c'est une idée de ton frangin. Deuxièmement…

Il me rejoint, pose une main provocatrice dans le creux de mes reins, puis achève sa phrase:

– Je n'ai aucune envie de te «sauter», alors sois tranquille.

Je dois invoquer la totalité de mes forces pour demeurer stoïque. Le pire est que je suis incapable de définir ce que je ressens. Du soulagement? Une bouffée de colère? De la déception?

Énervée à cause du foutoir que, sans le vouloir, il provoque sous ma peau, je marche un peu plus rapidement. Une fois la brûlure de sa paume envolée, j'espère réussir à retrouver le contrôle de mon esprit.

Heureusement, l'univers semble avec moi, ce soir, car à peine ai-je mis un pied sur la terrasse que la silhouette d'Énes apparaît, tel un mirage pourtant bien réel. Ses lèvres s'étirent en un sourire bienveillant qui, aussitôt, éloigne mon humeur sombre.

– Mais qu'est-ce…

Je m'interromps alors, prenant le temps de détailler sa tenue, à savoir un pantalon noir à pinces, une chemise blanche et un gilet sans manches.

– C'est l'hôtel où tu bosses ! je devine alors.

– Je voulais te faire visiter, me répond-il en ébouriffant mes cheveux.

Je peste, vire sa main, agacée par son geste qui n'est pas sans me rappeler celui de Néoh avant qu'on prenne la route. Ignorant ce dernier, j'attrape la main que me tend mon frère et lui emboîte le pas.

Quelques chambres, un nombre de couloirs impressionnant, un spa, trois piscines, un *rooftop*, deux salles de sport et un immense hall plus tard, nous rejoignons enfin Néoh qui, lui, est resté boire un verre sur la terrasse. Et en bonne compagnie, d'ailleurs… Au loin, je reconnais la canonissime Malena qui, son Smartphone à la main, est en pleine conversation avec le meilleur ami de mon frère, sur un grand canapé blanc. Enfin, en pleine conversation… disons plutôt qu'elle parle, et qu'il… ne l'écoute même pas, si j'en crois son regard perdu dans le reflet des derniers rayons dansant à la surface du lac. Pourquoi elle ne s'en offusque pas ? À sa place, je lui aurais déjà jeté mon cocktail en plein visage. Et le verre avec.

D'instinct, je ralentis. Quelque chose me poinçonne le cœur et me crie de ne pas les rejoindre.

– Tout va bien ? s'inquiète Énes. Tu as l'air ailleurs depuis que tu es arrivée.

– Ce n'est rien, éludé-je. Je suis juste crevée. Et puis j'ai complètement oublié, mais je dois appeler les parents.

Comme je m'y attendais – car, oui, je l'ai fait exprès – mon frère se renfrogne, préférant la fuite. J'en profite pour rejoindre une rambarde en pierre, m'asseoir dessus et jouer la fille parfaite. Un bon quart d'heure plus tard, je raccroche, toujours avec ce besoin d'être seule. Les paupières closes, je pivote vers le lac et inspire dans l'espoir de me ressaisir.

– Auréa?

Peine perdue…

Une paume se couche sur ma nuque, déclenche un frisson ardent qui dévale le long de ma colonne vertébrale pour chuter dans mes reins. D'une impulsion, Néoh m'oblige à me tourner vers lui. Sa main dévie alors, glisse le long de mon cou et vient attraper mon menton.

Ses yeux noirs refermés sur les miens, il murmure, comme s'il craignait ses propres paroles :

– Je suis désolé de t'avoir blessée par mon silence ou mon absence. Mais tu dois comprendre… Je ne veux plus me lier à qui que ce soit.

– Pourq…

Son pouce entrave mes lèvres, étouffe mes mots derrière leur barrière. Le frisson revient en force et, cette fois, se rue au creux de ma poitrine, y provoquant un chaos sans nom lorsque, las, Néoh cogne son front contre le mien.

– Je ne veux plus me lier à personne, répète-t-il d'un ton abrupt qui ripe méchamment contre ma cage thoracique. Pas même à toi, Auréa. Ne cherche pas à retrouver ton ancien ami, car tu ne parviendras qu'à m'énerver. Salement. Et crois-moi, tu ne veux pas connaître celui que je suis devenu.

– Tu ne peux pas décider pour moi, Néoh, dis-je après avoir enlevé son doigt de ma bouche.

– Et tu ne peux pas forcer une relation dont je ne veux plus.

– Dont tu ne veux pas, ou dont tu as peur?

Les mâchoires contractées, il se redresse, ses mains retombant contre ses cuisses.

– Ne me force pas à te faire du mal pour que tu comprennes.

– Menteur, je réponds dans un souffle.

Un instant, il se statufie, un pli entre les sourcils. J'ignore s'il se rend compte que plus il me repoussera, plus j'éprouverai le besoin de me jeter sur ses défenses, quitte à m'y briser... toujours est-il que son visage se transforme totalement. De graves et empreints d'une certaine tendresse, ses traits mutent en un masque arrogant, dédaigneux et acéré. Son buste se penche de façon à frôler mes lèvres des siennes.

– Comme tu voudras, piccolina.

Le pouls affolé, je m'apprête à répliquer quand une troisième voix nous interrompt :

– Euh... je peux savoir ce que vous foutez ?

Aussi sec, Néoh se recule de plusieurs pas, comme si la réalité venait de lui filer un violent uppercut. De concert, nous nous retournons vers Énes qui nous dévisage, incertain.

– Rien, me devance Néoh. J'ai fait ma BA en jouant les touristes. Je me tire, j'ai mieux à faire.

Sans attendre une quelconque réaction de notre part, il fourre ses poings serrés au fond de ses poches, et fuit. Parce que, oui, ce lâche fuit. Notre conversation, ainsi que le regard dérouté de mon frère. Ce dernier s'approche de moi jusqu'à attraper mon visage entre ses paumes.

– Ça va, petite sœur ?

– Oui, tout va bien, je déglutis. Visiblement, mon cerveau ne veut pas accepter l'idée que les gens peuvent vraiment changer.

– Je ne peux pas prétendre le contraire, soupire-t-il. Néoh n'a juste pas encore compris que montrer le pire n'empêche pas le bon de nous poursuivre. Allez, rentrons. Je t'accompagne faire une balade avec Blue, si tu veux.

Je lui offre un sourire timide, mais résolu.

– Laisse Néoh se détendre un peu, ajoute-t-il en me guidant vers l'intérieur de l'hôtel afin de rejoindre la sortie donnant de l'autre côté. Ignore-le quelque temps, et il fera de même.

Pourquoi ai-je la sensation qu'au contraire, lui et moi venons de prouver que « s'ignorer » est dorénavant impossible ?

9

Auréa

– Ce serait plus simple si toi non plus, tu ne jouais pas les cachottiers, soufflé-je en détachant la laisse de Blue de son collier.

Aussitôt, ce dernier s'élance sur la promenade sans tenir compte de la nuit qui nous a avalés depuis quelques heures, à présent.

– Auréa, soupire Énes en marchant à mes côtés, Néoh est mon pote depuis toujours. Même si j'aimerais tout expliquer, je n'en ai pas le droit. Il ne va pas bien, c'est un fait, tu le sais déjà. Pour le reste, je ne peux choisir à sa place.

– Et si ta loyauté allait à ta petite sœur, pour une fois? répliqué-je, un peu perfide. Tu sais, cette petite sœur que tu as abandonnée sur un autre continent.

– Oublie. Je suis immunisé contre la culpabilisation.

– J'ai remarqué, merci.

– Ne m'en veux pas, piccolina, se met-il à rire, son bras passé sur mes épaules.

Agacée, je lui flanque un coup de coude dans les côtes, ce qui ne fait qu'accentuer son rire.

– Plus sérieusement, reprend-il, je pense que... tu arrives à le toucher, Auréa. Parfois, j'ai l'impression que Néoh n'est plus capable de ressentir que deux choses: l'indifférence et la colère.

Mais même sa colère, la plupart du temps, il parvient à la camoufler sous sa peau. Alors j'imagine que si tu réussis à le faire sortir de ses gonds, c'est… déjà ça. Peut-être que ce lien presque fraternel que vous aviez n'a pas totalement disparu et l'oblige à s'arrêter sur ce qu'il ressent.

Je ne réponds pas. Tout simplement parce que j'ignore si je désire vraiment que Néoh se souvienne de notre lien passé. D'un côté, oui, je l'espère, mais d'un autre… mon corps entier semble rejeter cette idée. Perdue, je secoue la tête et tente de faire dévier la conversation :

– Et toi ? Néoh est ton meilleur ami. Tu ne te sens pas démuni face à ce qu'il est devenu ?

Je risque un coup d'œil à son profil lorsque je le sens se contracter contre moi. Ses traits paraissent tout à coup fendre son visage tant ils se durcissent. Le poing refermé contre mon épaule, il répond d'une voix sourde :

– C'est… compliqué. Le principe de l'amitié est d'être présent quoi qu'il se passe. Sans juger. De respecter les choix de l'autre même quand on sait qu'il fait la connerie du siècle.

– Cela n'empêche en rien la franchise, Énes. Si tu sais qu'il merde, tu dois le lui dire.

Un sourire triste et amer se peint sur ses lèvres, me chiffonne le cœur.

– Je l'ai fait, Auréa. Tellement de fois que je ne peux les compter. Mais tant qu'il ne veut rien entendre… je pourrais les lui hurler dans les oreilles que mes paroles ne feraient que… lamentablement s'échouer sur sa détermination à toujours creuser plus profond.

– Et… ça ne t'épuise pas ? De t'acharner dans le vent ?

Sa prise se resserre sur moi tandis qu'il m'étreint un peu plus fort.

– Je ne pourrai jamais me détacher de Néoh, déclare-t-il soudain, dans un timbre presque métallique. Jamais. Peu importe qui il devient peu à peu, depuis un an, maintenant. Peu importe s'il merde tant que j'en viendrais à le détester.

Une fois de plus, je suis incapable de rétorquer quoi que ce soit. Ses mots ont un parfum de désespoir qui me colle un frisson désagréable. Alors c'est ça, l'amitié, la vraie? Rester en dépit d'un lien qui finit par te pourrir de l'intérieur? Très peu pour moi…

***

Deux heures du matin et impossible de fermer l'œil. Mon esprit carbure à plein régime, refuse clairement de me laisser une seconde de répit. Néoh me bouffe le crâne à tel point que ça en devient ridicule. Pourquoi je ne peux pas tout simplement respecter sa volonté? Je ne suis pas comme mon frère, après tout. Lui partage une réelle amitié avec Néoh. Moi, non, cela fait un bail que nous ne partageons plus qu'une pile de souvenirs qu'il a, de toute façon, relégués au rang de… bah, de souvenirs, justement.

Bref, voilà où j'en suis. En nuisette sur le balcon. En pleine nuit. Le regard perdu sur le croissant de lune comme s'il allait soudain s'animer pour m'expliquer la vie. Cette dernière est quand même vachement plus simple dans les dessins animés…

Tout à coup, un bruit de porte que l'on claque suivi de gloussements m'extirpe de mes pensées.

Évidemment.

Évidemment qu'il allait encore s'adonner à ses activités nocturnes préférées. Et une voix sournoise me souffle que cela risque d'être pire, à présent… D'instinct, je me retourne pour… être éclaboussée par une sensation indéfinissable. Indéfinissable, car je crois que c'est la première fois de ma vie que je suis envahie par quelque chose d'aussi extrême, d'aussi fulgurant et féroce. À travers la baie vitrée, je les vois. Néoh, une femme collée à son torse, en train d'embrasser son cou, avance difficilement jusqu'au salon. Il… Son expression est à la fois neutre et obscure. À croire qu'il hésite entre dégager la fille ou la serrer encore plus contre lui.

Un arc électrique fouette violemment mes reins, me force à rejoindre la porte-fenêtre dans le but de la fermer pour ne surtout pas les entendre quand ils seront dans sa chambre. Au moment où ma main s'enroule autour de la poignée, les yeux sombres de Néoh me harponnent. Pétrifiée, je ne bouge plus, prise au piège par sa façon de me regarder qui n'a plus rien de tendre, mais se rapproche plus de l'animal sur le point de dévorer.

Avant que Néoh me fauche. Salement, comme il m'avait prévenue…

D'une main sur son tee-shirt, la brune tente de l'emmener vers sa chambre, mais il résiste. Plaque deux mains sur ses hanches pour l'asseoir brutalement sur la petite table près du canapé.

– Non, gronde-t-il presque, sa voix se frayant un passage jusque sous mon épiderme. Ici, ce sera parfait.

Glissé entre ses jambes, Néoh soulève sa jupe sur sa taille sans aucune délicatesse pour ensuite lui retirer son dessous. Trop occupée à déboutonner son pantalon, sa partenaire ne se rend même pas compte qu'il me fixe, entièrement focalisé sur moi.

Mais le pire, c'est que je refuse de me détourner. De battre en retraite. Non… en fait, le pire, c'est cette pulsation sourde qui dégringole entre mes cuisses lorsque, après avoir rapidement enfilé un préservatif, il la pénètre d'un coup de reins brutal. Parce qu'il me regarde, moi. Parce que, même s'il espère ainsi me repousser, il ne fait qu'alimenter ce lien entre nous qui, à cet instant je m'en rends compte, n'a effectivement plus rien à voir avec le passé.

Alors, non, je ne me détourne pas. Ni quand les courbes de la jeune femme sont secouées par ses assauts.

Ni quand il l'embrasse à pleine bouche, ses yeux avides de mes expressions.

Ni quand une grimace foncièrement mauvaise explose sur son visage en constatant que je ne bougerai pas.

Ni quand un spasme de jouissance zèbre ses traits.

Ni quand il vire la pauvre fille de l'appartement.

Ni quand il se fige au milieu du salon, déploie un rictus presque cruel sur ses lèvres, son pouce suivant leur courbe inférieure.

Ni quand lui se détourne. M'abandonnant à mon corps tremblant. De rage. De douleur aussi. Et surtout de faim.

10

Auréa

Sur la terrasse d'un café situé sur la rive, je prends mon petit déjeuner après une longue promenade. Le museau de Blue, sur mes cuisses, s'ouvre uniquement pour avaler les morceaux de croissants – ou plutôt de brioche, comme ils disent ici – que je lui donne. J'attends Énes, censé me rejoindre. J'ai dû dormir à peine quatre heures, cette nuit, et pourtant, je pète le feu… alors que je ne devrais pas. Pas après hier soir. Pas après cet autre feu qui a bien failli me réduire en cendres. J'ignore ce que Néoh comptait provoquer comme réaction de ma part avec son petit spectacle, mais j'espère pour lui qu'il ne pensait pas me faire fuir. Parce qu'une chose est certaine : je ne rendrai pas les armes. Néoh m'aura au moins démontré que plus rien de fraternel n'existe entre nous. Pas quand tu baises – car il n'y a pas d'autre mot – une fille en gardant les yeux rivés sur une autre. À cette pensée, un frisson se grave sur ma chair pour venir ensuite lécher mon bas-ventre. Aurais-je aimé être à la place de la jeune femme ? Dans un sens, oui… je ne peux plus le nier : j'ai cru crever de ne pas sentir sa peau contre la mienne. J'ai désiré le sentir. L'éprouver, lui. Être celle qui accueille un peu de sa colère. Mais dans un autre, non. N'être qu'un corps pour quelques heures ne me dérange pas… avec *d'autres*. Or, j'ai du mal à concevoir l'idée de n'être rien de «plus» pour Néoh.

Soudain, une silhouette s'interpose entre le soleil et moi, projetant une ombre sur la table, puis s'installe en face de moi. Mais cette silhouette n'appartient pas à mon frère, ni à quelqu'un de connu, d'ailleurs. Un jeune homme d'environ 25 ans – j'imagine – habillé d'une chemise blanche et d'un pantalon de costume noir ourle ses lèvres d'un sourire en coin. Ses cheveux châtain clair coiffés en un bordel calculé, il penche légèrement la tête, là aussi en un geste calculé.

Un soupir emprisonné au creux de ma bouche close, je lui rends son sourire par pure politesse, mais ne prononce pas un mot. Blue se relève sur ses pattes, émet un léger grognement que je calme aussitôt d'une caresse. Quand, enfin, il se décide à parler, c'est dans une langue que je ne connais pas. D'une main sur son avant-bras, je le stoppe.

– *Mi dispiace, ma non capisco.*[1]

– Oh, tu es anglaise? reprend-il dans ma langue, avec un accent à couper au couteau. Je ne sais pas pourquoi, mais je pensais que tu étais française.

– Américaine, je le corrige.

– Monégasque, me répond-il.

– C'est marrant, là d'où je viens, on se présente avec nos prénoms, mais bon… les us et les coutumes…

Un rire chaleureux s'envole de sa gorge.

– Excuse-moi, reprenons depuis le début, alors. Enchanté, moi, c'est Thomas. Je t'ai vue…

– Attends, je l'interromps. Laisse-moi deviner, tu m'as vue seule et tu t'es dit: «Mais pour quelle raison cette jolie jeune fille est-elle seule?» Je me trompe?

1. Je regrette, mais je ne comprends pas.

– J'ai peut-être oublié de préciser que j'étais super nul en drague aussi.

Cette fois, c'est moi qui éclate d'un rire franc. Ses yeux ambrés s'illuminent aussitôt comme s'il venait de décrocher le Saint Graal.

– Enchantée, Thomas. Je m'appelle Auréa, déclaré-je en retirant mes lunettes de soleil.

Il se fige, la bouche semi-ouverte sur des paroles qu'il ne prononce pas, avant de se ressaisir et de dire dans un souffle :

– Ouah, euh… Auréa, tu as des yeux superbes.

– Moui… tu n'es peut-être pas si nul en drague, finalement, raillé-je.

– En drague ? intervient une troisième voix. Qui drague à même pas dix heures du matin ?

De concert, nous relevons la tête sur Énes qui, les mains dans les poches de son jean, visse un regard froid sur Thomas. Ou du moins, il essaie. Tout chez mon frère respire la chaleur et la nonchalance, même quand il tente de montrer le contraire.

Thomas plisse les lèvres, puis, d'un air contrit, s'excuse presque :

– Évidemment, tu attendais ton petit ami… Pardon, dit-il alors à mon frère, loin de moi l'envie de provoquer une dispute ou autre. Et puis, ta copine vient de me rembarrer, donc…

– Quoi ? Je ne t'ai pas rembarré ! je me défends.

Le pauvre me glisse un regard en coin, signifiant : « Tais-toi, j'essaie de sauver ta peau », et, j'avoue, je ne peux m'empêcher de le trouver mignon, touchant, même.

– Mec, détends-toi, se marre Énes en lui assénant une tape sur l'épaule. Auréa est ma petite sœur.

Sans répondre, il sourit de plus belle, secoue la tête, ses incisives plantées dans sa lèvre inférieure. Blue se met soudain à japper, sa queue bougeant à toute vitesse.

– Je sais, je sais, grogne mon frangin, je ne t'ai pas dit bonjour.

Après lui avoir grattouillé l'oreille, il s'assoit sur la dernière chaise libre et demande à Thomas :

– Tu prends le petit déj avec nous ?

– Hum, merci, mais non. Je préfère vous laisser en famille.

– Dis plutôt que la draguer devant son frère est trop bizarre, hein ?

– Malaisant, ouais, rétorque-t-il.

Énes recommence à rire, se foutant clairement de sa pomme. Quant à moi, je me contente de sourire à ce mec décidément trop craquant qui se relève, me glisse une carte avec son nom et son numéro, puis m'adresse un clin d'œil – toujours craquant – avant de partir.

– Je crois que je viens de me prendre les cinq dernières années en rafale dans les dents, plaisante mon frère. Ma petite sœur qui se fait draguer… Je vais en faire des cauchemars.

– T'es au courant que je ne suis plus vierge ? Que je n'ai pas passé ma scolarité dans un couvent et que j'ai même…

– Tais-toi ou je te bâillonne et te jette à la flotte.

À son tour, il chausse ses lunettes sur son nez, pointant ce dernier en direction du soleil, dont les rayons se mêlent à ses cheveux blonds.

– Et remercie-moi, d'ailleurs, Auréa. Je t'ai eu un entretien avec le responsable du bar pour dans deux jours.

– T'as pas peur qu'il me drague ? je me moque.

Sérieux comme un pape, il glisse ses verres de façon à braquer ses prunelles d'un vert sombre sur moi.

– M'oblige pas à frapper un de mes collègues. Ça ferait désordre.

– Taré, je ris.

– Trêve de plaisanterie : tu te tapes qui tu veux, petite sœur, du moment que ce n'est pas sous mon nez. J'ai mes limites. Et du moment que ce n'est pas sur mon lieu de travail. Tu m'as demandé si je pouvais t'aider à trouver un job pour ne pas dépendre des parents. C'est fait. Maintenant, j'attends que tu me remercies à genoux.

– Même pas en rêve ! En revanche, je peux m'occuper de ton linge pendant deux semaines…

Un rictus satisfait sur les lèvres, il se penche, embrasse ma joue.

– Tu es la meilleure.

Une vague de chaleur irradie alors dans ma poitrine, me drape d'une sensation de bien-être. Pour la première fois depuis mon arrivée, j'ai enfin la sensation d'avoir retrouvé mon frère, d'avoir, à travers cet échange typiquement fraternel, envoyé valser cette absence qui nous a séparés.

11

Auréa

Le soir venu, ou plutôt la nuit venue, Énes au boulot, et donc loin de l'appartement, je suis prête pour ma contre-attaque. Je devrais sûrement m'inquiéter de prendre autant de plaisir rien qu'à l'idée de provoquer Néoh, mais ce n'est pas le cas. Au contraire, j'ai hâte. Bon… il faut dire que ma petite vengeance implique une tierce personne ; ne pas me retrouver en tête à tête avec lui amoindrit la difficulté et la peur, j'imagine…

En débardeur et short en coton, assise en tailleur devant la petite table basse du salon, je retire le vernis de mes ongles à l'aide d'un coton imbibé de dissolvant. Chaton, roulé en boule contre ma cuisse, attend avec moi… quelque chose qui ne devrait pas tarder, si j'en crois le calme plat qui a soudain envahi l'une des chambres. Il doit bien s'écouler dix minutes pleines et entières – ce qui, en soi, est un record – avant qu'enfin, deux corps fassent leur entrée dans la pièce. Un immense sourire s'étale sur mes lèvres lorsque je reconnais la jeune femme qui accompagne Néoh. Le karma m'a à la bonne, aujourd'hui…

J'ignore royalement le regard d'obsidienne qui me percute et accroche les yeux clairs de la brune derrière lui.

– Malena ! la salué-je avec – peut-être – un peu trop d'entrain.

– Hey, Auréa ! *Come stai ?*[1]

– *Bene… anzi, benissimo !*[2]

La jeune femme repousse la poigne de Néoh cherchant à l'entraîner à l'extérieur, puis me rejoint au moment où je lui dis :

– J'ai pensé à ta proposition de l'autre jour, et j'avoue que même si j'adore mon frère, sortir en soirée avec lui est… comment dire ?

– Tu ne peux pas te lâcher comme tu aimerais, devine-t-elle en m'adressant un clin d'œil.

J'acquiesce en silence. En réalité, je me fiche pas mal de la présence d'Énes. Jamais il ne m'a empêchée de m'amuser, et ce n'est pas maintenant que j'ai 21 ans qu'il le fera. Lui, au moins, a parfaitement conscience que je ne suis plus une enfant… Si je tape la discut' avec le canon qui me sourit avec bienveillance, c'est uniquement pour la retenir. J'ignore pour quelle raison Néoh cherche à les chasser dès son concert terminé. Ce dont je suis sûre, en revanche, c'est que si elle reste, il ne va pas apprécier. Pas du tout, même, si j'en crois son expression virant à… un froid incendiaire – enfin, un truc du genre, au vu du frisson qui secoue méchamment mes flancs – lorsque Malena s'installe sur le tapis, en face de moi.

– Alors, se lance-t-elle, tout excitée, demain soir, je rejoins des amis dans un club. Tu es la bienvenue, si ça te dit. Sinon, vendredi, je suis invitée à un cocktail organisé par une créatrice de mode qui débute, je peux te faire entrer sans souci. Oh, et dimanche, je dois aller…

OK. Je n'avais pas prévu… ça. Elle. Son débit de paroles hallucinant. Son énergie à la fois fougueuse et douce. Sa bonne humeur encore plus vive que la mienne. Presque passionnée. Réduite au silence par son aura éclatante, je ne réagis même pas quand

1. Comment vas-tu ?
2. Bien, très bien, même !

elle attrape mes mains, puis commence à déposer du vernis bleu électrique sur mes ongles, sans cesser de babiller en un flux ininterrompu. Par contre, la porte qui claque si fort que les murs en tremblent, elle… je l'entends parfaitement.

– L'ours a réintégré sa tanière, raillé-je.

– Il ne supporte pas que je reste après… tu vois, quoi, déclare-t-elle sur un ton égal.

– Et ça ne te dérange pas?

Concentrée sur sa tâche, Malena relève à peine la tête pour répondre:

– Pourquoi ça me dérangerait? On ne sort pas ensemble.

Stupéfaite qu'elle le prenne aussi bien, je demeure silencieuse quelques secondes avant de rétorquer:

– Moi, ça me dérangerait, je pense. Des moments éphémères dans des bras masculins, j'en ai eu… seulement, si le mec m'avait virée juste après avoir joui, je me serais occupée de son service trois pièces, mais d'une tout autre façon. Juste… tu sais, pour une question de respect.

Un sourire évanescent flotte un court instant sur ses lèvres. Malena repose ensuite le petit pinceau dans son flacon, puis me couve de ses yeux clairs.

– J'ai cessé de courir après le respect des autres, Auréa. Le seul qui compte vraiment, au final, est celui que te renvoie le miroir lorsque tu observes ton reflet.

Une moue adorable tord sa bouche tandis qu'elle ajoute:

– Et celui de ma mère. Le reste… ne m'importe pas vraiment.

Face à mon expression dubitative, la jolie brune renchérit:

– J'ai conscience de l'image que je donne et, soyons honnête, c'est une image qui n'inspire pas vraiment le respect… surtout chez le sexe opposé. Mais ça me va très bien. Parce que cette image, je la recherche, la cultive et l'aime. Elle reste mon choix.

Et, contrairement à ce que certains peuvent penser, je n'ai pas besoin de vivre à travers le regard des hommes. Je ne vis qu'à travers le mien.

Après m'avoir gratifiée d'un clin d'œil supplémentaire, elle glisse de nouveau mes doigts entre les siens, puis poursuit l'application du vernis. Quant à moi, je la détaille. Les lignes fines de son visage. Ses yeux en amande d'où ne transparaît qu'une gentillesse un brin naïve, mais infinie. Ses lèvres pulpeuses figées en un sourire lumineux et qui en déclenchent un, instinctif, sur les miennes. Cette femme exsude un truc à la fois innocent et éclatant qui, aussitôt, me fait l'apprécier. Durant la demi-heure suivante, nous papotons de nos vies respectives. J'apprends que Malena est italo-américaine, son père ayant quitté San Francisco pour Milan après avoir rencontré sa future épouse, ce qui explique donc son anglais parfait. Depuis l'essor d'Instagram, elle surfe sur la vague des « influenceurs », et, je dois l'avouer, gagne plutôt bien sa vie. En même temps, difficile de ne pas se laisser éblouir par sa personnalité pétillante…

Lorsqu'elle prend congé afin de rejoindre plusieurs de ses amis, elle se penche au-dessus de la table, puis grattouille la tête de Blue.

– Regarde, ta maman a les ongles assortis à tes beaux yeux bleus, lui dit-elle en imitant une voix d'enfant.

OK. C'est bon. Je l'aime.

Sans que je m'y attende, Malena me serre dans ses bras avant de se relever. De former un cœur avec ses index et ses pouces contre son cœur, puis de disparaître par la porte d'entrée.

– Eh bien, ricané-je, cette femme est un vrai phénomène, hein, mon gros chaton ?

Ledit chaton frotte sa truffe contre ma cuisse, puis émet un grognement mécontent.

– J'ai compris, allons nous coucher.

Mais à l'instant où je m'apprête à me remettre sur mes jambes, l'ours réapparaît.

– Tu es encore réveillé? je me moque. Tu m'impressionnes, vraiment. Après tout cet exercice physique, je pensais que tu dormirais déjà comme un bébé repu.

Les cheveux encore mouillés, signe d'une douche récente, semant quelques gouttes sur le haut de son front, Néoh progresse dans le salon jusqu'à se laisser tomber sur le canapé. Torse nu et habillé d'un pantalon de sport noir, il cale un pied sur la table basse, puis enfonce ses yeux au fond des miens.

– Peut-être que je n'en ai pas eu assez.

En réponse à ses paroles, mon abdomen se contracte violemment.

À quoi joue-t-il?

Un rictus dégoulinant d'hypocrisie se couche sur ma bouche tandis que je rétorque :

– Je t'aurais bien aidé, mais tu sais… je ne suis qu'une enfant. Une… piccolina.

Sa langue glisse entre ses lèvres, en lèche le renflement inférieur, uniquement dans le but de me provoquer. Et le pire, c'est que ça marche. Une boule de feu leste soudain mon entrejambe.

– Même si, ajouté-je, perfide, Malena n'a qu'un an de plus que moi.

L'espace d'une seconde, je crois l'avoir déstabilisé. Un spasme déchire subrepticement son visage avant que ce dernier ne coule à nouveau derrière ce masque mi-connard, mi-désinvolte.

– Comme quoi, être une femme n'est pas qu'une question d'âge.

Piquée au vif, je sens la totalité de mes muscles tressaillir. Un aiguillon de colère me torture les sens. Néanmoins, je n'y cède pas. Il aurait pu me vexer, si seulement…

Le menton droit, je me relève entièrement, contourne la table pour me tenir devant lui. Néoh relève à peine la tête, mais parvient tout de même à me sonder d'un regard enflammé.

– Dis-moi, susurré-je d'une voix trop basse, qui voyais-tu, hier soir, lorsque tu t'enfonçais dans le corps de cette fille, les yeux braqués sur moi? Une femme? Ou cette gamine que tu as connue il y a quelques années?

Satisfaite, j'observe avec une certaine délectation ses mâchoires se durcir. À l'image des muscles de son torse.

– Si tu penses gagner par la provocation, tu te plantes, Néoh. J'ai appris à me démerder seule, sans toi et Énes, avec les hommes. Et, sans prétention, je pense m'en sortir pas trop mal.

– J'ignorais qu'il y avait un jeu à gagner, répond-il, ignorant sciemment la deuxième partie de ma phrase.

– Ce n'était pas ce que sous-entendait ta petite mise en scène d'hier soir?

– Auréa, je n'ai fait que baiser une fille.

Son timbre légèrement rocailleux, clairement moqueur, ripe à mes oreilles et lèche ma peau.

– Si tu le dis... Cependant, je serais curieuse de savoir comment tu parviens à ramener autant de coups d'un soir avec un comportement aussi minable. Je refuse de croire qu'une belle gueule soit suffisante.

Un ricanement. Néoh lâche un seul et unique ricanement avant d'agripper l'arrière de mes genoux, ployant mes jambes au passage, d'un mouvement si rapide que je ne vois rien venir. L'instant d'après, je me retrouve à califourchon sur lui, mes cuisses de chaque côté des siennes. Ses mains empoignant fermement mes hanches. Sa chaleur agresse presque ma chair. Son parfum, mélange de gel douche et d'autre chose de plus... pimenté, s'enlace à mes cellules. Sous le choc, mes paumes s'aplatissent sur le dossier du canapé, près de ses tempes.

– Comment, hein? chuchote-t-il si près de mes lèvres que j'esquisse un mouvement de recul vite entravé par sa prise sur ma taille.

Pétrifiée par ce «truc» qui ravage mon propre corps d'une traînée incendiaire, je ne peux toutefois réprimer le frisson se tatouant sur mon épiderme lorsqu'il dégage mes cheveux de mon cou pour y enfouir son visage.

– Le comportement n'a rien à voir avec l'envie, piccolina. Le sexe. Qu'importe que je sois un sale con, un enfoiré ou toute autre insulte que tu as envie de me coller. Tant que le désir est prégnant, rien d'autre n'a d'importance.

Un gémissement que je refuse de lâcher se brise contre mon palais alors que ses ongles s'enfoncent davantage dans la chair de mes hanches et que ses lèvres dérivent jusque sur ma gorge, la frôlant à peine. D'instinct, je rejette la tête en arrière. Parce que oui, je ne peux nier que le sentir si près est juste… trop bon.

– Et je suis un mec plein de… pulsions, de vices et de désirs, Auréa.

J'ignore s'il le fait exprès, s'il s'en rend seulement compte, mais son bassin se soulève soudain, écrasant une érection tendue contre mon entrejambe. Allumant un tel feu dans mes veines que j'en reste saisie. Avant qu'une véritable gifle me coupe le souffle. Parce que là, c'est trop réel. Trop prégnant, comme il dit. Trop intense. Et… mal. Enfin, je crois… ça devrait l'être, en tout cas. Un maelström d'émotions, de sensations, surtout, ainsi que de souvenirs tourbillonne sous mon crâne, au cœur de ma poitrine, avec tant de puissance que j'en ai le vertige. Tremblante, je bondis sur le sol, le cloue d'un regard meurtrier.

– Je t'ai prévenu, Néoh, sifflé-je entre mes dents serrées, ne pense pas gagner par la provocation.

La tête penchée sur le côté, il rehausse le coin de sa bouche en un sourire matois absolument détestable.

– Et moi, je t'ai prévenue : lâche-moi, Auréa. Et évite de me prendre pour un con, je sais pertinemment que tu as attiré l'attention de l'Italienne pour m'emmerder.

– L'Italienne ? Tu n'es même pas foutu de dire son prénom !

– Quant à jouer avec moi, regarde-toi, petite chose tremblotante, tu ne tiendrais même pas la distance, siffle-t-il, éludant ma remarque tout en se redressant sur ses jambes pour me surplomber.

Une rage sans nom me broie tout à coup les tripes. M'aveugle temporairement.

– Fais attention à ce que tu tentes, piccolina. Je rends coup pour coup, qu'importe le passé que tu penses avoir partagé avec moi.

Avec une douceur abominable tant elle pue l'agression, il caresse ma joue du revers de la main, lâche un rire, puis me plante au beau milieu du salon. Au beau milieu du cataclysme qu'il a déchaîné sous ma peau.

Coup pour coup, hein ?

12

Néoh

J'ai envie de la baiser.

Il paraît qu'une faute avouée est à moitié pardonnée. Ouais… J'imagine la gueule d'Énes si je partageais avec lui les images bien salaces impliquant sa petite sœur qui pourrissent littéralement mon crâne. Assis sur le canapé en cuir d'un des derniers clubs en vogue, je penche mon buste en avant et, les coudes sur les genoux, frotte mon visage.

Sa petite sœur…

Rien que ces trois mots devraient réussir à enrayer mes pulsions. Il y a des personnes qui nous sont interdites. Auréa fait partie des miennes pour trop de raisons… Déjà parce qu'elle appartient à mon passé. Un passé où ce truc qui bat sous mes côtes était encore trop jeune, trop inexpérimenté. Trop naïf. Trop con. Un passé qu'elle semble vouloir déterrer, ce qui est aussi inenvisageable qu'insupportable. Autre point : comme je l'ai précisé, cette petite peste est la sœur de mon meilleur pote et… putain, moi aussi, je l'ai considérée comme une petite sœur durant une période de ma vie. Ça fait un bail, maintenant, que tout déconne sous ma peau, mais là… j'atteins des sommets dans la connerie.

Auréa. Auréa… bordel !

Peut-être que j'ai enfin réussi… à tout raser sous la surface, ce qui fait que l'imaginer sous mes coups de reins m'apparaît, certes, inconvenant, mais pas moins… tentant. Plus que tentant, même.

Un grognement enfermé derrière mes lèvres, je pivote ma tête vers Énes, qui discute avec un groupe de potes. J'aimerais être comme lui. Capable de me relever malgré les coups. En parlant de coups… une idée assez malsaine zèbre mon esprit. Si j'évoque avec lui la petite scène que j'ai moi-même provoquée, deux nuits plus tôt, sur le canapé du salon, il est fort probable qu'il me balance une ou deux droites. Avec un peu de chance, ça me remettrait d'équerre… Mouais… pour ce que ça a fonctionné les fois précédentes. Aussi inutile que de crier à l'aide en plein milieu d'une forêt. Sans me préoccuper davantage de mon meilleur pote, je réintègre mon premier point d'observation. Elle.

Un peu plus loin, près de la rambarde de la mezzanine où nous a entraînés Malena, Auréa discute avec un mec français, je dirais, vu l'accent. Ses courbes moulées dans un short en cuir noir, un top argenté sous un mini gilet sans manches, en cuir également, elle est… putain, je ne trouve pas d'autre mot que bandante. Mon regard suit le galbe de ses jambes jusqu'à sa paire de chaussures à talons et composée de lanières, toujours en cuir. Sa peau claire ainsi que ses cheveux blonds chutant dans le bas de son dos créent un clair-obscur avec sa tenue. Une vraie poupée rock. Mi-ange, mi-démon.

Une saloperie de cauchemar sur pattes.

Soudain, tandis qu'elle rit à une remarque du type, ses yeux me trouvent et se suspendent aux miens. Pas longtemps. Quelques secondes, tout au plus. Cependant, suffisamment pour que sa poitrine se soulève et que son expression glisse sur une fréquence plus brute. Presque sauvage, en dépit de ses traits de poupée. Le voilà, mon problème. Si seulement elle n'était pas réceptive…

Je connais le corps des femmes. Leurs signaux. Je sais quand elles me désirent ou quand, au contraire, mon côté sombre les effraie. Or, avec Auréa… Chacun de ses mouvements brûle d'un feu passionné. Logique, dans un sens… une gamine enjouée, têtue et bien dans sa peau ne pouvait que devenir une femme débordante de sensualité. Résultat, je me les prends en rafale dans les dents, ces fichus signaux. Par chance, aussi peste et déterminée soit-elle, elle reste plus raisonnable que moi. Moins cabossée, surtout, ce qui explique qu'elle se soit dégagée de ma prise sur ce canapé juste avant que tout dégénère. Du moins… je l'espère fortement, qu'elle soit plus raisonnable.

– Je le sens pas, ce type, grogne une voix à ma droite.

Un sourcil arqué, je dirige mon attention sur Énes, focalisé sur sa sœur avec le brun.

– Pourquoi? Il n'a pas encore ses mains sur son cul, pas comme l'autre mec avec qui elle dansait la dernière fois, j'imagine que c'est un progrès, je lui réponds d'un timbre égal.

– Je n'en sais rien. Un feeling. Je l'ai chopé, l'autre matin, en train de la draguer au bar. Faut quand même être mort de faim pour attaquer dès le petit déj.

Je me fige un court instant au creux de ses yeux verts. Puis, de concert, nous éclatons de rire.

– Écoute qui parle, je me marre.

– C'est différent, me reprend-il malgré son sourire. D'un, il s'agit d'Auréa. De deux, il s'agit d'Auréa. De trois, je le sens pas.

– T'essaies de te racheter une conduite de grand frère? raillé-je.

Les traits durcis, il fourre un coup de poing mérité dans mon biceps.

– Ce que je veux dire, c'est que ta sœur s'est démerdée sans toi durant ces dernières années, j'explique, reprenant les mots d'Auréa.

Méthode perfide, je l'avoue.

– Franchement, ajouté-je, il est clair qu'elle n'a besoin de personne pour la materner. Et puis… depuis quand tu l'empêches de s'amuser?

Un long soupir ébranle son torse pendant qu'il se rencogne contre le dossier, son bras étalé sur le cuir.

– Qu'elle baise si elle en a envie. Mais ce Thomas cherche plus. Alors, ouais, je n'aime pas ça. Et tu es bien placé pour savoir à quel point c'est dangereux.

Je ne réponds pas. Détourne mon regard et reprends ma position initiale. Les muscles transis d'une soudaine violence. D'un besoin de fracasser tout ce qui se trouve à portée.

– Néoh…

La voix de mon meilleur pote me parvient, cherchant, comme toujours, à percer cette prison de rage dans laquelle je me suis enfermé il y a un an. Mais, comme toujours, elle ne fait que se briser dessus…

– Je me casse, me prévient-il après de longues minutes. Je suis du matin, demain. Fais-moi plaisir et attends Auréa pour rentrer. Elle pense peut-être n'avoir besoin de personne, mais elle n'a que 21 ans.

Merci de me le rappeler.

– Pas de souci, je t'enverrai par e-mail la facture de baby-sitting.

– T'es con, rit-il avant de frapper une seconde fois mon épaule de son poing, et de s'éclipser.

Certains de nos potes partent avec lui, tandis que d'autres se rapprochent de moi et entament une conversation à propos de… putain, je n'en ai pas la moindre idée.

Parce que mes neurones baignent dans juste ce qu'il faut d'alcool pour envoyer se faire foutre le peu de retenue dont je suis pourvu.

Parce qu'elle a le malheur de dévier une fois de plus son regard vers moi, son petit air insolent imprimé sur ses traits.

Parce que l'abruti près d'elle a le malheur de replacer une mèche de ses cheveux derrière son oreille.

Parce que je ne suis qu'un connard.

D'une impulsion, je suis debout. Avale sans attendre la distance entre elle et moi.

Parce que je ne suis qu'un connard.

Un connard trop impulsif. Trop habitué à prendre ce qu'il veut posséder. Et peu importent les conséquences.

Oh, oui, Auréa, j'espère de toute mon âme que tu seras raisonnable.

13

Auréa

Concentrée sur les paroles de Thomas, je ne vois pas Néoh approcher. En revanche, l'onde de chaleur qui se déploie telles des lianes affamées dans mes reins lorsque sa main s'enroule sur la rambarde en métal en effleurant mes fesses, elle… je la ressens pleinement. Son rictus détestable accroché à ses lèvres, il se cale près – trop près – de moi sans bouger sa fichue main. La seconde se tend vers Thomas.

– Néoh, se présente-t-il avec une mine si affable qu'elle en est tout sauf… affable.

Le brun en face de moi – de nous, à présent – lui rend sa poignée de main.

– Thomas, répond-il chaleureusement. Tu es un ami d'Auréa, j'imagine?

– Plus qu'un ami, je suis un peu comme son grand frère, raille Néoh.

Sournois, il décale sa paume jusqu'à la glisser sur ma taille avant de me ramener sèchement contre lui.

– N'est-ce pas, piccolina?

– Piccolina? répète Thomas en riant. Pourquoi ce terme me semble carrément inapproprié pour Auréa?

Alléluia ! Qu'on lui érige une statue, à ce mec !

– Oh, mais pas pour lui, j'interviens. J'imagine que de m'avoir connue avec mon premier appareil dentaire alors que lui était déjà en âge de « baiser » ne doit pas l'aider à me voir comme une femme.

Ses doigts se rétractent violemment dans la chair de mes hanches, cherchant sûrement à se venger de mes paroles, car si une chose est certaine, depuis l'avant-veille, c'est qu'il ne me perçoit plus du tout comme une enfant.

– En tout cas, moi, j'ai du mal à t'imaginer en gamine, me répond Thomas, ses yeux ancrés au fond des miens.

Thomas est adorable, vraiment. Sympa, marrant et loin d'être con au vu de ce que j'ai pu entrevoir ce soir. En revanche, dès qu'il s'agit de séduction, il est aussi subtil qu'un trente-huit tonnes.

– Ça, c'est parce que tu es un mec, réplique Néoh sans me relâcher. Et donc que tu penses avec ta queue.

Je manque m'étrangler avec ma propre salive. Et m'apprête à l'envoyer méchamment bouler quand Thomas me devance, sans se départir de son sourire :

– En italien, il y a un dicton qui dit : *« Da che pulpito viene la predica »*[1], tu connais ?

Un ricanement clairement dédaigneux chatouille mon oreille. Or, mon expérience de ces derniers jours m'a appris une chose : ce ricanement-là n'annonce jamais rien de bon. Aussi, je m'empresse d'avancer d'un pas pour me rapprocher de Thomas, puis étale ma main sur le haut de son torse.

– Tu veux bien nous laisser, s'il te plaît ? J'ai deux trois mots à échanger avec le *serial fucker* qui se prend soudain pour mon père.

– Pas de souci.

1. Littéralement, « de quelle chair vient le sermon ». On pourrait traduire en français par « c'est l'hôpital qui se fout de la charité ».

Avec douceur, il me sourit, effleure ma joue du bout de ses doigts, puis tourne les talons. À mon tour, je fais volte-face et tombe sur celui qui a décidé d'enflammer mes sens autant que mes nerfs.

– Puisqu'on est dans les dictons, tu connais celui qui dit que les meilleures plaisanteries sont les plus courtes? pesté-je. Non, parce que tu insistes tellement sur le fait que je sois encore une enfant que c'est à se demander si tu n'essaies pas de t'en convaincre toi-même.

Une expression que je suis incapable de déchiffrer s'empare de ses traits. Nonchalamment appuyé contre la poutre métallique, il croise les bras sur son tee-shirt sombre – pour changer – puis son regard se déporte un bref instant dans mon dos avant de réintégrer le mien.

– Il te plaît vraiment?

– Définis «plaire». Assez pour partager une discussion sympa? Pour m'imaginer mariée avec trois gosses? Ou juste pour... imaginer sa tête entre mes cuisses?

Sa bouche s'entrouvre soudain, puis s'étire lentement jusqu'à fendre son visage d'un sourire à la fois brûlant et menaçant. Néoh se penche à peine, mais suffisamment pour tout de même me recouvrir et s'imposer.

– Oublie le dernier, piccolina, glisse-t-il à mon oreille. Le prochain à enfouir sa tête entre tes cuisses, tu l'as devant toi.

Brûlant, je disais? Je me plantais. Parce qu'un véritable déluge ardent se déverse dans mes veines et chute pile entre mes jambes. Et je le déteste d'y parvenir aussi facilement.

– Fais pas cette tête, Auréa, chuchote-t-il, le voile de sa barbe me frôlant au moment où il se recule pour m'observer. Tu voulais que je te considère comme une femme, non?

Là, c'est une douche glacée qui me saisit jusque dans mes os.

Alors ce n'est que ça? Une façon supplémentaire de me rabaisser?

Bien. Parfait, même. Au moins, ça remet les pendules à l'heure.

– Danse avec moi, dis-je soudain.

Sûrement pris au dépourvu, il se fige, un pli creusé entre les sourcils.

– Quoi? le provoqué-je, tu fais partie de ces hommes qui pensent que danser est une atteinte à leur virilité?

Un air suffisant chasse le doute de son visage. Un éclat vorace dévore la totalité de ses yeux sombres tandis qu'il réduit l'infime distance entre nous pour me surplomber. Puis, sans prononcer un seul son, il attrape mon poignet et m'entraîne à sa suite. Pendant que nous nous dirigeons vers l'escalier menant au rez-de-chaussée, mon regard croise celui de Malena, qui discute un peu plus loin. Son attention dérive une fraction de seconde sur les doigts de Néoh, arrimés à mon articulation, avant qu'elle ne m'adresse un sourire éclatant.

Une fois en bas, il nous dirige vers une piste bondée, des corps s'agitant au rythme d'une musique house. Néoh fend la foule, ouvre la voie jusqu'à s'arrêter enfin. Se retourner. Et s'immobiliser, une lueur de défi scintillant au cœur de ses iris. J'avoue qu'une part de moi se sent tout à coup submergée par ce truc obscur qui se dégage de sa silhouette imposante et raide. Au milieu des autres âmes en mouvement, aussi abrupt qu'une falaise, il n'en paraît que davantage écrasant. Intimidant. Et seul. Néanmoins, avec – peut-être – la même peur qu'une personne souffrant de vertige sur le point de trop s'approcher du bord, je le rejoins et, lentement, fais courir mes mains sur ses pectoraux pour ensuite les croiser sur sa nuque.

Aussitôt, l'une de ses paumes s'abat dans le creux de mes reins pour me plaquer contre lui, l'autre demeurant pendue près de sa cuisse. Durant un instant, je doute. De remporter cette manche-ci.

Durant un instant, je meurs, la totalité de mes sens foudroyés par cette étreinte qui n'en est pas une. Ses deux pics d'obsidienne focalisés sur mes réactions, Néoh intercale sa jambe entre les miennes, son genou flirtant dangereusement avec le cœur de mon intimité. Je déglutis, provoquant un rictus d'une arrogance folle sur ses lèvres. En complet décalage avec le tempo craché par les enceintes, nous ondulons doucement.

Puis je décide de lui prouver que lorsque j'assurais que jamais il ne gagnerait au jeu des provocations, je pensais mes paroles.

À moins que… ce ne soit tout simplement le feu rampant sur ma chair qui en perce la barrière pour guider mes instincts. Parce qu'à partir de cet instant, je crois que je me perds. À partir du moment où je me retourne pour m'alanguir sur son torse, mes fesses ondoyant subtilement – ou pas – contre lui. Mes doigts emmêlés aux siens, je les ramène contre mon ventre, puis les arrête à la ceinture de mon short. Sans cesser de me mouvoir langoureusement, ses arêtes tranchantes épousant à la perfection mes courbes à chaque mouvement, je creuse ensuite mes reins et coule nos mains jointes vers l'intérieur de mes cuisses.

– Auréa, grogne-t-il à mon oreille.

– Quoi ? Aurais-tu des remords, tout à coup, Néoh ?

D'une pression sur ses phalanges, je l'oblige à planter ses ongles dans ma peau nue jusqu'à les passer légèrement sous la couture en cuir. Le frisson qui pille la totalité de mon épiderme n'est même plus brûlant, mais… incandescent. Contre mon dos, je le sens peiner à trouver son souffle, les battements qui secouent sa cage thoracique se fracassant contre mes os. Et contaminant mon propre pouls. Sa respiration s'échoue contre mon cou, de plus en plus erratique et lourde. À l'image de ce désir liquide qui se perfuse direct dans mon sang. Soudain, Néoh me plaque férocement contre lui, puis lèche la ligne de mon épaule à mon oreille. En réponse, un gémissement s'extirpe malgré moi de mes lèvres. Un grondement plus tard, il m'oblige à pivoter, si vite que le tournis me saisit. L'une de ses mains empoigne ensuite la base de mon cuir chevelu, inclinant durement ma tête en arrière.

– Envie d'abandonner? le défié-je.

Un regard insondable me cloue en même temps qu'il colle son érection tendue contre mon ventre. Bordel, c'est…

Son parfum. Son contact. Son empreinte sur ma peau… Tout est d'une telle indécence que je ne peux ignorer mon envie d'y succomber. De m'y noyer.

Son autre main vient harponner ma mâchoire pour rapprocher nos bouches jusqu'à ce que ces dernières s'effleurent.

Nous ne bougeons plus, à peine conscients des danseurs autour de nous qui, eux, s'agitent en rythme. Sa prise se raffermit. Ses lèvres se retroussent comme si une onde de colère le fouettait de l'intérieur.

Un sourire éclate sur les miennes tandis que je m'amuse à le griffer à travers le tissu de son tee-shirt.

– Alors qu'est-ce que ça fait, Néoh? susurré-je. D'avoir envie de baiser ta… piccolina? Celle que tu considérais comme ta petite sœur?

Sous mes paumes, ses muscles se contractent si brutalement que son torse en tremble. Une grimace foncièrement mauvaise s'empare de son visage alors qu'il me relâche aussi vite que si j'avais soudain pris feu. Imitant son geste de la dernière fois, je caresse sa joue du revers de la main.

– Finalement, le passé a son importance, hein? je lâche dans un ricanement sombre.

Sans lui laisser le temps de répliquer, je fais volte-face, puis disparais parmi la marée humaine. J'ai besoin d'air. De respirer.

De récupérer mes esprits, et surtout d'effacer cette sensation de m'être délitée sous son empreinte sur ma peau.

14

Auréa

Mes écouteurs sur les oreilles pour ne pas réveiller Énes qui dort déjà, car il bosse tôt demain, je brosse mes cheveux mouillés, dans la salle de bains. Mes hanches bougent en rythme, comme possédées par les ondes sonores. Il n'y a pas à dire, les Italiens sont forts en hits de l'été. J'ai l'impression d'avoir passé cette dernière semaine à danser, quel que soit l'instant. Sept jours sans l'ombre de Néoh, en déplacement à Bruxelles. Et j'avoue qu'une part de moi est soulagée de respirer, sans… sans quoi, d'ailleurs ? Ce poids qui me serre la poitrine dès que je le vois? Ce poids dans mon ventre dès que je pense à lui et à cette danse ? Bon, OK, si je suis honnête, même durant son absence, c'est le bordel dans mon abdomen. Et coucher avec un mec rencontré dans une soirée où m'a traînée Malena m'a tout juste apaisée. En revanche, je dois dire que la compagnie de l'Italienne est agréable. Non, pas agréable… détonante. Chaque minute passée avec elle me colle une humeur au parfum de soleil, imprime un sourire rayonnant sur mes lèvres pour la journée entière. Après m'avoir présentée à un nombre hallucinant de ses amis, Malena m'a accompagnée faire quelques magasins afin de redécorer cette chambre triste à mourir. Du moins, elle l'était avant… Maintenant, deux tapis turquoise dissimulent ce sol hideux, des coussins et des bougies éclaboussent la pièce de couleurs, ainsi que plusieurs tentures sur les murs.

Bref, cette semaine sous le signe de la légèreté m'a fait un bien fou. Surtout que j'ai réussi à obtenir un job à l'hôtel où bosse mon frère. La clientèle y étant internationale, ma langue maternelle m'a été d'une grande aide. Ça, plus un frangin plutôt persuasif. Rien d'exceptionnel, vu mon manque d'expérience. Je partagerai mon temps entre le service de quelques tables et la plonge, selon le besoin, mais j'en suis heureuse. Je n'aurai pas besoin de piocher dans le compte familial, même si mes parents s'en fichent pas mal…

Dans un combishort, je sors de la salle de bains en chantant à voix basse :

– « Mentre mi stringerai vestita solo dalla mia pelle, tra le luci spente[1] »…

Dans ma chambre, je jette mon téléphone et mes écouteurs sur le lit puis récupère mon ordinateur portable dans le but de mater une série quand quelque chose me fait tiquer.

– Chaton ?

Où est-il ?

Blue ne me quitte jamais… Jamais. Je dois toujours fermer la porte de la salle de bains à clef quand je me lave si je ne veux pas le retrouver avec moi dans le bac à douche. Durant l'année scolaire, à Brown, j'étais même obligée de faire le trajet New York-Chicago tous les week-ends, sinon il déprimait et ne mangeait plus.

– Blue ?

Je me rends dans le salon. Rien. Fouille chaque pièce, me hasardant même dans l'antre de la bête, mais en vain. OK, là, je

1. Paroles de « Melodia Proibita » d'Irama.

commence à paniquer. Un dogue allemand de soixante-dix kilos ne peut pas disparaître comme ça !

– Blue ? je répète, plus fort. T'es où ?

À mon grand soulagement, un aboiement me répond enfin, en provenance du balcon.

– Comment t'as réussi à sortir ? grommelé-je en passant la porte-fenêtre.

Avant de me figer. Parce qu'il est là. Néoh. Assis par terre, le dos calé contre la paroi vitrée et les bras sur ses jambes repliées, il fixe un point imaginaire, droit devant lui. Chaton, roulé en boule contre lui, se relève dès que j'ai mis un pied dehors, le museau en l'air, en quête de caresses.

– Tu me fais des infidélités, maintenant ? dis-je en grattouillant sa tête.

Je redresse le visage sur celui de Néoh qui semble ne pas m'avoir remarquée. Ou alors il le feint parfaitement. L'éclairage du salon le plonge dans une sorte de contre-jour creusant davantage ses propres ombres, les rendant presque palpables. Sa veste en cuir sur le dos en dépit de la chaleur humide alourdissant l'atmosphère, il ressemble presque à un… spectre.

– Tout va bien ? tenté-je dans un premier temps.

Comme il ne quitte pas son mode apathique, je m'accroupis devant lui, les deux mains sur ses tibias, pour attirer son attention. Suivie de Blue qui se couche à nouveau près de ses jambes.

– Néoh ?

Ses yeux s'animent enfin pour vriller aussitôt sur les miens. Et vriller aussi mon estomac qui se tord en un violent soubresaut. Maintenant, je comprends pour quelle raison Blue est resté avec lui. Ce chien est l'être le plus empathique que j'aie pu rencontrer, capable de ressentir la moindre de mes baisses de moral, son instinct le poussant à tenter de les étouffer par sa présence. Voilà pourquoi il est ici… Parce que plus qu'une «baisse de moral», c'est un véritable abîme qui me fait face. Une chute vertigineuse, tant ses billes noires ressemblent à deux puits sans fond. Sans plus aucune matière. Rien que du vide. Et des ombres.

– Bordel, mais qu'est-ce qui t'arrive? murmuré-je par peur de l'extraire trop rapidement de son marasme intérieur.

– Si je réponds que j'espérais te voir repartie chez toi et que je suis déçu, ça fait de moi un connard?

– Hum… ça fait de toi un Néoh, j'imagine. Un connard, par définition. Rectification: un connard et un menteur.

Son rictus que je jure un jour de griffer réapparaît. Néanmoins, il ne me contredit pas. Se contente de lâcher dans un grognement:

– Tes yeux…

J'ignore en quoi mes yeux le perturbent soudain. Tout simplement parce que la fin de sa phrase reste bloquée dans sa trachée.

– Oui, ils sont différents, raillé-je. Et non, cela n'est pas dû à l'alcool que tu as ingurgité ce soir si j'en crois cette alléchante odeur de bourbon flottant dans l'air.

– Pourquoi tu es là, putain? siffle-t-il, les dents serrées.

Le moins que l'on puisse dire, c'est que ce mec m'apprend à relativiser. Et à prendre du recul, aussi. Sinon, il me serait quasi impossible de refréner mon envie de le gifler. Cependant, comme le bout de mes doigts me démange sérieusement, je me relève – par précaution – puis vais me poster contre la rambarde du balcon.

– Tu m'as volé mon chien, répliqué-je. Rêve pas, Néoh. C'est lui que je suis venue trouver, pas toi.

– Alors pourquoi tu es encore là?

– Parce que je ne suis qu'une peste et que te voir essayer de m'ignorer m'amuse.

– À quel moment je t'ignore? Ou fais semblant de t'ignorer, piccolina?

Ma bouche se tord en une moue faussement boudeuse pendant

que lui ne bouge pas d'un cil, son regard toujours profondément ancré au fond du mien.

– Hum, t'as raison, je me suis mal exprimée. C'est toi que tu ignores. Une partie, du moins… celle que tu essaies d'écraser sous cet amas d'acide et de conneries. Celle qui a encore un pied dans le passé, quoi que tu en penses.

Un grondement filtre de son torse. Lentement, Néoh se relève, et j'avoue me ratatiner, voire penser à sauter du balcon lorsqu'il bouffe l'espace entre nous en quelques enjambées souples. Ses deux paumes accrochent le rebord, de chaque côté de mes hanches, avant qu'il se penche pour figer son visage à hauteur du mien. La seconde suivante, un museau agité accompagné d'un grognement tente de s'intercaler entre nous. D'une caresse sur son collier, j'apaise Blue sans cesser de fixer Néoh.

– Chhh, chaton. Ne t'inquiète pas. Tu sais ce qu'on dit, ces bêtes-là, elles aboient, mais ne mordent pas.

En réponse, un rictus carnassier et vorace explose sur ses lèvres.

– Ne me tente pas, Auréa.

J'arque un sourcil. Et j'ignore si je le défie de mettre à exécution ses paroles, ou le contraire. Cela dit, vu l'incendie sous ma peau, je parierais plus sur le premier point. Un soupir lui échappe soudain, s'échouant sur ma bouche. Durant plusieurs secondes, il ferme les paupières, les muscles raides.

– Auréa, dit-il dans un murmure qui me chahute étrangement. Pour une fois, je veux que tu m'écoutes. Attentivement.

Il rouvre ses yeux pour les arrimer aux miens.

– Je ne joue pas, là, renchérit-il. Et ne peux être plus honnête avec toi.

D'un hochement de tête, je lui intime de poursuivre.

– Arrête de faire comme si le passé avait de l'importance.

– Sauf qu'il en a.

– Arrête ! siffle-t-il, si près qu'il suffirait d'un souffle pour qu'il possède mes lèvres. Tu ne comprends pas, bordel ! JE ne dois pas avoir d'importance !

– Et je ne dois pas avoir d'importance, c'est ça ?

– Piccolina, rétorque-t-il sur ton condescendant, ça fait un bail que…

Refusant de le laisser s'embourber dans ses propres conneries, je plaque ma paume sur sa bouche. Surpris, il fronce les sourcils et s'apprête à reculer, mais mon autre main chope son col pour le rabattre vers moi.

– Tu n'as rien compris, hein ? Qu'est-ce que tu crois ? Que si j'ai dansé de cette façon avec toi, c'était parce que je n'avais pas su résister à ton sex-appeal si enivrant ?

Loin de se vexer, cet abruti se paie le luxe de sourire contre ma paume. Néanmoins, je ne réagis pas et ajoute :

– Désolée de te décevoir, don Juan. Ou Casanova, plutôt, histoire de donner dans le produit local. Outre le fait que je tenais à te montrer que je n'avais plus rien d'une enfant, je voulais seulement te prouver une chose : le passé a bel et bien de l'importance. Sinon, qu'est-ce qui t'empêche de me mettre dans ton lit, hein ?

Son index vient tapoter doucement mon front.

– Moi ? Vraiment ? je lui réponds, approchant ma bouche de la seule barrière entre nos visages. Qu'est-ce que tu ferais, alors, si je cédais à tes provocations ?

D'un coup, je retire ma main, obligeant nos lèvres à s'effleurer. Avant d'enfoncer le clou :

– Qu'est-ce que tu ferais, hein ? Si je te cédais ?

Immobile, son corps soudain pétrifié, comme plongé dans la glace, il demeure muet. Là, c'est moi que j'ai envie de gifler. Parce que, sous mes yeux, le peu de barrière qu'il avait consenti à effriter dans le but de me mettre en garde se reconstruit pour se dresser à nouveau entre lui et le monde extérieur. Et je sais que c'est entièrement ma faute.

Tout à coup, son front se pose contre le mien, puis le pousse légèrement.

– J'ai envie de me glisser entre tes cuisses, Auréa. De te baiser. Et crois-moi, ça n'aurait rien de tendre… ne serait-ce que pour entendre autre chose que tes remarques débiles tant elles sont naïves sortir de ta bouche. Ne serait-ce que pour te faire comprendre qui je suis devenu, qui je suis maintenant. Mais ne pense pas que je me retienne à cause de toi. Afin de te préserver, ou je ne sais quelle autre absurdité ton esprit peut bien s'inventer. Il n'y a qu'une seule chose qui se tient entre toi et mon envie de prendre ce que je veux.

Ses doigts se déploient soudain en étoile sur mon ventre. Avant de glisser lentement vers le bas.

– Ton frère, termine-t-il en exerçant une pression sur mon abdomen.

Mon corps entier n'est qu'un amas de… je ne saurais définir, en réalité, mais c'est corrosif, violent, brutal. Enfiévré. Passionné. Et je suis certaine d'en redemander lorsque le feu s'éteindra. Cependant, malgré tout ce… bordel sous ma peau, j'agis en totale contradiction. D'un geste tendre, je pose ma main sur sa joue piquée d'un voile de barbe, mon pouce caressant le contour de sa lèvre inférieure. Décontenancé, Néoh perd de sa superbe et se raidit.

– J'ignore ce qui t'est arrivé, Néoh. Ce qui t'a changé à ce point. Et, quelque part, je m'en contrefous. Je n'ai pas besoin de savoir. Tu veux la vérité? Moi aussi, j'ai envie de toi, mais ça…

Mon autre main vient presser ses articulations encore sur mon ventre.

– Ça, je reprends, ce n'est que physique. Et ce dont j'ai vraiment envie, c'est de récupérer le seul que je considérais comme un ami. Ou une partie, du moins.

– Auréa, c'est impossible. Tu veux ce que tu ne peux obtenir comme la gamine pourrie et gâtée que tu as toujours été.

OK, celle-ci, elle est dure à avaler. Et, bien que j'aie conscience qu'effectivement, mes parents m'ont toujours donné plus que ce que je demandais, il n'empêche… que ça vexe un peu.

– Et toi, tu truandes, hypocrite. Tu ne peux pas me dire que le passé n'importe pas et me le balancer en pleine tête quand ça t'arrange.

– Je n'ai jamais été du genre fair-play, lâche-t-il dans un ricanement.

– Faux, tu n'es qu'un con, Néoh.

Ses lèvres s'étirent en un sourire amusé. Un vrai sourire amusé. Pas un de ceux qui dégoulinent d'arrogance ou de dédain.

– Et toi une acharnée qui risque de terminer avec une aile cassée.

– Je préfère le terme « déterminée », je te l'ai déjà dit. Et puis, une blessure se guérit.

– Pas toutes, non. Certaines ne guérissent jamais et pourrissent tout sous la surface.

Avant que j'aie le temps de réagir, ses bras s'abattent sur mes reins et m'attirent contre son torse. Dans… oui, dans une étreinte aussi puissante que perturbante. Et qui me foudroie le cœur lorsque Néoh raffermit sa prise pour me serrer davantage. Me fondre contre lui. Toutefois, aussi vite qu'il m'a enlacée, il me relâche. Prend mon visage entre ses mains, ses doigts courant sur ma nuque, et incline ma tête de façon à unir nos regards. Cette fois, c'est carrément une lacération qui creuse ma poitrine tant ses yeux noirs semblent hurler toutes leurs fêlures.

– T'as gagné, cède-t-il dans un murmure. Le passé a de l'importance. La petite fille que j'ai connue a de l'importance. Voilà pourquoi tu dois garder tes distances, Auréa. Je vais te faire souffrir. C'est inévitable. Ça arrivera. Ne me force pas à te faire du mal pour te repousser. Ne me force pas à te faire du mal parce que je n'aurai pas su te repousser. Ne me force pas à te faire du mal parce que je me serai brisé un peu plus en te blessant, toi.

La gorge nouée de peine comme de rage, je suis incapable de répondre. En même temps, que répondre à ces paroles si amères, presque désespérées ? Rien. À part peut-être un cri que je ne parviendrai pas, de toute façon, à extraire de ma bouche.

– J'ai besoin que tu sois raisonnable pour nous deux, Auréa. Tu veux bien faire ça pour moi ?

Et que répondre à cette supplique, si ce n'est un hochement de tête à la fois contrit et abasourdi ?

– Merci, dit-il avec un soupir de soulagement.

Ses lèvres se posent ensuite sur mon front, l'embrassent. Écorchent presque ma peau. Puis, en silence, il s'éloigne pour finir par tourner les talons et disparaître. Aussitôt, Blue revient se coller à moi. Donne des coups de langue sur ma main qui pend contre ma cuisse. Frotte sa truffe. Me câline.

Quand je disais que ce chien était capable de ressentir mes humeurs. Et là, plus qu'une baisse de moral, j'ai la sensation d'être anéantie.

15

Auréa

Raisonnable. Auréa, sois raisonnable.

Voilà la phrase que je me suis répétée en boucle, ces derniers jours, et je ne suis pas peu fière de dire que j'ai été raisonnable. Super raisonnable, même. Je suis restée loin de Néoh. OK, de temps en temps, l'un de mes yeux – bon, d'accord, les deux – dérivait sur sa silhouette. Mais sinon, j'ai gardé mes distances, le laissant s'affaler dans son bordel intérieur, vu qu'il a l'air de tant aimer ça. Malena, Énes et mon job à l'hôtel ont constitué de parfaites distractions. Thomas aussi, d'ailleurs. C'est assez étrange, cela dit… La dernière fois, celui-ci m'a bien vu partir du club où nous étions avec un autre mec. Néanmoins, ce n'est pas pour autant qu'il cesse son manège de séduction. Je sais qu'il suffirait d'un mot de ma part pour que l'on couche ensemble. Mais j'en suis incapable. Parce que je reste certaine que passer à l'acte implique plus pour lui. Or, je l'apprécie assez pour ne pas lui faire miroiter quelque chose que je ne suis pas disposée à offrir. Surtout quand ma peau, elle, en réclame un autre. Un autre qui, au contraire, est prêt à tout pour me repousser.

Bref, je disais ? Ah oui : sois raisonnable.

Facile à dire quand le karma semble vous en vouloir particulièrement. Comment expliquer que Néoh vienne empiéter sur mon territoire, sinon ? Certes, c'était peut-être le sien avant, mais je m'en fiche. J'y suis, maintenant. Alors s'il veut que je continue à rester raisonnable, qu'il aille ailleurs ! Pas sur mon lieu de travail ! Encore moins quand Demetrio, le chef de salle, se voulant sûrement prévenant, me dit d'aller faire le service à la table où Néoh boit un verre avec une bande d'amis, dont Malena, pour me faire la main. « Comme ça, si tu te plantes, ils ne t'en voudront pas », a-t-il osé renchérir. Je concède que l'idée est loin d'être con. En théorie. En pratique…

Parce que si je suis totalement honnête, je dois avouer que la distance physique que nous nous sommes imposée n'en a pas créé une entre mon cœur et cette rafale d'émotions que je me suis prise, sur le balcon, ce soir-là. Entre moi et son regard torturé qui me suppliait presque. Regard torturé qui n'a plus rien de torturé, d'ailleurs, lorsque j'arrive à leur hauteur, sur la terrasse située sur la rive du lac, celle où Néoh m'avait emmenée. Aussitôt, Malena bondit pour me serrer dans ses bras :

– Malena, maugréé-je entre mes dents, je bosse. Je ne suis pas certaine que de telles effusions me fassent gagner des points auprès de mon supérieur.

– On ne dit jamais non à un câlin, rabat-joie, glousse-t-elle avec entrain.

Tandis qu'elle se rassoit sur l'immense canapé en cuir blanc, les autres me saluent avec un peu plus de subtilité que mon amie. Tous, excepté Néoh qui, assis sur un fauteuil, se contente de me fixer d'un air sombre, un bras en suspens sur un accoudoir. Bon, l'air sombre est un peu sa marque de fabrique, donc jusqu'ici, rien d'anormal. En revanche, sa façon de détailler ma tenue – constituée d'une chemise blanche cintrée et d'un pantalon noir – avant de bloquer sur ma queue de cheval fouettant mes omoplates me perturbe plus que de raison… sûrement à cause de cette lueur vorace qui semble soudain s'emparer de ses prunelles.

Raisonnable, on a dit!

Avec un sourire affable, je me recentre et fais ce pour quoi je suis là: prendre leur commande, que j'inscris sur une sorte de tablette. Au moment où je m'apprête à les laisser, une main se coule sur mes reins, et une paire de lèvres se posent délicatement sur ma joue.

– Bonsoir, Auréa.

– Salut, Thomas, je réponds, un peu crispée. Sinon, le fait que je sois en train de bosser ne dérange personne? Parce qu'entre les câlins et les bises à la française, je ne suis pas certaine qu'on me laisse revenir demain, moi.

– Cela n'avait rien d'une bise, me reprend-il avec un clin d'œil, avant de se joindre à Malena, Néoh et les autres.

Thomas étant d'un naturel chaleureux, c'est sans mal qu'il s'est fait une place parmi eux. Et, vu le visage de Néoh, tout à coup aussi agréable qu'un jet d'acide, je dirais que cela n'est pas à son goût.

– Tu finis à quelle heure? me demande Thomas après m'avoir commandé un gin tonic.

– Euh, vingt-trois heures trente.

– Je serai là, alors, me répond-il en souriant.

Évidemment, certains se mettent à siffler. Évidemment, je n'ose pas le rembarrer devant tout le monde. Sans compter qu'il est trop craquant pour être rembarré tout court. Aussi, je fuis lamentablement à l'intérieur rejoindre mes collègues. Demetrio m'intime ensuite de rester avec l'un des deux barmen afin de le suivre dans la création des cocktails, car, même si je reste dans la zone bar pour la soirée, il n'empêche que les commandes doivent être dignes d'un cinq-étoiles. Attentive, je le regarde réaliser ces boissons et m'expliquer les différents dosages, les présentations, les verres à utiliser en fonction des préparations, lorsque le second barman m'interpelle :

– Auréa ? Il y a un type qui te réclame.

D'abord surprise, je déchante vite dès que j'aperçois la mine obscure de Néoh qui patiente un peu plus loin, près du zinc.

– « Qui me réclame ? » bougonné-je. C'te blague.

– Il a précisé qu'il ne bougerait pas tant que tu n'irais pas le voir.

– Eh bien, c'est le moment de voir si l'expression « prendre racine » est vraie ou non, répliqué-je.

– Vas-y, dit-il en se marrant. Je m'occupe de porter les cocktails à la table.

Dans un autre contexte, je jure que Néoh aurait pu attendre la nuit entière. Seulement, connaissant son tempérament, je n'ai pas envie de tenter le diable et de provoquer un scandale dès ma première semaine de boulot, ne serait-ce que par respect pour mon frère. En parcourant les quelques mètres qui me séparent de lui, je tente de me recentrer. Et de me ressaisir. Hors de question qu'un mec – quel qu'il soit – sape ma bonne humeur coutumière. Assis sur une chaise haute, il m'observe approcher, son rictus détestable ayant de nouveau creusé sa place sur ses lèvres. Les manches de sa chemise en jean sont retroussées, laissant apparaître un faisceau de veines gonflées sur ses avant-bras absolument… alléchants. L'espace d'une microseconde, je rêve d'une retraite spirituelle dans un couvent. Sans aucune tentation. Sans aucun Néoh. Où je ne pourrais rien faire d'autre qu'être raisonnable.

– Laisse-moi deviner, tu as été envoyé par les autres pour me bizuter, dis-je, une fois à sa hauteur.

– Te bizuter, j'avoue que c'est tentant…

Je roule des yeux, mais me garde de répliquer.

– J'ai soif, termine-t-il dans un claquement de dents.

Je bloque. Oublié le couvent. C'est en prison que je vais finir mes jours.

Ma tête opère ensuite des allers-retours. Je regarde à droite. À gauche. Puis derrière moi.

– Je ne comprends pas… réponds-je. Je ne me suis pourtant pas trompée d'endroit. Toi, en revanche… Tu es courant qu'on n'est pas dans un club pour dominants en manque de virilité ? Parle-moi encore de cette façon, Néoh, et je te promets que tu n'auras plus aucune virilité à offrir à tes partenaires d'un soir.

Il sourit. Ce petit con me sourit, chassant temporairement ces ombres ourlant les traits de son visage. Temporairement, je précise.

– S'il te plaît, ajoute-t-il en détachant chaque syllabe.

Bien malgré moi, je fixe la façon dont sa langue et ses lèvres bougent en butant sur chaque lettre.

– Un Néoh poli, quelle douce musique à mes oreilles, raillé-je. Je t'écoute, qu'est-ce qui te ferait plaisir ?

Un sourcil arqué, ses yeux dévient encore sur ma queue de cheval. Son torse se soulève soudain, comme s'il tentait de garder scellé un grognement avant de réellement grogner :

– Un sex on the beach.

– *Really* ? T'as pas plus cliché ? je me marre. Et puis, c'est pas une boisson de fille, ça ?

– Qui a dit que c'était pour moi ?

– Pardonne-moi, j'ai du mal à te voir en chevalier servant. Mais OK, je te prépare ça.

Qu'on se le dise, je n'ai aucune idée de ce qu'il faut mettre dedans. Dans les tréfonds de ma mémoire, je me souviens d'un liquide aux couleurs d'un coucher de soleil. Enfin, il me semble…

C'est le moment de tester ma capacité à créer un cocktail et, si je suis aussi douée que derrière des fourneaux, il est fort possible que le numéro d'un centre antipoison me soit très prochainement utile. Je pourrais faire appel à l'un de mes collègues, mais… où serait le fun, là-dedans ?

Raiso… quoi ?

Profitant de ma position cachée derrière le comptoir, je commence à préparer sa commande sans qu'il puisse voir quoi que ce soit. Tandis que je m'affaire, je le sens me détailler.

– Tu vas vraiment rentrer avec lui ?

Son timbre métallique m'arrache momentanément à mon œuvre.

– Thomas ? demandé-je.

Néoh ne me répond pas, ses billes d'un acier noir profondément ancrées à mon regard.

– Sûrement.

– Tu vas coucher avec ?

– Sûrement, répété-je, un peu perfide.

– T'as déjà couché avec ?

Agacée, je repose trop sèchement le verre à Martini, m'éclaboussant au passage.

– Qu'est-ce que ça peut te faire ?

– Je n'en ai pas la moindre idée, grimace-t-il. Mais je ne veux pas.

Les nerfs en feu, je ramène mes paumes contre mes jambes pour ne pas être tentée de lui servir son cocktail non pas *on the rocks*[1], mais *on his face*[2].

– Tu te fous de moi, hein ? pesté-je dans un murmure pour ne pas exploser devant tous les clients. Dis-moi que c'est uniquement un moyen de plus de me pousser à bout ! Et t'en fais quoi de ton « soyons raisonnables » ?

---

1. Avec des glaçons.
2. Sur son visage.

Son corps se rencogne contre le petit dossier. Les poings serrés contre ses cuisses, il m'observe longuement. Puis, son air désinvolte et arrogant accroché au visage, il répond :

– Je t'ai demandé d'être raisonnable. Je n'ai jamais dit que je le serais.

– Ce n'est pas possible d'être aussi con, grincé-je, les dents serrées afin de ne pas hurler. Écoute-moi bien, Néoh. Vautre-toi dans ton bordel intérieur si tu le veux, mais à partir de maintenant, tu m'oublies. Je ne veux plus y être mêlée.

– Menteuse, dessine-t-il avec ses lèvres sans prononcer un seul son.

Une violente envie de lui dessiner autre chose, mais avec mon majeur, me démange. Néanmoins, je n'en fais rien. Pas ici.

– Pense ce que tu veux. La réalité est juste sous ton nez : tu joues les connards pour repousser les autres. Eh bien, bravo. Tu as réussi avec moi aussi. Tu rêves si tu crois que je vais endurer toutes tes méchancetés dans l'unique but de me rapprocher de toi.

La tête penchée, mon sourire le plus éclatant étirant ma bouche, je dépose le cocktail devant lui, puis me penche par-dessus le zinc :

– Il faudrait que tu sois plus important, pour ça, je conclus.

Un éclair, plus obscur que d'ordinaire, zèbre son regard. Un spasme chahute méchamment son visage. Et me chahute méchamment aussi. Mes paroles me blessent… parce que je réalise alors que… je viens de le blesser, lui. Toutefois, je n'ajoute rien. Néoh doit comprendre… que ses fêlures ne justifient pas tout. Encore moins ce comportement d'enfoiré.

– Tu m'excuses, mais je bosse, j'enfonce le clou avant de le planter pour rejoindre Demetrio.

Pendant que l'Italien poursuit ses explications, non sans m'avoir demandé ce que me voulait Néoh, j'observe ce dernier du coin de l'œil. Sombre, immobile, il demeure ainsi plusieurs minutes.

Quand, enfin, il reprend vie, il attrape son verre et le bois… cul sec.

Oh, putain !

Ignorant mon collègue, je manque d'éclater de rire face au visage congestionné de Néoh qui verrouille ses mâchoires pour ne pas tout recracher. Je ne résiste pas, m'excuse auprès du barman qui va finir par vouloir me virer, puis rejoins Néoh. Les joues rouges, quelques larmes agglutinées à ses cils, il me foudroie du regard lorsque j'arrive devant lui.

– Mouais… je me doutais que les quinze gouttes de tabasco étaient *too much.*

Sans me démonter, j'attrape une serviette en papier, me penche par-dessus le comptoir et essuie le coin de sa bouche sous ses yeux révulsés de colère.

– Fais gaffe, ça coule un peu.

Puis, les lèvres pincées pour ne pas m'esclaffer, je repars en sens inverse.

Je n'ai jamais été raisonnable, de toute façon…

***

Il est un peu plus de minuit lorsque je finis enfin mon service. Énes ayant terminé deux heures avant, je lui ai dit de ne pas m'attendre. À l'extérieur, l'air est étouffant et si chargé d'humidité qu'une pellicule assez désagréable tapisse ma peau dès que je mets les deux pieds dehors. Et je n'ai qu'à parcourir quelques mètres pour que cette pellicule se mue en un frisson d'appréhension.

Un soupir s'extrait de ma gorge. Les prochaines minutes promettent d'être épiques.

Sur le parking réservé au personnel, Thomas patiente, adossé à la portière de sa voiture. Comme promis. Le problème ? Pile en face, Néoh aussi attend, assis sur le capot de la sienne, de voiture. Pendant une fraction de seconde, j'hésite à rebrousser chemin et à rempiler pour un *shift* supplémentaire. Cependant, je prends sur moi, extirpe mon téléphone de la poche arrière de mon short en jean, puis compose vite fait un texto.

Ensuite, la mine aussi innocente qu'un nouveau-né, je m'avance vers eux, puis lance, l'air de rien :

– Vous attendez quelqu'un ?

Deux hommes, deux réactions opposées. L'un me gratifie d'un sourire à éblouir le soleil. Le second me bombarde d'un regard obscur. Obscur, brûlant. Dévorant. À l'image de cet autre frisson qui dévore la totalité de ma peau.

– Je voulais t'emmener quelque part, si tu le veux bien, me propose Thomas après s'être décollé de sa voiture pour progresser dans ma direction.

– Sauf qu'elle rentre avec moi.

Autant envoyer chier Thomas m'embête vraiment, autant Néoh… Merde, il n'a rien compris !

– Tiens, tu as retrouvé l'usage de ta langue, toi ? je me moque.

De concert, les deux hommes haussent un sourcil.

– Bande de dépravés, soupiré-je avant de préciser, à l'intention de Thomas : « J'ai un peu chargé son cocktail de tabasco. »

Ce dernier se met à rire sous l'œil meurtrier et acéré de Néoh qui, lui, n'a pas esquissé un seul mouvement.

– Du coup, tu préfères rentrer chez toi ? demande Thomas, clairement déçu.

– Pas du tout, je…

– Si, elle rentre, tonne la voix de Néoh.

Je ferme les paupières. Ma colère de tout à l'heure revient en force et se transforme en fureur. Mais le pire, c'est qu'elle n'est pas seule, la garce. Elle se mêle à une pointe de culpabilité de l'avoir blessé plus tôt. Soudain, un souvenir frappe mon esprit

– ses propres mots : « Ne me force pas à te blesser. » Le fait-il exprès ? Me pousser, moi, à le repousser pour… quoi ? Avoir mal ? Me faire mal ?

Mais qui fait ça ?

Tout à coup, ma main s'enroule autour de son poignet pour le déloger brusquement de sa place.

– Tu nous excuses un moment ? dis-je à Thomas.

Sans attendre de réponse, je tire Néoh derrière moi, quelques mètres plus loin. Puis le relâche en me plantant devant lui, les poings sur les hanches.

– Tu m'expliques ton délire ? je l'agresse.

– Je te l'ai déjà expliqué, répond-il calmement.

Mais d'un calme qui n'annonce qu'une sale tempête.

– Tu ne veux pas que j'aille avec Thomas. OK. Pourquoi ?

Il fourre ses mains dans les poches de son cuir, les mâchoires scellées. La silhouette déployée, il me surplombe d'une bonne tête et baisse tout juste le visage pour enfoncer ses yeux noirs au fond des miens.

– Néoh, tenté-je d'une voix plus douce, pour-quoi ?

– Je te l'ai également déjà dit, siffle-t-il. Je n'en sais rien.

– Mais tu ne peux pas faire ça ! Tu t'en rends compte ? Me menacer de rester loin, puis clairement m'allumer. Me supplier d'être « raisonnable », et ensuite… ça ? C'est… non ! Je refuse. Je n'ai pas à subir tes sautes d'humeur. En fait, dis-je, commençant à m'énerver, je n'ai pas à subir les sautes d'humeur de qui que ce soit. Aussi canon que puisse être ce qui que ce soit !

– Canon ?

– Oh, ta gueule !

Ma remarque lui soutire un sourire qui a l'étrange pouvoir de me calmer. Et d'irradier dans ma poitrine. Bordel, tout ça s'annonce bien trop compliqué.

L'une de ses mains quitte sa cachette pour se lever entre nous et s'arrêter tout près de mes lèvres, sans les toucher.

– Ne m'oblige pas à poser des mots sur… ce que je ressens, Auréa. Ce ne serait pas beau, crois-moi. Je veux juste que… tu rentres avec moi. S'il te plaît.

J'ai la sensation que le temps s'arrête. Se pétrifie en un seul instant qui… putain, moi aussi, je suis incapable de poser des mots sur ce que je ressens, là, à ce moment précis. L'envie de me ruer sur lui. De me fondre en lui. De le fondre en moi. L'envie de le fuir. De peur qu'il ne parvienne réellement à me briser, comme il me l'a prédit. L'envie de… juste le ressentir.

Le temps se fige, à l'image de sa main qui n'ose pas me toucher réellement, et je me perds dans son regard torturé. C'est à peine si je me rends compte du bras qui s'enroule autour de mes épaules et de la voix enjouée de Malena qui claironne :

– Désolée, les gars, ce soir, c'est moi qui profite de notre jolie Auréa !

D'un geste, elle m'attire contre elle pour me forcer à la suivre.

Et je la suis. Tel un automate qui ne sait plus quel programme enclencher.

Encore perdue quelque part entre… lui et moi.

16

Auréa

– Le premier abruti qui ose sous-entendre que les femmes sont compliquées, je lui « complique » le portrait, grommelé-je entre mes dents, avant d'ajouter à l'adresse du museau qui s'agite devant moi :

– Toi inclus ! Je n'oublie pas que tu fais aussi partie du côté obscur.

Totalement hermétique à mon agacement, Chaton jappe, la queue remuante avec une seule idée en tête : se dégourdir les pattes.

– Tu te rends compte de ce que tu m'obliges à faire ? Me promener sur les rives du lac à peine éclairées à deux heures du mat' !

Il se fige, penche d'un coup la tête sur le côté tout en me fixant. Merde. Il est trop adorable et moi, je me fais manipuler par mon chien car ce dernier sait très bien que je suis incapable de lui résister.

– OK, maugréé-je pendant que je détache la laisse de son collier. Mais tu ne vas pas dans l'eau !

Quelques secondes plus tard, un « plouf » vient se foutre de ma pomme. Et clairement souligner mon gros manque d'autorité. À croire que le comportement de Néoh déteint jusque sur mon chien. En même temps, il serait capable de rendre barge un moine tibétain. Or, je n'ai rien d'un moine tibétain. Je ne suis pas surentraînée, et ma jauge de patience est loin d'atteindre des sommets. Je suis aussi loin de maîtriser le bordel que peut cacher un cerveau humain comme un psy. Non, parce que je n'ose même pas imaginer le chaos que ce mec a sous le crâne.

Rageuse, je shoote dans une pierre qui a le malheur de se trouver sur mon chemin. Bon, OK, ce n'est pas plus glorieux sous le mien, de crâne. Surtout depuis qu'un peu de culpabilité s'y est ajoutée. Je n'aurais pas dû partir avec Malena, tout à l'heure. J'ai agi contre mon instinct, chose que je ne fais jamais. Je voulais rester avec Néoh, rentrer avec lui. Seulement, rester voulait dire céder, et même si une part de moi crève de se ruer dans ses bras, l'autre refuse de se faire manipuler. Encore moins par quelqu'un qui a toujours compté dans ma vie. La vérité, c'est que je ne le comprends pas. En temps normal, j'aurais passé mon chemin. Après tout, il est impossible de s'accorder avec tout le monde, et je ne suis pas du genre à forcer une relation, mais lui… Sa présence, son influence est trop forte pour que je ne ressente pas un besoin quasi viscéral de gratter sous cette saleté de rictus foutrement agaçant. Comprendre comment il en est venu à déployer cette aura si sombre.

Et comment j'en suis venue à me filer des nœuds aux neurones à cause d'un mec en promenant mon chien en plein milieu de la nuit. D'ailleurs, à propos de chien…

– Chaton ! Ne t'éloigne pas, viens ici !

Soudain, je m'arrête. Et réalise que je suis celle qui s'est éloignée. Perdue dans mes pensées, je n'ai même pas réalisé que je battais le pavé à toute vitesse. Je grommelle un « merde » agacé, puis fais demi-tour.

– Blue !

Je songe un instant au spectacle que je dois offrir : une petite blondinette en pyjashort en train de hurler comme une hystérique après son dogue allemand plus grand qu'elle, une fois sur ses pattes arrière. Avant qu'un vent de panique souffle sous mes côtes face au silence de la nuit.

– Chaton ! crié-je plus fort. Tu m'as déjà fait le coup de pas me répondre une fois ! Je te déconseille de réitérer l'expérience ! Encore moins à deux heures du matin !

Toujours aucune réponse. Même le lac est… étrangement calme. Ou pas… Un frisson glacé me gèle les flancs lorsque j'entends des canards s'ébattre, non loin. Or les canards ne sont jamais dans les parages lorsque je promène Blue, ce dernier étant trop enclin à vouloir leur mâchouiller un bout d'aile.

– Blue !

Le cœur tambourinant, je m'immobilise, à l'affût du moindre bruit pouvant m'indiquer la position de mon chien. Avant de repartir de plus belle. Je progresse de plusieurs mètres en continuant de l'appeler. Me fige. Repars dans le sens inverse. Crie son nom. Encore. Et encore. Me mets carrément à courir dans une direction, puis une autre.

Je ne m'arrête qu'une fois à bout de souffle, incapable de dire où je me trouve exactement.

Mais, à cet instant, je m'en contrefous, d'être perdue.

La seule information que parvient à décrypter mon cerveau sous le flux de panique qui le sature est que… Blue aussi est perdu.

***

J'ignore quelle heure il est lorsque je rentre à l'appartement. Ni combien de temps je suis restée à hurler le nom de Blue, au point que ma gorge me brûle, que je suis en sueur tout en étant glacée de l'intérieur. Que… j'ai la sensation de l'avoir abandonné en rentrant sans lui. Mais il n'était plus là… il m'aurait répondu, sinon. Une violente douleur me mord le ventre à l'idée qu'on l'ait volé. Impossible, je l'aurais entendu aboyer, se débattre… non?

Non?

Je pousse le battant de la porte d'entrée, dans un état second. Et remarque la présence de Néoh et Énes uniquement quand ce dernier se rue sur moi.

– Bordel, Auréa! Il est plus de quatre heures du matin! Tu étais passée où? Malena nous a dit qu'elle t'avait déposée il y a plus deux heures, merde!

Ses mains s'abattent sur mes épaules et semblent sur le point de me secouer. Son regard angoissé me percute, en surface seulement. Je m'en contrefous. Je veux juste mon chien.

– J'ai 21 ans, grommelé-je. Je n'ai pas besoin de baby-sitter.

– Tu te fous de moi? s'emporte-t-il. Tu te fous de moi, c'est ça?

Je sais que l'inquiétude parle à sa place. Mais je m'en contrefous. Je veux mon chien.

– J'ai fait cinq ans sans toi, je peux en faire cinq de plus sans que tu joues les grands frères, rétorqué-je en tentant de me dégager.

– Tu vis ici, siffle-t-il avec une froideur que je ne lui connaissais pas. Tes manières de gamine pourrie, tu…

– Stop.

La voix sombre de Néoh s'enfouit direct entre mes côtes, me soutire une grimace. En quelques enjambées, il s'approche de nous et, d'une main sur l'épaule d'Énes, l'oblige à me relâcher. Celui-ci, mécontent, poignarde son meilleur ami d'un regard noir. Néoh l'ignore complètement, soulève mon menton de son index, enfonce une paire d'yeux où brille une lueur indéfinissable au creux des miens. Avant de me poser LA question:

– Où est Blue?

– Je… je l'ai perdu, je lâche dans ce qui s'apparente à un couinement pathétique.

Seulement alors, une larme perle d'entre mes cils pour s'échouer sur ma joue. Puis une deuxième. Suivies d'une cascade que je suis bien incapable de contrôler. Quelque chose de douloureux enfle soudain dans ma poitrine, et j'ai l'impression dingue qu'une boule va remonter pour défoncer ma trachée. Le visage de Néoh aussi paraît se décomposer. Un pli se creuse entre ses sourcils, sa lèvre supérieure se retrousse tel un animal enragé. Ses mâchoires se verrouillent violemment sous son voile de barbe.

– Merde, petite sœur, souffle Énes.

Toujours arrimée au regard de Néoh, j'en suis soudain arrachée par mon frère qui me prend dans ses bras.

– Excuse-moi, chuchote-t-il en m'embrassant le front avant d'attraper mon visage entre ses paumes. Qu'est-ce qu'il s'est passé?

– Je… je ne sais pas trop, dis-je entre deux sanglots. Je marchais sur le bord du lac et… tout à coup, il n'était plus là. Je l'ai appelé, mais… il ne répondait pas. Il était… n'était juste plus là. Je… je ne sais pas…

– Chut, fait-il d'un timbre doux en m'enlaçant à nouveau. Blue s'est peut-être perdu. Tu sais à quel point il adore chasser les canards. Il en a sûrement suivi un, et…

– Et s'il s'est noyé?

Mes pleurs redoublent. Voilà la peur que je refuse d'affronter depuis tout à l'heure. Et s'il a nagé trop loin… les eaux d'un lac sont souvent trompeuses, c'est connu. Si… Un énième sanglot perce ma gorge alors que je me serre davantage contre mon frère, mes ongles plantés dans ses omoplates pour juguler la douleur. Je sais… que pour certains, ma réaction peut sembler absurde, mais il s'agit de Blue, le seul qui a toujours été à mes côtés, ces dernières années, le seul à ne jamais m'avoir abandonnée. Jusqu'à maintenant…

– Il a toujours été très bon nageur, tente-t-il de me rassurer. Il a dû trop courir après l'un de ces fichus volatiles et se perdre. Quelqu'un est peut-être passé par là pour le ramasser, pensant qu'il était seul. Demain matin, on va appeler les vétérinaires du coin, et on trouvera bien une association pour nous aider à le retrouver. Peut-être qu'il a même été ramené dans un chenil.

– Je… je devrais y retourner. S'il revient, et…

– Non, me coupe-t-il, autoritaire. Il est trop tard, et on ne voit plus rien, dehors.

– Mais…

– J'ai dit non, Auréa.

Néoh, sûrement agacé ou ennuyé par tout ça – comment savoir, avec lui? – pousse ce qui s'apparente à un grognement frustré, puis… disparaît. Tout simplement. Avant que la porte de sa chambre claque comme s'il avait projeté le battant de toute sa force.

– Toi aussi, tu vas aller te coucher, petite sœur, m'intime doucement mon frère en me relâchant. Fermer les yeux pour quelques heures, au moins.

– Énes, je ne peux pas le laisser…

– Tu ne peux rien faire de plus, Auréa. Va te reposer, s'il te plaît. Demain, je t'aiderai à le retrouver. OK?

Non, pas OK. Comment il peut croire que je vais réussir à dormir sans savoir où Blue se trouve? Néanmoins, pour ne serait-ce qu'avoir un peu de paix et échapper à son regard empli de culpabilité, je m'exécute en haussant les épaules. Au moment de passer devant la chambre de Néoh, une puissante envie de l'insulter me prend. Et je sais que si je n'étais pas vidée de mes forces, j'irais lui hurler toute ma peine en plein visage. Même si je doute qu'il puisse être réellement touché par ce que je ressens… La preuve, c'est qu'il s'est enfermé entre ses murs.

Un goût amer tapisse soudain mon palais, mais je choisis de ne pas, de ne plus m'en préoccuper.

Je veux juste Blue.

Après une douche dans un état catatonique, proche du coma, j'enfile une nuisette en coton et me glisse dans mon lit. Je ne devrais pas être là. Je devrais être dehors. À chercher mon chaton.

Je ne comprends pas. Lui qui ne s'éloigne jamais de moi… Qu'est-ce qui a pu lui arriver? Bordel, s'il s'est…

Un gémissement force une fois de plus la barrière de mes lèvres tandis que je me recroqueville, mes genoux repliés contre mon abdomen, dans l'espoir vain de parer la douleur qui le poinçonne. Une seconde, je songe à me relever et à rejoindre la rive. Cependant, le bruit de ma porte qui s'ouvre m'en dissuade. C'est bien ma chance… Énes a mal choisi son moment pour me chaperonner.

Les paupières closes, je me fige, simulant le sommeil. Mais quand le matelas s'affaisse sous le poids d'un corps, que ce dernier se coule sous les draps, je réalise qu'il ne s'agit pas de mon frère. Un torse nu et bouillant se coule dans mon dos, et… un second gémissement m'échappe. De soulagement, cette fois. Sa main vient ensuite se déployer sur mon ventre, puis, d'une pression, Néoh me ramène contre lui pour me blottir dans son étreinte. Son bras à présent en travers de mon buste, le bout de ses doigts effleurant mon cou, il chuchote, sa bouche contre ma nuque:

– On va le retrouver, je t'en fais la promesse. Comme lorsque cette saleté de chat sans queue que tu avais adopté à l'écurie s'était barré. Ça nous a pris trois jours à chercher dans les bois, mais on l'a retrouvé.

Un sourire perce mon visage.

Oui… malgré cette soirée plus que merdique, malgré la peur et l'angoisse, malgré l'absence de Blue qui me dévore de l'intérieur, Néoh m'arrache un sourire.

Lui, cet homme aux ombres si obscures qu'elles semblent parfois l'avaler, parvient à chasser un court instant ma peine pour y placer un peu de lumière.

Un peu d'espoir, surtout…

17

Néoh

J'hésite.

La virer, ou plutôt me virer de son lit ?

La réveiller. Écarter sa cuisse échouée sur mes jambes pendant son sommeil pour m'enfoncer en elle jusqu'à voir son dos s'arquer sous mes coups de reins ?

D'ordinaire, je n'ai pas à choisir entre les deux, puisque je baise et « vire ». D'ordinaire, je n'ai pas à choisir, car je n'ai pas à penser. Juste à réagir, laisser les commandes à mon instinct. Or, si je ne le fais pas, je suis certain de profiter de sa faiblesse passagère pour prendre ce que je veux. À savoir elle. Son ventre. Sa bouche. Sa peau.

Le souci, c'est que museler mes instincts m'oblige à trop réfléchir. Et me confronter à mes idées sombres n'est pas bon. Pas bon du tout.

Parce que putain, d'ordinaire, je refuse de me retenir. Encore moins pour quelqu'un d'autre.

D'ordinaire, je n'ai pas envie de posséder le corps de la sœur de mon meilleur pote. Et j'ai partagé beaucoup trop de… trop avec lui pour ne serait-ce que songer à…

Putain !

La vérité est que je ne suis qu'un connard, car malgré Énes, je suis là. Dans le lit d'Auréa alors qu'il n'est qu'à quelques portes. Un connard ou un pigeon, tout dépend du point de vue où l'on se place. Du mien, j'opterais pour la deuxième solution. Malgré ce que certains pourraient croire, je ne me fuis pas dans du sexe à outrance ou je ne sais quelle connerie. Oh, non… Bien au contraire, j'embrasse ma propre identité avec une lucidité aussi amère que brutale. Disons que je force juste mes mauvais penchants afin que tout le monde sache. Que personne ne puisse se créer d'illusions. Ni nourrir d'attentes concernant ce que je ne leur donnerai jamais.

Voilà pourquoi je n'essaie même pas de noyer la vraie raison qui me pousse à rester là, sans me barrer de sa chaleur ou sans la faire mienne, cette chaleur. Pourquoi je demeure comme un con, allongé sur le côté, et les yeux perdus dans l'obscurité, Auréa blottie contre moi, son souffle échouant sur mon sternum à chacune de ses expirations. Et sa foutue jambe à présent crochetée à ma hanche, impulsant une dose d'envie aussi violente qu'enivrante sous mon épiderme. Même endormie, elle n'est pas fichue de ne pas gesticuler. Et pourtant, je reste. Cette part de moi encore attachée au passé ne peut s'empêcher de s'inquiéter. Je me souviens de la fois où ce chat avait disparu. Elle avait tellement pleuré qu'Énes et moi avions fini par craquer et placarder des affiches partout avant d'aller crapahuter dans les bois entourant l'écurie. Hier soir, lorsqu'Auréa est rentrée et que je n'ai pas vu Blue, j'ai replongé. Des putains d'années en arrière. Un tout autre type d'instinct a ressurgi, celui de la protéger, de la réconforter. De la rassurer. À l'époque, déjà, je ne supportais pas qu'elle pleure. Auréa n'est pas faite pour les ombres. Elle ne devrait jamais pleurer, encore moins souffrir. Son éternelle joie de vivre est devenue quelque chose de rare, dans ce monde pourri, je sais de quoi je parle.

Hier, j'aurais fracassé tout ce qui était à ma portée, à commencer par Énes qui l'avait arrachée de mes bras.

Ouais… une autre réalité m'exploserait à la gueule si je n'en avais pas déjà conscience : je débloque complet quand cette peste est dans les parages.

J'en veux pour preuve l'idée qui germe dans mon esprit au moment où elle gesticule légèrement pour ne plus bouger. Elle est réveillée. Elle est réveillée, mais fait semblant de dormir.

Un sourire matois fend mon visage. Je l'ai précisé : j'aime pousser mes mauvais instincts. Et Auréa… a tendance à les déchaîner.

Doucement, je glisse ma main dans la masse de ses cheveux pour les rabattre dans son dos. Puis l'ongle de mon index se pose sur son cou, trouve sa gorge, et plus particulièrement sa jugulaire, dont le pouls semble s'emballer. Mes lèvres s'étirent davantage quand je la sens se raidir afin de ne pas se trahir. Parfait. Ou non. Encore une fois, Auréa ne devrait pas être aussi réceptive. Quant à moi, je ne devrais tout simplement pas. Seulement, l'arc d'excitation pure qui cingle mes flancs pour ensuite se perfuser brutalement dans ma queue n'en a rien à foutre, de ne pas en avoir le droit. Mon doigt chute ensuite sur son épaule. Avant de faire glisser la bretelle de sa nuisette, puis de la tirer vers le bas. Dans l'obscurité, je ne vois pas la naissance de sa poitrine se dénuder, mais… bordel, mon imagination devient subitement bien fertile. Les paupières closes, dans le but – vain, au demeurant – d'entraver mon flux de pensées, je poursuis mon chemin le long de son bras jusqu'au moment où je tombe sur son flanc. Cette fois, ma paume se déploie entièrement, se referme sur sa hanche pleine que je serre avec force. À nouveau, elle se contracte, mais demeure – presque – immobile. Son souffle devient plus lourd, s'échoue plus rapidement sur mon torse, embarquant le mien au passage qui se calque sur le même rythme.

Un rictus satisfait et franchement indécent ourle ma bouche… pour finir étouffé par une grimace bien bancale lorsque ma main choit sur ses fesses… nues, le tissu de sa nuisette ayant remonté pendant qu'Auréa dormait.

Putain.

Un spasme transit mon bide, le contracte si violemment que mes ongles se rétractent sur sa peau découverte. Mes doigts s'enfoncent davantage dans sa chair, et… je ne veux pas m'arrêter. Je ne veux pas m'arrêter. La marquer, voilà ce que je veux. Et l'imaginer avec mon empreinte sur le cul balance un chaos sans nom dans mes cellules, sous mon crâne.

Je veux la baiser. Pire, j'ai envie d'elle. De la sentir, de la ressentir. Avec une puissance telle que je risque de tout foutre en l'air. Que… je suis sur le point de tout foutre en l'air.

Je *vais* tout foutre en l'air.

À l'instant où je m'apprête à la clouer sur le matelas pour me couler sur ses courbes, je la sens se recroqueviller légèrement contre moi. Ce simple petit mouvement m'assène un uppercut qui a au moins le mérite de me remettre les idées en place. Une partie, du moins. Ma main toujours arrimée à ses courbes, je grogne d'une voix si rauque qu'elle en paraît hantée :

– Je sais que tu ne dors pas.

– Et je sais que tu sais que je ne dors pas, me répond-elle dans un murmure.

– Tu comptais me laisser aller jusqu'où, de cette façon ?

– Tu comptais aller jusqu'où ?

Petite peste. Amusé, j'abandonne ses fesses pour venir tirer doucement ses cheveux en arrière. Elle incline le visage vers le mien, même si elle ne peut me voir. Ce qui m'arrange. Ses yeux… si, auparavant, leurs couleurs me fascinaient par leur différence, à présent, ils me perturbent. Me désarçonnent même, parfois. Ses iris me filent la sensation d'être bloqué dans un entre-deux que je n'aime pas, de m'y perdre un peu… en attendant de suffoquer.

– Ai-je besoin de te faire un dessin ? la provoqué-je en la rabattant sèchement contre l'érection tendue sous mon boxer.

J'opère quelques coups de bassin lascifs contre le sien. Parce que j'aime la défier. Parce que je ne peux m'en empêcher.

Parce que je veux sentir son ventre contre moi, à défaut de pouvoir m'y enfouir.

– Mais tu n'es pas allé plus loin, dit-elle tout bas, sans tenter quoi que ce soit pour s'extraire de ma prise. Tu t'es arrêté.

– Et tu ne m'as pas arrêté.

Je l'entends sourire. Et, bien que je ne voie rien de son expression, je sens combien ce sourire n'a rien de joyeux. La tristesse qui s'empare soudain d'elle se répercute méchamment sur moi. Non, décidément, je n'aime pas du tout ça. Les muscles figés, je ne réagis pas quand Auréa niche son visage dans mon cou, me respire, provoquant l'anarchie entre mes côtes, avant de retirer enfin sa jambe de ma taille, puis de se désincarcérer de mes bras. Quelques secondes plus tard, la lumière artificielle de sa lampe de chevet se répand autour de nous, projetant des ombres sur les murs. Ombres qui se mettent à danser lorsqu'Auréa s'assoit sur le lit, face à moi. Sans même prendre la peine de couvrir sa poitrine parfaitement visible à travers le coton, ni même de replacer le tissu encore coincé sur ses hanches. Ses cheveux blonds emmêlés entourent son visage plus pâle que d'ordinaire, des cernes noirs creusés sous son regard bicolore. Un réflexe me pousse à contracter mes mâchoires lorsque je plonge dedans, presque en apnée.

– Effectivement, je ne t'ai pas arrêté. Je n'en avais pas besoin parce que jamais tu n'aurais profité de ma… faiblesse. Tu es peut-être un connard, mais pas un enfoiré.

Ma tempe calée sur mon poing fermé, je lâche, dans un ricanement sinistre :

– Il doit y avoir toute une file de femmes comme de mecs qui te diraient et te prouveraient le contraire, piccolina.

Elle tique à son surnom, mais l'ignore et rétorque :

– Une chance pour toi que je me foute de l'avis des autres.

– Chance ? raillé-je.

Après avoir levé les yeux au ciel, elle se recroqueville une nouvelle fois en ramenant ses genoux contre son buste.

– Tu vas tenir ta promesse, pour une fois ?

Je lève un sourcil interrogateur.

– Tu m'as promis de m'aider à retrouver Blue, insiste-t-elle. Je veux… je veux mon chien, Néoh.

Un sanglot se bloque dans sa trachée, l'empêche de poursuivre. Et s'insinue sournoisement entre mes côtes.

– Je ne suis pas le genre d'homme qui respecte ses promesses, Auréa.

– C'est vrai, concède-t-elle sans cesser de me fixer d'un air insondable. Mais… Qu'est-ce que tu m'as dit, déjà ? Ah, oui : tu es un homme pétri de pulsions, alors… tu m'aideras.

Sans attendre une quelconque réponse de ma part, elle se relève, puis bondit du lit. Quant à moi, je la suis du regard pendant qu'elle enfile un long gilet. Rectification : je la mate, quelque peu assommé par sa certitude.

Et… merde…

Ça… ouais, j'ai bien peur d'un peu trop aimer ça.

18

Auréa

Le parfum de Néoh encore accroché à ma peau, je rabats les pans de mon gilet sur mon corps qui hurle au manque en tentant d'ignorer son regard vorace. Cependant, il y a autre chose que je suis incapable d'ignorer : la douleur de la disparition de Blue. Aussi, sans me préoccuper davantage de la silhouette imposante et sombre de Néoh, je récupère mon portable sur ma table de chevet. Lorsque j'allume l'écran, mes rétines vrillent sous le nombre hallucinant de notifications Instagram. C'est quoi, ce bordel ? Néanmoins, mon attention est vite attirée par un autre détail beaucoup plus important : l'heure.

– Il est midi ? crié-je presque. Mais... j'avais pourtant mis un réveil !

– Il a sonné, mais je l'ai éteint.

Je relève aussitôt la tête et visse une paire d'yeux assassins à ceux de l'homme encore à moitié allongé dans mes draps.

– Pardon ?

Un vent de révolte souffle méchamment entre mes côtes tandis qu'il se contente d'un air insolent.

– En fait, tu as raison, craché-je. Tu devais déjà être un bel enfoiré avant de partir de Chicago, et je n'avais juste... rien vu !

Impossible de cumuler autant de couches de connaritude en quelques années ! Faut au moins une vie d'entraînement pour arriver à ce point !

– Auréa…

– Tu ne souffres pas d'amnésie, pourtant ! j'enchaîne, incontrôlable. Ou alors tes neurones bouchés par toute ta connerie ne sont plus capables d'aligner deux pensées cohérentes ? Tu sais que Blue a disparu ! Tout comme tu sais parfaitement que je devais appeler les refuges et les vétérinaires du coin pour tenter de le trouver !

– Auréa, grogne-t-il, cette fois en se redressant sur le matelas, stop !

Mais je suis incapable de m'arrêter. Tout se mélange dans ma tête, mes émotions se fracassent les unes contre les autres au point que je ne sais plus pour quelle raison exacte je suis autant en colère. Entre l'absence de mon chien et les sensations qui lèchent encore ma peau à cause de lui, j'ai un trop-plein à évacuer. Et Néoh ainsi que son comportement égoïste ont ouvert les vannes.

– Quoi « stop » ? Je te l'ai dit, va jouer les dominants avec d'autres parce que…

– Arrête ça, me coupe-t-il, sa voix claquant dans l'air comme à la surface de ma chair. Crois-moi, tu ne veux pas que ton frère me retrouve dans ton lit.

J'ouvre la bouche pour happer l'air qui me manque soudain.

– Qu'est-ce qu'Énes vient foutre là-dedans ? Oh, je vois… Tu as peur de sa réaction quand il saura que tu te glisses dans le lit de sa petite sœur ? Évidemment, je lâche dans un rire nerveux. À quoi tu peux penser, à part ce qui pourrait arriver à ta petite personne, hein ?

– Bordel, Auréa !

Une expression obscure, presque sauvage s'empare de ses traits. Et me réduit au silence. D'un bond, Néoh est sur ses pieds, avale la distance entre nous, puis, d'une main couchée sur ma nuque, il me force à choquer doucement mon front contre le sien. Ses yeux sévèrement plantés au fond des miens, il siffle, les mâchoires serrées :

– Je ne t'ai pas réveillée parce que Blue a été retrouvé ce matin.

– Que… hein ?

– Malena m'a envoyé un message. Elle a publié une photo de Blue sur son compte Instagram vu qu'elle a plein de contacts, surtout ici. Et, par chance, l'une de ses followeuses est la fille d'un vétérinaire qui bosse à Salò. Vétérinaire à qui on a ramené un dogue allemand, ce matin, avec un collier au nom de Blue…

– Je… il… comment il va ?

– Très bien, me répond-il d'une voix étrangement douce.

Mon soulagement est tel que je vacille. Le bras de Néoh s'abat sur mes reins pour me retenir et me ramener contre lui. Durant un instant, je me laisse aller contre son torse nu, me laisse bercer par sa chaleur, la tempe calée sous son cou et les mains agrippées à ses biceps. Le poids qui entravait ma poitrine s'envole, permettant à mes poumons de se déployer enfin en toute liberté. Je sens les doigts de Néoh se rétracter jusqu'à planter ses ongles dans le bas de mon dos, à travers le coton de ma nuisette, rallumant un incendie dans mes veines.

Je me détache aussitôt de sa prise, me rappelant qu'il y a tout juste deux minutes, j'étais encore en colère contre lui.

– Tu ne pouvais pas me le dire avant ? pesté-je, clairement de mauvaise foi. Blue est seul chez un véto ! Tu crois qu'il se sent comment, sans moi ?

La totalité de ses muscles se rigidifie. Les épaules raides, il penche sa tête sur le côté, un sourcil arqué.

– T'es une putain de chieuse, Auréa.

– Et toi un putain de con.

D'un pas, il se rapproche. Avec une tendresse feinte, il caresse ma joue.

– As-tu la moindre idée de…

Sa voix se meurt dans un soupir purement indécent. Avant que ses lèvres s'étirent en un rictus tout aussi indécent tandis qu'il se penche pour me recouvrir, sa paume chutant dans le creux de ma gorge.

– … de tout ce qui me passe par le crâne, juste en imaginant de quelle façon je pourrais te faire taire?

Le menton relevé pour lui tenir tête, je rétorque:

– Aucune, mais je t'en prie, explique-moi.

Le défier n'est pas une bonne idée. Encore moins maintenant que nous sommes seuls entre ces murs. Lui juste vêtu d'un boxer. Et moi… pas beaucoup plus habillée. Mais je refuse de me taire uniquement parce qu'il pense maîtriser le jeu en amenant ce dernier sur une pente ô combien glissante.

Sa langue pointe entre ses lèvres, en lèche le renflement inférieur en même temps que son pouce s'insinue entre les miennes.

– Je pourrais te dire comment je compte occuper ta jolie petite bouche en m'y enfonçant pour me glisser sur ta langue si prompte à me provoquer, mais… ce serait un peu trop cliché, tu ne penses pas?

Cliché? Lui et moi ne devons pas avoir les mêmes références.

Son index descend lentement jusqu'à mon ventre, en prenant soin de buter sur chaque centimètre en chemin. D'une pression, il m'accule contre le mur adjacent, aplatit sa main près de ma tempe, puis baisse son visage à hauteur du mien:

– Ou je pourrais… juste te baiser, là, maintenant, jusqu'à t'arracher des gémissements de plaisir. Qu'est-ce que tu aimerais, Auréa, hein? Tes jambes autour de ma taille pendant que je te pilonnerais contre le mur? À moins que…

Tout à coup, il me fait pivoter, son buste plaqué contre mon dos. La joue contre l'une des tentures accrochées, je suspends mon regard au sien, et déglutis sous le frisson galopant sur ma chair lorsqu'il renchérit, d'un timbre si bas qu'il chute direct entre mes cuisses :

– … tu ne préfères que je me coule entre tes fesses ? Imagine, mon poing enroulé dans tes cheveux, ton dos qui se cambre pendant que je vais et viens au creux de ton ventre.

Afin d'illustrer ses dires, Néoh ondule du bassin, collant son érection contre mes reins. Son souffle anarchique échoue dans mon cou, imposant également l'anarchie sous ma peau. Dire que j'ai envie de lui n'est même pas exact, car pas assez fort pour décrire mon besoin qu'il mette ses paroles à exécution. Mais lui comme moi savons que ce ne sont, justement, que des paroles. Lui parce qu'il se refusera à aller plus loin pour une raison que j'ignore totalement. Moi parce que coucher juste pour coucher est inenvisageable. Avec d'autres, si. Avec lui… impossible.

Aussi, ignorant le bordel dans mes cellules, je susurre d'un ton suave :

– Ce que je préfère ? Ça dépend, Néoh. Dans quelle position tu parviendrais à me faire hurler ton prénom, hein ? À le hurler si fort que ma voix transpercerait les murs et qu'Énes déboulerait illico dans ma chambre ?

Effet escompté. Une seule et unique seconde lui est nécessaire pour se reculer, couvrant mon corps d'un froid assez désagréable. Je me retourne pour me confronter à son regard à la fois tourmenté et furieux. Puis, alors que je m'attendais à ce qu'il riposte en mode connard, il éclate de rire. Décontenancée par son attitude, j'en reste comme deux ronds de flan.

– Piccolina, dit-il dans un ricanement, son sérieux recouvré, tu es trop…

Le reste de sa phrase se meurt, demeure scellé, hors de ma portée. Néoh s'avance ensuite et caresse à nouveau ma pommette, mais différemment, cette fois. La tendresse de son geste n'est pas simulée, mais au contraire bien réelle.

– Auréa, crois-moi, ce n'est pas bon pour toi.

Je n'ai pas le temps de réagir qu'il s'engouffre déjà par la porte de ma chambre. Et me laisse seule. Seule et perdue, je dois l'avouer.

Avec un nouveau poids écrasant ma poitrine.

19

Auréa

– Tu ne peux pas aller plus vite? pesté-je, mourant d'envie de virer Énes de derrière le volant pour m'y mettre.

– Auréa, on est en plein centre-ville, soupire-t-il. Je ne vais pas tuer quelqu'un pour que tu récupères Blue trente secondes plus tôt.

– Bah… carrément que si!

Depuis le côté passager, je lui assène un taquet sur l'arrière du crâne, lui soutirant un rire qui se répercute dans l'habitacle. J'ai l'impression de n'être plus qu'un amas de nerfs à vif. Impatiente de retrouver mon chien, je ne tiens plus en place, vacillant entre l'inquiétude et la joie de savoir que je le tiendrai tout bientôt contre moi. J'ai beau accueillir la moindre émotion à bras ouverts, il n'empêche que… ça fait beaucoup en tout juste vingt-quatre heures. Surtout lorsque Néoh s'ajoute à l'équation. Ce dernier est resté à l'appartement pour une raison qu'il ne s'est pas donné la peine de nous expliquer. Sûrement pour traîner seul avec ses ombres…

D'un revers mental, je me recentre. Je refuse d'y penser pour l'instant. Penser à lui implique de me torturer l'esprit et les sens. Tout ce dont je n'ai pas envie pour le moment.

Alors que nous sommes enfin garés, je cours plus que je ne marche dans la rue, ma main enroulée autour du poignet de mon frère, en suivant le GPS de mon téléphone. Une fois devant la clinique, je m'engouffre par la porte d'entrée pour tomber aussitôt sur Malena, qui patiente dans la petite salle d'attente. Sans même prendre la peine de la saluer, je me rue sur elle pour l'attirer dans un câlin un peu bancal.

– Merci, merci, merci, je répète en la serrant encore plus fort.

Je l'entends glousser contre mon cuir chevelu avant de me répondre :

– Je n'ai pas fait grand-chose, Auréa. Je sais que Blue est important pour toi. Et puis…

Ses paumes sur mes épaules, elle me repousse doucement.

– … tu devrais remercier Néoh, plutôt. C'est lui qui m'a envoyé la photo de Blue en me demandant de faire un post.

– Comme quoi, les miracles existent, raille Énes dans mon dos.

Un instant, je reste saisie.

Il a vraiment fait ça ?

Un frisson que je ne parviens pas à identifier se grave sur ma peau pour finir par irradier ma poitrine. Ce n'est pas grand-chose, mais on parle de Néoh, là. Néoh que rien ne touche, d'ordinaire. Néoh qui se contente de connariser dans son coin sans se préoccuper des autres. Néoh qui… me provoque dans l'espoir de me repousser quand… visiblement, lui non plus ne peut s'empêcher de revenir vers moi.

Merde. Et dire que, pas plus tard qu'il y a une heure, je le traitais de con et d'égoïste.

– Bon, où est mon chien ? je balance tout à coup, désireuse de ne pas m'attarder sur ce pic de culpabilité qui maltraite mon ventre.

Au même moment, un homme d'une quarantaine d'années, brun aux yeux noisette, pénètre dans la pièce par une autre petite porte. Un sourire radieux aux lèvres, il nous embrasse du regard avant de s'arrêter sur moi :

– *Buongiorno, immagino che tu sia la proprietaria del cane ritrovato stamattina?*[1]

J'acquiesce, le salue à mon tour, puis demande :

– *Dov'è?*[2]

D'un geste du bras, il nous invite à le suivre dans la pièce adjacente, et immédiatement, des aboiements étouffés me percutent les os. Blue, attaché et muselé dans un coin, se met à tirer sur sa laisse, bougeant la tête dans tous les sens pour tenter de s'en défaire.

– Je suis désolé, explique alors le vétérinaire, toujours en italien. J'ai dû l'attacher. C'est un animal adorable, mais vu sa taille, malheureusement… je n'ai pas eu le choix. Surtout que…

Je m'en fous. Je ne l'écoute même plus. Sans me préoccuper de ses paroles, et demandant encore moins l'autorisation, je me rue vers mon chien, lui retire sa muselière et déclipse la laisse de son collier. Par réflexe, je m'assois aussitôt par terre pour ne pas me retrouver propulsée sur le sol par soixante-dix kilos de viande surexcitée. Mais je n'en ai pas vraiment le temps… Mes fesses atterrissent brutalement sur le carrelage, Chaton se jetant sur moi avec la force d'un tsunami. Il couine, jappe de joie, me lèche le visage, sa queue fendant l'air à toute vitesse. Quant à moi, le sourire qui explose sur mes lèvres est au-delà du bonheur. Un mélange de soulagement, de paix et de félicité, voilà ce qui m'envahit au point de tout oublier, si ce n'est lui et moi, ce cocon que notre relation a toujours représenté à mes yeux.

– Tu n'es qu'une sale bête, tu le sais, ça? sangloté-je tout en riant. Je vais t'enfermer dans une cage jusqu'à la fin de ta vie, pour la peine. Je peux savoir ce que tu as foutu? T'es même pas fichu de me laisser tranquille quand je vais aux toilettes, et là, tu te barres d'un coup?

1. Bonjour, j'imagine que tu es la propriétaire du chien retrouvé ce matin?
2. Où est-il?

Mes bras autour de son collier, je le serre contre moi tandis que son museau remue de façon anarchique dans mon cou.

– Le doc vient de répondre à ta question, me coupe Énes, en anglais.

– Hein?

Je relève la tête vers mon frangin, Malena et le vétérinaire qui me dévisagent. La brune, une moue tordant ses lèvres, me tend ensuite ce qu'elle tient dans ses bras, à savoir un minuscule chaton aux poils de la même couleur que Blue. Et aux yeux aussi bleus que les siens.

– Chaton qui trouve un chaton, faut croire que c'était écrit, ricane alors Énes.

J'attrape la petite bête qui se met alors à pousser un miaulement si adorable que je suis persuadée de sentir mon cœur fondre. À l'instar de Blue qui, soudain, s'assoit, le museau droit, et aboie.

– C'est toi qui l'as ramené? soufflé-je.

Nouvel aboiement pas peu fier.

– Un couple me l'a apporté ce matin, explique l'homme en blouse. Avec ce chaton trempé dans sa gueule. Ton chien a eu du mal à le lâcher. Il a fallu que je le muselle pour pouvoir l'ausculter un peu.

– Oh, mon Dieu! je réponds. Il l'a sûrement trouvé dans l'eau! On se promenait sur les rives du lac et… je marchais trop vite. Il a dû vouloir me l'apporter, mais…

Un nœud se forme dans ma gorge, m'empêchant de poursuivre.

– Blue est là, et il va bien, me rassure Malena en s'asseyant près de moi.

Avant de papouiller Blue et de lui chuchoter:

– Et en plus, tu es un super-héros. SuperBlue, je vais t'appeler, maintenant. Tu l'as bien mérité.

Ce dernier jappe une nouvelle fois, limite puant d'arrogance. Décidément, Néoh déteint beaucoup trop sur mon chien.

– Laisse-moi deviner, soupire ensuite Énes. On a un nouveau pensionnaire ? Putain, je savais qu'avec toi à la maison, l'appart finirait par devenir un refuge pour animaux. Je te préviens, je te laisse l'annoncer à Néoh.

Un autre sourire inonde mes lèvres. Je ramène la petite boule de poils contre moi, embrasse le sommet de sa tête, puis déclare :

– Je suis certaine qu'il sera ravi d'accueillir Blue Moon.

De toute façon, il n'aura pas le choix. S'il y a bien une chose que j'ai comprise, c'est que... Néoh ne peut pas me résister bien longtemps.

20

Auréa

– Ça te plaît? me demande Malena, un bras sur mes épaules.

– Faudrait être difficile pour prétendre le contraire, je réponds en me mêlant à la foule réunie autour de la piscine.

J'embrasse d'un regard impressionné la demeure des parents de Malena. À flanc de colline, avec vue directe sur le lac, de grandes baies vitrées courant sur la façade surplombée d'une multitude de petits balcons en pierre. Et je ne parle même pas de l'extérieur, grandiose. Des oliviers ainsi que des vignes bordent la maison avant de disparaître pour laisser place à une sorte de jardin de palmiers se déployant autour du bassin et de l'immense barbecue. Barbecue qui tourne à plein régime, d'ailleurs.

– Tu comprends pourquoi je vis toujours chez papa et maman? raille-t-elle.

Soudain, un «plouf» qui me soutire aussitôt un soupir blasé retentit.

– Blue! pesté-je. Sors de là, il n'y a pas de canards à emmerder!

– Ah, non, les seuls canards, ici, se cachent plutôt dans les tables de chevet, se marre Malena.

J'éclate de rire avant de fusiller mon chien du regard lorsque ce dernier s'extirpe de l'eau et se secoue en plein milieu d'un attroupement de mecs, les arrosant au passage. Heureusement, l'ambiance est bon enfant et n'a rien de guindé, malgré la somptuosité des lieux. Pas de champagne ou de vin, mais plutôt bière, tequila ou gin. Les petits fours ont été remplacés par des steaks et des légumes à griller. Un type torse nu s'esclaffe face au comportement de Chaton avant de lui gratouiller les flancs.

– J'aurais pu les laisser à l'appart, tu sais.

– Quoi ? s'offusque-t-elle en frottant le bout de son nez contre la truffe de Blue Moon, pelotonné dans ses bras. Un hectare de terrain et tu voulais les garder enfermés ? Moi vivante, jamais.

Un sourire illumine mon visage. Cette fille, je vais l'épouser. Elle est d'une gentillesse infinie, adore les animaux, et en plus, c'est un putain de canon. Que demander de plus ?

Une paire d'yeux sombres, mais brûlants à m'en cramer la peau, voilà ce que je veux de plus.

Un grognement scellé dans ma poitrine, je reporte mon attention sur l'homme assis sur un transat, un peu plus loin. Sur les lignes acérées et dures de son visage pendant qu'il discute avec Énes ainsi qu'un groupe de mecs et de filles. Sur les veines gonflées de sa main crispée autour d'une bière. Sur ses lèvres qui s'ourlent d'un pli sensuel avant d'épouser le goulot de sa bouteille. Sur sa peau qui danse au moment où il déglutit. Sur ses muscles secs que je perçois à travers le tissu de son tee-shirt bleu. Sur…

– Besoin d'un canard ?

Je sursaute presque lorsque le timbre railleur de Malena m'arrache à ma contemplation.

– Hein ?

– T'as l'air… comment dire… en manque. Affamée, même.

Je pivote pour lui faire face, et grimace. Son petit rictus pue le : «Je t'ai chopée, perverse.»

– Disons que Néoh n'est pas désagréable à mater, je réponds.

Autant avouer une semi-vérité. Nier que j'étais sur le point de glisser sur ma propre bave rien qu'à l'observer serait inutile. Et ridicule.

– Pas désagréable, non, rit-elle.

Avant d'ajouter dans un soupir théâtral:

– Et dire que tu me prives d'un super coup.

Déstabilisée, je demeure muette durant quelques secondes.

– Euh... re-hein? lancé-je ensuite.

D'un air limite condescendant, Malena me décoche un clin d'œil entendu. Puis, ses yeux clairs arrimés aux miens, elle dit à voix basse:

– Tu sais, je suis peut-être le profil type de la «pupa[1]», comme on dit en Italie, j'ai peut-être arrêté l'école très tôt, mais cela n'empêche que je ne suis pas naïve. Je vois clair, Auréa. Et il est hors de question que je couche avec un mec qui, visiblement, te plaît.

Une grimace tord ma bouche. Non pas à cause de ses paroles, mais à cause de ce sentiment qui, soudain, transit la moindre de mes cellules: un putain de soulagement.

– Par contre, en tant qu'amie – parce que oui, je t'aime trop pour ne pas te considérer comme une amie – je préfère te prévenir: Néoh est... dur. Très dur, et parfois cruel.

– Pourquoi tu couchais avec lui, dans ce cas? En dehors du «super coup», je veux dire... je t'ai vue plusieurs fois continuer de lui parler alors qu'il t'ignorait presque.

Après avoir haussé les épaules, elle jette un bref coup d'œil au sujet de notre conversation qui, lui, nous ignore royalement, puis renoue avec mon regard.

– Il paraît si sombre, si seul, parfois... J'espérais ainsi combler un peu ce vide qu'il a en lui.

---

1. Bimbo, poupée.

– Et tu prétends ne pas être naïve? me moqué-je.

– Je suis une empathique, moi, mauvaise, rétorque-t-elle.

Un sourire radieux fend mon visage. Je me hisse sur la pointe des pieds, puis l'attire contre moi pour un câlin, Blue Moon coincé entre nous deux.

– Je plaisante. Tu es un véritable amour. Et moi aussi, je t'aime beaucoup.

En gloussant, elle se recule, puis, une fois la petite boule de poils calée sur son épaule, dessine un cœur avec ses doigts qu'elle colle à son propre cœur. Je lève les yeux au ciel, puis ricane:

– Par contre, faut que t'arrêtes avec ce geste.

– Jamais de la vie!

Je récupère mon chat, suis la brune – dont les courbes sont moulées dans une combinaison immaculée – en direction de mon frère et des autres, puis m'assois sur le bain de soleil à côté d'Énes. Ce dernier maugrée un: «Chieuse!» lorsque je pose mes jambes recouvertes d'un slim en cuir sur les siennes, mais m'attire sèchement à lui pour m'embrasser le front. Avant de me repousser avec la délicatesse d'un bulldozer. L'amour fraternel, quoi.

La soirée se poursuit dans une bonne humeur festive. Même Néoh semble se dérider un peu. À moins qu'il ne me réserve ses ombres. Compliqué à dire puisque nous nous bornons à l'indifférence la plus totale, ce soir…

Thomas nous ayant rejoints, je mange avec lui au bord de la piscine, mon assiette sur les genoux et les jambes en tailleur. Avec un Blue particulièrement attentif à la moindre bouchée que j'enfourne entre mes lèvres… Je précise qu'une fois sur deux, le morceau de viande atterrit dans sa gueule. Blue Moon, quant à lui, dort paisiblement à l'intérieur, dans sa panière. Du haut de ses trois tout petits mois, il a encore du mal avec la foule.

Soudain, une bourrasque crée des entrelacs à la surface de l'eau avant de s'engouffrer dans mes cheveux. Thomas lève la tête en direction du manteau nocturne qui nous surplombe, et plisse les paupières.

– Malena ? l'interpelle-t-il. T'as vérifié la météo pour cette nuit ?

L'Italienne, installée sur un pouf rose fuchsia, a tout juste le temps de répondre…

– Non, je préfère l'imprévu, mon cher !

… qu'un coup de tonnerre retentit, suivi d'un rideau de pluie qui se déverse soudain du ciel.

Je crois que le plus rapide à déguerpir est Blue. Il bondit si rapidement que l'une de ses pattes glisse, renversant mon assiette au passage. Ce chien adore barboter dans le lac, mais déteste la pluie, allez comprendre.

Néanmoins, Chaton est très vite imité par les convives qui se ruent dans le grand salon à toute vitesse en tentant d'embarquer le plus de choses possible dans leurs bras. Quant à moi, je ne bouge pas. Ma tête rejetée en arrière, je savoure les gouttes s'échouant sur mon visage, la fraîcheur sur ma peau moite due aux températures toujours plus chaudes. L'espace se vide sans que j'esquisse le moindre mouvement pour rentrer, mes jambes battant la mesure d'une musique imaginaire au-dessus du bassin.

Lorsqu'enfin je commence à envisager le début de l'idée de rejoindre la maison, je baisse le visage, chutant dans la nuit encore plus obscure et ô combien attirante des prunelles qui me fixent. De l'autre côté de la piscine, la silhouette de Néoh se découpe sous la pluie, telle une ombre surgissant des ténèbres. Un sourire s'empare de mes lèvres à cette pensée. C'est que je commence à trop vouloir m'y mêler… à ces ténèbres.

Une main fourrée dans une poche de son jean, la seconde contre sa cuisse, il transpire la nonchalance. Une fausse nonchalance.

Parce que son buste déployé fièrement hurle tout le contraire… On dirait un chasseur. Aussi sauvage que ce qu'il chasse. Un prédateur prêt à fendre l'air entre nous pour planter ses griffes dans la chair de sa proie.

Soit.

Lentement, je me relève. Penche la tête sur le côté, ramène mes cheveux trempés sur mon épaule, et dévoile ma gorge. Laisse l'eau glisser sur ma peau jusqu'à s'insinuer sous la couture de mon débardeur en satin d'un bleu électrique. D'un pas, je recule ensuite. Me fige. Opère un autre pas en arrière. Puis effectue une volte-face avant de courir m'enfoncer dans le vignoble.

Je progresse de plusieurs mètres sous la pluie battante, mes vêtements si mouillés qu'ils me créent une seconde peau, et les talons de mes chaussures s'enfonçant dans la terre. Une fois assez loin, je m'arrête, patiente. Traçant mentalement un fil qui me relie à lui… et qui se réduit. Je le sens. À cette boule d'excitation qui me mord le ventre. À ce frisson qui s'enflamme à même ma chair. À ce désir qui croît et lèche mes terminaisons nerveuses.

À cette présence qui se rapproche dans mon dos jusqu'à s'imposer à mon corps entier.

Soudain, des doigts fourragent dans mes cheveux, inclinent d'un geste sec mon visage sur le côté, comme je l'ai fait plus tôt. Néoh, son torse écrasant ma colonne vertébrale sous sa respiration lourde, approche ses lèvres de mon cou. Les entrouvre. Sa langue me frôle, s'attarde une minuscule seconde… puis disparaît.

– Tu ne devrais pas rester là, piccolina, chuchote-t-il à mon oreille. Ça pourrait être dangereux.

– Tu parles de toi ou de l'orage ?

Je le sens sourire contre ma chair, la dévorant d'une vibration violemment… enivrante.

– Pourquoi tu m'as attiré ici, Auréa ?

D'une impulsion, il m'oblige à lui faire face. Mon ventre se serre tant son regard hanté me percute. Par réflexe, j'étale ma paume sur sa mâchoire voilée d'une repousse de barbe. En réponse à mon geste, un pli se creuse entre ses sourcils.

– Pour te remercier, dis-je dans un murmure.

Sans lui laisser le temps de réagir, je croise mes paumes sur sa nuque, me hisse doucement contre lui et… le serre dans mes bras. Mon nez niché dans son cou, je le respire. Avec l'impression de me prendre un shoot surpuissant plongeant mes cellules dans une transe euphorique. Pire qu'avec une pilule de MDMA. À l'opposé de mon corps qui s'alanguit, celui de Néoh se crispe. Se rigidifie. Néanmoins, sa respiration s'emballe, à l'instar de la mienne.

– Arrête ça, gronde-t-il d'un ton caverneux.

Cependant, comme pour contredire sa mise en garde, son bras se cale sur mes reins. Ses doigts se contractent sur ma hanche et me kidnappent. M'enferment dans sa chaleur.

– Repousse-moi, Auréa.

– Désolée, mais… ça n'arrivera pas.

– Si, ça arrivera. Ça arrivera fatalement. Le jour où tu me verras vraiment.

21

Auréa

L'eau ruisselle sur nos corps enlacés, imprégnant nos vêtements ainsi que nos peaux. Néoh me serre toujours contre lui malgré ses paroles dissuasives. Là est le secret : ne pas toujours écouter ce qui sort de sa bouche, mais se focaliser sur le langage de ses sens. Et des miens. Or, ses doigts incrustés dans mes hanches me hurlent tout le contraire de ses mots.

Soudain, un éclair fend le ciel, le zèbre en un tracé magnétique à la fois sublime et inquiétant tandis qu'un coup de tonnerre vibre jusque dans la terre, sous nos jambes.

– OK, faudrait peut-être qu'on rentre, maintenant.

– Alléluia, grogne Néoh. Moi qui pensais que seule la fin du monde réussirait à te rendre raisonnable.

– Mouais, une chose est sûre : même la fin du monde ne réussirait pas à te rendre plus aimable, en revanche.

Un long soupir plus tard, il me relâche. Mes jambes retrouvent le sol, et je dois m'accrocher à son tee-shirt détrempé pour ne pas glisser à cause des talons trop hauts de mes chaussures. La nuit semble se déchirer une deuxième fois au-dessus de nos têtes en un cri assez flippant. Aussi, j'attrape la main de Néoh pour l'entraîner à ma suite. Mais à peine me suis-je mis à courir que je dérape sur une flaque de boue déjà formée et m'étale de tout mon long. Passé la surprise, je peste, avant… d'éclater de rire. Je crois que pas un centimètre carré de mon corps n'est pas taché de boue. Pour le côté sexy et sensuel, on repassera. Mes cheveux aplatis sur le dessus de mon crâne dessinent un rideau dégueulasse devant mon visage, mais je m'en fous, à vrai dire. Parce que, lorsque je les dégage de ma vue et me retourne – toujours par terre – tout ce que je perçois est son rire… et son expression libérée, même si ce n'est que passager. OK, il se moque clairement de mon sort, mais c'est un prix que je veux bien payer.

– Bon… quand tu auras fini de te foutre de ma tronche, tu pourras m'aider à me relever?

– J'hésite, répond-il plus sérieusement. J'aime assez ce que je vois.

Il se rapproche de quelques pas jusqu'à ce que ses pieds butent contre les miens. Puis, de toute sa hauteur, il me surplombe, fier. Arrogant. Putain d'indécent, surtout. Les poings contre ses cuisses, Néoh me décoche un regard un peu trop ravi à mon goût.

– Tu prends ton pied, hein?

Ses billes d'obsidienne se coulent sur la totalité de ma silhouette.

– Pas encore, piccolina.

C'est possible de se sentir sexy et en feu alors même qu'on barbote dans une flaque de boue tel un hippopotame? Ouais, carrément possible lorsque l'on est dévoré du regard de cette façon…

– Tu m'aides, oui ou non? répété-je après avoir tenté – en vain – de calmer mes nerfs en plein trip hormonal.

Un rictus rehausse sa joue gauche tandis qu'il me tend sa main que j'attrape aussitôt. Sait-on jamais, s'il change d'avis? D'un geste sec, Néoh me remet à la verticale quand ma cheville n'en fait encore qu'à sa tête, patine, puis me refait tomber lourdement sur les fesses, entraînant Néoh dans ma chute, cette fois.

D'instinct, je m'esclaffe, la tête rejetée en arrière tandis que sa voix grommelle au-dessus de moi :

– J'aurais dû m'en douter que ça finirait ainsi. Avec toi dans l'équation, ça ne peut jamais se passer comme prévu.

– C'est bien pour cette raison que je suis une fille super fun et que toi, tu balances ta sombritude à tout va.

– Pas assez, il faut croire…

Je redresse enfin mon visage pour me retrouver à quelques millimètres du sien. Le sourire tendre que j'aperçois durant un trop court instant disparaît. Le mien s'évanouit. À califourchon sur mes jambes, ses mains prenant appui dans la terre humide, de chaque côté de mes hanches, il me transperce de ses prunelles obscures, orageuses, à l'image du ciel lacéré d'éclairs. Torturées. Des gouttes s'échappent de ses épis bruns sur son front pour dévaler sur ses pommettes, son nez ainsi que sa barbe avant d'échouer sur son tee-shirt… puis sur mes lèvres au moment où il comble le peu de distance entre nous. Je déglutis. Glacée par la pluie. Embrasée par sa chaleur. Nos bouches s'effleurent, nos souffles se mélangent sans toutefois réellement s'unir.

– Repousse-moi, Auréa, murmure-t-il soudain.

Muette, je secoue légèrement la tête et enroule mes doigts dans le col de son tee-shirt tandis qu'il me recouvre, me forçant à me rallonger sur le sol. D'un poing près de ma tempe, son bassin vissé au mien, Néoh se surélève. Sa main libre, elle, descend jusqu'à l'arrière de mon genou droit pour le remonter contre mon ventre, lui creusant une place entre mes cuisses.

– Repousse-moi, insiste-t-il, ses paroles ponctuées d'un coup de reins agressif.

Les lèvres closes afin de ne pas lui donner satisfaction, je scelle un gémissement qui se meurt contre mon palais.

– Auréa, feule-t-il.

Mais je ne réponds toujours pas, demeure les yeux suspendus aux siens en signe de défi. Ou de supplication de continuer, je ne saurais dire. Après avoir enfoncé brusquement ses doigts dans ma cuisse, Néoh la délaisse, remonte en accrochant la ceinture de mon pantalon puis soulève le bas de mon débardeur. Sa paume à présent posée à plat sur mon abdomen, il entreprend une ascension jusqu'à ma poitrine. L'eau cascadant sur ma peau le freine dans sa progression, l'oblige à buter sur chaque foutu centimètre, ce qui est pire. Bien pire. Impossible de ne pas le ressentir sur chaque pore de mon épiderme. Impossible de ne pas ressentir la fièvre me consumer à chaque minuscule seconde. Impossible. Juste… impossible de ne pas être dévorée par un désir que je n'avais encore jamais enduré. Éprouvé. Sa paume s'étale ensuite à l'orée de mon sein, sans réellement le recouvrir, comme… en attente.

– Repousse-moi, articule-t-il plus sèchement.

– Non, je réussis à déclarer, d'un ton catégorique.

Une grimace envahit ses traits, lui confère une aura encore plus animale, presque enragée. Tout à coup, ses doigts s'enroulent autour de mes poignets puis les rabattent au-dessus de ma tête.

– Ça va être difficile de te repousser ainsi, le provoqué-je.

– Tu n'as pas encore compris? chuchote-t-il en se penchant près de mon oreille. C'est trop tard, Auréa.

Puis, sans me laisser le temps de réagir, ses lèvres fusent sur les miennes. S'en emparent comme j'ai la sensation dingue que Néoh s'empare de la totalité de mon être. Son corps. Sa présence incandescente malgré la pluie. Sa langue qui s'immisce pour capturer la mienne. Sa prise qui se raffermit sur mes articulations. Son torse qui s'emballe en rythme avec ma propre respiration. Tout. Je ressens tout avec la même puissance que si l'un des éclairs qui s'acharnent au-dessus de nous me foudroyait sur place. Avec la même force que si mon cœur s'arrêtait avant de repartir de plus belle, en une course effrénée. Haletante.

Cette fois, je ne retiens pas un gémissement qui se répercute sous sa propre peau, si j'en crois ses mouvements devenus encore plus incontrôlables. Son entrejambe ondule, frotte contre mon sexe qui se voile aussitôt d'humidité. Ses ongles se plantent dans mes poignets. Mon dos s'enfonce davantage dans la terre meuble à mesure que ses coups de boutoir s'intensifient. Qu'il cherche à me posséder sans toutefois se résoudre à le faire. Et lorsque, enfin, il rompt notre baiser, j'avale une immense bouffée d'air qui, paradoxalement, semble m'étouffer, comme si, là, j'étais privée d'air. Sans que ses mains me relâchent, il enfouit son visage dans mon cou, sa bouche s'appropriant ma chair qu'il embrasse. Lèche. Mord. Exige tel un guerrier en pleine conquête.

J'arque mon dos afin de m'arrimer toujours plus à lui et, dès l'instant où je ceins sa taille de mes jambes, il se fige. Raide comme une tige de fer, ses lèvres sur ma gorge. Tous deux immobiles, nos souffles anarchiques se mêlant à l'atmosphère chaotique qui nous entoure, nous n'esquissons plus un mouvement.

Avant qu'il se redresse, ses yeux noirs enfoncés froidement au fond des miens.

– Ne fais pas ça, le supplié-je alors.

– Tu ne me laisses pas le choix… vu que tu es incapable de me repousser.

La seconde suivante, Néoh est debout. L'une de ses mains encore agrippée à mon poignet, il m'oblige à me relever également. Tremblante, les jambes en coton menaçant de céder à tout moment, je ne bouge pas un seul muscle.

– Rentre, ordonne-t-il.

– Non.

– Putain, rentre, Auréa ! hurle-t-il, si fort que j'en sursaute.

– Non !

Ses deux poings se lèvent devant lui d'impuissance. Quelque chose paraît exploser à la surface de son visage tant celui-ci se brise, durant quelques secondes. Néoh ferme ensuite les paupières, puis les rouvre.

– Auréa, rentre. S'il te plaît, rentre, tente-t-il, plus doux.

Non, pas plus doux. Plus tourmenté.

– Je… je te déteste, Néoh !

– Ça me va, rétorque-t-il avec un calme assassin.

– Tu n'es qu'un putain de lâche ! sifflé-je, les mâchoires serrées afin de contenir du mieux que je peux la rage qui me comprime soudain la cage thoracique.

– Ça me va aussi.

Un cri de fureur me broie la trachée au moment où je l'expulse. Puis je repousse violemment Néoh et me précipite à l'intérieur de la demeure.

Avec, pour la première fois de ma vie, l'impression que mon cœur vient de se fissurer.

22

Auréa

Lorsque je déboule dans le grand salon par la baie vitrée, moi qui espérais passer inaperçue… eh bien, c'est raté. Tous les regards convergent dans ma direction comme une seule et même entité. Sur mon corps trempé jusqu'aux os – frustré et furieux jusqu'aux os aussi, d'ailleurs – et maculé de terre. Je force alors un sourire sur mes lèvres gonflées des assauts de Néoh, puis lance, essoufflée:

– Quoi? Vous n'avez jamais entendu parler de bain de boue? Super bon pour la peau, tout ça, tout ça…

– Perso, quand je pense à une femme dans la boue, j'ai d'autres images en tête, raille un mec que je ne connais pas, avachi sur un fauteuil.

Son regard salace se balade sans aucune pudeur sur ma silhouette franchement pas au meilleur de sa sexytude. Ce qui pourrait m'amuser si je ne portais pas encore son empreinte. Là, mes cellules font un rejet total de cet abruti en train de me mater. Au moment où je m'apprête à l'envoyer chier, Énes apparaît comme par magie dans mon champ de vision.

– Ça va? s'inquiète-t-il en me détaillant de la tête aux pieds.

– Oui, oui, je le rassure. J'ai voulu faire un tour dans les vignes sous la pluie, et je me suis embourbée comme un vieux tracteur trop lourd.

Un rire s'arrache de sa gorge.

– Il n'y a que toi pour te promener pendant un orage.

Je lui offre un clin d'œil histoire de le tranquilliser pour de bon quand ses sourcils se froncent tout d'un coup et qu'il pose LA question redoutée :

– Au fait, où est Néoh ?

Étrangement, ma repartie s'envole en fumée. Un peu à l'image de ma chair sous les mains du meilleur pote de mon frère. Aussitôt, un frisson ravage ma colonne vertébrale pour établir son champ de bataille au creux de mes reins. Merde !

Heureusement, c'est le moment précis que Malena choisit pour intervenir. Sa main s'enroule autour de mon bras tandis qu'elle peste :

– Auréa, tu gouttes sur mon parquet ! Suis-moi, que je te file des vêtements de rechange.

Bordel, ai-je déjà dit à quel point j'aimais cette fille ?

Un dernier sourire, contrit, cette fois, à Énes, et je laisse l'Italienne m'entraîner à l'étage. Sur la moquette, donc... avec mes chaussures disséminant des empreintes marron à chaque pas.

– Désolée, bredouillé-je, je suis en train de tout te salir.

– Te préoccupe pas de ça, dit-elle joyeusement. Si j'ai râlé pour le parquet, c'était surtout pour faire diversion. Oh, et, *prego*[1], d'ailleurs...

– Ouais... merci.

Nous progressons encore de quelques mètres, dépassons quatre portes avant de nous arrêter devant une cinquième. Après avoir ouvert le battant, elle me fait pénétrer dans une chambre aux nuances de beige et de blanc en plein milieu de laquelle trône un lit à baldaquin à l'ancienne.

– Il y a une salle de bains, là, m'indique-t-elle en faisant coulisser un panneau en verre.

1. Je t'en prie.

En effet, derrière, se trouvent une baignoire à pieds de lion ainsi qu'une douche, un lavabo et une petite commode en bois clair.

– Lave-toi, m'intime-t-elle. Parce que désolée, ma chérie, mais le *make-up* version terreux et campagne ne te sied pas au teint.

– Haha, très drôle. Surtout n'abandonne pas ta carrière d'influenceuse, hein. Le comique n'est visiblement pas pour toi.

Son regard éclatant et transperçant se lève en direction du plafond avant qu'elle me pince les flancs.

– Cela dit, ajoute-t-elle, tu n'as pas répondu à la question.

– Euh… laquelle? demandé-je tandis que je tente de me débarrasser de mes chaussures.

– Où est Néoh?

En équilibre sur une jambe, mon autre cheville en appui précaire sur mon genou, je soupire.

– Aucune idée. J'espère qu'il s'est pris un éclair en plein dans les dents. Peut-être que ça lui remettra les idées dans le bon sens.

– Et si c'était toi qui ne les avais pas dans le bon sens? lâche-t-elle aussi innocemment qu'un rejeton de Satan.

Malena se hisse ensuite sur le lavabo pour s'y asseoir sans cesser de me fixer. Débarrassée de mes centimètres en plus, je me redresse et entreprends cette fois de virer – ou éplucher serait un terme plus exact – mon slim.

– Je n'ai jamais prétendu le contraire, néanmoins elles restent toujours plus en ordre que les siennes. Mais je t'en prie, exposemoi le fond de ta pensée.

D'un geste un peu trop théâtral, elle relève la masse de ses cheveux de jais pour les faire cascader sur l'une de ses épaules.

– Lorsque l'on veut affronter une vague, on évite de la prendre de plein fouet, Auréa. On plonge de façon à passer dessous. Tu sais, pour éviter le rapport de force.

– Merci pour cette leçon de natation, raillé-je.

Tout en me débattant avec le tissu qui paraît se prendre de passion pour ma peau tant il refuse de s'en «déventouser», je lui tire la langue quand elle se contente de me dévisager, un sourcil narquois relevé.

– Peut-être, je finis par soupirer, mais c'est plus fort que moi. Le provoquer, c'est instinctif.

– Sauf qu'on ne se jette pas contre une falaise! Sinon, on se fait mal. Très mal.

– T'as fini, avec tes métaphores? maugréé-je entre mes lèvres pincées. J'avais déjà compris le message la première fois, Monsieur l'Éveillé.

– Monsieur l'Éveillé? répète-t-elle, décontenancée.

– Ouais, Bouddha, quoi.

– C'est quoi, Bouddha?

Je me fige, et l'observe à mon tour, incrédule. Comment on peut être aussi intuitive et intelligente sans savoir qui est Bouddha?

– Laisse tomber, Malena. J'ai saisi le message. Seulement... D'un, la subtilité n'est pas mon fort, et de deux... je ne suis plus certaine de vouloir quoi que ce soit de Néoh. Tu as raison, il est trop compliqué, trop dur.

La tête penchée sur le côté, elle m'analyse – encore – durant quelques secondes, puis saute de son perchoir pour me rejoindre. Ses mains se posent avec douceur sur mes joues, ses pouces essuyant les traces de mon tout récent maquillage panda.

– Bien sûr que tu en es encore certaine, souffle-t-elle.

À mon tour, je roule des yeux. Tout simplement parce que j'ignore quoi répondre, puisque j'ignore quoi penser de ce baiser. Si j'en suis réellement certaine, comme le prétend Malena, alors ma certitude est bien dissimulée... sous mon corps encore en pleine transe suite à son shoot *made by Néoh*.

Après que mon amie m'a aidée à enlever mon pantalon, manquant de m'arracher la moitié d'une cuisse, elle me donne l'une de ses robes, des sous-vêtements, une serviette, puis m'abandonne le temps que je me décrasse. Et je dois avouer que l'eau chaude sur ma peau transie me fait un bien fou. Aussi, je traîne plus que nécessaire sous la douche, me noyant dans la vapeur. Ainsi que dans le chaos qui a envahi mon crâne. Un mal de tête se loge entre mes tempes, creuse à coups de hache un chemin dans mes pensées. Est-ce que je m'attendais à ce que Néoh sautille d'allégresse après m'avoir embrassée? Évidemment que non. Est-ce que je m'attendais à ce qu'il me rejette? Évidemment que oui. Malena a raison. Je le provoque. Il me répond. Puis me provoque encore plus méchamment... Finalement, Néoh reste Néoh. Et j'imagine que je ne peux rien attendre de lui que lui, justement. En vérité, ce qui me tue, c'est autre chose... Cette façon dont mon cœur a pulsé, comme s'il n'avait fait que battre pour survivre, avant, pour mieux éclater en morceaux... c'est trop. Accepter cette attirance physique, aussi dingue et puissante soit-elle, entre nous, OK. Mais ce que j'ai ressenti... Certes, le désir était si transcendant qu'il m'en bouffait le ventre, comme la moindre de mes cellules, seulement... il n'était pas seul. J'avais envie de plus. De plus dingue et de plus puissant encore. De faire miennes ces ombres qu'il traîne. De faire sien ce qui cogne douloureusement contre mes côtes. Ce qui se révèle bien plus dangereux que de juste coucher avec le meilleur pote de mon frère.

En résumé? Shit!

Je m'extirpe enfin de la cabine, me sèche, puis enfile les vêtements de Malena. Sérieux, c'est humain, une paire de seins de cette taille? Les miens se sentent perdus et orphelins dans leurs immenses balconnets. À quel moment a-t-elle cru que ça m'irait? Abandonnant l'idée de porter un soutien-gorge, je passe la robe rouge, qui tombe sous mes genoux alors qu'elle doit lui arriver à mi-cuisses. Je suis en train de me brosser les cheveux quand une voix fend le brouillard encore présent dans la pièce.

– Le rouge n'est pas ta couleur.

– *Thanks*, mais pour des conseils mode, je préfère encore voir avec Énes, répliqué-je d'un ton sec.

Soudain, deux mains s'enracinent au lavabo, de chaque côté de mes hanches. Un énième frisson saccage mon épiderme quand Néoh murmure contre la base de ma nuque :

– Le noir te va si bien, Auréa. Les ombres sont si belles lorsqu'elles dansent avec la lumière, lorsqu'elles s'en emparent pour les posséder.

Nos regards s'entrechoquent à travers le miroir installé au-dessus de l'émail, ses deux billes de la couleur de la plus obscure des nuits me dévorant. Je remarque que ses cheveux sont propres – à l'instar des fringues qu'il porte – et gouttent encore.

– Qu'est-ce que tu fais là, Néoh ? Tu as enfin trouvé le courage de ne plus jouer au lâche ?

Un rictus menaçant, presque agressif, déforme le coin de sa bouche. D'une main, il écarte mes cheveux d'une partie de mon cou, puis son nez s'y enfouit avant d'inspirer violemment. Et un putain de réflexe me force à pencher davantage mon visage pour lui offrir plus de peau.

– Je peux t'avouer au moins une chose, piccolina : tu me rends fou. Je crève de me sentir en toi. Et je n'arrive pas à… te virer de mon crâne. Mais je te l'ai déjà dit, Auréa, ce n'est pas bon. Pas bon pour toi. Et encore moins pour moi. Alors… peut-être que je suis tout simplement venu mettre mon obsession à exécution. Retrousser cette robe qui ne devrait même pas te recouvrir et m'enfoncer dans ton ventre.

Afin d'illustrer ses paroles, ses doigts froissent le tissu, puis le remontent sur le haut de mes cuisses.

– Ouais… chuchote-t-il, peut-être que je suis venu me perdre en toi. Te baiser jusqu'à plus soif.

Haletante, mon corps me haïssant de ne pas céder, je réponds :

– Tu ne me *baiseras* pas ce soir, Néoh.

Ses dents, voraces, me mordent, puis il ricane :

– Pas ce soir, hein ?

D'un coup de langue, il atténue le picotement de sa morsure, puis, salement, me fauche :

– Mais je ne compte en aucun cas te baiser, Auréa. Jamais. En revanche…

Sans rompre notre lien visuel, il se recule de plusieurs pas jusqu'à ouvrir largement la paroi donnant sur la chambre.

– … en baiser d'autres jusqu'à plus soif, ça, j'y compte bien.

Au ralenti, mes yeux quittent les siens pour tomber sur le lit se reflétant dans le miroir. Lit où une jeune femme est allongée dans une position plus que suggestive. Dans l'attente de… lui.

Durant un court instant, Néoh m'observe, focalisé sur mes traits comme s'il était à l'affût de la moindre de mes réactions. Mais… je suis incapable de le contenter, de lui montrer quoi que ce soit, car jamais de ma vie je ne m'étais encore sentie aussi vide. Et… je ne l'aime pas du tout, ce vide.

Je ne réagis pas tandis qu'il tourne les talons et rejoint l'instrument de sa vengeance. Parce que c'est de cela qu'il s'agit. D'une vengeance. C'est la seule maigre consolation à ce fiasco et au néant grignotant l'espace sous ma poitrine. S'il se venge, alors… c'est que je l'ai blessé.

Je l'ai blessé, car je l'ai touché. Et ça, il ne pourra pas me l'enlever.

23

Auréa

Une main déployée sur le mur du couloir, je me courbe en avant le temps de reprendre mon souffle qui, je crois, est resté dans cette foutue chambre. La traverser en sortant de la salle de bains a épuisé le peu d'énergie que Néoh ne m'avait pas déjà volé, sous la pluie. Dissimuler mes émotions n'est pas instinctif, chez moi. Je suis un livre ouvert, et cela me va très bien. Me cacher, masquer ma réelle personnalité, je ne fais pas. Et ne veux pas faire. Or, là… j'en ai ressenti le besoin pour la première fois. Aussi, j'ai paré mon visage d'un voile hermétique, légèrement hautain, pendant que je regagnais la sortie de cette maudite pièce. Sans toutefois parvenir à ignorer les deux billes d'obsidienne qui cherchaient à me transpercer pendant que des mains commençaient à s'aventurer sous des morceaux de tissu.

Quand j'y pense… j'expérimente beaucoup de premières fois émotionnelles avec Néoh. Beaucoup trop de douleur. D'ombres aussi. Tout ce que je ne suis pas, en somme. Et que je déteste.

Peut-être qu'effectivement, je réussis à le toucher, d'où ses coups bas. Et son besoin de toujours répliquer plus violemment pour être certain de, lui aussi, me toucher. Seulement, avoir mal doit en valoir le coup. Souffrir, je veux bien l'accepter, mais à condition d'avancer. Or, Néoh ne sait que stagner dans son fichu bordel intérieur. Qu'il stagne. Même nos souvenirs ne sont pas assez forts pour que je le laisse m'entraîner dans les profondeurs. Il a peut-être un certain ascendant sur mon corps, mais mon esprit et mon cœur, je suis la seule à les posséder, à avoir le pouvoir dessus.

Cela dit… bordel, ça fait mal.

Les reins à présent calés contre la tapisserie où sont esquissés de gros lys dorés, je lève la tête en direction du plafond. Clos les paupières quand un sourire éclate sur mes lèvres au moment où une truffe humide chatouille mon ventre.

– T'es jamais bien loin, toi, hein? dis-je d'une voix douce.

Je caresse le col de Blue, puis ouvre les yeux. Et tombe sur la silhouette de Thomas qui se tient un peu en retrait, me faisant sursauter.

– Pardon, s'excuse-t-il en riant, je ne voulais pas t'effrayer. Mais Chaton réclamait sa maîtresse, et Malena m'a dit où tu étais, alors…

– Ce n'est rien, ne t'inquiète pas. Et merci.

Je reporte mon attention sur mon chien qui se laisse câliner, sa queue remuant dans tous les sens.

– Tout va bien, Auréa?

– J'ai une si sale tête que ça? raillé-je.

Thomas, les poings fourrés dans un pantalon noir, avale les quelques mètres qui nous séparent jusqu'à se planter en face de moi, et de s'appuyer contre le mur opposé. Ses yeux ambrés se coulent sur moi avec chaleur. Uniquement avec chaleur. Sans déliés sombres et dangereux. Ce mec transpire la gentillesse.

– Tu es toujours aussi belle, si ça peut te rassurer.

Je grimace, mal à l'aise.

– Ce n'est qu'un compliment, tu sais? se moque-t-il doucement. Un compliment qui ne demande rien de plus que d'être accepté tel qu'il est: des paroles agréables pour te remonter le moral.

– Qui ne demande rien d'autre, tu es sûr, Thomas?

Ce n'est clairement pas le moment pour une mise au point, mais tant pis. Cet homme est un ange, vraiment, et je serais une belle garce si je le laissais s'imaginer plus.

– Auréa, lâche-t-il dans un ricanement abrupt, je suis sympa, mais pas con. Encore moins naïf. J'ai bien compris que je n'avais aucune chance avec toi.

Les lèvres scellées, je ne réponds pas. Me contente de le fixer d'un air franc. Un sourire doux s'invite sur son visage.

– Je ne suis pas du genre à forcer un lien, poursuit-il. Alors si nous ne devons être qu'amis, ça me convient. Parfaitement, même. De toute façon, il est clair que je ne peux pas concurrencer ce qui se passe entre le pote de ton frère et toi.

Décontenancée, je me fige durant une fraction de seconde. Avant d'éclater de rire. D'un rire si bruyant qu'il provoque un grognement chez Blue, un sourcil arqué chez Thomas, puis semble se fracasser sur les murs.

– Personne ne peut concurrencer Néoh, c'est clair! m'esclaffé-je, me foutant pas mal de savoir si ce petit con m'entend à travers les cloisons.

Cette fois, au tour de Thomas d'être déstabilisé par ma réaction. Afin de reprendre contenance, il vire ses mains de ses poches, puis croise ses bras sur sa chemise aux manches retroussées. La tête penchée sur le côté, il me dévisage avec une expression à mi-chemin entre l'amusement et l'incrédulité.

– Dois-je me vexer?

Enfin calmée, je secoue la tête et soupire:

– Évidemment que non. Il n'y a rien de bon à vouloir lui faire concurrence, crois-moi.

– Ça se passe mal, entre vous?

– Il ne se passe rien entre nous, Thomas, dis-je, un peu trop précipitamment.

Tandis que je me laisse aller contre le mur pour m'asseoir sur le sol, près de Blue qui s'empresse de poser deux pattes sur mes cuisses, Thomas m'observe, se foutant clairement de ma mauvaise foi.

– Néoh est un con, je crois bon de préciser.

– Ce n'est pas moi qui prétendrai le contraire, se marre-t-il après m'avoir imitée et s'être glissé, lui aussi, par terre. Et franchement, ça m'arrange bien. Parce qu'un jour, tu en auras marre, et ce jour-là, je serai là.

– Thomas, je le préviens d'un ton assez sec, je croyais que…

– J'ai dit que je ne forcerais jamais quoi que ce soit. Qu'être ami avec toi me convenait. En revanche, je n'ai jamais prétendu que plus ne me conviendrait pas. Au contraire… ça me conviendrait mieux, même… beaucoup mieux.

Ma bouche se tord en une moue que j'espère dissuasive.

– Ça n'arrivera pas, Thomas.

Autant énoncer les choses clairement.

– Je t'apprécie énormément, c'est vrai, je renchéris. Avec Malena, vous m'avez si bien accueillie, et tout de suite acceptée comme une amie, mais toi et moi, ça n'arrivera pas. Pas comme tu l'entends, en tout cas.

– Pourquoi ? Je ne suis pas assez con ?

Un grognement s'échappe de ma gorge avant que j'expulse un long soupir.

– Je vais finir par croire que tu fais une fixette sur Néoh, raillé-je. Et non, je n'ai pas de réelles explications à te donner. Tu n'es juste pas… assez, tout court. Pas assez pour moi, tu vois ? Ne le prends pas mal, surtout, mais j'imagine que c'est une question de feeling. Je me sens bien avec toi. Comme on est bien avec un ami.

Alors que j'imaginais qu'il se sentirait blessé par mes paroles, il semblerait qu'il en soit tout autrement. Son sourire s'élargit, encore plus étincelant.

– Ta franchise est l'une des qualités que je préfère chez toi. Et je t'en remercie, Auréa. Vraiment. Je me contenterai avec plaisir de te faire te sentir bien en ma compagnie.

– Tu es… déroutant, Thomas.

Un clin d'œil me répond quand une troisième voix tranche cet instant étrange.

– Ah, bah, tu es là !

Je reporte mon attention sur Énes, son aura solaire et mini Blue qui se débat dans ses bras. Sans tergiverser une seule seconde, il prend place à ma gauche et me donne le chaton.

– Mauvaise mère, abandonner tes gosses pour traîner dans les couloirs avec des mecs, t'as pas honte ?

J'embrasse le sommet du crâne de Blue Moon, le caresse pendant qu'il se pelotonne contre le flanc de son grand frère, puis rétorque en dardant un regard insistant sur mon frangin :

– J'ai de qui tenir.

Il lève les yeux au ciel.

– Change de registre, petite sœur. Tu radotes pour ton jeune âge.

Sa main s'amuse à emmêler mes cheveux encore mouillés, et il demande, d'un ton concerné :

– Je cherche ton autre frangin, tu sais où il est parti se fourrer encore ?

Je tique sur « ton autre frangin » alors que Thomas se racle la gorge, ce qui lui vaut un regard meurtrier de ma part.

– Fourrer est le mot juste, répliqué-je, les dents serrées.

Puis, d'un index vers le fond du couloir, je précise :

– Suis les cris d'extase, et tu devrais le trouver.

Un soulagement paraît détendre les traits de mon frère tandis que ceux de Thomas se verrouillent sur moi, comme s'il ne comprenait pas. Ou qu'il comprenait trop bien, justement.

– Pourquoi je n'ai pas commencé par les chambres ? se marre Énes. Que pouvait-il faire d'autre, en même temps ?

Je me mange sa réflexion en plein dans les gencives. Pourtant, il a raison… Qu'attendre d'autre de Néoh ?

Qu'espérer d'autre qu'un perpétuel combat ? Je l'ignore.

Et franchement ? Je ne veux même plus le savoir…

La douleur non plus, je n'en veux pas. Je préfère la lui laisser.

24

Néoh
Deux semaines plus tard

Le karma… cette belle saloperie qu'est le karma. Je ne crois pas en grand-chose, mais ce putain de doigt d'honneur du destin, difficile de le nier. En tout cas, impossible pour moi de le nier. Et là, c'est une méchante rafale que je me prends dans les gencives.

Mais bon… le principe du karma est là : je le mérite. Son indifférence à la limite du dédain. Ses regards pétillants qui ne s'attardent jamais dans ma direction. Ses sourires lumineux adressés à tous, sauf à moi. Sa peau que je n'ai pas touchée depuis…

Putain.

D'un mouvement souple, je m'assois sur mon lit, puis, les coudes sur les genoux, fourrage dans ma tignasse. En réalité, qu'Auréa ne m'accorde pas plus d'attention qu'à un fantôme me fout les nerfs, certes, mais me convient, d'une certaine façon. Après tout, j'ai tout fait pour la repousser, et de manière plutôt cruelle. Non, ce qui me flingue, ce sont les sensations qui m'ont fauché lorsque je l'ai embrassée. Même deux semaines entières en déplacement à Londres n'ont pas réussi à les enrayer. Le désir, je connais. Assez pour savoir comment le créer, l'insuffler sous une autre chair, mais avec Auréa… c'est elle qui l'a implanté sous la mienne à coups de burin, jusqu'à transformer ce désir en voracité. Jusqu'à soumettre mon corps au sien. Moi. Moi, putain !

Un grondement s'extrait de ma cage thoracique lorsque d'autres cris d'extase transpercent les cloisons pour s'infiltrer dans ma chambre. Ainsi que sous mon crâne. À coups de hache, cette fois. J'ai beau me douter qu'elle le fait exprès, il n'empêche que j'ai la rage.

La rage de trop ressentir auprès d'elle. La rage qu'elle soit la petite sœur d'Énes. La rage de ne pas réussir à la rejeter alors que je m'y efforce sans cesse. Ou presque. Cette dernière année a fait imploser les barrières vitales entre mes pulsions et ma raison, celle-ci vite avalée et noyée. Or, je le sens, Auréa m'a rendu encore plus avide. Le souci étant… que je suis avide d'elle. Et uniquement elle.

Ne tenant plus, je bondis sur mes pieds, enfile un bas de jogging sur mon corps nu, puis sors dans le couloir. Direction la cuisine, d'un pas rapide, sous peine de rebrousser chemin et de défoncer sa porte pour dégager le sale type qui, j'en suis certain, n'a aucune conscience de qui il…

Un autre grondement me broie la trachée. J'aurais dû prendre des écouteurs, bordel.

Au moment où j'arrive dans la pièce, je tombe sur Énes, juché sur l'îlot, qui, encore dans sa tenue de travail, mange un sandwich défiant la loi de la gravité tant il est énorme.

– T'en fais une tête, se marre-t-il en m'apercevant.

– Difficile de trouver le sommeil avec ta petite sœur en train de prendre son pied, grommelé-je.

Une grimace déforme les lignes de son visage harmonieux.

– Tu peux éviter les mots « petite sœur » et « prendre son pied » dans la même phrase, s'il te plaît ?

Un sourcil arqué, je réplique :

– C'est bien toi qui me disais d'arrêter de la prendre pour une gamine, non? Bah, tu sais quoi? Pour une fois, tu avais raison. Il est clair que ce n'est plus une gamine.

Putain, non, elle n'a plus rien de la gosse que j'ai connue.

– Certes, mais j'ai mes limites dans la projection mentale.

Alors que je lui passe devant pour m'approcher d'un placard, il se marre:

– Tu m'as l'air grognon, tu veux que je te prépare un sandwich aussi, mon gros ours mal luné?

Après lui avoir flanqué un coup dans l'épaule, lui extorquant un «sale con», je récupère un verre, puis une bouteille d'un scotch à la qualité assez douteuse.

– J'ai besoin de noyer mes veines, pas de remplir mon estomac. Avec un peu de chance, ça agira comme un somnifère.

– Te fous pas de moi, répond-il d'un ton plus abrupt. Ça fait un bail que tu dors presque plus. Auréa n'a rien à voir là-dedans, alors lâche-la. D'ailleurs, j'aimerais bien savoir pour quelle raison tu es comme ça avec elle.

Je lui tourne le dos, me sers une dose indécente d'alcool avant de la boire d'un trait. Même la brûlure ravageant ma gorge ne me soulage pas. Au contraire, le liquide vient plomber mon estomac d'une sensation désagréable. Tandis que je me remplis un deuxième verre, je rétorque:

– Ta sœur est une chieuse doublée d'une peste.

– Et tu es un con doublé d'un enfoiré.

Un sourire amusé et sombre étire mes lèvres.

– Auréa ne fait que te répondre, poursuit-il. Je dois te rappeler par qui elle a été élevée? Une grand-mère hippie qui n'a jamais quitté les seventies, une mère avocate qui a fait des violences conjugales son cheval de bataille, et un père beaucoup trop *love* de sa petite princesse. Elle n'a jamais été, ne sera jamais du genre à se soumettre, alors, pour une fois, sois le plus intelligent des deux.

Agacé par sa remarque, je claque le cul de la bouteille sur le rebord de l'évier, puis me retourne. Énes a quitté son perchoir et – chose rarissime – abandonné sa bouffe pour me faire face. Ses yeux verts acérés se referment sur moi.

– On m'a rapporté votre petite scène, au club. Quand vous avez dansé. Et selon les dires de Marcus, « il n'avait rien vu d'aussi chaud depuis son dernier plan baise avec les jumelles ».

Mes mâchoires se verrouillent violemment. Je fourre mes poings serrés dans mes poches malgré mes muscles aussi raides qu'une tige de fer.

– Néoh, toi et moi, c'est… Je tiens à toi, énormément. Tu le sais très bien. On a vécu tellement de choses ensemble… Mais là, il s'agit d'Auréa. Ma petite sœur. La gamine sur qui on veillait. Pas un corps de passage dont tu peux te servir pour t'oublier avant de le jeter. Tu peux jouer au con autant que tu veux, je serai toujours à tes côtés. Quoi que tu fasses pour soulager ta peine. Toujours. Sauf… si tu la touches, elle.

Mes lèvres se retroussent sous l'acidité qui remonte dans mon œsophage et agresse mon palais. Je hais quand il fait ça. À l'image de sa sœur, exposer ce qu'il a sur le cœur n'a jamais été un souci pour lui. Dans un sens, je l'envie. D'être capable de s'ouvrir si facilement. De ne pas avoir peur de me parler. Mais dans un autre… qu'il me balance ses sentiments avec une telle ferveur me tue.

– Ce n'était qu'une connerie, je parviens à dire. J'étais saoul et elle ne cherchait qu'à me prouver qu'elle n'était plus une enfant. C'est tout.

Sans dévier son regard une seule seconde, mon pote pose une main sur mon épaule qu'il serre doucement.

– Je te fais confiance, déclare-t-il. Même toi, tu sais qu'il y a des limites à ne pas franchir.

Je déglutis. Avec l'impression d'avaler du verre pilé.

– Cela dit, renchérit-il, son sempiternel sourire chaleureux accroché au visage, t'as de la chance que je t'aime, mec. Parce que j'ai quand même bien envie de te broyer les couilles.

– T'inquiète, ricané-je, je suis sûr que tu sauras comment te venger.

– J'y compte bien, rit-il. Bon, je vais me doucher. Bosser dans un cinq-étoiles sans clim à la réception… Un comble, je te jure.

Un clin d'œil plus tard, Énes se barre dans le couloir opposé à celui d'où je suis venu. Une troisième rasade d'alcool se cumule aux précédentes, toujours sans chasser ce film âcre tapissant l'intérieur de ma bouche. Les paupières à présent closes, je tente d'apaiser autant mes cellules que mon esprit déglingué. En vain. Comme dirait Énes, ça fait un bail que c'est devenu impossible.

En même temps… comment serait-ce possible lorsque son parfum m'envahit soudain pour s'agripper à mon épiderme tel un parasite cherchant à me posséder?

Mes yeux se rouvrent pour tomber aussitôt sur la silhouette d'Auréa, ses courbes dissimulées par un tee-shirt trop long tatouées sur mes rétines. Les reins calés contre l'évier, mon verre à la main, je ne bouge pas. Demeure immobile quand elle m'ignore le plus royalement du monde. Sans me gratifier ne serait-ce que d'une minuscule attention. Ses cheveux emmêlés formant un halo blond et sauvage autour de son visage, elle ouvre le réfrigérateur pour en extirper une pomme, dans laquelle elle croque, ainsi qu'une bouteille d'eau. Bien qu'elle ne me regarde pas, d'où je suis, je perçois parfaitement ses prunelles si distinctes éclairées par la lumière artificielle. Un violent coup me tord le bide au moment où je les vois dériver une fraction de seconde dans ma direction avant de se désintéresser complètement de ma carcasse.

Merde. J'ai un sérieux problème, là.

Un problème du nom d'Auréa Greer. Un problème dont je crève de me débarrasser.

D'un coup de hanche, elle referme le battant, puis s'évapore comme elle est apparue. Elle aussi tel un fantôme.

Quelque chose enfle au creux de mon abdomen. Dévale mes veines à toute vitesse. Prend de l'ampleur. Avant, je le sais déjà, d'exploser. Les prémices d'une connerie, voilà ce que c'est. Je jette un très bref coup d'œil en direction de l'endroit où a disparu mon meilleur pote. Puis un autre vers celui où Auréa s'est engouffrée.

Ouais… les prémices d'une connerie, comme je disais.

Sans tergiverser davantage, je bondis dans lc couloir de gauche et me rue jusqu'à enrouler mes doigts autour du poignet d'Auréa pour la traîner dans ma chambre. Une fois à l'intérieur, je la relâche, puis m'appuie contre la porte refermée. Face à elle. À ses yeux meurtriers. À son corps exhumant de rage. Et à toutes les insultes qu'elle meurt d'envie de m'envoyer malgré ses lèvres scellées. Ses provisions dans les mains, elle se plante en plein milieu de la pièce et, d'une voix atrocement douce, susurre :

– Si tu ne dégages pas de mon chemin, Néoh, je hurle.

Un arc d'excitation embrase mon bas-ventre, se diffuse dangereusement à mon sexe qui se réveille soudain. Je n'y peux rien. Cette femme s'adresse en direct à mes plus bas instincts. En réponse, je déploie lentement un rictus animal qui fend mes traits, et croise les bras sur mon torse.

– Ce n'est pas vraiment ainsi que je voulais t'entendre hurler, piccolina, mais soit… hurle, la provoqué-je.

Un éclair de colère semble jaillir de ses iris bicolores, et… m'atteint étrangement, anéantissant au passage mon envie d'elle. La tête penchée sur le côté, Auréa laisse une aura furieuse s'étendre entre nous, puis ouvre la bouche. Inspire. J'ai juste le temps de fuser sur elle pour étouffer, de ma main, le cri qu'elle s'apprêtait à pousser. Alors que la pomme et la bouteille sont toujours coincées entre nous, Auréa plante ses ongles dans mes abdos en même temps que mon autre bras s'abat sur sa taille pour la plaquer contre moi. Sous ma paume, je la sens tenter de happer l'air tandis que ses membres sont parcourus d'un tremblement. Néanmoins, bien que mes propres muscles s'animent de la même force, j'ai l'impression de me fracasser méchamment sur son regard dur, froid et menaçant. Tout ce que n'est pas Auréa, d'ordinaire. Un réflexe malvenu me pousse à la serrer davantage contre moi, à la fondre dans mon étreinte, mais… sa tête s'incline en arrière en signe de rejet.

Malgré sa bouche entravée, je perçois très nettement ses paroles…

– Recule-toi, Néoh.

… qui me bousillent sans que j'en saisisse la raison. N'est-ce pas ce que je voulais, après tout?

Je m'exécute jusqu'à buter contre la cloison en bois. Tout d'un coup, je me sens… vide. Vide et loin du chaos permanent qui hante mes cellules d'habitude.

– Qu'est-ce que tu cherches, à la fin?

Son timbre est clair, déterminé. Tranchant. Comme ce qui semble me lacérer la peau alors que… je ne sais même pas pourquoi, putain! Incapable de lui répondre, je l'observe avancer pour se figer à de ridicules centimètres de moi.

– Qu'est-ce que tu veux? répète-t-elle.

Durant un moment, je me perds dans ses yeux, au creux de leurs chaleurs si différentes, puis réussis à avouer:

– Te sortir de mon crâne.

Une expression amère froisse les lignes pures de son visage.

– Dans ce cas, laisse-moi faire, dit-elle dans un souffle.

Un souffle qui se répercute sous mes côtes quand je me décale.

Un souffle qui vient à me manquer quand Auréa passe le seuil pour me laisser tel que je le désirais : seul.

25

Auréa

Inspire, Auréa. Expire. Ne pas s'énerver. Ne pas devenir violente. Ne pas tuer, non plus. Même si je simule la folie passagère, un crime passionnel, je suis bonne pour quelques années de prison. Lorsque je sortirai, Blue aura fini délinquant et dealera des space-croquettes, livré à lui-même, nourrissant trop de rancœur contre sa maman, tandis que Blue Moon se débattra avec ses *mum issues* sans même se souvenir de moi. Non, hors de question que je sacrifie mes bébés pour un mec qui a décidé de me pourrir la vie.

En sueur, et sur les nerfs, je donne un énième coup de poing contre la porte de la salle de bains.

– Néoh ! Ça fait déjà vingt minutes que je t'ai demandé de te magner ! Je suis censée commencer le travail dans même pas une heure !

Il le fait exprès, impossible autrement. Personne n'a besoin d'autant de temps sous la douche, sauf si… Un flash avec un Néoh à la peau ruisselante en train de s'adonner à un plaisir solitaire me transperce le crâne. Et frustre un peu plus mes cellules.

Trois semaines. Trois semaines que je m'efforce de l'ignorer, de m'affranchir de sa présence alors même qu'elle imprègne tous ces fichus murs. Et ma chair. J'ai beau essayer, tenter de l'effacer sous les empreintes d'autres, rien n'y fait. La seule saveur qui s'attarde sur ma langue est la sienne. Le seul parfum qui s'accroche est le sien. Pourtant, je ne cède pas. Respecte une distance de survie entre nous. D'abord pour lui : même si je n'en saisis pas la raison, j'ai conscience de le blesser. Mais aussi pour moi : je n'ai pas vocation à me battre contre des moulins à vent. J'ai failli craquer, quelques jours plus tôt, dans sa chambre... Son regard qui hurlait à l'aide m'a chamboulée et touchée malgré ma colère. Néanmoins...

Néanmoins, que dalle. Je ne le comprends pas. Je ne me comprends pas non plus quand je suis face à lui. Et surtout, j'ignore ce que j'attends réellement de Néoh.

Si ce n'est qu'il agite son foufouillon pour sortir de cette salle de bains !

– Néoh !

– Cinq minutes, me répond sa voix de grizzly mal luné.

Encore en brassière et short de sport, je flanque cette fois un coup de pied contre le battant, hurlant quelques insultes lorsque mes orteils nus émettent un craquement sonore.

– Deux minutes, c'est tout ce que je te laisse ! Sinon, je te jure que je te vire moi-même de là !

Un éclat de rire transperce la cloison, me nargue clairement.

Non, décidément, je ne le comprends pas. Si, comme il me l'a avoué, il veut me « sortir de son crâne », pourquoi me provoquer sans arrêt ? En réalité, rester impassible est encore plus usant que de répondre à ses attaques. Et les prochaines semaines s'annoncent tout aussi épuisantes puisque je l'ai entendu dire à Énes qu'il était en vacances durant le mois d'août. Un putain de mois entier. Au moins, quand Néoh est en déplacement, je peux souffler. Souffler, et être en manque, aussi, mais ça... personne n'a besoin de le savoir.

Énervée, je m'appuie contre le mur opposé, comptant mentalement les secondes, à l'affût du moindre bruit dans la salle d'eau. Sauf que… à part le bruit de l'eau, rien n'indique que ce petit con se bouge pour sortir. Mais je peux difficilement sauter la case douche. Pas après avoir fait un footing avec Blue, sur les rives du lac, sous une chaleur écrasante d'humidité. Sur les dernières secondes, je crie de façon qu'il m'entende parfaitement :

– 115, 116, 117, 118, 119, 120 ! Bordel, Néoh !

– Il y a un évier dans la cuisine, sinon ! se marre-t-il.

Que… Oh, putain !

Un arc de colère me cingle les flancs, chahute méchamment mes nerfs. Comme dirait Malena, RAF[1].

Sans prendre la peine de réfléchir une demi-seconde, j'actionne la poignée et pénètre dans la pièce. Un épais voile de vapeur entrave ma vue un court instant, mais se disperse rapidement pour me dévoiler le corps de Néoh, visible derrière la paroi vitrée. Furieuse, je fonce.

Il y a des conneries qui ne le deviennent qu'à l'instant où on les exécute. On a beau y réfléchir, durant quelques minutes ou plusieurs semaines, elles paraissent toujours être de superbes idées, sauf… à la seconde précise où l'on passe à l'action. Comme lorsque j'ai décidé de me raser le crâne, ou lorsque j'ai voulu tenter une course type Mud Day avec Blue. À l'instant où Chaton avait mis une griffe dans la boue, me traînant sur plusieurs mètres derrière lui, j'avais su… Eh bien, là, j'y suis. En plein dedans. Au moment où je fais coulisser l'unique séparation entre Néoh et moi, je me prends ma connerie en plein visage. En pleines rétines, devrais-je dire, d'ailleurs. Des lignes sculpturales dessinant un torse sur lequel s'ébattent des dizaines de gouttelettes – que je

1. Rien à foutre.

jalouse assez violemment. Des épaules larges qui, d'un coup, se déploient davantage. Une mâchoire qui se convulse avec puissance. Une paire d'yeux qui m'affronte, insondable. Une envie presque irrépressible de rebrousser mon chemin visuel dans l'autre direction me bouffe. Cependant, je me retiens. Redresse fièrement le visage, puis articule :

– Dé-ga-ge.

Raide, Néoh se contente de me surplomber de toute sa hauteur, comme s'il hésitait entre être en colère et satisfait que je cède enfin à ses provocations.

– Sérieusement, soupiré-je, tu n'en as pas marre ? Même les connards méritent un peu de repos, non ? Tu n'es pas crevé d'agir ainsi ?

Vu qu'il ne daigne toujours pas prononcer un seul son, je feule, emportée :

– Mais réponds, merde !

D'un pas, il s'avance, quittant la cascade du ciel de douche jusqu'à se placer au bord du bac. Après avoir à peine baissé le regard sur moi, il rétorque :

– Crois-moi, tu ne veux pas entendre ce qui rugit entre mes tempes, piccolina.

Encore ce foutu surnom. Encore cette manie de vouloir me rabaisser.

Mon sang ne fait qu'un tour, soudain gorgé d'une rage sans nom. Aussi, bien décidée à ne pas battre en retraite, je m'avance à mon tour, le frôle en le contournant, puis me glisse sous le jet d'eau. Un pli se crée subrepticement entre ses sourcils avant de se lisser aussitôt. Durant de longues secondes, je laisse l'eau dévaler mon corps, mouiller mes fringues ainsi que mes cheveux tout en fixant ses prunelles noires qui s'obscurcissent autant qu'elles paraissent s'embraser.

Le souci, quand on plonge dans les conneries, c'est qu'il faut les assumer, ensuite. Et là, je commence à regretter le rasoir électrique de mon père...

– Tu ne comptes toujours pas partir? fais-je d'un timbre faussement doux.

Un rictus détestable en travers du visage, Néoh referme la paroi vitrée, croise les bras sur son buste, puis, avec une nonchalance toujours aussi détestable, s'adosse au carrelage mural.

Soit. Assumons, dans ce cas.

D'un geste sec, je défais ma queue de cheval pour laisser ma tignasse blonde détrempée échouer le long de mon dos. Puis mes doigts viennent s'agripper à la couture de ma brassière afin de la faire passer par-dessus ma tête, libérant mes seins. Ainsi que ma respiration qui s'emballe violemment au moment où, sans une once de pudeur, les yeux de Néoh tombent dessus. Sa langue s'échappant d'entre ses lèvres, il déglutit quand ma gorge s'assèche. Néanmoins, je poursuis sur ma lancée, et, lentement, me débarrasse de mon short et de mon dessous qui choient par terre. Nue, je m'offre totalement à son regard. De toute façon, de nous deux, je ne suis pas celle qui se cache. Ses yeux embrasent un sillon incendiaire sur et sous ma peau tandis qu'il me dévore. Mes seins. Mon ventre. Mon sexe. Mes cuisses. Avant de remonter jusqu'à mes pupilles qui, j'en suis sûre, mangent la totalité de mes prunelles tant je crève de désir. Pour lui. Et il est bien là, mon problème... Depuis mon arrivée en Italie, il n'y a que lui. Ses paupières se plissent légèrement, son attention s'affûte. Quant à moi, je me perds momentanément. Le long des veines gonflées créant un entrelacs tentateur le long de ses bras repliés. Le long de celle qui suit son aine, puis plus bas. Sur son sexe dressé qui...

Oh, merde.

J'étouffe. Avec la sensation de respirer au-dessus des flammes de l'enfer. Ces dernières assaillent mes veines, les ravagent.

J'étouffe.

D'un demi-tour, je lui tourne le dos, puis, afin de ne pas perdre la face, attrape son shampooing.

– Tu ne m'en veux pas si je prends le tien? dis-je d'un ton faussement moqueur.

Évidemment, il ne répond pas. Évidemment, je ne m'attends pas à ce qu'il le fasse. Après en avoir versé sur ma tête, je m'affaire donc à me laver les cheveux.

Mes reins s'arquent. Ma poitrine se gonfle. Mon ventre se creuse. Le pire? Je ne calcule rien. Le moindre de mes membres ne fait qu'agir en fonction de sa présence, de cette aura à la fois sombre et si sensuelle qui s'échappe de sa peau pour me draper. C'est à peine si je supporte de sentir mes cheveux sur mon dos, tant je meurs de sentir sa caresse… *à lui*. Soudain, comme s'il était branché sur mes pensées, Néoh se coule derrière moi, assez près pour que sa chaleur morde mon épiderme. D'une douce mais ferme pression entre mes omoplates, il m'incite à m'avancer d'un pas, puis son autre main se déploie sur le sommet de ma tête, suit la chute de mes mèches blondes jusqu'à leur pointe avant de recommencer son manège. Encore et encore. Étrangement, ces simples gestes me relaxent tout en survoltant mes sens. Peu à peu, je me sens m'affaisser contre lui. Avant que Néoh ne redevienne Néoh. Indécent. Provoquant. Dangereux. Son bras frôle ma tempe alors qu'il chope un gel douche, cette fois. Il dépose ensuite une noisette au creux de ma paume, puis se penche pour chuchoter à mon oreille:

– Qu'est-ce que tu veux, Auréa?

La bouche scellée, je ne prononce pas un seul mot. Je suis comme… en transe. L'esprit noyé, mais chaque cellule me composant plus éveillée que jamais. Chacune des siennes s'enlaçant à mon corps. Sans vraiment réfléchir, je déploie ma main sur ma gorge, le liquide parfumé se renversant sur ma peau. Mes doigts s'impriment dans ma propre chair, me griffent légèrement lorsque je suis incapable de faire autrement que d'imaginer Néoh me toucher, et non moi. Ce dernier, immobile si ce n'est son buste qui s'écrase par intermittence contre ma colonne vertébrale, ne loupe pas une miette de mes mouvements, m'observant par-dessus mon épaule. Je descends jusqu'entre mes seins, étale le savon sur l'un, puis sur l'autre, m'attardant un peu trop sur leurs aréoles. Toujours en projetant mentalement ses mains à la place des miennes. Mes ongles zèbrent ensuite mon abdomen tandis que je poursuis mon chemin avant de me figer au delta de mes cuisses.

– Qu'est-ce que tu veux, Auréa? répète alors Néoh à mon oreille.

L'arrière de ma tête tombe contre son buste chahuté par sa respiration tandis que son érection se loge au creux de mes reins. Puis je glisse mes doigts contre mon intimité, les paupières closes afin de le voir, lui. Mes poumons s'ouvrent, happent l'air qui, soudain, se raréfie.

– Auréa…

Mon prénom sonne presque comme une supplique dans sa bouche. Néoh le répète une deuxième fois, ses dents mordant mon épaule en même temps. Et moi… je lâche un gémissement alors que mon index appuie sur mon clitoris.

Tout à coup, son bras barre mon buste. Se coule entre mes jambes, sa paume recouvrant totalement la mienne. Avant de… demeurer figée, nos doigts noués. Ses muscles se mettent ensuite à trembler, fiévreux. Hésitants. Le souffle de Néoh balaie ma nuque à toute vitesse. Sa main presse mes chairs avec force, une flamme fouettant l'intérieur de mon ventre. Son cœur semble livrer une bataille sans merci, si violente que ses pulsations agressent mes propres os. Je n'ose même plus esquisser un seul geste, trop consciente de son désordre intérieur. Et… enfin, trop consciente de ce que je désire réellement.

Subitement, il se retire d'entre mes cuisses, m'oblige à opérer une volte-face, et m'accule contre le mur. L'un de ses poings se convulse contre la faïence, près de ma tempe, tandis qu'il ramène son visage au tracé hanté à hauteur de mon regard.

– Je sais, craché-je, à la fois frustrée, énervée et chamboulée. « Repousse-moi, Auréa », c'est bien ça ?

– Je…

Le reste de ses paroles se meurt quelque part entre nos bouches qui s'effleurent pendant que sa main libre vient se visser à mon abdomen.

– Qu'est-ce que, toi, tu veux de moi, Auréa ?

– Tout, je réponds aussitôt.

De concert, nous nous pétrifions. Moi pour l'avoir dit à voix haute, sachant pertinemment qu'il prendra la fuite. Lui… j'imagine, par peur de ce qu'implique ce tout petit mot. Néanmoins, loin de se refermer comme je le pensais, Néoh affiche un regard brisé, perdu. Déchiré.

– Pourquoi tu…

Une fois de plus, il n'achève pas sa phrase. Sa paume quitte la cloison pour couvrir doucement ma mâchoire, son pouce lissant ma lèvre inférieure.

– Pourquoi il faut que ce soit toi, putain ? lâche-t-il dans un soupir.

Le front contre le mien, il ajoute, le timbre écorché :

– Je ne sais pas quoi faire, Auréa. Je… je ne veux pas te voir m'échapper, mais… j'ai peur de te posséder.

Son aveu me tue. Et transforme ma colère en cendres. Mes doigts s'insinuent ensuite dans le chaume léger de sa barbe, en un geste que j'espère apaisant.

– Je ne veux pas t'échapper non plus, Néoh, et… je n'ai pas peur.

Un sourire amer froisse ses traits. Avant que ses lèvres s'emparent enfin des miennes. Pour aussitôt me relâcher dès qu'une pluie de coups secoue la porte de la salle de bains.

– Ça va, là-dedans ? dit la voix d'Énes.

D'un bond, Néoh se recule le plus loin possible, de nouveau emmuré derrière son fichu masque.

– Je me lave ! crié-je alors, les yeux rivés sur les deux pics d'obsidienne, face à moi.

– T'es pas censée bosser, toi ?

– Si ! Et comme je suis à la bourre, je me disais que mon adorable frangin pourrait m'emmener avec sa super énesmobile !

Un rire grave traverse les murs.

– Sérieux, je n'avais pas assez d'un boulet, je dois m'en coltiner deux, maintenant, se marre-t-il. Je mérite un putain d'autel en mon honneur ! D'ailleurs, où est passé mon premier boulet ?

J'hésite une seconde, mais le regard lugubre de Néoh m'oblige à mentir à mon frère.

– Aucune idée ! Sûrement en train de hanter la Terre de son aura si solaire, en mode *Moi, moche et méchant !*

Un second rire me répond tandis que l'homme devant moi arque un sourcil menaçant.

– Bouge-toi, sinon tu vas être à la bourre !

– Ouais, j'arrive !

J'attends que le bruit de ses pas résonne et s'amenuise petit à petit avant de couper l'eau. Néoh m'observe en silence, comme si j'avais subitement le pouvoir de le détruire d'un simple coup d'œil. Aussi, j'opère trois pas lents jusqu'à poser ma joue contre son sternum. Il se raidit, mais ne s'éloigne pas.

– Tu vas encore fuir ? murmuré-je.

– Et si c'était toi qui fuyais ?

Le menton relevé, je suspends mon attention à la sienne.

– Je n'ai jamais fui de ma vie, Néoh. Et désolée pour ton ego, mais ce n'est pas pour toi que je commencerai.

Son rictus moqueur réapparaît au moment où sa paume se pose sur ma pommette.

– Tu me lances un défi ? Encore ?

– Tu me fatigues, dis-je doucement, tout en levant les yeux au plafond.

J'enfouis ensuite mon visage contre son torse, respire son parfum sans même m'en cacher, puis me recule.

– Bon, je vais tenir Énes loin de la salle de bains. Attends qu'on parte avant de bouger d'ici.

Le cœur à la fois lourd et excité, je fais coulisser la paroi en verre, sors et m'enroule dans une serviette. Mes doigts autour de la poignée, je me retourne sur Néoh qui, immobile, fixe l'endroit où je me trouvais il y a tout juste quelques secondes.

– On finit cette conversation ce soir ? demandé-je, incertaine.

– Si tu n'as pas envie de fuir d'ici là, OK, murmure-t-il sans bouger d'un millimètre.

J'ouvre la porte, la referme aussi sec derrière moi. M'engouffre dans le couloir avec un sourire éclatant aux lèvres.

Fuir ?

Je compte bien prouver à ce mec que je suis la détermination en personne… surtout quand il s'agit de lui…

26

Auréa

Mes yeux ne cessent de dériver vers l'heure qui me nargue sur la montre de mon collègue. Le pauvre, dès que je le croise, je m'accroche à son poignet. Ici, aucune pendule, rien qui indique que le temps file à l'extérieur, histoire que les clients s'attardent davantage au restaurant, au salon de thé ou encore au bar, et oublient que la vie suit son cours. Mais moi, chaque seconde, je la sens filtrer… trop lentement, d'ailleurs. Je n'ai qu'une hâte : retrouver Néoh pour terminer cette amorce de conversation. Et dire que j'appréhende est un euphémisme. Je suis carrément flippée à l'idée que Néoh ne m'attende pas, ou pire, m'affiche son costume de Super Connard pour encore me rejeter. Or, je ne le supporterai pas. Une fois de plus serait de trop. Alors que je m'accapare à nouveau l'avant-bras de Demetrio, lui soutirant un soupir blasé, un frisson me chahute les cellules nerveuses. Jamais je n'ai été dans un tel état de stress. Jamais. Et encore moins pour un mec.

– Une demi-heure, souffle Deme, de dépit. Une demi-heure, et tu seras débarrassée de moi.

– Oh, t'es vexé, mon bichon ? me moqué-je.

– Non, j'essayais d'être sympa. En vrai, j'ai hâte d'être débarrassé de toi. Tu es particulièrement chiante, aujourd'hui.

D'un coup de hanche, je pousse les cloisons battantes afin de porter de la vaisselle sale à la plonge, puis grommelle tandis qu'il m'emboîte le pas :

– Je supporte mal la frustration.

– Je ne veux même pas savoir, rit-il.

– Je suis déçue, même pas tu me proposes de m'aider. Suis-je si repoussante ? dis-je d'un ton tragique.

– Rien à voir, mais ton frère a promis de m'éviscérer si je touchais à sa petite sœur.

Je me fige, saisie par ses paroles.

– J'hallucine, grommelé-je. De quoi il se mêle ?

***

Enfin, les trente minutes écoulées, je me rue dehors sans demander mon reste. On repassera pour le titre de l'employée de l'année, mais encore une fois, RAF. Je fonce à toute vitesse sur le parking réservé au personnel afin de récupérer le vélo acheté deux semaines plus tôt, et que mon tendre frangin a eu la gentillesse de me rapporter après m'avoir déposée.

Soudain, je m'arrête. Bloque.

Qu'est-ce que cette limousine fout là ? D'ordinaire, elles arrivent près de l'entrée principale, mais jamais ici. C'est alors que l'une des portières s'ouvre sur un Thomas à la mine particulièrement réjouie.

– Grimpe ! J'ai une surprise pour toi !

Merde…

– Euh, Thomas, excuse-moi, là, je ne peux pas, je…

Soudain, la tête surexcitée de Malena surgit par-dessus l'épaule de Thomas, puis me lance, avec un sourire éblouissant :

– Allez, Auréa ! Je suis sûre que ça va être fun !

– Je vous adore, vous le savez. Mais pas ce soir, j'ai…

– Ah, non ! se révolte mon amie.

En l'espace de quelques secondes, elle s'extirpe de l'habitacle pour me rejoindre d'un pas véloce. Alors que ma main est prisonnière de la sienne, l'Italienne me traîne derrière elle.

– Malena, maugréé-je pendant qu'elle m'oblige à entrer dans cette fichue limousine, si tu m'arraches le bras, je pourrai m'échapper, tu sais ? Alors vas-y doucement, bordel.

– Thomas m'a promis une surprise d'enfer. D'enfer, ce sont ses mots. Et je veux ma surprise, alors hors de question de tout gâcher parce que madame a décidé, pour une fois, d'être sage.

Un sourcil arqué, je me coule sur la banquette en cuir, en face de celle où la brune s'assoit, à côté de Thomas qui, lui, me dévisage d'un regard mi-rieur, mi-énigmatique.

– OK, je cède. Mais pas longtemps, alors.

Un cri d'excitation s'échappe de la gorge de Malena tandis qu'elle gesticule, euphorique, sur son siège. Puis, ses deux mains jointes, elle supplie comme une enfant :

– Alors, c'est quoi, la surprise ? Hein, dis-moi, dis-moi, dis-moi !

J'éclate de rire. Thomas lui adresse un sourire patient avant de nous informer, d'une voix mystérieuse :

– Vous verrez quand on y sera.

D'un claquement de langue, Malena illustre son agacement, croise les bras sous sa poitrine et, enfin, se tait. Quant à moi, je récupère mon téléphone dans la poche de mon pantalon afin d'envoyer un message à Néoh : « Je me suis fait embarquer par Thomas et Malena, je risque de rentrer plus tard. En attendant, je t'interdis de fuir. De penser ou ne serait-ce que d'envisager de fuir. Ou même de laisser ce mot effleurer ton esprit. Compris ? »

Vingt minutes plus tard, nous sommes enfin à destination. Enfin, j'imagine… Le véhicule s'arrête dans une minuscule rue de la ville de Salò. Curieuses, Malena et moi levons le regard sur une façade en pierres colorées typique de la ville.

– Ce n'est qu'un stop, précise Thomas en appuyant sur l'interrupteur à côté d'une immense porte cochère. L'endroit où l'on va nécessite un *dress code* un peu… spécial.

Un grésillement plus tard, il se contente d'énoncer son nom de famille. La seconde suivante, l'entrée se déverrouille, et nous sommes avalés à l'intérieur de ce qui ressemble à un hôtel particulier au style plus français qu'italien. Un long couloir au parquet ancien nous accueille avant qu'une femme d'une trentaine d'années engoncée dans un tailleur et au chignon un peu trop serré nous rejoigne.

– Monsieur Rolzen, ravi de vous revoir, dit-elle à Thomas.

Puis elle pivote vers Malena et moi, un sourire affable aux lèvres.

– Mesdemoiselles, veuillez me suivre.

– Je vous attends ici, nous prévient Thomas. Oh, et, les filles? Ne flippez pas, surtout. Je vous promets que vous allez adorer.

– OK, maintenant, je flippe, raillé-je.

– Pas moi! s'exclame la brune en sautillant alors qu'elle emboîte le pas de la trentenaire.

Deux escaliers, dont un en colimaçon, et trois couloirs plus tard, nous pénétrons enfin dans un showroom. Des portants de fringues se déploient aux quatre coins de la pièce, telle une toile d'araignée particulièrement ordonnée. Et ce n'est pas tant le nombre de bouts de tissu qui me choque que leur nature et leur… disparité. D'un côté trônent des robes style Renaissance ou encore victoriennes, majestueuses sur leur cintre quand, d'un autre, un étalage de pièces en cuir ou en dentelle détonne totalement.

Pour une fois, même Malena reste sans voix.

– C'est bon, je déménage. Je veux vivre ici jusqu'à la fin de mes jours, s'extasie-t-elle soudain. Partez sans moi… et laissez-moi m'ébattre au milieu de ce paradis.

Ah… il semblerait que j'ai parlé trop vite.

– Je vous ai déjà préparé une tenue chacune, mais, évidemment, si elles ne vous plaisent pas, vous êtes libres de choisir autre chose, intervient alors l'autre femme, que j'avais oubliée.

Je suis le mouvement de son bras pour découvrir une paire de housses accrochées à deux grands miroirs sur pieds encadrés de dorures. Là, ce n'est même plus la curiosité qui me pique, mais carrément de l'avidité. Aussi, je m'empresse d'ouvrir – imitée par mon amie – l'une des fermetures Éclair sur laquelle pend une étiquette avec mon prénom, et… me fige. Une onde électrique sinue le long de ma colonne vertébrale pour bombarder mes cellules d'une excitation particulièrement violente.

– Moi, c'est là-dedans que je veux m'ébattre, soufflé-je.

– Même crever dedans, renchérit mon amie.

Aussitôt, je pivote vers notre hôte, puis demande, ébahie :

– C'est vous qui avez composé ça ?

Un sourire toujours aussi professionnel, quoique teinté de raillerie, étire sa bouche pour toute réponse. Puis elle nous invite à nous changer et s'éclipse.

Un bon quart d'heure plus tard, immobiles devant nos miroirs, nous osons à peine esquisser un minuscule mouvement.

– Tu crois qu'il nous emmène où ?

– Franchement ? ricane-t-elle, je m'en fous. Avec ces beautés, il peut même me jeter en enfer.

– Ce qui n'est pas si improbable, vu ce que l'on porte…

Les épaules ainsi que la naissance de mes seins sont à découvert tandis que mon buste est drapé et serré dans un bustier en velours pourpre. Une très large ceinture à lacet couvre ma taille, retenant un jupon en soie noire qui tombe dans mon dos jusqu'à mes chevilles, dévoilant le devant de mes jambes dans un slim de cuir – noir également. Et, histoire de parfaire ce look… que je suis bien incapable de définir, une paire de cuissardes – en cuir, toujours, mais retourné – remonte jusqu'au milieu de mes cuisses.

Le reflet que me renvoie la surface dépolie me… plaît. Beaucoup, même. Pire, énormément. J'ai l'impression de partir à la chasse aux démons, vêtue en guerrière *badass*.

– Néoh doit te voir habillée ainsi, me souffle Malena à l'oreille, tel un secret inavouable. Crois-moi, il sera toujours aussi dur, mais d'une tout autre façon.

Sous la surprise, j'éclate de rire. D'un rire quelque peu amer, toutefois. Il n'a pas encore daigné répondre à mon texto, et j'avoue que cela me rend… fébrile. Angoissée. En colère, également.

– T'es pas mal non plus, commenté-je en observant son reflet.

À l'opposé de moi, Malena est toute en lumière et douceur. Elle aussi porte un bustier, mais plus à la mode libertine, et de couleur crème. Une crinoline en acier sans aucun jupon laisse apparaître le galbe parfait de ses jambes, et seules ses fesses sont couvertes d'un short blanc à froufrous. Ce dernier est juste d'une indécence totale sur son corps.

– Sérieusement, je me demande vraiment ce que Thomas nous prépare…

– *Carpe diem, babe.* C'est peut-être cliché, mais tellement bon.

– Mouais, c'est surtout l'excuse parfaite pour faire des conneries, je me marre.

– Mais… tu as oublié une chose, Auréa. Tu aimes les conneries.

Si je les aime ?

Je me vautre dedans… surtout lorsque ces conneries ont des yeux noirs à se damner.

***

– Bon, là, tu m'angoisses vraiment, Thomas.

Celui-ci, beau à tomber dans un costume anthracite style dandy dont le veston et la chemise sont presque entièrement ouverts, lui conférant une aura assez dépravée, joue des sourcils dans le but de me faire enrager davantage.

– Je résume, continué-je. Après nous être habillées comme des aspirantes succubes, ou un truc dans le genre, nous être fait maquiller, coiffer, avoir supporté les lamentations de Malena durant une heure de trajet...

– Hey ! Saleté ! s'insurge-t-elle. Je voudrais t'y voir, toi, assise dans une limousine avec une cage en acier en guise de jupe !

– ... maintenant, je poursuis, ignorant l'Italienne, tu veux nous bander les yeux, et en plus, on doit te donner nos portables ?

D'un hochement de tête, il acquiesce, les lèvres pincées pour ne pas rire.

– Tu es flippant, insisté-je. Déjà, demander nos mensurations, ça fait un peu stalker, et...

– Auréa, t'es sérieuse ? me coupe-t-il, visiblement agacé et blessé. Si tu veux vraiment le savoir, j'ai demandé ta taille à ton frère. Quant à Malena, elle m'a envoyé direct toutes ses mensurations. Et je dis bien... toutes.

Choquée, je reporte mon attention sur la brune.

– Mais t'es complètement folle !

– Bah quoi ? Je n'ai aucun secret, ni tabou, moi !

Une moue de gamine aux lèvres, elle me tire la langue. En réponse, je chope un des cerceaux d'acier qui la ceignent et essaie de le tourner, la forçant à se contorsionner sur son siège.

– Garce ! glapit-elle.

Je ris, lui adresse l'un de ses fameux cœurs qu'elle aime tant avec mes doigts, et papillonne des cils.

Puis Thomas nous ramène à la réalité.

– Les filles, vous ne me faites vraiment pas confiance?

Ses yeux noisette nous sondent tour à tour, puis, sans même que j'aie à réfléchir à mes paroles, je lâche, d'une voix sûre et franche :

– Si, bien sûr que si.

– Tu as ma confiance éternelle, honey, renchérit Malena.

Jamais dans l'exagération, celle-ci...

– Dans ce cas...

Il nous tend ensuite deux bandeaux en satin noir. J'hésite une microseconde, puis l'attrape avant de dissimuler mes yeux.

De toute façon, Néoh ne m'a toujours donné aucun signe de vie... J'imagine qu'il doit être quelque part où il sera certain de ne pas me trouver, alors... *carpe diem,* à fond sur les conneries !

***

Une heure après, le moteur de la voiture de luxe cesse enfin de ronronner. Une boule d'effervescence enfle sous mes côtes au moment où j'entends Thomas – enfin, je crois – ouvrir la portière. Une main large m'aide à descendre quand, subitement, une chape de chaleur et d'humidité s'agglutine à ma peau. Toujours privée de ma vue, je me laisse guider par ladite main sur ce qui semble être une route pavée. Une odeur marine pas très agréable assaille mes narines. Aussitôt, une foule de suppositions se bouscule entre mes tempes. On est près de la mer?

– Oh, je reconnais cette odeur ! s'exclame la voix emportée de Malena.

Néanmoins, personne ne prononce un seul son. Le seul qui me parvient est le bruit de nos chaussures sur le sol ainsi qu'une légère houle lointaine. Nous progressons, Dieu sait dans quelle direction, durant presque vingt minutes, quand soudain, je me retrouve sur… l'eau ? Enfin, sur une embarcation assez précaire, je dirais, vu comment elle tangue sous notre poids. La même main m'invite gentiment à m'asseoir sur une sorte de planche de bois.

Seulement alors, mes yeux sont libérés de leur entrave. L'effervescence se transforme en un feu d'artifice digne du 4-Juillet. Mes veines crépitent. Ma poitrine irradie de bonheur.

– Bienvenue à Venise.

27

Auréa

Mes lèvres s'élargissant en un sourire à la fois excité et subjugué, j'écarquille les yeux pour être sûre de ne rien perdre du panorama. Sous nos pieds, la barque, digne des gondoles typiques de la ville, dérive lentement sur la lagune qui a revêtu son habit le plus sombre à cause de la nuit étoilée. De chaque côté du petit canal se déploient d'étroites rues totalement désertes. Je lève le regard sur les maisons colorées – dont les balcons fleuris sont éclairés de lampions – qui nous surplombent à droite comme à gauche, et seulement alors, je remarque un détail : il n'y a pas âme qui vive. Venise est réputée pour être envahie de touristes, surtout à cette époque de l'année, mais pas un chat ne rôde. Même notre embarcation fend les eaux dans un silence étrange. Seule la lune, au-dessus de nos têtes, nous accompagne. La lune ainsi que deux types à la mine patibulaire. L'un d'eux est assis à côté de Thomas, en face de Malena et moi, tandis que l'autre fait avancer la gondole à l'aide d'un immense bâton. Très loin du look traditionnel des gondoliers avec leur marinière, l'homme est vêtu d'un costume sombre.

– Tu veux bien nous expliquer, maintenant ? lancé-je à Thomas.

Ce dernier secoue la tête tout en m'offrant un clin d'œil.

– Plus que quelques minutes à patienter, s'amuse-t-il.

– Rappelle-moi ce que font tes parents, dans la vie ? intervient alors Malena.

Un ricanement franchit ma gorge lorsque je remarque qu'elle a enfin viré sa crinoline pour réussir à s'asseoir.

Une fois de plus, Thomas ne répond pas. Se contente d'un rictus énigmatique un brin condescendant.

– Monsieur Rolzen, mesdemoiselles, nous interrompt le type à côté de Thomas, je vous invite à remettre vos bandeaux.

– Encore ? m'exclamé-je.

– L'endroit a toujours été tenu secret.

Réponse simple, concise. Aussi efficace qu'un : « Obéis et ta gueule, chérie », mais plus polie.

– Si ça te rassure, j'ignore aussi où nous allons.

– Euh, non, ça ne me rassure pas, raillé-je.

Les yeux déjà recouverts, le buste au garde-à-vous, l'Italienne s'écrie soudain, la main vissée à sa tempe :

– Prête, mon Capt'ain !

Malgré moi, j'éclate de rire devant sa position digne d'un suricate à l'affût. Puis j'inspire et me retrouve une nouvelle fois privée de ma vue. Nous ne devons pas voguer plus de dix minutes avant que l'un des deux types nous aide à regagner la terre ferme. Quelques mètres après, nous pénétrons dans un immeuble – enfin, j'imagine –, parcourons un long chemin, le bruit des talons de nos chaussures se répercutant contre les murs et comblant ce silence assez étouffant, puis, enfin, nous descendons un long escalier. Lorsque nous nous immobilisons, l'atmosphère devient soudain plus fraîche, mais toujours avec cette impression de lourdeur et d'humidité.

Tout à coup, des doigts s'affairent à dénouer le satin derrière mon crâne, le tissu glissant sur le sol sans que je m'en préoccupe, trop pressée de découvrir où nous avons atterri. Malheureusement, nous semblons être dans une sorte d'antichambre sombre, aux murs gris en pierre, un peu comme… dans une cave.

– Monsieur Rolzen, après cette porte, longez le couloir de gauche jusqu'au bout. Les téléphones ainsi que les affaires personnelles que vous nous avez remis vous attendront à l'hôtel.

– À l'hôtel ?

– Oui, à l'hôtel, Auréa. J'espère bien ne pas être en état de rentrer, cette nuit, me répond alors Thomas.

– Bon, maintenant que j'ai remis ce satané truc, peste Malena, de nouveau coincée dans ses cerceaux métalliques, on y va, ou bien ?

D'un geste théâtral, Thomas se place entre nous deux, ses coudes repliés en une invitation.

– Ladies…

Nous glissons chacune une main sous un de ses bras, puis nous engouffrons enfin dans ce fameux couloir aux mêmes murs humides et obscurs. Soudain, je me fige face à ce qui apparaît à notre droite.

– On est dans une crypte, dis-je dans un murmure.

Baigné dans plusieurs centimètres d'eau, un caveau surplombé d'une statue représentant un doge – j'imagine – trône en plein milieu de la petite pièce. Des symboles sont peints sur les murs ainsi que le plafond. Néanmoins, je n'ai pas le temps de m'y attarder davantage, car Thomas nous entraîne plus loin, pousse une immense porte, et…

– Oh, putain ! m'extasié-je.

L'ouverture se referme dans notre dos, devenant un immense miroir qui s'intègre parfaitement au mur. Immense… reste un euphémisme pour ce qui se dresse devant nous. Une salle de bal, qui rendrait verte de jalousie la galerie des Glaces de Versailles, se déploie, majestueuse, devant nous. Sur les deux gigantesques parois latérales, deux fresques représentant un banquet et un débarquement sont peintes au-dessus des miroirs, qui mangent presque la totalité des murs. Au plafond, sur lequel est représenté Apollon sur son char, pend un lustre ornementé de dorures. Un sol en damier bleu et blanc s'étale jusqu'à une rangée de quatre colonnes immaculées soutenant une sorte de balcon à la balustrade dorée, également. Toute cette salle de bal respire le luxe, l'élégance. Ce qui l'est beaucoup moins, en revanche, c'est... le reste. L'atmosphère explose, tranche le faste de l'endroit avec autant de violence que de douceur.

J'ignore par quel stratagème l'énorme pièce sans fenêtre est plongée par intermittence dans une ambiance pourpre et sensuelle avant de basculer dans une nuance plus sombre, éclairée uniquement par des lampes à UV qui font ressortir des esquisses un peu partout, sur les surfaces dépolies, les cloisons, ou sur les corps eux-mêmes. D'instinct, je pivote afin d'admirer mon reflet. La jeune femme qui nous a maquillées après notre séance d'essayage a peint sur nos visages des sortes de masques invisibles à l'œil nu, et qui, soudain, se dévoilent. Le mien, d'un rouge profond, forme des arabesques artistiques autour de mes yeux pour s'évanouir sur le haut de mon front, mes tempes et mes pommettes. Malena, elle, semble avoir revêtu un masque typiquement vénitien aux éclats argentés. Quant à Thomas, ses traits sont parés de tracés sobres et élégants.

– Tu nous expliques, maintenant? souffle-t-elle, aussi exaltée et abasourdie que je le suis.

Je me retourne à nouveau, incapable de regarder davantage mes amis tant le spectacle me subjugue. Sous le petit balcon, une harpiste tout ce qu'il y a de plus classique joue avec douceur tandis qu'une musique hard techno accompagne sa mélodie de façon harmonieuse et surprenante. Dans d'immenses bulles en plastique suspendues au plafond, des danseurs et danseuses performent, tout en se balançant. Leurs mouvements sont si saccadés, si sauvages qu'une forme d'excitation primitive naît dans mon propre ventre.

L'impression d'être à la croisée de mondes, d'époques, de vies totalement opposés. D'un côté, l'homme civilisé, et de l'autre, celui qui hante, dissimulé, les sens de chaque être humain : sa version originelle et primaire.

– Disons que nous sommes dans une autre version du Carnaval de Venise, explique-t-il.

– Une version où tout le monde n'a pas ses entrées, clairement, réplique Malena. J'ai reconnu quelques têtes assez… connues. Politiquement parlant et… « sulfureusement » parlant. Du coup, je réitère, Thomas, que font tes parents ?

Ce dernier avance de quelques pas, opère une volte-face, puis se contente d'un clin d'œil.

– Est-ce que tu te rends compte, renchérit l'Italienne, de ce que représente ce genre de soirée pour une influenceuse ?

– Je ne t'avais pas dit que ça te plairait ?

– *Tu… Mio Dio, sei incredibile !*[1]

La seconde suivante, elle lui saute dans les bras tandis que je demeure toujours muette. Personnellement, je me contrefous de qui assiste à cet événement. Je veux juste… danser, sentir les ondes sur ma peau, observer ces corps bouger pour donner vie à leurs peintures de guerre, me perdre dans ces univers totalement disparates, et en même temps si complémentaires.

Hypnotisée, je me désintéresse de mes deux compagnons, puis m'enfonce dans la masse de silhouettes qui, à notre image, sont déguisées dans un style à la fois travaillé et trash. Certaines discutent paisiblement, des coupes de champagne à la main, au

1. Tu… Mon Dieu, tu es incroyable !

milieu d'autres qui ondulent, presque possédées par la musique. Tout à coup, une ombre surgit sur mon chemin sous la forme d'un jeune homme en costume entièrement noir.

– Mademoiselle, me salue-t-il, la tête légèrement courbée, que puis-je vous servir ?

– Pardon ?

– Comme boisson, mademoiselle, précise-t-il.

– Oh, pardon, euh…

Mon regard est alors attiré par un trouple, à peine dissimulé par l'une des colonnes, qui semble être gagné par le côté primaire des lieux quand, soudain, l'un des miroirs s'ouvre pour les avaler par une porte similaire à celle par laquelle nous sommes entrés.

– Cette salle de bal est truffée de passages tels que celui-ci, me renseigne le serveur. Disons qu'il faut bien choisir où vous souhaitez atterrir, et avec qui…

– C'est ce que je vois, raillé-je. Sinon… ça va aller, merci. Je vais plutôt me nourrir de l'ambiance.

– N'hésitez pas, si vous changez d'avis. En attendant, je vous souhaite une excellente soirée, et… bon appétit, dans ce cas.

Il s'évapore je ne sais où. Quant à moi, un mélange d'excitation et d'envie creuse mon abdomen sans que j'en saisisse la raison. À croire que je me laisse aussi gagner par l'ambiance. Aussitôt, mes pensées dérivent vers Néoh. L'excitation se mue en appréhension, en ressentiment aussi, à cause de son silence. En revanche, l'envie, elle, enfle davantage. Crée un manque assez violent sous ma chair. J'aurais aimé partager ce moment avec lui. Partager cette atmosphère saturée d'un désir lancinant… à l'image de ce qu'il m'inspire si ardemment.

C'est sûrement pour cette raison que je me mets sur pilote automatique dès l'instant où une jeune femme m'invite à danser. À moins que… j'aime trop cette sensation de n'imposer aucune entrave à mes sens. Chose que j'ai trop faite, ces derniers temps, avec Néoh. Aussi je me laisse aller. Danse. Discute avec des personnes que jamais je n'aurais pu rencontrer dans la vraie vie, comme la fille d'un homme politique puissant qui se révèle être la propriétaire d'une agence d'escorts de luxe, ou encore un ancien membre d'une secte inconnue. Ici, en contradiction avec les lignes sur nos visages, les masques tombent, sans aucune pudeur. Je bois, aussi… peut-être un peu trop, d'ailleurs.

Une bonne heure plus tard, Thomas me rejoint alors que je suis captivée par les doigts experts de la musicienne qui joue avec les cordes de son instrument. Son bras se pose sur mes épaules, et il me ramène doucement contre lui.

– Tu passes un bon moment?

– C'est… presque mystique, je lui réponds. Je… j'adore, il n'y a pas d'autres mots.

– Je savais que ça te plairait.

Sans cesser d'observer la harpiste, je tapote de l'index son annulaire droit.

– Cette chevalière que tu portes… Je l'ai vue sur de nombreuses mains, ce soir…

– Ah, oui? ricane-t-il. Je n'ai pas fait attention.

– Quitte à mentir, essaie de bien le faire.

Je me dégage pour me placer devant lui.

– Peut-être que je ne cherche pas vraiment à me cacher, Auréa.

– C'est vrai que ça n'a jamais été ton genre.

Un doux sourire illumine son visage jusqu'à éclairer ses billes noisette.

– Et Malena? demandé-je.

– En train de remplir son carnet d'adresses, répond-il en riant. Elle a dû me remercier au moins cinquante fois, déjà. Me promettre de ne pas parler de cette soirée sur les réseaux l'a frustrée, mais bon… elle va vite me pardonner.

– C'est vrai que je ne t'ai même pas remercié, m'excusé-je, une moue chiffonnant mes traits.

La tête penchée, il me couve d'un regard tendre et lourd... d'autre chose.

– Tu n'as pas à le faire, Auréa. On a dépassé ce stade, tous les trois. On est amis, tu te souviens?

Mes lèvres s'étirent, un sourire léger et éclatant s'y esquissant. Puis je me rapproche de lui, croise mes mains sur son cou, et le prends dans mes bras.

– Merci infiniment, Thomas. Pas seulement pour ce moment magique, mais pour ta confiance, aussi.

L'une de ses mains se déplie sur ma taille, me fond davantage dans son étreinte.

– Merci à toi, chuchote-t-il contre mes cheveux.

D'autres mots franchissent sa bouche, mais ils s'envolent avant même de parvenir à mon esprit, ce dernier focalisé et tout à coup accaparé par l'homme qui s'impose dans mon champ de vision. Habillé d'un pantalon de costume noir, le torse totalement nu, il... avale tout. Tout ce qui n'est pas lui et moi. Happée, je me noie dans la profondeur de ses yeux, encore plus obscurs au milieu de cette salle de bal de l'enfer. Avant de réaliser que son buste est envahi de coups de pinceaux formant un paysage désertique sous un clair de lune avec, pour seules couleurs, des flammes embrasant un arbre, au loin. Un masque immaculé mange le côté droit de son visage en un clair-obscur aussi attirant que dangereux.

Bordel.

Je suis incapable de respirer. Mon souffle se tarit. Je... j'étouffe, ma peau subitement agressée par la chaleur du corps qui me retient, et qui n'est pas la sienne. Par réflexe, je pose une paume sur l'épaule de Thomas pour m'éloigner, mais c'est trop tard.

Une grimace enragée aux lèvres, Néoh fuse sur nous. Encore plus primitif que ce qui nous enveloppe tous.

28

Auréa

Je n'ai même pas le temps de m'écarter que la paume de Néoh se referme méchamment sur l'épaule de Thomas, et le propulse en arrière. Ce dernier se rattrape de justesse à l'une des colonnes pour ne pas s'affaler par terre.

– Qu'est-ce que tu fous? m'insurgé-je.

Véloce, j'enroule mes doigts autour du poignet de Néoh au moment où il esquisse un pas vers Thomas, afin de l'empêcher de s'en prendre davantage à lui. M'ignorant royalement, il siffle entre ses dents, à l'attention de mon ami:

– C'est pour ça que tu l'as attirée ici? Tu pensais déjà la baiser dans un coin?

Durant quelques secondes, je reste scotchée par ses paroles. Ainsi que par cette rage épaisse qu'exsude son corps contracté. Avant… d'éclater de rire. Les quelques personnes qui avaient remarqué les deux hommes prêts à se sauter dessus me dévisagent comme si le diable avait pris possession de mon esprit. Néoh pivote uniquement sa tête vers moi, un sourcil arqué. Quant à Thomas, il demeure immobile, avec un sourire léger et amusé perçant ses lèvres.

– Enfoiré, et jaloux en prime? Ta couche de connerie commence à me coller le vertige, Néoh, raillé-je.

– Je ne suis pas…

Il s'interrompt face à mon regard qui s'assombrit. Puis reprend :

– Rien à foutre, piccolina. Tu m'as demandé de ne pas fuir, va falloir assumer, maintenant. Et je refuse que ce con te touche.

– *Tu refuses ?*

Soudain, Thomas se rapproche de nous jusqu'à se planter devant Néoh. D'instinct, ma prise se resserre sur sa main lorsque cette dernière se convulse en un poing.

– Selon toi, grâce à qui es-tu là, ce soir ? lance Thomas d'une voix doucereuse.

– Tu… tu l'as fait venir ? dis-je dans un souffle.

Ses yeux noisette dévient vers moi le temps d'un autre sourire. Puis se reportent sur Néoh. La salle passe du pourpre aux volutes sombres, dévoilant les masques. L'élégance pour l'un, la brutalité sauvage pour l'autre.

– Et si tu profitais de cette nuit ? insiste-t-il.

Figé, Néoh ne répond pas, se contente de le poignarder du regard. Avant que je tire sur son bras, l'obligeant ainsi à fixer son attention sur moi. Du coin de l'œil, je perçois le Monégasque se reculer légèrement, effectuer une fausse révérence, puis tourner les talons pour s'enfoncer dans la masse des corps. Sans tergiverser davantage, j'incite Néoh, d'une pression sur sa peau, à me suivre. J'appuie ensuite sur un miroir au hasard qui s'ouvre aussitôt, et nous y engouffre. Alors que nous déboulons dans un couloir similaire à celui par lequel nous sommes arrivés, je m'arrête, puis lui fais face.

Un violent coup me cueille l'abdomen. À tout juste quelques pas, Néoh m'observe, insondable, comme toujours, mais si… beau à crever. Douloureusement beau, si j'en crois cette boule lancinante qui croît sous ma poitrine.

– Tu es…

Je déglutis, soudain en proie à tellement d'émotions contradictoires que ça en devient presque viscéral. Alors que j'avais envie de l'engueuler, je... j'avoue, dans un murmure :

– Tu me fais peur.

Ses sourcils se froncent tandis qu'il exécute un seul et unique pas dans ma direction.

– En fait, non, je me reprends. Tu ne me fais pas peur, c'est moi... je me fais peur lorsque je suis avec toi. Tout ce...

Mon poing vissé contre mon ventre, j'achève :

– ... « truc », là, me fait peur.

Les lignes de son visage se froissent, déchirent enfin ce masque qu'il s'impose constamment. En quelques enjambées, il me rejoint, déploie ses paumes sur mes joues avec une tendresse déconcertante. Durant plusieurs secondes qui me volent tout mon souffle, Néoh plonge son regard au fond du mien. Un regard franc, dépouillé de tout voile derrière lequel se cacher. Puis ses lèvres fauchent les miennes. Me fauchent tout court. Je me raccroche à sa nuque tant j'ai l'impression que le moindre de mes muscles cède d'un seul coup. Le goûter à nouveau me renvoie toutes ces dernières semaines de manque en plein visage. Les ongles plantés dans sa chair, je le presse de toutes mes forces contre ma bouche de peur qu'il ne recule, qu'il ne fuie. De peur de devoir encore endurer cette sensation de vide atroce. Qu'il me prive de lui.

Un grognement meurt contre mon palais lorsque ma langue trouve la sienne pour s'y enrouler avec autant d'abandon que de fureur. Néoh resserre son étau sur mon visage, avec une telle puissance que nos corps chancellent sous l'impact. Que je m'arrime à lui quand il se retient à moi.

Quand il rompt notre baiser, la boule dans mon estomac ressurgit, plus féroce que jamais.

– Qu'est-ce que tu veux, Néoh? je parviens difficilement à articuler.

Ses bras retombent entre nous pendant qu'il se redresse de toute sa hauteur. Sans néanmoins arracher son regard nu du mien.

– Qu'est-ce que tu veux, Néoh? répété-je, fébrile et tremblante.

Sans qu'il émette le moindre son, je devine, éprouve presque sous ma peau le combat qui se livre sous la sienne. L'idée qu'il se mure à nouveau me tue, mais je ne dis rien, chacun de mes sens me dictant d'avoir foi en cet homme sombre et bousillé. Lorsqu'enfin...

– Toi, c'est toi que je veux, Auréa. Mais moi aussi, j'ai peur. Peur de te vouloir avec... autant de violence.

Sa voix rauque, écorchée, se plante sous mes côtes avec cette violence dont il parle. Son aveu déclenche un tel tsunami dans mes veines que je suis obligée d'enrouler mes bras autour de sa taille et de caler mon front contre son torse pour ne pas réellement tomber. Une main couchée sur l'arrière de ma tête, il ne bouge plus, sa cage thoracique se soulevant frénétiquement. Je le sens ensuite poser ses lèvres sur mon cuir chevelu, et... ce simple geste suffit à m'insuffler le courage nécessaire pour relever la tête.

Mes lèvres dessinent un sourire sans même que je leur en donne l'ordre, et franchement... je suis incapable de savoir à quoi il ressemble, ce sourire. Tout ce dont je suis certaine, c'est que, nos regards noués l'un à l'autre, je suis bien. Oui, là, au creux de sa chaleur, du reflet froid et métallique de ses yeux, je suis à ma place. Peu importe cette saloperie de peur, je la dévorerai, s'il le faut, pour la retrouver, cette place.

Mon index tapotant son cœur, je prononce d'un timbre doux, mais déterminé :

– Je sais que... là-dessous, certaines zones sont plongées dans le noir, tout comme j'ai conscience qu'elles feront à jamais partie de toi. Je ne te demande pas de te forcer à me les ouvrir, Néoh. Seulement, je veux que tu me promettes une chose : ne fuis plus. S'il te plaît, ne me fuis plus.

– Auréa… soupire-t-il, ça arrivera. Fatalement, ça arrivera. Te promettre le contraire serait un mensonge. Tout ce que je peux t'offrir, pour le moment, c'est ça : jamais je ne te mentirai. Jamais je ne te laisserai te bercer d'illusions. Et jamais plus je ne te ferai croire que tu ne comptes pas.

Sans réfléchir, je me raccroche de nouveau à sa nuque, me hisse jusqu'à frôler ses lèvres pendant qu'il me rabat contre lui, ses mains empoignant mes hanches.

– Je crois que je suis définitivement folle. Comment expliquer que tes paroles me comblent, sinon ?

– Ça n'a rien de nouveau, ricane-t-il. Tu es folle.

– Et ça me convient. Toi ?

– Il est bien là, le problème. Ça me convient trop bien…

29

Auréa

– Néoh?

Un grognement me répond, vibre contre ma gorge. Prise en étau entre le mur contre lequel il m'a acculée et son torse aux lignes sèches, je rejette la tête en arrière. Néoh, sa langue léchant la courbure de mon cou, presse davantage son corps contre le mien. Une part de moi a vaguement conscience de l'endroit où nous nous trouvons – à savoir ce couloir digne d'une crypte – mais… tant pis. Je m'en contrefous. Le sentir me toucher à nouveau me fait définitivement basculer du côté primaire. Et j'y plonge avec un tel délice que même ma raison se retrouve vite noyée. Aussi, j'oublie ce que je comptais lui dire, puis enroule mes jambes autour de sa taille, mon bassin ondulant, possédé. Ma bouche retrouve la sienne, la capture tandis que je me contorsionne pour glisser mes doigts dans la couture de son pantalon.

Cette fois, un grondement transperce sa cage thoracique pour se loger sous la mienne. La seconde suivante, Néoh me relâche et se recule d'un bond. Décontenancée, je demeure immobile, les sens si frustrés qu'un instant, j'ai bien l'impression de partir en fumée. Le souffle court, le regard plus obscur que jamais, il me dévisage, s'attarde sur ma poitrine qui se soulève puissamment, puis réintègre mes pupilles. Une onde de colère commence à enfler dans mes veines. S'il me repousse encore une fois, je jure que…

Soudain, Néoh me recouvre, ses lèvres s'emparant des miennes et ses avant-bras vissés au mur, de chaque côté de mes tempes. Loin de la frénésie de son précédent baiser, celui-ci est… d'une lascivité flirtant avec l'indécence. La façon dont sa langue caresse la mienne avec lenteur, dont sa bouche entrouverte se fige par intermittence, dont son entrejambe gonflé appuie contre mon ventre… je… j'ai la sensation de me désagréger toujours un peu plus dès que Néoh s'approprie un morceau de ma chair.

Lentement, cette fois, il opère un pas en arrière, noue nos doigts, puis, sans dire un mot, m'entraîne derrière lui. En silence, nous longeons le couloir jusqu'à une nouvelle porte que Néoh pousse sans une once de délicatesse. Nous progressons de quelques pas et nous immobilisons de concert. Une autre immense salle nous accueille, pas aussi grande que la précédente, mais tout de même assez conséquente pour être séparée en plusieurs petites pièces grâce à des rideaux opaques. Bien que la décoration soit aussi luxueuse que dans la première, celle-ci, hormis les alcôves créées pour l'occasion, est néanmoins dépouillée de tout autre élément superflu. Au moment même où un homme s'échappe derrière un des voilages, un étrange casque à la main, une hôtesse surgit devant nous.

– Bienvenue chez Naughty Dreams[1]. Puis-je me proposer pour vous aiguiller dans votre choix?

– Quel choix? aboie presque Néoh, à mes côtés.

– C'est de la réalité virtuelle, je lui réponds. Ou augmentée, enfin un truc du genre.

Tandis qu'il baisse son visage interloqué vers moi, la jeune femme, grimée avec une perruque rousse et des lentilles d'un bleu translucide, me sourit.

1. Cf. *Too Young for Me* d'Emily Kind, aux éditions Addictives.

– Vous connaissez?

– C'est vrai, ça, tu connais, piccolina? insiste Néoh, sur un ton railleur.

– J'ai lu un article sur votre société sur Internet, je renseigne alors l'hôtesse. Il paraît que vous avez le vent en poupe avec votre commerce du sexe 2.0.

– L'avantage du numérique. Chacun peut obtenir ce qu'il veut en quelques clics. Peu importent ses goûts ou ses déviances.

– Et vous proposez vraiment… tout?

– Tout ce que l'esprit humain peut cacher comme fantasmes, oui. Dans la limite de la légalité, évidemment.

Soudain intéressée, je me penche sur la tablette qu'elle tient entre ses mains.

– Et je peux voir ce qui…

C'est alors qu'un bras cadenasse ma taille et me fait pivoter pour me plaquer contre un buste. Aussitôt, une mer noire et brûlante captive mon regard.

– Désolé, mais on s'en passera, répond Néoh à la rouquine, sans dévier son attention de moi. Je suis plus adepte du… réel.

À l'instant où mon ventre prend feu, un léger gloussement nous parvient, suivi d'un:

– Oui… je comprends très bien. Dans ce cas, je vous conseille d'emprunter une autre sortie, celle située tout au fond, par exemple…

Dans un nuage de parfum et de mèches de cheveux, elle s'évapore. Et, tandis que nous rallions ladite sortie, ma curiosité l'emporte. Aussi discrètement que possible, je tente d'ouvrir l'un des rideaux avec un doigt afin de découvrir ce qui se dissimule derrière.

– Putain, t'es pas croyable, se marre Néoh après avoir chopé ma main.

– Quoi ? T'es pas curieux, franchement ?

– Tu me demandes de ne plus te fuir et tu voudrais que je me tape une séance de sexe virtuel ? Explique-moi où est la logique, Auréa.

Quand nous sommes enfin arrivés près du grand miroir désigné par l'hôtesse, je me retourne pour m'y adosser.

– Et si c'était moi, la fille derrière la caméra ?

Durant quelques secondes, ses iris de jais coulent le long de mes courbes.

– Une fois que j'aurai pris le temps de dévorer chaque centimètre carré de ta peau, pourquoi pas, piccolina…

– Faut vraiment que tu arrêtes avec ce surnom.

Son foutu rictus rehausse le coin de ses lèvres pendant qu'il déplie sa paume sur la surface dépolie, près de mon visage. Après avoir penché le sien, il murmure à mon oreille :

– Je t'apprendrai à l'aimer, ce surnom, piccolina.

Un autre type d'émotion me chahute soudain méchamment de l'intérieur. Quelque chose qui n'a rien à voir avec le désir ou l'envie se greffe avec force sous mes côtes. Quelque chose qui réduit mon souffle à ce minuscule espace entre nous. Heureusement, Néoh ne semble rien percevoir de mon trouble puisque, d'une pression, il enclenche l'ouverture dans mon dos, nous obligeant à nous décaler. À nouveau, nous nous engouffrons dans un long, très long couloir que nous parcourons en silence. Nos mains arrimées l'une à l'autre, nous n'émettons pas un son. Moi, me débattant avec ce « truc » dans ma poitrine, lui… eh bien, fidèle à son comportement habituel. Si ce n'est la fébrilité que dégage son corps tendu. Au bout de cinq bonnes minutes sans croiser âme qui vive, les murs nous recrachent enfin, et… moi qui pensais en avoir trop vu, ce soir, pour être encore étonnée, je me plantais sur toute la ligne ! Plus que surprise, je suis littéralement subjuguée. Et quelque peu aveuglée par les dorures qui recouvrent la quasi-totalité du plafond de l'immense salle. Des peintures courent sur le plafond et les murs qui, eux, sont ornementés de boiseries.

– OK, c'est splendide et saisissant, mais… trop de luxe tue le luxe, raillé-je.

Néoh relâche ma paume tandis qu'il s'avance de quelques pas, étudiant la pièce avec attention.

– Est-ce que tu sais où nous venons d'atterrir? dit-il d'une voix basse et teintée d'admiration.

– Hum… dans l'ego de Narcisse?

– On est au palais des Doges, Auréa.

La bouche ouverte, je ravale mon ironie, consciente de l'endroit où nous avons mis les pieds. À savoir l'un des lieux les plus emblématiques de la ville, un palais vénitien situé sur la place San Marco, près de la célèbre basilique du même nom.

– Je ne savais pas qu'ils faisaient nocturne.

– Ils ne le font pas, rétorque-t-il. Enfin, pas de façon officielle, apparemment.

Je détourne mon attention pour la reporter automatiquement sur Néoh qui, captivé, ne décolle pas son regard de la pièce. Un élan de nostalgie me cueille, en plus de la foule d'émotions déjà en train de s'ébattre dans mon crâne. J'avais oublié comme il était passionné par l'art ainsi que par la culture de n'importe quel pays ou civilisation en général. À l'époque, j'étais persuadée qu'il finirait archéologue ou anthropologue, mais finalement, il a préféré opter pour les langues.

Tout à coup, Néoh se retourne vers moi, me cloue d'un regard digne de nous envoyer dans le second cercle de l'Enfer de Dante, puis récupère mon poignet.

– Suis-moi.

D'une impulsion sur mon articulation, il me force à lui emboîter le pas.

– Néoh! râlé-je alors que nous traversons une énième salle sans nous y arrêter. Tu me laisses au moins…

– Plus tard, claque sa voix.

Je lève les yeux au ciel, mais continue de marcher sans opposer de résistance quand, enfin, nous débouchons dans un passage étroit, sombre et en courbe. Voire lugubre, si on considère que seuls les rayons de la lune percent à travers quelques persiennes, sur les murs. Le sol et les parois de chaque côté de nous sont composés de simples dalles blanches. Un réflexe me pousse à observer à travers l'une des ouvertures.

– On est sur un pont! m'exclamé-je en apercevant les reflets de l'astre dans la lagune qui s'écoule sous nos pieds.

– Un pont fermé, oui, répond Néoh dans mon dos. Il relie le palais aux anciennes prisons.

– Il n'y a pas à dire, tu es le roi du romantisme, lancé-je dans un rire.

– Tu sais comment on le nomme? glisse-t-il, ses lèvres effleurant mon cou. Le pont des…

– … Soupirs, je termine à sa place.

– Je veux t'entendre, Auréa, déclare-t-il subitement, grave. Soupirer. Gémir, crier. Jouir. Et avec moi, cette fois. Pas avec ces autres types.

– Qui te dit qu'à ce moment-là, ce n'était pas déjà pour toi, Néoh?

Ses doigts s'écrasent contre mon flanc avant de me faire pivoter pour lui faire face. Avec une expression incisive, il verrouille son regard au mien.

– Vraiment, Auréa? C'était pour moi?

– Chacun de mes soupirs. Même si tu n'en méritais pas un seul.

– Parce que c'est le cas, à présent?

– Tu es là, alors… je dirais que tu en mérites bien un ou deux.

Un sourire insolent étire ses lèvres pendant qu'il étale sa paume sur ma gorge. Ses yeux s'attardent sur ma veine pulsant à toute allure, puis suivent le mouvement de son pouce caressant mon menton, ma bouche, avant de s'y glisser. Hypnotisé, Néoh reste focalisé sur ma langue qui s'amuse avec son doigt quand je me concentre sur le noir de ses iris s'intensifiant davantage dans la légère pénombre.

– J'ai envie de me sentir en toi, avoue-t-il dans un murmure.

Alors que je m'apprête à lui répondre, à lui avouer à quel point je veux le sentir en moi, sa main me recouvre, m'empêchant ainsi de parler.

– Ce n'est même pas qu'une envie, renchérit-il, le timbre cassé. C'est un besoin. Une putain de pulsion qui me bouffe de l'intérieur.

Sa prise se raffermit sur mon visage, comme s'il m'ordonnait silencieusement de ne surtout pas dire quoi que ce soit. Puis, sans plus prononcer un seul mot, ses doigts chutent sur la naissance de ma poitrine, se coulent le long de la couture de mon bustier et descendent jusqu'à celle de mon pantalon. Soudain, c'est son corps entier qui chute à genoux devant moi. D'un geste brusque, Néoh défait le jupon qui tombe sur le sol, et dégage la ceinture, puis le tissu de mon ventre avant d'enfouir son visage contre ma peau, qu'il inspire puissamment. L'arrière de ma tête cogne contre la pierre, mon cœur sur le point de s'extraire de son carcan tant il s'emballe. Et se déchaîne au moment où Néoh déboutonne mon pantalon pour le passer sèchement sous mes fesses. Avec une langueur que contredit sa respiration chaotique, il pose ses lèvres sur la dentelle. Un voile de chaleur s'écrase aussitôt sur mon sexe, me lèche l'abdomen ainsi que chacune de mes terminaisons nerveuses.

– Néoh…

– Je veux t'entendre, Auréa, chuchote-t-il contre mon dessous. Tous ces soupirs, ces gémissements que tu as offerts à d'autres, rends-les-moi !

De façon assez brutale, il attrape l'une de mes bottes, m'en débarrasse avant de dégager ma jambe de mon pantalon ainsi que de mon string. Ses doigts arrimés à ma cuisse, il la pose, autoritaire, sur son épaule. Quant à moi, je le laisse me manipuler à sa guise, bien trop esclave de ces chaînes de feu qui me lient au moindre de ses touchers. Sans cesser de fixer son expression possédée. Et, à l'instant où il lèche lentement mes chairs, son regard se braque de nouveau sur moi. Sur mes yeux qui se voilent. Et ma bouche qui s'entrouvre pour émettre un soupir aussi soulagé que frustré.

– Encore, gronde-t-il presque, ses mots vibrant jusqu'à l'intérieur de mon ventre.

Mais cette fois, je ne lui donne pas satisfaction. Les lèvres closes, je me contente de le défier en silence. Un sourire puant la lubricité fend, sauvage, son visage, et, la seconde d'après, Néoh love sa langue à mon clitoris, s'y enroulant telle une flamme autour d'une mèche. Quelques sons percent ma gorge, mais je parviens par je ne sais quel miracle à conserver ma bouche scellée. Aussi, il enfonce ses paumes dans la pulpe de mes fesses nues, plaquant mon sexe contre lui.

– Oh, b… Néoh…

Mes mains fourragent dans ses cheveux tandis que je tente de me retenir à lui du mieux que je peux. Un arc électrique naît au creux de mon abdomen pour se perfuser à une vitesse vertigineuse dans chacune de mes veines, incendiant mon sang au passage. Ses doigts s'incrustent davantage dans mon épiderme avec tant de force que je suis certaine d'en conserver l'empreinte un long moment, et… je crois que j'aime ça. Savoir que ma peau sera marquée par lui. Pas par un autre, mais par lui. Néoh. Cet homme aux ombres bien trop épaisses, mais qui, pour une raison inconnue, me laisse l'entrapercevoir à travers elles...

Un gémissement franchit la barrière de mes lèvres, se meurt au-dessus de nous. Et provoque une réaction presque animale chez Néoh, qui redouble d'ardeur. Exigeant, il me pousse toujours plus loin, aux portes de la délivrance, sans toutefois me laisser les franchir.

– Encore, Auréa, insiste-t-il.

Je cède. À ce plaisir juste délirant. À cet instant aussi sulfureux qu'outrageux. À lui.

Mes hanches se mettent à onduler, à l'appeler. Mes reins se creusent. La tête rejetée en arrière, je me perds. Toujours avec lui. Et lui donne enfin ce qu'il veut. Mes soupirs, mes gémissements. Mon souffle qui se tarit pour s'envoler de plus belle. Mon épiderme qui se tapisse d'une sueur brûlante. Les frissons qui sillonnent mon corps jusqu'à l'embraser. Mon cœur qui, lui, cogne avec une férocité jamais vue contre mes côtes. Ainsi que l'orgasme qui, dévastateur, me terrasse sans pitié. Alors que tout mon corps tremble, mes cuisses se resserrent en étau sur Néoh pour presque aussitôt se relâcher, cotonneuses. Avant que la totalité de mes membres se retrouvent soudain privés d'énergie.

Tout à coup, un gloussement tout ce qu'il y a de plus féminin me reconnecte à la réalité. J'écarquille les paupières, et seulement alors, je remarque qu'un petit groupe de quatre personnes est posté un peu en retrait et n'a visiblement rien perdu du spectacle.

Pendant que Néoh se redresse, remontant mon pantalon sur ma taille, je murmure, mi-amusée, mi-choquée :

– On dirait bien que là encore, tu as dû me partager avec d'autres...

Ignorant royalement les silhouettes qui, enfin lassées, s'éloignent, il se déplie de toute sa hauteur, me forçant à relever la tête pour ancrer nos regards. Le mien encore noyé de plaisir. Le sien… submergé d'envie, mais aussi d'une teinte toujours plus sombre.

– Peu importe, piccolina. Tous les deux, on sait parfaitement qu'il n'y avait que moi, à cet instant.

– C'est bien ce que tu voulais, non?

– Ce que je veux, c'est… prendre une part de toi, Auréa. Et ne jamais te la rendre.

30

Néoh

Je suis baisé.

Et ce n'est pas en matant la petite blonde endormie et littéralement enroulée autour de mon bras que je me convaincrai du contraire. Sa joue sur mon épaule, ses doigts croisés sur mon biceps et ma paume coincée entre ses jambes repliées, Auréa m'emprisonne. Comme si elle craignait que je profite de son inconscience pour me barrer. Peut-être a-t-elle réellement peur? Chose que, j'avoue, j'ai du mal à comprendre. Qu'est-ce qui l'attire dans cette pseudo-relation, hormis cette faim qui nous ramène toujours l'un vers l'autre? Je n'ai fait que la chercher pour la rejeter, parfois de façon cruelle, alors pourquoi elle est là, à s'agripper à moi avec… espoir?

Ou plutôt, la vraie question est: pourquoi moi, je suis là? Pourquoi je n'ai pas juste assouvi ce fichu besoin d'être en elle avant de tout simplement me tirer?

Ma tête pivote doucement, mon regard tombe sur ses paupières qui me dissimulent les couleurs si chaudes de ses prunelles. Encore barbouillée de maquillage, car elle s'est contentée de s'affaler lorsque nous sommes rentrés dans cet hôtel – que Thomas avait pris soin de réserver pour nous tous –, son visage respire la quiétude. Une certaine innocence aussi, mais pas naïve. Cette innocence franche et solaire que dégagent les personnes sûres d'elles, qui n'ont jamais été embrassées par les ombres.

Qu'est-ce que je fous, putain ? Dans cette chambre d'hôtel puant un luxe que je n'ai jamais apprécié, avec la petite sœur d'Énes. Énes, bordel... Mon meilleur ami. Le seul à avoir tout partagé avec moi et, qui, pourtant, est encore à mes côtés. Celui qui, grâce à son amitié, m'a offert un vrai foyer où me réfugier, plus jeune. Celui qui a comblé une immense partie de cette solitude causée par la perte de mes parents et le désintérêt évident de mes tuteurs. Celui qui est devenu ma famille. Mon pote... qui m'a expressément ordonné de ne pas toucher Auréa. À croire que je veux à tout prix détruire le moindre lien. Je suis un sale égoïste, ça, ce n'est pas nouveau. Toutefois, je sens bien que cette fois, avec elle, quelque chose est différent. Si tel n'était pas le cas, je me serais déjà enfoncé dans son ventre.

– Je te sens pensif, murmure soudain sa voix engourdie par le sommeil.

Un sourcil arqué alors qu'elle ne me voit pas, je rétorque :

– J'attends surtout que Madame daigne émerger.

– Menteur, soupire-t-elle.

Son corps bouge légèrement au moment où sa poitrine prend une profonde inspiration, la plaquant davantage contre moi. Avec douceur, sa main se referme sur mon muscle avant qu'elle s'amuse à en suivre la courbe de l'index.

– Tu es tout crispé, Néoh. Tu l'es souvent lorsque tu te perds trop dans tes pensées.

Malgré moi, un sourire rehausse le coin de mes lèvres.

– Auréa, tu es seins nus, juste couverte d'un string et collée à moi. Évidemment que je suis crispé.

Enfin, elle ouvre les paupières, me submergeant du contraste déconcertant de ses yeux. Lascive, les membres encore ankylosés, elle se redresse pour s'allonger à moitié sur mon torse, son menton sur le sommet de sa main.

– C'est ce que tu fais chaque fois, hein ? Toujours tout ramener au sexe pour échapper à une vraie conversation. Ou c'est juste une attention toute particulière pour moi ?

Mon sourire s'épanouit, railleur. Du pouce, je caresse sa lèvre inférieure avant de la tirer plus franchement.

– Oui et non, je réponds, vague.

– Oui et non ?

– Non, je suis incapable de ne pas penser au sexe dès qu'il s'agit de toi. Et ouais… j'avoue que je l'utilise parfois pour dévier les choses de façon plus… intéressante.

Ses yeux cernés de noir roulent dans leurs orbites avant de venir effleurer mon buste. Une moue d'enfant boudeuse chiffonne ses traits tandis qu'elle souffle :

– Tu as enlevé la peinture.

– J'ai pris une douche, moi, avant de me coucher.

– Réflexe de vieux, commente-t-elle, ses prunelles de nouveau en direction du plafond.

Puis elle ajoute :

– Comment tu as fait pour nous rejoindre ?

– Ton Thomas. Il m'a envoyé un texto avec une adresse ici, à Venise, et a précisé que tu étais avec lui. Quand j'ai débarqué, un *bodypainter* était sur place et m'a expliqué plus ou moins en quoi consistait cette soirée. Plus moins que plus, d'ailleurs…

– Et tu t'es laissé faire ? Toi ?

– Avais-je vraiment le choix, Auréa ?

À son tour, sa bouche s'ourle avant de s'agrandir en un sourire resplendissant. Bien trop resplendissant, et… qui soulève une onde de chaleur que je ne suis pas certain d'aimer entre mes côtes.

– Tu es venu pour moi, alors, conclut-elle.

– À moins que ce ne soit pour Malena ou les beaux yeux de ton Thomas…

– Ce n'est pas mon Thomas, Néoh, maugrée-t-elle. Et tu commences à me taper sur le système, mec, à te cacher derrière l'ironie.

Gracieuse, Auréa se redresse, puis, d'un air de souveraine, se place à califourchon sur moi, son entrejambe pile sur ma queue déjà bien enflée. Ses cheveux en bataille retombent sur ses seins, leurs pointes caressant son abdomen, et un putain de réflexe me pousse aussitôt à attraper ses hanches pour les capturer entre mes doigts. Pendant qu'elle darde sur moi un regard indécent, bien qu'autoritaire, elle m'intime :

– Dis-le, Néoh. Que tu es venu pour moi.

Soudain, son bassin entame une danse lascive qui colle un bordel monstre dans mes cellules nerveuses. Et pourtant, comme un affamé, je ne peux m'empêcher d'accompagner ses mouvements, de les suivre tant du bassin que du regard, rivé à l'endroit où nos corps se rejoignent.

J'hésite.

Partagé entre la laisser poursuivre son manège, avec toutes les conséquences que cela risque d'entraîner, et la stopper pour notre bien à tous les deux.

– Dis-le, Néoh, articule-t-elle lentement.

Ses hanches continuent d'onduler, accélèrent le tempo. Me catapultent aux portes de la folie. Me retenir, je n'ai jamais su faire. N'en ai jamais été capable. Or… je n'ai pas le droit de me laisser aller à mes conneries avec Auréa. Pas seulement à cause d'Énes, mais tout simplement parce qu'il s'agit d'elle. La blesser est une chose. La briser, une limite que je haïrais franchir.

Aussi, leste, je m'assois, épingle soudain sa nuque dans ma paume et la force à coller son front au mien. Elle hoquette de surprise, sa bouche s'entrouvrant et nos souffles se mêlant. De mon bras libre sur ses reins, je l'imbrique davantage contre moi quand, d'instinct, elle croise ses talons dans le bas de mon dos.

– Je suis venu pour toi, chieuse, je cède enfin.

Ses incisives se plantent dans sa lèvre inférieure afin de réprimer un sourire victorieux. En vain. Parce que ce fichu sourire, je le prends en pleine face. Avec violence, fureur, et en même temps... avec une étrange douceur.

– Et maintenant? demande-t-elle.

– Quoi, maintenant?

– On fait quoi avec...

Du doigt, elle désigne le minuscule espace entre nous.

– ... ça? D'ailleurs, c'est quoi, ça?

Ma prise se raffermit sur son corps. Elle a raison. Je ne veux pas de cette conversation. Je ne veux pas devoir lui mentir. Déjà parce que je le lui ai promis, mais surtout parce que je refuse qu'elle se berce d'illusions. L'espoir, ça, c'est le vrai mensonge. Un putain de mirage en plein désert qui nous pousse à toujours avancer pour, finalement, juste finir par crever, épuisé, vide et seul.

– Auréa, soupiré-je, ne me force pas à mettre des mots sur ce que... j'ignore moi-même.

Envolé, le sourire. Ce dernier disparaît d'un coup tel ce fichu mirage pour dévoiler une expression amère et triste. Et... ouais, ça, je suis sûr de ne pas aimer.

– Tu fuis, affirme-t-elle.

– Auréa, je suis là.

– Tu sais, déclare-t-elle, les yeux vissés aux miens, j'ai lu, un jour, dans une revue linguistique, que les mots, c'est ce qui prouve l'existence de... tout, en fait. Pourquoi nous portons des noms et des prénoms, après tout? Comme le fait de supprimer certaines notions... vouloir effacer certaines scènes qualifiées de racistes dans *Autant en emporte le vent*, par exemple, c'est comme nier le fait que l'esclavage ait un jour existé. Alors... refuser de mettre des mots sur ce qui nous lie, c'est... le nier. Preuve que, comme toujours, tu fuis, Néoh.

Je fouille son regard, le sonde un long moment durant lequel seules nos respirations trop lourdes se parlent. Si j'ai envie de fuir? Pas une putain de seconde. Peut-être que demain ou dans quelques heures, ce sera le cas, mais là, tout de suite, je ne veux que... qu'elle.

– Un mot, je réponds, un chaos sans nom révolutionnant mes veines, je vais poser un seul mot sur ce qu'il y a entre nous, puisque tu le demandes : indéniable. Parce que... bordel, Auréa, même si je voulais, je ne pourrais pas le nier, ce qui me pousse toujours vers toi. Mais... je suis incapable de plus, tu comprends? Je...

Sans que je m'y attende, ses lèvres me volent le reste de ma phrase et me dérobent le peu de retenue qu'il me restait. Je ne réalise même pas ce que je fais. Tout ce que je sens, c'est sa langue qui s'approprie la mienne. Sa chaleur lorsque je la cloue au matelas. Ses soupirs quand j'embrasse sa gorge, lèche son épaule. Dévore ses seins. Mordille son ventre avec cette pensée foutrement indécente de vouloir m'y glisser. Tout à coup, un spasme transit le moindre de mes muscles. Je me fige une fraction de seconde avant de me recentrer d'une bonne droite mentale. Je me rallonge au-dessus d'elle, l'embrasse presque avec rage, puis murmure à son oreille :

– M'en veux pas, piccolina, mais... t'as vraiment besoin d'une douche.

Je la sens se raidir, et soudain, elle éclate de rire. Me fourre un coup de poing dans l'abdomen tout en m'insultant :

– T'es vraiment qu'un sale con !

– Toujours pour mieux te servir, raillé-je, m'affalant sur le lit.

– Tu ne perds rien pour attendre. Je vais faire de ta vie un enfer, Néoh, quand on rentrera et…

– Ton frère ne doit rien savoir, la coupé-je d'un ton tranchant.

Un pli creusé entre les sourcils, Auréa se rassoit, ses iris braqués dans ma direction.

– Pourquoi ? D'un, Énes n'a strictement aucun droit de regard sur qui je fréquente. Certainement pas après s'être barré comme il l'a fait. De deux, il te connaît depuis toujours, Néoh, je ne vois pas en quoi…

– Auréa, je l'interromps une seconde fois. Je ne veux pas qu'il le sache.

À nouveau, ses yeux m'étudient comme si elle cherchait la réponse à tous les mystères du monde sous ma carcasse. Et, alors que je m'attendais à ce qu'elle se la joue à la Auréa, têtue et provocatrice, elle se contente de hocher la tête en me souriant. Puis, d'un bond, elle saute sur le sol.

– Je vais me laver vu que tu me l'as si romantiquement suggéré.

Par je ne sais quel miracle, un rire s'arrache de ma gorge au moment où elle se dandine, balance les hanches et gesticule des fesses tout en gagnant la salle de bains.

Qu'est-ce que je disais, déjà ?

Ah, ouais… je suis baisé !

31

Auréa

– Tu en tires, une tête ! se moque Malena.

Une grimace sur les lèvres, je la rejoins contre la balustrade surplombant le lac et le coucher de soleil. Les rayons orangés réchauffent encore plus son teint mat ainsi que ses yeux clairs qui se posent sur moi. Thomas, les fesses sur la pierre, m'observe d'un air railleur. Je l'imite, puis cale mes reins, dédaignant le crépuscule pour ce qui se trouve à l'opposé, de l'autre côté de la promenade. À savoir Néoh. Qui se borne à m'ignorer puisqu'il est assis avec mon frangin – que je commence un peu à détester – et ses amis à la terrasse d'un bar. J'ai beau comprendre, dans un sens, que Néoh n'ose rien lui dire, il n'empêche… que ça m'agace prodigieusement. Surtout lorsque je dois endurer des paires d'yeux féminins s'accrochant beaucoup trop à sa silhouette. Oui, j'ai envie de marquer mon territoire comme un animal affamé. Oui, je suis jalouse. M'en fous, j'assume. Enfin, je crois…

Les bras croisés sous ma poitrine, je persiste à le fusiller mentalement quand Thomas, suivant mon regard, me dit gentiment :

– Je comprends, tu sais, qu'il ait peur d'en parler à Énes. Tu n'es pas n'importe qui, Auréa.

– Justement, grommelé-je. Je ne suis pas n'importe qui.

– Ce que je tente de te dire, c'est qu'il y a une sorte de règle tacite entre mecs. Pas touche aux sœurs et aux mères.

Je manque de m'étouffer.

– Aux mères? Malena se met à rire, toujours passionnée par son coucher de soleil.

– Crois-moi, parfois, il est bon de le préciser, se justifie-t-il. Plus sérieusement, les filles, entre potes, on adore se vanter. Surtout sur le sexe. Et personne n'a envie d'imaginer son meilleur pote en train de se taper sa petite sœur. Et puis...

– Énes connaît très bien Néoh, le coupe l'Italienne. Ainsi que ses... mauvais penchants. C'est assez logique qu'il craigne sa réaction s'il lui avoue qu'il en pince pour toi.

– En pincer! raillé-je. Ça... rien n'est moins sûr.

Elle fait volte-face pour s'installer dans la même position que nous, puis me fourre un coup d'épaule.

– Je te trouve bien négative, rabat-joie.

– Je suis frustrée, lâché-je tout à trac. Sexuellement parlant, je précise.

Thomas avale de travers une gorgée de son cocktail qui éclabousse sa chemise bleu ciel. Malena, quant à elle, pivote la tête vers moi, l'air aussi sérieux qu'un pape.

– Raconte.

– Ça fait dix jours, depuis Venise. Dix jours qu'on se croise dans les couloirs, qu'il se contente de m'embrasser, puis... plus rien.

– Il attend peut-être le bon moment, tente de l'excuser Thomas.

– Néoh n'est pas du genre à se retenir, en matière de sexe.

– Je confirme, approuve Malena avant d'adresser une expression contrite à mon attention glaciale.

– Ce mec est... plus brûlant qu'un démon de l'enfer. Ce n'est pas du chaud qu'il souffle, mais des braises. Or... aucune d'entre elles n'est venue me cramer autre chose que... la surface de la peau, ces derniers jours. Alors, ouais, je suis frustrée. Sérieux, c'est quoi, son problème?

D'un bras sur ma nuque, mon amie m'attire dans ses bras et, comme si elle avait affaire à une enfant en plein chagrin, me câline.

– Ma pauvre chérie, je compatis tellement…

– Auréa, intervient Thomas d'une voix douce mais tranchante, la seule chose que j'y vois, personnellement, c'est ni plus ni moins que du respect. Attention, je ne dis pas que coucher avec une femme dès le premier soir est un manque de respect, je dis juste que… c'est le cas de Néoh. Tu devrais tout simplement lui demander…

Durant une courte seconde, je me fige. Trop habituée à ce que Néoh me fuie, je n'avais vu que cela: la distance qu'il instaurait une fois de plus entre nous, mais peut-être que Thomas a raison… Peut-être qu'il…

Soudain, nos regards se croisent, se retiennent l'un à l'autre avant qu'une fois de plus, il me délaisse. Un sentiment de colère me fouette les flancs. Incendie le peu de raison que Thomas avait réussi à raviver entre les parois de mon crâne.

– C'est bien ce que je compte faire, je réponds d'une voix puant la menace.

Au même instant, comme s'il pressentait un danger imminent, Néoh braque ses iris onyx sur moi. Aussi, je m'assure qu'Énes est concentré ailleurs, puis, subtilement – ou pas – je décroise les jambes pour les écarter avec lenteur et lui offrir une vue sous ma minijupe. D'instinct, son regard chute entre mes cuisses pour remonter aussitôt. Les lignes de son visage se durcissent jusqu'à devenir fermées et incisives, comme taillées dans un morceau de granit.

– Putain, Auréa… t'as pas fait ce que je crois que tu as fait? chuchote Malena.

– Si, répliqué-je, fière de ma connerie, j'ai fait ce que tu crois que j'ai fait.

– Hum… Quelqu'un veut bien m'éclairer?

Par-dessus ma tête, l'Italienne murmure, sur le ton de la confidence:

– Notre petite Américaine adorée ne porte pas de sous-vêtements.

Je sens l'attention de Thomas tomber direct sur mes cuisses, brutalisant davantage les traits de Néoh, avant de se détourner immédiatement vers le ciel.

– Putain, Auréa! se marre-t-il. En fait, c'est toi, le démon. Avoue, tu aimes les emmerdes!

Quand elles ont la couleur de la plus pure des ombres, carrément.

– *Face it*[1], rétorque Malena. Les femmes vous seront toujours supérieures, en termes de manipulation.

– Oh, mais je m'incline même face à cette vérité. Difficile de faire autrement quand j'en ai la preuve sous le nez.

Un sourire transcende mes lèvres lorsque, la bouche pincée de fureur, Néoh se lève sans rien dire, puis se dirige vers nous, le corps si raide qu'il semble constitué de métal. À notre hauteur, il fourre ses poings fermés dans les poches de son jean, et se fige. Pile devant moi.

– Bah alors, beau gosse, l'apostrophe Malena, je te sens tout tendu. Un souci?

– Tu es bien pâle, renchérit Thomas. Une petite… faim?

Je suis obligée de croquer ma lèvre inférieure pour ne pas éclater de rire. Ce que Malena, elle, ne s'empêche pas de faire. Le son de sa voix s'envole au-dessus de nous, plaque un immense sourire en travers de nos visages. Sauf sur celui de Néoh, évidemment, qui, aussi chaleureux qu'un caillou en pleine Sibérie glaciale, les mate tour à tour.

1. Regarde les choses en face.

– On a compris, vous êtes hilarants, raille-t-il, acide. Maintenant, allez offrir à d'autres votre finesse d'esprit, j'ai un compte à régler avec mademoiselle l'exhibitionniste.

– Exhibitionniste ? Perso, je n'ai encore rien vu…

La main de Malena vole aussi vite que son rire. D'un taquet derrière le crâne de Thomas, elle le recadre tout en pestant :

– Le véritable humour est subtil, Toto. Pas aussi lourd qu'un frotteur dans les transports publics. Viens, laissons-les, maintenant que tu as ruiné ma blague…

Sous les yeux hallucinés de Néoh, ils se relèvent tous deux, Thomas râlant :

– T'es pas drôle…

– Tu riras moins quand il t'aura balancé dans le lac…

Avec un énorme *smile*, je les contemple s'éloigner sans pour autant arrêter de se chamailler.

– Je ne suis pas certain qu'ils aient une bonne influence sur ta propension à faire des conneries, maugrée Néoh.

D'une enjambée, il se rapproche de la rambarde, le dos droit, et soudain captivé par le ciel baigné de couleurs chaudes. Quant à moi, je demeure immobile avec, pour seul point de contact entre nous, nos bras se frôlant.

– Quoique mon instinct me chuchote que la mauvaise influence viendrait plutôt de toi…

Sans déporter mon attention sur lui, je réplique :

– Et ton instinct ne te dicterait pas autre chose, par hasard ?

– Hum… que, visiblement, tu cherches à me provoquer ? Bordel, Auréa, tu réalises que si je vois tout, les autres aussi le peuvent ?

– Et ça te dérange ?

– Tu te fous de moi ? gronde-t-il.

Une onde de désir assez sournoise gonfle au creux de mon ventre. Brûlante et battant à tout rompre entre mes cuisses.

– Pas du tout, je te le demande vraiment. Est-ce que ça te dérange que d'autres me regardent? Ou me touchent?

À peine ai-je prononcé ce dernier mot qu'il se tourne aussitôt vers moi, furieux.

– J'ai envie de tout foutre à sac, à feu et à sang, ça te va, comme réponse?

Saisie par ses paroles si violentes, je demeure muette un court moment. Ma bouche s'entrouvre, happe l'air, puis se referme. Avant de réussir enfin à articuler un pathétique:

– Vraiment?

Son visage se referme à nouveau, hermétique, pendant qu'il reprend sa position initiale.

– Je te fais peur? Tant mieux. Parce que, ouais, c'est ce que je ressens. Et ce n'est pas bon. Tout... ça est trop brutal pour moi, tu comprends?

– C'est la raison pour laquelle tu ne me touches pas? murmuré-je dans un souffle ténu.

Je le sens encore se raidir. Puis son torse se relâche. Un ricanement s'extrait de sa gorge tandis qu'il rejette sa tête en arrière.

– Bordel, Auréa, tout ce manège, c'est... à cause de ça?

Une moue de gamine fautive ourle mes lèvres. Pourquoi j'ai la sensation d'avoir merdé dans les grandes largeurs?

– On en a déjà parlé, piccolina. On ne peut plus jouer comme avant. Se provoquer. Pas quand c'est pour pousser l'autre dans ses retranchements. Je... tu déclenches des émotions trop violentes, trop... épaisses, et...

Néoh inspire soudain comme s'il étouffait réellement sous toutes ces émotions dont il parle. Et j'étouffe. Avec lui. Parce que je réalise avoir commis une erreur, avoir oublié qui il est. Un homme aux contours flous et sombres. Mais aussi un homme qui se débat constamment avec des démons et qui, pourtant, me laisse peu à peu l'approcher.

– Excuse-moi, dis-je doucement. Je n'ai…

– … été que toi, termine-t-il à ma place. Frondeuse, brandissant tes envies et tes émotions avec fierté.

Un léger sourire rehausse le coin de ses lèvres.

– C'est ce que j'aime chez toi, dit-il d'une voix si basse qu'un instant, je crois avoir fabulé.

Puis il reprend plus clairement :

– Depuis ton arrivée, je passe mon temps à coucher avec des corps de passage. C'est ce que tu veux aussi ?

Je m'autorise quelques secondes afin d'analyser les traits fermés de son visage, toujours braqué droit devant lui. Puis, sûre de ma réponse, je lâche, un brin moqueuse :

– Tu prétends ne pas vouloir coucher avec moi par respect ? Laisse-moi rire… tu viens de le dire, c'est de la peur, Néoh. Ni plus ni moins que cette bonne vieille peur.

– Et si, une fois mon besoin de te posséder assouvi, j'ai envie de te jeter ? Tu y as pensé ? Je devrais te blesser. Encore.

Malgré l'attention d'Énes qui, subrepticement, se balade sur nous, je me penche vers Néoh. Pose une main sur sa joue, puis l'oblige à suspendre son regard au mien :

– T'as raison, il est bien là, le souci, Néoh. Tu veux effectivement me posséder, mais pas seulement mon corps. Voilà pourquoi tu as peur. Tu me veux entièrement.

J'ai l'impression que mes mots ont littéralement explosé entre nous tant ce qui hante ses yeux semble avoir été pulvérisé. D'un mouvement sec, il dégage ma paume de son visage, les lèvres retroussées. Je devine parfaitement qu'il se retient. De me balancer une vacherie dans le but de me repousser.

– Ce n'est pas grave, tu sais, ajouté-je. Si tu me fais du mal. Parce que je sais que quand tu le feras, ce sera à force d'essayer…

Ignorant son torse malmené par sa respiration chaotique, je pose mes lèvres sur son épaule durant de longues secondes. Ses paupières se closent, et ces quelques lettres se rappellent à moi pour s'imprimer jusque dans mes veines : indéniable.

32

Auréa

Dans ma chambre, seule, je me bats avec les lanières de mes chaussures. Il est tard. Si tard qu'on a dépassé, et de loin, l'heure à partir de laquelle on ne regarde plus l'heure, justement. Après ma conversation avec Néoh, Thomas, Malena et moi sommes allés nous promener au bord du lac avant de terminer la soirée, ou la nuit, devrais-je dire, dans un club. C'est dingue comme je me sens bien avec eux. Libre, totalement libre. Non pas que je me sois un jour sentie prisonnière, mais tout est facile en leur compagnie, instinctif. Sans calcul. Ils sont présents, et restent à leur place en même temps. Et c'est ce que j'ai toujours recherché dans une amitié sans vraiment réussir à le trouver. Jusqu'à aujourd'hui.

Enfin débarrassée des sandales qui me martyrisaient les pieds, je me dirige vers le bureau transformé en coiffeuse. Un miroir triptyque surplombe le bois sur lequel sont étalés trop – beaucoup trop – de produits. Au moment où j'attrape un coton pour y verser du démaquillant, je me fige, encore debout. Le bruit de la porte d'entrée claque, suivi de quelques rires graves. Finalement, je ne suis pas la seule à avoir repoussé les limites de la nuit. Sans saisir vraiment pourquoi, je tends l'oreille, à l'affût de ce que peuvent bien se raconter Énes et Néoh. Est-ce que j'espère que ce dernier parle à mon frère de ce « truc » entre nous ? Carrément. Est-ce que je suis en train de croire aux licornes et aux petits lutins ? Carrément aussi… Sans réelle surprise, j'entends Énes souhaiter une bonne et courte nuit à son « bro », puis s'éloigner dans le couloir opposé. Un long soupir m'étrangle alors que je croise mes yeux blasés dans la surface dépolie. Une vague de culpabilité afflue aussitôt entre mes côtes. Néoh a raison, je dois arrêter de vouloir le pousser ainsi. Les efforts qu'il a déployés ces derniers temps sont considérables, après tout, tandis que moi… je persiste à avancer, mais pas toujours dans sa direction.

Soudain, un mouvement dans mon champ de vision attire mon attention. Je tombe alors sur le reflet de Néoh qui referme doucement ma porte après que Blue s'est engouffré dans le couloir, la verrouille de l'intérieur, puis barre ses lèvres de son index avant d'avaler la distance entre nous d'un pas franc et lascif à la fois. Il se poste ensuite dans mon dos, nos regards se nouant à travers le miroir. Des cernes sombres mangent le contour de ses yeux, pourtant, ils ne m'ont jamais paru si francs. Sincères. Toujours en me fixant, l'un de ses doigts vient s'échouer dans le bas de mon dos avant de souligner la rondeur de mes fesses.

– Tu es restée ainsi toute la soirée, piccolina ? dit-il, la voix si rauque qu'elle rampe sur sa peau.

– Sans sous-vêtements, tu veux dire ?

D'un hochement de tête, il acquiesce.

– Oui, je réponds alors.

– Avec Thomas, donc, affirme-t-il tout en dégageant mes cheveux de mon épaule droite.

– Ainsi que Malena, et, je t'assure qu'aucun des deux n'a cherché à me trousser dans un coin.

– Peut-être, mais il savait que tu ne portais rien, et… moi aussi, je sais, Auréa. Ce que veut dire te désirer à en crever.

– Tu es jaloux, Néoh?

D'une paume déployée sur mon ventre, il me plaque contre lui, puis, sa bouche effleurant mon cou, il murmure:

– Oui.

Ni plus ni moins qu'un simple oui... un simple oui qui implique tellement. Et qui, surtout, me pourfend d'un sentiment de puissance complètement dingue. Aussi, lorsque je sens ses doigts se rétracter sur mon abdomen comme s'il luttait, une fois de plus, contre ses propres envies, je dis d'un timbre autoritaire:

– Arrête ça. Arrête de me traiter telle une enfant ou une pauvre petite chose fragile. Je n'en ai pas besoin. Je suis tout sauf faible. Et assez forte pour me tenir en face de toi. Assez forte pour te faire front, pour me laisser aller, pour te permettre de creuser une place là où personne n'a encore su le faire. Assez forte pour te donner mon corps, mes provocations, ma détermination, ma chaleur, ma bonne humeur... ma colère, mes cris de rage, ma peine, tous ces sentiments que, j'en suis sûre, tu sauras provoquer mieux que quiconque. Je suis largement capable de tout ça, Néoh. Tout en restant debout devant toi.

Sa respiration s'écrase contre ma peau tandis qu'il demeure figé. Avant qu'un sourire dévore ses lèvres.

– Tu veux une autre vérité, Auréa? J'espérais tellement entendre ces mots de toi.

Néoh se recule soudain d'un pas, instaurant une distance entre nous qui traumatise déjà mes cellules. Ses iris noirs vissés aux miens, il renchérit:

– C'est vraiment ce que tu souhaites?

Sous son attention acérée, je fais lentement glisser la fermeture Éclair de ma jupe qui choit sur le sol.

– Ce que je souhaite, c'est toi, Néoh. Entièrement. Avec toutes tes ombres et ta brutalité.

Après m'être débarrassée de mon top, libérant mes seins nus, j'ajoute :

– Si je voulais être choyée, je serais dans les bras de Thomas, à l'heure qu'il est, certainement pas ici à t'attendre.

– Je ne te laisserai pas, énonce-t-il, avec un calme apparent que trahissent ses muscles contractés. Rejoindre ses bras.

– Alors arrête de m'épargner.

Bien que les lignes de son visage demeurent exemptes de toute expression, son regard, lui… se met soudain à luire d'une intensité si sauvage que je ressens sa morsure jusqu'entre mes cuisses. En silence, Néoh passe son bras par-dessus son épaule d'un geste ample, agrippe son tee-shirt, puis le retire. En réponse, mon cœur effectue une violente embardée avant que mon pouls dégringole plus bas, beaucoup plus bas. Un rictus fend ensuite ses lèvres au moment où il extirpe quelque chose de la poche de son jean pour le poser sur le bureau, près de moi.

– Connard, je lâche dans un ricanement en apercevant le préservatif. Tu savais déjà comment ça finirait.

Un pas et son torse se moule à mon dos. Deux gestes et ses paumes s'enroulent aux miennes pour les écarter sur la surface en bois, m'obligeant ainsi à me pencher en avant. Sa bouche contre ma nuque, il avoue :

– Je l'ai su dès que tu as prétendu que je te voulais entièrement.

– Et… est-ce le cas, Néoh ? Tu me veux… entièrement ?

Une nouvelle fois, il se bloque, m'adresse un regard obscur, mais exempt de barrières.

– Oui.

Mes ongles griffent le bois, sous le choc. Je… j'ai beau paraître confiante et sûre de moi, en vérité, Néoh parvient à me rendre plus déterminée tout en creusant des failles sous ma peau qui, parfois, m'effraient. Ma tête ploie, mon souffle devenant dangereusement chaotique. Parce qu'à cet instant, je ne peux être plus consciente que… certes, je le désire ardemment, mais cela restera toujours moins puissant que ce que la moindre de mes cellules réclame : son cœur. Lié au mien.

– Auréa, chuchote-t-il, regarde-moi.

Je m'exécute. Et souris. La vague de chaleur qui me submerge est si explosive et démente que je ne peux rien faire d'autre que sourire.

Putain, oui, je veux cet homme. D'une façon brutale, indécente, immodérée et passionnée.

Comme s'il lisait dans mes pensées, Néoh se redresse à nouveau. Son regard ancré au mien, il déboucle sa ceinture, la glisse lentement entre les passants, puis la jette à terre. Le sang bouillonnant d'anticipation, je l'observe ensuite déboutonner son pantalon pour le descendre, avec son boxer, sous ses fesses.

Je… je brûle. À un souffle de bel et bien terminer en cendres. La sensation que le plus petit centimètre carré de ma chair est en attente, hurlant à l'assouvissement et abhorrant jusqu'à la moindre particule d'air dépouillée de sa présence.

C'est alors que ses doigts dévalent ma colonne vertébrale, sinuent vers le delta de mes cuisses. Toutefois, je ne le laisse pas poursuivre son chemin.

– Non, je l'interromps. Maintenant, Néoh.

Oui, maintenant. J'ai besoin de le sentir maintenant. De le ressentir en moi. De rendre enfin réel et physique ce truc démesuré, parfois trop excessif et extrême, mais surtout si éclatant entre nous.

Durant un bref instant, il me sonde, se noie dans mes yeux, me noie dans les siens. Puis, enfin, il récupère l'étui, le déchire et le déroule sur son membre dressé. Membre flirtant déjà avec le pli de mes fesses. Toujours inclinée au-dessus du bureau, je donne un léger coup de hanches, lui soutirant dans le même temps un rictus animal. Et, quand sa paume saisit son sexe afin de le diriger à l'entrée de mes chairs, je jurerais que tout se pétrifie autour de nous. En un moment aussi intense que cruel, aussi libérateur que méchamment frustrant.

Non… non, je me plante complètement.

C'est… là…

Tandis que Néoh me pénètre de trop peu de centimètres, patiente, puis s'enfonce d'un coup jusqu'à la garde… là, vient la réelle sensation d'être enfin libérée. D'une attente trop longue. D'un manque trop douloureux. D'un vide dont je n'avais pas entièrement conscience avant.

Un bien-être fulgurant me transcende. D'instinct, je rejette ma tête sur son épaule pendant que ses doigts se mêlent aux miens, recroquevillés sur la tranche de bois. Immobile, au creux de mon ventre, Néoh aussi semble chercher son souffle en me mordillant comme s'il s'attendait à le trouver sous ma peau. Son bassin se met tout à coup à se mouvoir doucement, trop doucement. En réalité, je ne suis pas certaine qu'il s'en rende compte… Les paupières closes, l'expression de son visage est méconnaissable. Presque… perdue. Merde, il est… beau. Beau dans cette force qui émane de lui. Beau dans ce combat que je le sens livrer contre lui-même. Magnifique, son corps ancré au mien, ses ombres fondues dans ma chair.

Un gémissement étouffé perce la barrière de mes lèvres sous ses va-et-vient langoureux qui s'arrêtent soudain.

– Auréa, grogne-t-il, ses yeux fusant enfin sur nos reflets imbriqués. Je…

– Vas-y, je réponds sur le même ton. Je te l'ai dit, ne m'épargne pas. Toi, Néoh. Je te veux, toi.

Mes paroles déclenchent une réaction presque primaire chez lui. Comme si le son de ma voix détruisait les entraves qu'il s'était imposées à la seconde où il a pris possession de moi. Sombre, bestial, foutrement sensuel, il se redresse, déployant sa carrure. L'une de ses mains s'étale sur ma gorge qu'il enserre légèrement pendant que la deuxième se referme sur ma hanche. La seconde suivante, un coup de boutoir me secoue, me transperçant d'une flèche aussi enflammée que venimeuse.

– Chhh, susurre-t-il.

– Encore, je le supplie presque. Encore ou je jure de hurler, Néoh.

Sa langue, provocatrice, lèche la courbure de mon épaule à mon oreille avant…

Avant que le temps, cette fois, ne disparaisse. Comme s'il n'avait jamais existé. À moins que ce ne soit moi qui me perde sous ses assauts qui s'intensifient. Sous les salves de ce plaisir brut, violent, presque enragé qui se fracassent sur et sous ma peau. Sous son corps qui se perd, lui aussi, au fond du mien, avec une passion teintée de férocité. À son image. À notre image.

En sueur, je me colle davantage contre son torse, mes jambes peinant à soutenir la force avec laquelle Néoh s'enfonce en moi quand, subitement, d'une pression entre mes omoplates, il m'oblige à basculer sur le bureau, au beau milieu de mon bordel. Aussitôt, son sexe me pénètre brutalement, son buste s'écrasant sur mon dos. Son bras s'étend alors afin d'attraper le rebord tandis que le deuxième bande ma bouche à temps pour entraver un cri.

– Auréa, halète-t-il.

J'acquiesce de brefs et vifs mouvements de tête tout en plantant mes ongles dans le sommet de sa paume. L'animal prend définitivement possession de lui, de ses mouvements qui se déchaînent. S'approprient enfin – putain, enfin – mon corps. Les muscles bandés à l'extrême, seul son bassin bouge. De plus en plus vite. Avec frénésie. Avec… une étrange douceur malgré sa brutalité. Mais surtout avec une liberté totale.

Je ne sens même pas venir l'orgasme qui me saisit si puissamment que je crains un court moment de finir asphyxiée. Néoh avait raison. Il vient effectivement de me briser. En un millier d'éclats qui, je l'espère de toutes mes forces, s'éparpillent pour s'implanter dans sa propre peau. Et… merde ! J'aime ça. Avec la violence dont il vient d'user pour s'emparer de moi.

Parce que… bordel, c'était lui. Dans son obscurité la plus totale, et en même temps si… pure. Oui, c'était lui, sans plus aucune fichue entrave.

33

Auréa

Mes paupières s'ouvrent sur la pénombre. Ou presque. Quelques éclats de l'aurore filtrent déjà à travers la fenêtre pour envahir la pièce et venir s'étendre à mes côtés, sur le lit. À mes côtés, et non à nos côtés. Sans même bouger, je peux ressentir le vide qu'a laissé Néoh. Impossible d'ignorer la morsure me torturant le ventre au point de me recroqueviller sous le drap. Je ferme de nouveau mes yeux dans le but de calmer ma peur naissante. Il s'agit de Néoh, après tout, pas vraiment le genre de mec à se laisser aller à de tendres étreintes après l'amour. Déjà, qu'il m'ait pris dans ses bras en attendant que je m'endorme est un pas énorme, j'imagine. Alors, oui, ça fait mal que mon lit soit déjà désert, mais je dois être patiente et lui donner du temps.

Quand je repense à… un frisson se grave sur l'entièreté de mon épiderme pour mourir en une lame enflammée au creux de mon abdomen. Il n'y avait rien de doux dans sa façon de me faire l'amour – si on peut appeler ça ainsi, d'ailleurs – néanmoins j'ai conscience qu'il m'a offert autre chose de bien plus précieux : une vraie part de lui…

Et putain, j'en veux encore.

Soudain, une intuition semble réveiller jusqu'à la plus infime de mes cellules. Sans trop comprendre pourquoi, je me redresse d'un bond dans le lit. Et tombe sur une image qui me déchire le cœur. Assis par terre, le dos contre la porte, Néoh me dévisage gravement. Quoique… je ne suis pas certaine qu'il me voie réellement. Ses yeux sont bien braqués sur moi, mais ils paraissent regarder au-delà de ma silhouette. Ses coudes sont posés sur ses genoux repliés, ses doigts crispés dans sa tignasse, et… j'ai mal. Vraiment mal. Bien plus que s'il était effectivement parti durant mon sommeil. Parce que… ces ombres, elles sont là, tout autour de lui, à tenter d'enlacer son corps dans leur obscurité.

Aussi, nue, je me lève en douceur pour ne pas le brusquer plus qu'il ne semble l'être déjà. Puis avale lentement la distance jusqu'à lui. Néoh suit le moindre de mes mouvements en silence. Aucune expression ne traverse son visage, ni… ne ranime ses traits éteints. Un liquide glacé se perfuse dans mes veines face à son impassibilité. Mon cœur, lui, manque un battement ou deux, plus si sûr de vouloir vivre ces prochains instants où je crains que… Tout à coup, Néoh écarte ses jambes. Ses paumes appuient sur l'arrière des miennes, m'obligeant à tomber à genoux devant lui. Avant que j'aie le temps d'esquisser un seul geste, il agrippe ma taille, me kidnappe entre ses bras, puis enfouit son nez dans mon ventre. Toujours sans prononcer un mot, un son… dans ce silence qui m'étourdit soudain. Mon palpitant reprend vie, s'emballe d'une façon si démesurée que respirer devient presque douloureux. Un court instant, je rejette ma tête en arrière, transpercée par une foule d'émotions allant du déchirement de le voir aussi perdu au bonheur pur qu'il se raccroche ainsi à moi plutôt que de fuir encore.

Ses doigts s'incrustent dans mes reins comme s'il espérait se fondre sous ma peau tandis que les miens s'infiltrent dans ses épis bruns. La nuque ployée, je l'enferme davantage dans mes bras, mes lèvres sur le sommet de sa tête. J'ignore combien de temps nous demeurons ainsi. En réalité, je m'en contrefous. Parce qu'une fois encore, cette nuit, il s'offre à moi. D'une tout autre manière que physiquement. À cet instant, Néoh choisit de sa propre initiative de creuser et d'intensifier le lien entre nous. De le rendre encore plus… vrai. Indéniable.

Son souffle brûlant chahute mon ventre avant de remonter doucement en même temps que son corps. À hauteur de mon visage, Néoh capture mes lèvres tout en m'allongeant sur le sol. Les arêtes sèches et contractées de son buste épousant mes courbes, il m'enferme dans un baiser aussi suave que fébrile. Sa langue s'emmêle à la mienne, avide. Affamée et, paradoxalement, avec une étrange douceur. Lorsqu'enfin, il cesse de m'embrasser, il se surélève sur les coudes, de chaque côté de ma tête, puis me cloue d'un regard profond.

– T'as gagné, Auréa, dit-il dans un murmure. Je suis certain de ne pas réussir à t'extraire de mon crâne, mais le pire, c'est que je n'en ai aucune envie. Est-ce que… tu comprends ce que ça implique ?

– Que tu vas me faire souffrir ? je déglutis.

Sa bouche à l'orée de la mienne, il murmure :

– Pire… que je risque un jour de… t'aimer.

34

Auréa

– Tu m'emmerdes, Auréa, grogne une voix dans mon dos.

Voix appartenant à une silhouette qui me suit telle une ombre. Oserais-je m'en plaindre? Certainement pas...

Je pivote la tête afin de lancer un clin d'œil, par-dessus mon épaule, à Néoh qui, torse nu, me lance l'un de ses fameux regards noirs. Ou plutôt devrais-je dire l'un de ses sulfureux regards noirs car, étrangement, ils agissent plus comme un catalyseur, déclenchant sous ma peau un raz-de-marée brûlant. Après m'être retournée, je nous entraîne un peu plus loin sur cette immense plaine noire de monde, et lorsque, enfin, un carré d'herbe jauni par la chaleur se montre, je m'assois par terre, imitée par Néoh. Je lui tends l'un des sandwichs dont je ne préfère même pas analyser le contenu de trop près, déballe l'aluminium du mien, puis plante mes dents dans le pain trop mou.

– Hum... c'est trop bon, dis-je dans un soupir d'extase. Enfin, non, ce n'est pas bon, mais ça fait du bien à mon estomac vide.

– Sauter comme une dératée dans une fosse, ça creuse, raille-t-il en décapitant à son tour son sandwich d'un coup de dents rageur. Certains viennent en France pour visiter des villes telles que Paris ou des endroits tels que la Provence ou les châteaux de la Loire, mais pas toi. Non, toi… tu préfères un festival de musique extrême…

– Oh, pardon, j'avais oublié que j'étais avec un papy. Et après ? Tu vas m'inviter à faire le tour d'un vignoble en dégustant un bon verre de vin rouge autour d'un plateau de fromages ? *Really ?* Et puis, t'avoueras qu'il n'y a rien de mieux pour se plonger dans une culture que de se noyer parmi la foule.

– Tu ne sais même pas où on est, se marre-t-il.

– En France, je réponds du tac au tac.

– Quelle ville ? Région ?

– Euh…

Soudain, sa main s'enroule dans les écailles du faux serpent autour de mon cou, dont je suis bien incapable de me souvenir de sa provenance, puis m'attire d'un geste sec vers lui. Sa bouche frôlant la mienne, Néoh grogne :

– Papy, hein ?

– Tu es un vieux ronchon.

D'un revers de main, il vire mon sandwich qui tombe dans l'herbe avant de choper ma taille pour me placer à califourchon sur lui. Me moquant des âmes partout autour de nous, je croise mes talons contre ses reins, puis me hisse de façon à souder nos bassins. Ouais, rien à faire des autres… De toute façon, ils sont tous ou trop occupés ou trop *high* pour nous prêter attention. Certains, comme nous, se sont posés pour manger ou juste divaguer, d'autres dorment sur le sol, dansent encore au rythme des basses nous parvenant de l'un des concerts, au loin… bref, tout le monde profite, en harmonie avec soi-même ou avec l'univers, voire les deux.

– Tu n'étais pas obligé de m'accompagner, tu sais, je renchéris tout en laissant courir ma langue sous son oreille. J'aurais pu venir avec Malena ou… Thomas.

Oui, c'est ce qui s'appelle un coup bas. Une provocation pour ne pas changer de nos mauvaises habitudes, mais... ce ne sont pas ses lèvres s'emparant des miennes avec passion qui me pousseront à stopper. Bien au contraire... Je crois que jamais je n'avais connu une sensation plus addictive que celle de son corps contre le mien. Non, en fait, il s'agit de lui, de Néoh. Ce mec est devenu ma putain d'addiction, autant pour mes sens que... pour ce qui bat entre mes côtes, j'en ai bien peur.

Trois semaines... Cela fait trois semaines que nous entretenons cette pseudo-relation composée essentiellement de corps à corps, mais pas que... Il y a aussi tous ces autres petits moments où Néoh m'observe de ce regard franc, sincère, parfois ourlé d'une chaleur qu'il semble incapable de me dissimuler. Ou encore ces instants, la nuit, où ses bras se referment sur moi plutôt que de me relâcher pour creuser une distance entre nous. Ou, par exemple, lorsque ce type, rencontré sur la rive du lac alors que je promenais Blue, m'a parlé de ce festival et que, après m'avoir engueulée parce que je comptais m'y rendre seule, Néoh a fait son sac à dos afin de m'accompagner. En temps normal, j'aurais sûrement envoyé bouler quiconque m'imposant un chaperon. Seulement voilà... Avec Néoh, rien n'est normal. Tout est sombre, éclatant. Parfait.

Sa paume entortillée dans mes cheveux déjà bien emmêlés, il me force à rompre notre baiser et à incliner la tête en arrière.

– Si je m'enfonce au creux de ton ventre au milieu de toute cette foule, tu comprendras peut-être, gronde-t-il, cette fois.

– Comprendre quoi ? Que tu n'as rien d'un papy ? haleté-je.

– Que Thomas ne te touchera jamais.

Un ricanement s'extrait de ma gorge sous son ton cinglant. Je redresse mon visage de façon à faire face à ses yeux onyx.

– Ce n'est pas moi, mais toi qui as besoin de le comprendre, Néoh. Je n'ai aucune envie que Thomas me touche, ni quiconque, d'ailleurs… à part toi.

Ses traits se durcissent, comme chaque fois que je lui expose une partie de mes émotions, tandis que je sens ses muscles se raidir.

– Redis-le, m'intime-t-il.

– Néoh…

Les doigts caressant son voile de barbe naissante, je me serre davantage contre lui et murmure :

– Je ne veux que toi.

Le cœur battant à tout rompre, je me fige, dans l'attente de… je ne sais pas trop, d'ailleurs. Pour une raison que j'ignore, il est effrayé à l'idée que je puisse trop m'attacher à lui et, en même temps, il paraît n'attendre que ça… Seulement, dissimuler mes émotions, me dissimuler, j'en suis incapable. Encore moins face à un homme à qui j'ai envie de tout donner.

Sa main chute contre mon cou avant de couler plus bas, sur ma poitrine contre laquelle mon palpitant se déchaîne. Une expression à mi-chemin entre la souffrance et le soulagement se peint sur son visage, me chahutant méchamment au passage.

– Auréa, certaines… choses, je ne serai jamais capable de te les av…

Ma main couvre sa bouche tout à coup.

– Je ne te demande rien, je l'interromps. Rien. Juste… ça…

D'un regard, je désigne l'endroit où nous sommes ainsi que nos corps enlacés.

– … ça me convient, je t'assure.

Avec une douceur désarmante, il noue ses doigts aux miens, libérant son visage, pour les garder mêlés entre nos deux bustes.

– Il arrivera un moment où ça ne te suffira plus, déclare-t-il.

– Peut-être… Je n'en sais rien. Ce que je sais, en revanche, c'est que toi aussi, tu es bien avec moi. Je te fais du bien, Néoh.

Alors sois égoïste, et choisis d'être heureux, même si cela ne dure qu'un instant.

– Sauf que je refuse d'être égoïste avec toi.

– Hum... tu oublies que tu peux parfois être un sacré connard.

– Mais un connard pour la bonne cause.

Malgré moi, j'éclate de rire. Avant de retrouver mon sérieux.

– *Sorry, not sorry.* Tu ne me feras pas fuir ainsi.

– J'ai remarqué, oui, soupire-t-il, théâtral. Tu es beaucoup trop têtue.

Sans me laisser le temps de rétorquer, il presse ses lèvres contre les miennes avec force, nos langues se cherchant déjà. Les poings refermés contre mon cuir chevelu, il me retient contre lui, comme s'il désirait m'empêcher de fuir alors que cette simple idée me tord les tripes de colère autant que d'angoisse.

– Auréa, souffle-t-il ensuite, ne t'arrête pas.

Face à mon regard interrogateur, il précise d'un timbre qui se grave direct sous ma peau.

– D'être têtue. Ne t'arrête pas.

***

Un voile de sueur tapisse mon épiderme d'une pellicule pas franchement agréable. Mes pieds fourmillent tellement que je me demande encore si je marche, saute, danse vraiment. Quant à mes cheveux, je ne préfère même pas y penser. Je suis sale, épuisée physiquement, j'ai chaud, faim, soif, mais...

Je m'en contrefous.

Je m'en contrefous parce que ses mains sont partout. Sur mon ventre lorsque, fatiguée, je me laisse bercer, à contretemps total avec la musique, contre son torse. Sur mes cuisses lorsqu'il me hisse sur ses épaules pour que je puisse voir autre chose que des membres gesticulant dans la fosse. Sur mes joues lorsque nous cherchons notre propre souffle chez l'autre. En rempart lorsque la foule devient trop dense, trop excitée, surtout.

Je m'en contrefous parce que Néoh me sourit. Souvent moqueur. Très souvent joueur, indécent, provocateur. Parfois obscur. Parfois amusé, tendre. Et puis... il y a eu cette expression qui n'a duré qu'un fragment de seconde mais qui, je le sais, demeurera à jamais sous ma chair... pile au moment où je me suis retournée pour lui sauter dans les bras. Cette expression si intense, si fiévreuse, extrême que tous deux, nous avons pris conscience d'une chose : aucun retour en arrière n'est possible. Néoh a raison... j'en voudrai plus, car... j'en veux déjà plus.

Et, comme il l'a si bien précisé, je suis têtue.

35

Auréa

Un grognement barricadé derrière la barrière de mes lèvres, j'enfile un débardeur ainsi qu'un short, attrape Blue Moon en train de massacrer mon édredon à coups de griffes, puis, flanquée de son grand frère, sors de ma chambre. Nous sommes rentrés hier de France, et déjà, je n'ai qu'une envie : y retourner. Pas pour faire la touriste puisque, de toute façon, je n'ai rien vu à part une foule dense de barges en tout genre, des plaines et des scènes de concert. Pas non plus pour la musique, mais… juste pour pouvoir être libre avec Néoh. Sans qu'il ait besoin de se cacher de mon frère. Pour donner le change, Malena a accepté de me servir d'alibi. J'ai donc prétendu passer le week-end entier avec elle tandis que Néoh, lui, a inventé une histoire de boulot de dernière minute pour sa reprise. Seulement… Énes est loin d'être con et, s'il ne se doute pas déjà de quelque chose, ça ne saurait tarder… Sa réaction, soyons clairs, je m'en fiche pas mal. Encore une fois, j'adore mon frangin, mais il a perdu son droit de regard sur mes fréquentations le jour où il a décidé de partir. Mon souci reste Néoh. Il ne supporterait pas que son meilleur pote lui en veuille, mais il n'a pas l'air de vouloir comprendre que mentir est pire qu'avouer la vérité. Néanmoins, je ne peux prendre cette décision à sa place, ça leur appartient à tous les deux, et je refuse de mettre le nez dans leur relation.

Bref… cette situation commence sérieusement à me peser. Trop de secrets, trop de non-dits pour une fille telle que moi, qui ne se dissimule jamais.

Dans l'espace cuisine, je tombe sur mes deux adorables – au moins pour l'un d'eux – colocs en train de prendre leur petit déjeuner. Si le premier, déjà dans son uniforme de concierge, me gratifie d'un immense sourire solaire, le second, en revanche, ne daigne même pas relever le visage sur moi. J'ai beau savoir qu'il feint de m'ignorer, il n'empêche… que cette sensation d'être impuissante et dangereusement exposée, je ne l'aime pas du tout. Perturbée, je dépose le chaton qui miaule devant sa gamelle de croquettes, vexé que j'ose m'en débarrasser. Blue s'installe donc à ses côtés, renversant au passage un peu d'eau par terre.

Agacée par le silence de Néoh, je pars récupérer les clefs dans mon sac à main, sur le portemanteau de l'entrée, puis, avec un sourire faussement angélique, reviens les déposer pile sous son nez.

– Merci de me les avoir prêtées, je mens. D'ailleurs, faudra songer à m'en faire un double, hein.

Sans rien ajouter, je me retourne, me dirige ensuite vers le réfrigérateur, en extrais la bouteille de jus de pommes, et… attends. Une réaction qui arrive à peine quelques secondes après : le bruit d'une gorgée avalée de travers, suivi de plusieurs toussotements.

– Bah, alors, se moque mon frère, tu sais plus boire ?

J'opère une volte-face, juste à temps pour voir Néoh fourrer le trousseau dans sa poche à une vitesse vertigineuse. Trousseau assorti d'un tout nouveau porte-clés offert par mes soins et composé d'une simple petite plaque de métal où est inscrit :

« I like you for who you are, but that DICK for sure is a bonus. »[1] Riant sous cape, je chope un verre dans un placard, puis m'assois devant le petit bar à l'américaine, à côté d'Énes, afin d'instaurer une distance salutaire avec Néoh. Salutaire, car ce petit con est seulement habillé d'un pantalon de sport, que visiblement, il vient d'aller courir, et que… bah, j'ai juste envie de lui sauter dessus.

Soudain, la voix d'Énes résonne, collant un frisson glacé le long de mon épine dorsale.

– Mec, ça fait trop longtemps qu'on ne s'est pas fait une virée dans un bar. Je peux au moins t'avouer une chose, ta gueule de torturé attire. Et depuis que t'es devenu aussi sage qu'un moine, ça volette moins autour de nous.

Je serre les dents, garde pour moi les insultes qui pourrissent ma tête comme par magie. En revanche, je ne retiens pas un taquet derrière son crâne.

– Et le respect? On a assez d'un connard entre ces murs, pesté-je, clairement amère. Pas besoin d'en rajouter un deuxième.

– Ouais, bah, le connard reste mon meilleur pote, rétorque-t-il, joyeux – trop joyeux à mon goût, d'ailleurs. Et draguer sans son meilleur pote, ça a nettement moins de saveur.

Une grimace tord ma bouche.

– Beurk. Parce que t'as besoin de Néoh pour te motiver? Finalement, c'est peut-être toi, le plus flippant des deux.

– Pourquoi, tu es jalouse?

Saisie, je demeure muette, avant qu'Énes me sauve lui-même du bordel dans lequel il m'a fourrée.

– C'est vrai que je t'avais promis de passer plus de temps avec toi, reprend-il d'une voix plus douce. Rejoins-nous ce soir après le boulot.

Puis il se retourne vers Néoh et ajoute, railleur:

---

1. Je t'aime pour qui tu es, mais ta queue est un sacré bonus.

– C'est que je m'inquiète. Des jours que je n'ai entendu aucun cri d'extase provenant de ta chambre.

– Il les bâillonne peut-être, je l'interromps.

Pour illustrer mes dires, je pose ma propre paume sur ma bouche, geste instinctif de Néoh chaque fois que je deviens… un peu trop bruyante.

– Ou alors, je les emmène ailleurs parce qu'une chieuse a déclaré que nous devions vivre comme dans un monastère, répond-il, froid et stoïque en apparence.

J'arque un sourcil. Je peux assurer qu'avec tout ce qui se déroule entre ces murs, nous sommes plus près du purgatoire que d'un quelconque monastère. Et ça… lui aussi en a parfaitement conscience, si j'en crois le rictus en coin qu'il m'adresse au moment où Énes se retourne vers moi.

– Bref, lâche Énes d'un ton blasé, tu viens avec nous, ce soir ?

J'hésite. Me retrouver avec eux implique de devoir m'imposer des chaînes, ne pas pouvoir être moi-même avec Néoh, chose que je hais par-dessus tout. Mais dans un autre temps, les paroles d'Énes ont complètement affolé mes sens. Et j'ai peur de voir jusqu'où Néoh est capable d'aller pour noyer les doutes de mon frangin. Serait-il capable de se laisser approcher par une autre ? Derrière la tête blonde d'Énes, je vois son ami esquisser un non silencieux. Mais… une boule d'angoisse pure s'attaque à mon ventre et semble désireuse de bouffer tous mes organes. Aussi, sans prendre la peine de réfléchir davantage, je réponds :

– Carrément, je dirai à Malena et Thomas de passer me prendre à l'hôtel à vingt-trois heures, après mon travail, et on vous rejoindra.

Je me détourne aussitôt de la paire d'yeux furieux qui me fixe pour me focaliser sur ceux, beaucoup plus chaleureux, en face de moi.

– Bon, en parlant boulot, faut que je me bouge sinon je vais être à la bourre pour mon *shift*.

Après s'être relevé, il embrasse tendrement mon front, secoue les cheveux de Néoh comme il le ferait avec un gamin récalcitrant, provoquant un grondement chez ce dernier, puis nous abandonne. Durant tout le temps où, dans l'entrée, nous l'entendons enfiler ses chaussures, ni Néoh, ni moi ne bougeons un cil. Seuls nos regards s'affrontent en un combat visuel perdu d'avance, puisqu'aucun n'est capable de battre en retraite.

Ce n'est que lorsque la voix moqueuse d'Énes nous couvre d'un : « Et tentez de pas vous écharper pendant mon absence » avant qu'il claque la porte d'entrée que, finalement, je décide de donner vie à l'adage : « Courage, fuyons ! »

– Je dois me préparer !

Vive, je bondis de mon tabouret sans demander mon reste pour regagner lâchement ma chambre.

– Auréa ! rugit soudain Néoh.

Oups.

J'ai tout juste le temps de fermer le battant que celui-ci se rouvre aussitôt à la volée sur un homme visiblement très contrarié, vu ses poings serrés contre ses cuisses et ses muscles bandés. Merde, j'ai encore plus envie de lui sauter dessus.

– Je t'ai dit non, gronde-t-il en s'immobilisant à quelques malheureux centimètres de moi.

La boule de désir qui commençait à croître au creux de mon abdomen se dissipe d'un coup.

– Je n'ai rien entendu, moi, je réponds d'un ton faussement innocent.

– Tu m'as vu te faire non de la tête !

Les bras à présent croisés sur ma poitrine pour marquer ma désapprobation et surtout pour ne pas être tentée de le frapper, je réplique, froide :

– Et depuis quand je dois suivre tes ordres ? Me baiser ne t'octroie pas le droit de me diriger.

– Merde, Auréa, ce n'était pas un ordre, mais une demande ! Et…

Lentement, une lueur fauve et brûlante irradiant ses iris, Néoh se penche de façon à frôler le pavillon de mon oreille alors qu'il chuchote :

– … ne fais pas la grande avec moi en jouant les détachées, piccolina.

Je déglutis, aussi troublée par sa proximité, cette aura sauvage qui émane de son ton brut, que par mes sentiments contradictoires.

– Pourquoi tu ne veux pas que je vienne ? je parviens à demander.

Une fois son buste redressé, il me surplombe pour mieux me clouer d'un regard dont lui seul a le secret : un mélange de fièvre, de tendresse et de colère.

– Parce que tu seras là, juste à côté de moi, sans que je puisse te toucher. Parce que tu feras semblant de m'ignorer en t'intéressant aux autres. Parce que j'aurai envie de tout péter rien qu'à l'idée de te voir avec ton Thomas sans que je puisse intervenir. Parce que je ne supporte pas que…

Tout à coup, il s'interrompt. Ses paupières clignent plusieurs fois comme s'il cherchait à s'extirper d'un mauvais rêve, puis il se recule, l'air absent et perdu. Quant à moi, j'ai autant envie de me gifler de lui imposer tout ça que de… hurler d'émotion.

– Néoh…

D'un revers de main, il balaie l'air entre nous, me coupant la parole.

– Il n'y a pas que ça… soupire-t-il. Ton frère, il v…

De nouveau, ses paroles se meurent. Frustrée de ne pas avoir accès à ses pensées, j'avale la distance qui nous sépare, caresse son torse jusqu'à croiser mes doigts sur sa nuque. Et, au moment où je m'apprête à parler, il plaque durement sa bouche contre la mienne. Sans chercher à réellement m'embrasser, il se contente de faire fusionner nos lèvres avec une rage à peine étouffée, sa paume enfouie dans la masse de mes cheveux. Puis, soudain, il me relâche, esquisse plusieurs pas en arrière, et me lance, juste avant de quitter la pièce :

– Ne viens pas pleurer après, Auréa. Je t'aurai prévenue.

36

Néoh

Putain de soirée.

Je déteste la musique qui passe dans ce club. Je déteste cette pseudo-ambiance décontractée qui n'en a que le nom. Je déteste ces couleurs censées apporter une touche de modernité. Et là, en cet instant, je déteste mon pote qui cherche à me pousser.

– T'es difficile à suivre, Énes, je grogne plus que je ne parle.

D'un geste sec, je tape le cul de mon verre sur la table basse en bois blanc. La moindre fichue cellule de mon corps trop sur les nerfs de la savoir si près sans que… Merde ! Je la déteste aussi, à cette seconde précise. Quand, assise sur le canapé en face du nôtre, elle se penche par-dessus les jambes de sa copine pour parler à Thomas, son décolleté bien en vue… Le pire, c'est que je reste persuadé qu'elle ne le fait pas exprès. Il s'agit d'Auréa : nature, instinctive, si… libre.

– Explique, se contente-t-il de me répondre tandis que je me rencogne contre l'assise.

Mon regard balaie notre charmant petit groupe de cinq… Parce que, ouais, il n'y a que nous. Aucun de nos « potes » habituels n'est là, constat qui me perturbe. Et me colle un mauvais pressentiment. Quand, enfin, je suspends mon attention à celle de mon ami, me faisant violence pour ne pas m'attacher à sa petite sœur, je précise :

– Des mois que tu me rabâches de me calmer. Et maintenant tu me le reproches ?

Touché. Presque une vie que lui et moi nous connaissons, que nous vivons au gré des conneries de l'un comme de l'autre, alors, ouais… je peux tout à fait discerner le moindre changement d'humeur qui l'anime. Et, à la façon dont son regard se glace, comme s'il cherchait à trancher ma peau pour découvrir ce qu'il s'y cache, je sais. Que ses paroles ne vont pas me plaire.

– Ça dépend de la raison qui te pousse à te « calmer », mec.

– Peu importe la raison, non ? J'ignorais que certaines étaient valables et d'autres, non. Tout comme j'ignorais que je devais t'en rendre compte.

Un tic fout le bordel sur les lignes de son visage avant de disparaître aussitôt.

– T'es un putain d'hypocrite. Il n'est pas question de me rendre des comptes, mais d'honnêteté. Et ça, ouais, tu me le dois.

Un long soupir ébranle mon torse, égratigne ma gorge pour mieux me pourrir les poumons. Parce qu'il a raison. Tellement raison.

– Et si tu commençais ? En me posant la question que tu crèves d'envie de me poser ?

Ses coudes vissés à ses genoux, il penche la tête quelques secondes, la relève pour mater sa sœur, puis pivote uniquement son regard sur moi.

– Qu'est-ce qu'il se passe avec Auréa ? Et ne me mens pas, Néoh. Un conseil, ne me mens pas.

On y est. À l'instant T. Celui où je n'ai plus d'autre choix que de choisir, justement. Protéger ce que j'ai et sur quoi je suis incapable de poser des mots avec Auréa. Ou choisir mon meilleur ami en étant franc concernant ce qui se déroule tous les soirs entre les murs de ma chambre.

– Rien d'important, je biaise.

Je ne suis qu'un enfoiré. Même pas fichu d'être honnête avec l'un comme avec l'autre. Mais, putain ! On parle d'Énes, celui qui ne m'a jamais abandonné alors qu'il aurait pu, aurait dû, même. À qui je dois tellement. Mon frère. Ma famille. Et puis… de l'autre côté, il y a cette petite blonde qui commence à grignoter sa place. À se l'approprier, et je sais, quelque part, je sais que jamais elle ne me la rendra. Ouais, c'est un fait : Auréa a pris beaucoup trop de place.

– Quoi que ce soit, important ou non, je veux que tu arrêtes ça, maintenant, m'intime-t-il avec une douceur froide.

Mes yeux fermement ancrés aux siens, je rétorque :

– Ta sœur est une grande fille, tu sais ? Et…

– Tu viens de le dire, me coupe-t-il. Ma sœur. Mon sang. Est-ce que je dois vraiment t'exposer toutes les raisons qui font que l'approcher est une mauvaise idée ?

Sous le voile de ma barbe naissante, je sens les os de mes mâchoires se contracter méchamment. Encore une fois, il a raison. Seulement… même si ça m'achève plus qu'autre chose de m'en rendre compte, je refuse d'éloigner Auréa de moi.

À croire que je suis condamné à reproduire sans cesse les mêmes erreurs.

Soudain, Énes me prend de court en se penchant vers moi pour choper ma nuque et cogner nos fronts l'un contre l'autre.

– Je t'aime, espèce de con, déclare-t-il d'un timbre vibrant. Je n'ai jamais cherché à t'emmerder ou à t'empêcher de faire quoi que ce soit… J'essaie juste de protéger ma petite sœur et notre amitié, et de te protéger, aussi. Parce que si tu la blesses, tu ne pourras plus te regarder en face. Et surtout, si tu la blesses, je ne pourrai plus rester à tes côtés.

Un goût de bile me pourrit tout à coup le palais. Énes et ses mots. Énes et sa facilité à parler. Énes et… notre amitié parfois bancale, mais qui n'en est pas moins vraie. Et que je ne peux renier…

– Je ne la blesserai pas, sifflé-je, les nerfs en feu. Je ne la blesserai pas parce qu'il n'y a rien d'important. Tu connais ta sœur. Elle s'est sentie abandonnée lorsque nous avons décidé de rester ici. Elle tente juste de recréer nos précédents liens par tous les moyens. Ce n'est que ça… rien d'important, comme je te dis.

Sans relâcher sa prise, il articule lentement :

– Prouve-le.

L'impression d'entendre une saloperie de sentence. Ou un compte à rebours.

– Ma parole ne te suffit pas ? grogné-je.

– Pas sur ça, Néoh. Et tu ne peux pas vraiment m'en vouloir.

Le pire, c'est qu'il a une nouvelle fois raison.

– Si ça te fait tant plaisir que je m'envoie en l'air…

D'un mouvement un peu brusque, je me dégage de sa prise, puis me relève. Malgré moi, j'effleure du regard Auréa, toujours en pleine discussion avec l'Italienne. Avant d'être attiré par une paire d'yeux qui se détourne d'Énes pour me fixer. Sombre, j'ignore l'attention de Thomas, puis me dirige vers le bar. Vers un groupe de femmes dont l'une, rousse, me dévore d'un regard sans équivoque. Parfait. Ou pas, justement, putain…

Je passe une main sur mon visage, las de ces conneries. De mes conneries. J'ai envie de rebrousser chemin, et attraper ma petite blonde pour me barrer loin avec elle me caresse l'esprit. Me caresse… me fracasse le crâne, devrais-je dire.

Néanmoins, en bel enfoiré que je suis, je poursuis sur ma lancée, rejoins le zinc et, au moment où je m'approche de la jeune femme, une silhouette s'interpose. Abat une paume sur la surface plane et lance au barman :

– Deux shots de ce que tu voudras bien nous servir pour moi et mon pote, s'il te plaît !

Un réflexe me pousse à regarder derrière moi avant de revenir à mon point de départ.

– Pote ? raillé-je.

– Je soigne ton karma, réplique Thomas sur le même ton. Alors on peut dire que ce soir, je suis ton pote.

– Tu ne l'es pas, articulé-je, lapidaire.

Son corps pivote entièrement dans ma direction. Son coude toujours planté sur le bar, il m'offre un sourire aussi radieux que puant.

– C'est vrai. Mais je suis celui d'Auréa. Et je lui évite d'assister à une scène qui lui briserait le cœur.

Un ricanement s'esquive de ma trachée.

– Te fous pas de moi. Tu n'as jamais cherché à n'être que son ami.

Nonchalant alors que j'ai envie de coller son expression arrogante sur le bar, il lisse le col de son polo griffé.

– Tu es au courant qu'il est tout à fait possible d'entretenir une relation avec le sexe opposé qui ne nécessite pas que l'un des deux ait les jambes ouvertes à presque cent quatre-vingts degrés ?

Sans que je le réalise vraiment, mes mains se referment en poings serrés contre mes cuisses. Parce qu'à cet instant, je l'imagine, elle, offerte à lui…

Bordel… s'il ne vire pas d'ici, je vais finir par m'en servir de punching-ball.

– Ose me faire croire que tu ne veux pas la baiser.

– Néoh, soupire-t-il, ce n'est pas parce que tu es incapable d'imaginer une relation platonique avec Auréa que c'est le cas de tout le monde. Elle est ton obsession, pas la mienne. Maintenant…

Un rictus calculateur se déploie sur ses lèvres, m'égratigne les rétines.

– … c'est certain que si Auréa vient me voir pour me réclamer, moi et pas un autre, je ne la laisserai pas repartir, tu peux en être sûr.

Le barman débarque à brûle-pourpoint en déposant deux shots à notre hauteur. Thomas en vide un d'une seule gorgée, claque le verre, puis, avec une expression acérée, me prévient :

– Ce serait dommage de la pousser vers moi, tu ne penses pas ? Ne me laisse pas cette chance, mec. Parce que si je l'ai, cette chance, crois-moi, je saurai m'en emparer.

La seconde suivante, la barrière que représentait son corps disparaît. Pour me laisser seul en face de la rousse qui semble hurler d'impatience.

Moi aussi, je hurle. D'impuissance. De rage et de fureur.

Parce que je sais… que je n'ai jamais réellement eu le choix.

37

Auréa

Moi qui pensais ne pas en être capable, je me plantais. Comme quoi, faire semblant, feindre, truquer est inhérent à l'espèce humaine. Parce qu'une chose est sûre, aucun de mes actes, de mes gestes n'est naturel, ce soir. Si je laissais libre cours à mes instincts, je serais déjà en train de le pourrir de m'ignorer ainsi. Juste avant de fondre sur ses lèvres.

Je n'ai jamais aimé la difficulté, surtout dans mes relations avec les autres. C'est sûrement pour cette raison, d'ailleurs, qu'au moindre agacement, je me contentais de me détourner. Mais ça… c'était avant lui. Avant Néoh et sa tonne de complications, d'ombres. D'émotions brutes et brûlantes. Et dont je refuse de me détourner.

Voilà pourquoi je me prête à ce jeu que je hais et qui ne me ressemble pas. Pour lui. Uniquement pour lui. J'agis donc comme s'il n'était pas à quelques mètres de moi et profite, en apparence, du moins, de mes amis. Et j'avoue que l'alcool des trois cocktails déjà perfusé dans mon sang m'aide grandement. Si bien que, durant un moment, j'oublie réellement. Ma colère suite à sa réaction de ce matin. Mes doutes face à son comportement avec mon frère. Et ma peur que lui aussi oublie.

Tandis que Malena me raconte sa soirée en compagnie d'un homme rencontré au bal de Venise et que – si j'en crois ses yeux exorbités – je suis censée connaître, Thomas s'affale soudain sur le canapé, à côté de moi. Seulement alors, je remarque qu'il avait disparu. À l'instar de Néoh et Énes, d'ailleurs, je constate en tournant la tête vers leurs places désormais vides.

– Bah, ils sont partis? lancé-je d'une voix trop aiguë pour ne pas paraître préoccupée.

– Sûrement, répond vaguement Thomas. En même temps, on se fait chier ici, non? Ça vous dit de bouger aussi?

– Mais... j'arrivais au point culminant de mon récit, se lamente Malena, sa main passant sous mon nez pour fouetter le bras de notre ami. Toto, je n'aime pas être interrompue, tu le sais, pourtant.

– Laisse-moi deviner, se marre ce dernier. Le point culminant de ton récit, ce n'était pas ton point G, par hasard?

J'éclate de rire. Pendant que l'Italienne, loin de se vexer, rejette ses cheveux noirs en arrière d'un air royal.

– Tu commences à trop bien me connaître, Toto. Et ça ne me convient pas du tout. On dirait un vieux couple.

– Bah, techniquement, non, je la contredis. Lui ne sait rien de ton point G.

– Justement, c'est bien ce que je dis: un vieux couple.

Thomas s'esclaffe à son tour. Avant de reprendre contenance et de clôturer cette conversation qui, comme toujours avec ces deux-là, a dérapé.

– Tu en prends parfaitement soin toute seule. Nul besoin de moi. En revanche, comme je me soucie de votre bien-être autre que sexuel, je vous propose d'aller ailleurs. Je réitère: on s'emmerde, ici.

– Pourquoi tu es si pressé de te barrer, d'un coup? maugréé-je. Notre présence ne te suffit plus p...

Le reste de ma phrase se meurt, piétiné par l'image qui m'assaille jusqu'à ricocher salement entre les parois de mon crâne.

– Auréa… soupire Thomas, regarde-moi.

Mais j'en suis incapable. J'aimerais pourtant… dévier ne serait-ce que de quelques centimètres mon regard pour ne pas avoir l'impression d'être dispersée en un tas de débris.

– *Ma che… cretino, stronzo, deficiente!*[1] s'exclame la voix de Malena.

Néoh, le buste penché, recouvre la silhouette d'une jeune femme assise au bar, la main sur sa cuisse, tout en lui parlant à l'oreille. Et, vu le sourire indécent qu'elle affiche, il n'est visiblement pas en train de lui réciter l'annuaire. Je… j'ai envie de vomir. Une vague de fureur s'abat entre mes côtes, se fracasse contre mon cœur qui se débat avec force avant de venir noyer mes veines. L'entièreté de mon corps se met à trembler. De rage, mais pas seulement… d'une peine si vive, si douloureuse qu'un instant, je ne parviens plus à respirer.

Soudain, Thomas coince mon menton entre son pouce et son index afin de m'inciter à me focaliser sur lui.

– Ton frère l'a poussé, il essaie simplement de donner le change, OK? dit-il, essayant de me rassurer.

– Mais Énes n'est même plus là, je réponds d'une voix d'outre-tombe.

D'un mouvement sec, je défais mon visage de sa prise, commence à me relever pour… je n'en sais rien, mais j'ai besoin d'extérioriser ce truc qui rugit dans ma poitrine, de l'en extirper avant qu'il ne me bousille de l'intérieur. Et surtout… de le laisser exploser sur lui. Néanmoins, je suis vite stoppée dans mon élan par la voix de Malena qui, énervée, lâche, sans s'en rendre compte:

– À un moment, il ne pourra plus utiliser Ambra comme excuse pour son comportement de connard!

---

1. Mais quel… abruti, connard, débile!

Saisie par ses paroles, je me pétrifie. Immobile, j'ai la sensation que de la glace perce ma peau pour se loger dessous quand le regard sombre de Néoh croise le mien pour aussitôt se reporter sur l'autre femme.

– Ambra ? demande Thomas.

– Je… oubliez, je n'ai rien dit, bafouille Malena.

Sous mon nez, Néoh extirpe son téléphone de la poche arrière de son jean, son pouce balayant son écran pour le déverrouiller afin de… récupérer le numéro de sa victime d'un soir, j'imagine. Les lèvres retroussées de colère, j'opère une volte-face vers l'Italienne qui écarquille les paupières telle une biche prise entre les phares d'une voiture.

– Ne me regarde pas ainsi, se défend-elle, ce n'est pas à moi de te parler d'elle.

– Pourquoi ? Tu préfères sauver un ancien plan cul plutôt qu'une prétendue amie ? craché-je, hors de moi.

– Tu es dure, là, rétorque-t-elle. Je comprends que tu sois furieuse, mais je n'y suis pour rien.

– Je ne suis pas furieuse, je…

La gorge nouée, je me bloque, une onde différente de la précédente menaçant de me submerger. Ce n'est que lorsque ma vue se brouille que je comprends… à quel point j'ai mal. À quel point j'ai besoin de me blottir dans ses bras… dans les bras de celui qui provoque cette douleur suffocante.

– Oh, non, ma beauté !

Malena bondit aussitôt sur ses jambes pour m'enlacer tandis que Thomas se relève aussi, mais sans tenter de me toucher. Seuls ses traits fermés et hostiles le trahissent. Mon amie resserre son étreinte, mais j'étouffe. J'ai beau l'adorer, ce ne sont pas ses bras que je veux…

Soudain, c'en est trop. Ras-le-bol de me retenir. Je refuse de changer, de m'entraver ou d'adapter mon comportement pour un mec qui, visiblement, se fout pas mal de me blesser. Un élan de rage me cingle les flancs et me pousse enfin à bouger. Je repousse Malena doucement afin de ne pas la vexer, puis me rue aussitôt vers le bar… ou plutôt vers la place déserte, désormais. Plus de Néoh, plus de rousse non plus.

Portée par un tas d'émotions assez violentes, je fonce vers la sortie, puis me fige sur le trottoir, ma tête opérant des allers-retours de droite à gauche. Le souffle court, mes pensées en anarchie totale, je ne sais plus quoi faire, dans quelle direction aller. J'ai juste envie de crier. De hurler. De… d'arracher ce sentiment qui, d'un coup, prend le pas sur tout le reste. Et qui me terrasse au moment où, sur la route devant moi, passe une voiture avec Néoh au volant, et la jeune femme sur le siège passager.

Je ne pense pas qu'il puisse y avoir pire timing… que de réaliser qu'on aime une personne à l'instant où celle-ci vous déchire le cœur.

38

Auréa

Je referme la porte d'entrée derrière moi pour être aussitôt accueillie par un Blue surexcité. La queue fouettant l'air, il frotte son museau contre mon ventre, et ce simple contact me perd. Le dos contre le battant, je me coule jusqu'au sol puis, les mains croisées autour de son cou, j'enfouis mon visage dans son pelage. Soudain immobile, Chaton se laisse faire, la tête droite, son corps comme en alerte bien qu'il ne bouge pas un seul muscle. Dans la poche interne de ma veste, je sens mon portable vibrer, mais je l'ignore. Après avoir vu Néoh avec cette fille, je suis tout simplement partie. Sans prévenir personne. Seule avec le marasme de mes pensées, j'ai marché, dans l'espoir vain de me calmer. Mais même une heure et demie de marche en talons n'a pas réussi à endiguer le flot bordélique qui inonde mon esprit.

Je déteste ce que je ressens. Presque autant que je le déteste.

Lorsque, quelques minutes après, je parviens à reprendre une respiration à peu près normale, Blue commence à gesticuler. Sa truffe ne tarde pas à me renifler sous toutes les coutures, puis sa bonne humeur naturelle reprend le dessus et il se met à vouloir me lécher le visage. Malgré moi, un rire s'arrache de ma gorge.

– Arrête, tu me chatouilles !

Chaton émet un aboiement satisfait, comme s'il était réellement heureux de me voir rire, puis se roule en boule contre moi, son museau sur mes jambes à présent allongées.

– Merci, soufflé-je en le grattouillant derrière l'oreille. Et je peux savoir où est ton mini pote?

Comme il ne réagit pas, je crache, amère:

– Pas bien, Blue. Tu connais la règle, pourtant? Les potos avant les salopes. Et peu importe qui peut bien être cette salope...

Je ferme les paupières, cogne l'arrière de ma tête contre le bois, et inspire profondément afin d'enrayer l'afflux de colère qui menace.

– Putain, Auréa!

Je sursaute, rouvre les yeux pour me noyer dans ceux, baignés d'une rivière d'encre, qui me fixent, furieux.

Furieux?!

– Bordel, tu étais où? rugit alors Néoh.

Saisie par son culot, je me statufie. Prends quelques secondes pour analyser le fait qu'il soit encore habillé, les traits si tirés qu'il ne semble pas avoir dormi depuis l'an dernier. Puis, lentement tant je tente de me maîtriser pour ne pas lui sauter à la gorge, je me relève. Sans toutefois parvenir à prononcer le moindre son.

– Une heure que je t'appelle! poursuit-il sur le même ton. J'étais mort d'inquiétude.

Cette fois, j'explose. Un rire à la limite de la démence franchit la barrière de mes lèvres.

– Une heure que tu m'appelles? Pour quelle raison? Me raconter de quelle façon tu as couché avec cette fille? Mais tu n'as pas un super pote à qui parler de tout ça? Et il est où, d'ailleurs, hein? Ce super pote pour qui tu es prêt à tout!

D'un air interdit, Néoh me dévisage comme si j'étais réellement devenue folle.

– Je pensais qu'Énes était avec toi, dit-il, grave.

– Mais je me contrefous de savoir où il peut être ! La vraie question est comment toi, tu peux être là ! Ne… merde, Néoh, ne me dis pas que tu l'as amenée ici…

Je me fige à nouveau. Avant de laisser enfin ramper ce truc immonde hors de moi. Pilotée par une rage sourde, je me rue sur lui et martèle son torse de mes poings. Et, si je dois avouer que ça me soulage durant quelques secondes, je n'obtiens pas la réaction escomptée chez Néoh. Ce dernier lâche un long soupir, peu impressionné par mon pétage de plombs, puis attrape soudain mes poignets pour me stopper. D'un geste sec, il me colle contre son torse, baisse son visage à hauteur du mien, puis susurre :

– Arrête ça, piccolina. Parce que plus tu t'énerves, plus j'ai une putain d'envie de m'emparer de tes lèvres pour que tu la fermes avant de me glisser en toi. Chose que tu ne me laisseras pas faire, je me trompe ?

Une fois de plus, je suis décontenancée par son comportement.

– Je n'avais aucun doute sur le fait que tu étais un enfoiré, mais là, ça dépasse l'entendement. Ton cas relève de la psychiatrie, tu t'en rends compte ?

Un sourire attendri fend son visage. Et attaque mes cellules nerveuses au passage.

– Je ne plaisante pas, Auréa. J'ai une furieuse envie de toi. Je crois que… j'aime te voir jalouse.

D'un mouvement brusque, je me défais de sa prise sans qu'il cherche à me retenir. Au contraire, il se redresse de toute sa hauteur, fourre ses poings dans ses poches avec une nonchalance qui me tue, puis me coupe au moment où j'ouvre la bouche pour l'envoyer bouler.

– Tu n'as pas regardé ton téléphone, je me trompe ?

Un silence plane ensuite entre nous, durant lequel j'essaie de me souvenir si, effectivement, je n'ai pas touché à mon portable.

– Tu m'as vu, pourtant, insiste-t-il. Le sortir de ma poche.

– Oui, pour récupérer le numéro de cette garce!

Je me mords la langue, regrettant aussitôt mes paroles. Le seul qui mérite d'être insulté, ici, c'est lui, certainement pas cette femme qui n'a fait que profiter de l'instant. Seulement... je ne contrôle plus rien, ne me contrôle plus.

– Non, pour t'envoyer un message.

– Que... Quel message?

– «Fais-moi confiance».

Je recule d'un pas. Déglutis. Et, la voix tremblante, je demande:

– Tu n'as pas couché avec elle?

– Non, déclare-t-il, sûr de lui.

Non pas que Néoh ait un jour manqué de confiance en lui, mais... je crois que jamais il n'était apparu aussi déterminé face à moi.

– Mais... je t'ai vu partir avec elle.

– Elle m'a donné son adresse, je l'y ai emmenée, et dès qu'elle est sortie de la caisse, j'ai démarré.

– Tu... tu l'as plantée sur le trottoir?

– Oui, fait-il sans l'once d'un remords.

J'opère un autre pas en arrière, me retiens au mur adjacent tant... un soulagement immense me fend en deux.

– Tu... t'es vraiment un enfoiré.

Un ricanement lui échappe tandis qu'il se rapproche pour prendre mon visage en coupe.

– Tu parles pour elle ou pour toi?

– Les deux. Sale con.

Un sourire se déploie, illumine brièvement son visage.

– Je peux t'embrasser, maintenant?

J'arque un sourcil tout en redressant le menton. En ai-je envie? Pire, j'en ai besoin. Néanmoins, toutes ces émotions qui, pendant plus d'une heure, ont provoqué une douleur atroce sous ma peau sont encore trop... prégnantes. Néoh, un regard profond ancré au fond du mien, se penche davantage jusqu'à ce que nos lèvres s'effleurent.

– Auréa, je ne voulais en aucun cas te blesser.

– C'est ce que tu as fait, pourtant. Je... je crois que je n'ai jamais eu aussi mal de toute ma vie.

Mes paroles semblent déclencher quelque chose de violent sous sa peau. Sa bouche se pince tandis que ses mains se ferment en deux poings serrés contre mes joues avant de venir s'enfoncer dans le mur, de chaque côté de mes tempes.

– Tu ne dois pas souffrir à cause de moi, gronde-t-il.

– Trop tard. Les émotions ne se commandent pas, Néoh. Je ne peux pas décider de ne rien ressentir quand tu es... juste là.

Son front choit contre le mien. Les paupières closes, nos nez s'effleurant, il demeure immobile. Un pli se creuse entre ses sourcils, signe qu'il est une fois de plus en plein combat intérieur.

– Laisse-moi t'embrasser, insiste-t-il.

– Pourquoi tu as fait ça? Pourquoi ne pas juste dire la vérité à Énes?

– Je ne peux pas, dit-il, le timbre métallique. Qui voudrait de moi comme petit ami pour sa sœur, hein?

– Sauf que, moi, je te veux, Néoh. Et je suis la seule à posséder ce pouvoir de décision. Personne d'autre.

Ses yeux toujours fermés, comme s'il refusait de faire face à la réalité de mes propos, il répète:

– Laisse-moi t'embrasser.

Les arêtes de son corps me plaquent un peu plus contre le mur. Son bassin se moule à mon ventre, et aussitôt, cette impression de marcher au travers d'un bûcher me brûle. À l'instant où sa langue suit la courbe de ma lèvre inférieure, je dis dans un murmure :

– Qui est Ambra ?

Son regard réapparaît d'un coup, telles deux pierres d'obsidienne cherchant à me poignarder. Les lignes de son visage s'assombrissent sur le même mode qu'avant. Celui que je n'avais pas vu depuis des semaines. Et, à ce moment précis, je me rends compte… à quel point, malgré certaines barrières infranchissables, il s'est donné à moi. Les muscles raides, il se redresse de toute sa hauteur, puis recule, affichant un air froid, pour ne pas dire polaire.

– Évidemment, lâche-t-il d'un ton glacial. Évidemment que tu allais vouloir tout gâcher afin de savoir. Tu m'avais promis, Auréa. De ne pas chercher plus loin.

– Et je le pensais lorsque je te l'ai dit. Mais tu ne peux pas m'embarquer dans tes conneries, me blesser gratuitement et me demander d'accepter tout ça sans comprendre. Ce n'est pas parce que tu m'as fait mal que je vais me comporter en victime afin de quémander plus d'attention.

– Ce serait trop facile, j'imagine, lance-t-il dans un ricanement.

– Tout comme ce serait trop facile de fuir dès que tu m'affiches ton mode connard.

Son expression s'adoucit. Un peu, sans toutefois totalement quitter ce masque distant qu'il tente d'imposer entre nous. Dommage pour lui, ça ne fonctionne plus.

– Soit, piccolina.

Il recule d'un pas, les yeux rivés aux miens, comme s'il désirait ne louper aucune de mes réactions.

– Ambra est une femme avec qui je suis sorti. Et qui s'est suicidée il y a un an.

39

Auréa

Moi qui pensais avoir trop ressenti, ce soir, au point d'en être anesthésiée, je me plantais. Dans les grandes largeurs. Parce que la rafale acide qui s'engouffre sous mes côtes est d'une telle force, d'une telle violence que, durant quelques secondes, je ne respire même plus. Mon dos toujours vissé au mur, espérant secrètement que ce dernier m'avale, je demeure statufiée. Vide, en dépit du chaos sous ma peau.

C'est… pire. Pire que ce que j'aurais pu imaginer. Me battre contre lui, j'en suis capable. Mais personne ne peut se battre contre un souvenir.

Je réalise que je fixais le sol au moment où je dois déployer un effort considérable afin de suspendre mon regard au sien. L'air toujours indéchiffrable, Néoh continue de me dévisager, les épaules raides et les muscles des bras convulsés.

– Qu'est-ce qu…

– … qu'il s'est passé? termine Néoh à ma place. Elle a loué un bateau pour aller se jeter à l'eau, au beau milieu du lac.

Sa voix tranche l'atmosphère si durement que je la sens presque s'abattre sur mon propre épiderme. Mon estomac se révulse, et j'ignore si c'est de peine pour cette femme ou, par pur égoïsme, de peine pour moi. Ou pour cet homme qui, soudain, m'apparaît encore plus inaccessible qu'auparavant.

– Pourquoi ?

Question sûrement déplacée, mais qui, pour une raison que j'ignore, prend une importance capitale.

– Je n'ai pas envie d'en parler, Auréa. Encore moins avec toi.

Je ne suis pas certaine… qu'il se rende compte de la gifle que m'infligent ses mots. Ai-je seulement le droit de le lui reprocher ? De tenter de lui extorquer davantage d'informations ? Quel monstre serais-je de prétendre qu'il me doit plus ? Après tout, il s'agit d'un deuil que, visiblement, il porte depuis tout ce temps, et dont il ne semble pas prêt à se débarrasser.

D'un hochement de tête, j'acquiesce en silence. Inspire profondément bien que j'aie la sensation d'avaler un tas de clous rouillés. Puis je progresse de quelques pas, le contourne pour regagner ma chambre quand ses doigts s'enroulent autour de mon poignet afin de me retenir.

– Où tu vas ?

Doucement, je me défais de sa prise, pivote de façon à lui faire face en prenant garde, toutefois, de conserver une certaine distance entre nous, et dis d'un timbre cassé :

– Me coucher. Je… j'ai besoin de digérer cette soirée. De… je ne sais pas trop, en vérité, mais j'espère de toutes mes forces qu'une fois mes paupières closes, je tomberai dans un sommeil sans rêves.

Alors que je fais mine de repartir, Néoh m'arrête une nouvelle fois.

– Fais pas ça, Auréa.

– Quoi ? Qu'est-ce que je ne dois pas faire ? je réponds, lasse.

– Ne pas me parler. Te fermer. Ne pas partir dans un flot de paroles incontrôlable sur ce que tu ressens. Ce n'est… ce n'est pas toi. Et… je n'aime pas ça.

Le temps de quelques battements de cœur, je ne bouge plus. Me contente de me retenir à ses yeux onyx. Avant de me rapprocher – à croire que je suis incapable d'agir autrement qu'en revenant toujours vers lui – jusqu'à étaler ma paume sur son torse, au creux de son sternum. Le visage relevé vers le sien, je lui souris.

– Mais tu ne veux pas entendre ce que j'ai à te dire, Néoh.

Les sourcils froncés, il me cloue d'un regard encore plus grave.

– Si, souffle-t-il après avoir dégluti. De toi, je veux tout.

Un énième séisme vibre dans ma poitrine. Mon front retombe contre son buste que je respire jusqu'à saturer mes sens de son parfum.

– J'ai une question, Néoh, murmuré-je contre son tee-shirt.

L'une de ses mains se couche sur ma nuque, caresse ma peau avant de me forcer à me focaliser sur ses prunelles obscures.

– Dis-moi, m'intime-t-il plus qu'il ne demande.

Mes lèvres s'étirent une fois encore. Parce que je le sens venir, ce fameux flot de paroles incontrôlable et que... je crains bien de l'éloigner définitivement. Mais Néoh a raison sur un point : emprisonner mes émotions, ce n'est pas moi.

– Tu l'as aimée ? Tu l'aimes ? Est-ce que...

Je sens ses doigts se rétracter brusquement derrière mon cou, me griffant au passage. Trop tard. Je ne m'arrêterai pas. Je dois extirper ce qui me bouffe le cœur. Il doit l'entendre. Et peu importent les conséquences.

– Est-ce que tu avais cette boule qui enflait dans ton ventre dès que tu l'apercevais ? je reprends. Tu sais, cette boule à la limite de la douleur, à la limite de te laisser sur le carreau, asphyxié, mais qui... reste la meilleure chose que tu aies ressentie de toute ta vie ? Est-ce que tu avais peur dès qu'elle te touchait ? Peur de finir brûlé jusqu'à n'être plus que cendres, mais prêt à sauter dans ce brasier à la moindre occasion ? Est-ce que tu aurais vendu jusqu'à ton âme pour un de ses sourires, de ses regards, ou ne serait-ce qu'une seule de ses attentions? Est-ce que... être avec elle t'a fait réaliser qu'avant, tu ne respirais qu'à moitié, alors même que tu pensais être heureux?

À chacun de mes mots, son expression s'assombrit, comme s'il était pris dans une tempête, tandis que, paradoxalement, le noir de ses yeux paraît s'électriser. Mon pouls pulsant à une vitesse vertigineuse, je me recule doucement pour fuir sa chaleur, trop suffocante, en cet instant. Les bras retombant contre ses cuisses, Néoh n'essaie même pas de me retenir. Et persiste à me fixer sombrement alors que je poursuis:

– Est-ce que le simple fait d'imaginer qu'elle puisse en aimer un autre t'a déchiré la poitrine? T'a donné cette sensation d'avoir perdu à ton propre jeu? Que, d'un coup, plus rien au monde n'avait la moindre importance, à part ce truc dégueulasse et immonde dans tes entrailles?

Après avoir laissé planer un silence lourd le temps de reprendre ma respiration, je conclus:

– Est-ce que tu l'as aimée comme moi, je...

– Tais-toi, m'interrompt-il soudain. Ne le dis pas, Auréa.

Je pourrais... je devrais même lui accorder au moins ça. Surtout maintenant que je sais pour elle. J'ai conscience d'agir de façon égoïste. Seulement...

– Est-ce que tu l'as aimé comme je t'aime, Néoh?

L'atmosphère s'embrase d'un coup. Durant de longues secondes durant lesquelles nous n'esquissons pas le moindre mouvement, le temps s'étire jusqu'à se rompre, éclate lorsque Néoh rugit un «putain!» avant d'opérer une volte-face pour appuyer ses mains contre le mur, la tête penchée en avant. Sous le tissu de son tee-shirt, les lignes de son dos sont bandées, tendues à l'extrême et chahutées par sa respiration qui s'emballe soudain. Une fois de plus, j'ai mal. Mais pas pour moi… maintenant que mes sentiments sont exposés, je me sens étrangement apaisée. Peut-être que j'ai commis une erreur, mais ce sera mon erreur. Mon choix, celui de rester moi quoi qu'il m'en coûte. Et puis… jamais je ne pourrai me flageller de ressentir. En réalité, j'ai mal pour lui, pour cette liberté d'éprouver qu'il ne possède plus. Aussi, j'avale l'espace entre nous, puis, mes mains croisées sur son abdomen, me serre brièvement contre lui. Dépose un baiser entre ses omoplates, et le relâche. Après avoir jeté un coup d'œil à Blue qui s'assoit, le museau droit, près de Néoh, je regagne ma chambre.

Le cœur léger, lourd. Qui saigne de sa toute première vraie cicatrice.

Entre mes murs, je me fige. Coincée entre mon envie de le retrouver et son besoin de solitude. La tête rejetée en arrière, je m'abandonne dans la contemplation du plafond quand, brusquement, la porte de ma chambre se rouvre. J'ai tout juste le temps de me retourner qu'une paire de lèvres me fauche, s'arrime aux miennes avec abandon ainsi qu'une nuance de désespoir. Les mains étalées sur l'arrière de mon crâne, Néoh m'embrasse si passionnément que je sens mes jambes se dérober sous les émotions qui me submergent.

– Moi aussi, je me suis fait prendre à mon propre jeu, gronde-t-il, essoufflé, en rompant notre baiser juste avant de le poursuivre, encore plus avide.

Bouleversée, je le laisse nous faire reculer jusqu'à nous allonger sur mon lit. L'entièreté de son corps écrasé sur moi, Néoh ne desserre pas sa prise sur mon visage, comme s'il craignait que je le repousse. Ni quand il détache sa bouche de la mienne, ni quand il supplie presque :

– Je… j'ai besoin d'être en toi. Maintenant.

Si tu savais comme c'est déjà le cas…

Néanmoins, je garde mes pensées et mes yeux rivés aux siens, glisse mes bras entre nous pour déboutonner son pantalon que je coule ensuite sous ses fesses avec son boxer. D'un geste vif, Néoh attrape ensuite mes poignets pour les étendre au-dessus de ma tête. Seulement alors, il se redresse, remonte ma jupe sur mes hanches puis, avec un regard aussi ardent que déchiré, me débarrasse de mon dessous.

L'un de ses pouces vient lisser ma lèvre inférieure, la tirer légèrement.

– Indéniable, Auréa, tu te souviens?

J'acquiesce sans rien dire. Autorise ce lien entre nous à se lover contre ma peau et à la posséder au moment où l'une de ses paumes accroche ma cuisse droite pour l'écarter largement, puis plier ma jambe. Avant que ce soit lui qui me possède. D'une lente et longue poussée, il prend sa place au creux de mon ventre. Pour s'y ancrer, immobile et haletant alors qu'il ne bouge plus un muscle. Ses yeux se ferment quelques secondes. Et se rouvrent, s'arriment avec force aux miens. La bouche entrouverte de façon que nos souffles se mêlent, Néoh entame un lent va-et-vient entre mes chairs. Beaucoup trop lent… Il ne s'agit pas que de sexe, de désir, ici, mais de plus. De matérialiser mes mots, qu'il se les approprie, même s'ils lui font peur. Qu'il reprenne aussi une sorte de pouvoir que mon aveu lui a dérobé.

– Redis-le, souffle-t-il. Une dernière fois. Redis-le.

Mes reins se creusent tandis qu'il me pénètre d'un coup de bassin plus brutal.

– Je t'aime, lâché-je dans un gémissement. Je t'aime, Néoh.

Encore cette douleur qui envahit ses traits sombres. Encore cette impression que le noir de ses prunelles est parcouru d'éclairs. Encore cette façon de me regarder comme si… comme s'il ne me méritait pas. Encore cette foule d'émotions qui me pourfend.

Sans réfléchir, je plaque une main sur sa nuque, l'obligeant à m'embrasser. Ma langue force la barrière de ses lèvres, s'enroule à la sienne avec autant d'avidité que de trouble. À cette seconde précise, Néoh cesse enfin de se retenir, arrache ses entraves pour renouer avec l'homme qui partage mes nuits depuis presque un mois, maintenant. Ses mouvements deviennent plus bruts, saccadés, sauvages. Ses doigts, comme à chacune de nos étreintes brûlantes, s'incrustent férocement dans mon épiderme, dans le moindre grain de peau qu'il touche et dont il s'empare tel un chef de guerre. Nos baisers n'en sont plus vraiment, ne constituent, au fur et à mesure, qu'un point de jonction entre mes gémissements et sa respiration anarchique.

Oui... si, au début, sa façon de me faire l'amour – parce que, qu'il le veuille ou non, il s'agit bien de cela – était une volonté d'intensifier notre lien, à présent, elle a tout d'une reconquête de pouvoir. Mais... jamais je ne le lui laisserai. Après tout, ce sont nos combats perpétuels qui nous ont amenés ici. À son corps qui me supplie. Au mien qui cherche à l'entraîner encore et toujours plus loin.

Un coup de reins plus agressif que les autres signe ma reddition, physique, du moins. L'orgasme qui me saisit est si intense, si foudroyant que je jurerais être extirpée de ma propre enveloppe pour ne la réintégrer que lorsque Néoh me rejoint à son tour. Comme je le disais, il me ramène toujours à lui. J'ignore pour quelle raison un sourire immense transcende mes lèvres. Une sensation inconnue de bien-être me lèche de l'intérieur alors que... ça ne le devrait pas. Quand nos muscles se ramollissent, Néoh m'enferme dans ses bras avant de nous faire basculer sur le matelas, ma tête dans le creux de son épaule.

Encore une fois, je ne devrais pas, mais... je me sens si bien que je clos les paupières, bercée par le ressac de l'orgasme qui s'éloigne doucettement.

– Non, vibre alors sa voix jusqu'entre ses côtes.

Sa paume descend sur ma taille pour me serrer davantage contre lui.

– Non, je ne l'aimais pas, précise-t-il. Et… c'est ce qui l'a poussée au suicide.

Un réflexe me pousse à me redresser sur un coude pour capter son regard. Son regard… perdu, sombre. Déchiré. Hanté.

– Oh, mon Dieu, Néoh. C'est à cause d'elle que tu refuses tout sentiment?

Son attention toujours en direction du plafond, il ne se donne pas la peine de répondre. Pas besoin.

– Je suis désolée pour toi, pour elle, mais…

– S'il te plaît, Auréa. En parler avec toi, c'est… je ne veux pas.

Sa tête pivote enfin dans ma direction.

– Tu m'obliges à trop ressentir, piccolina. Et…

Le reste de sa phrase se meurt sans que je comprenne ce qu'il comptait dire. Néoh se redresse ensuite, replace son pantalon, glisse jusqu'au bout du matelas, puis, son visage enfoui dans ses paumes, il me tue… comme seul lui en est capable.

– Ne me les redis plus jamais. Ces mots… Plus jamais, Auréa.

L'esprit en déroute totale, je ne tente même pas de le retenir alors qu'il s'évanouit par la porte.

Je…

Un vide intersidéral envahit mon esprit. L'espace sous ma poitrine.

Je…

Je suis perdue, larguée, pour une fois…

Une fois de trop.

D'un bond, je suis debout, me tortille pour replacer ma jupe, puis me rue dans le couloir. Le bruit de l'eau m'attire comme un malheur sur sa prochaine victime. Ou le karma sur celui qui l'a trop provoqué. Je pénètre dans la salle de bains, fais glisser la paroi vitrée, surprenant Néoh qui, les yeux arrondis, me contemple le rejoindre sous l'eau.

– Espèce de petit con !

Un sourcil arqué, sublime, totalement nu, avec des gouttes ruisselant sur ses lignes abruptes, il sourit de son sempiternel rictus arrogant.

– Je t'aime, affirmé-je alors, le menton relevé.

Envolé, le rictus.

– Auréa…

– Vas-y, tu peux gronder, grogner, râler, te rouler par terre autant que tu veux, je m'en fiche pas mal. Parce que cela ne changera rien à ce que je ressens. Mes émotions t'effraient ? OK, je le conçois, le comprends, même. Seulement, je te l'ai déjà dit : je suis assez forte pour toi. Et justement parce que je le suis, je refuse de me museler. D'être une autre en me dissimulant. Alors… ouais, je t'aime. Petit con. Et te promets que je serai également assez forte pour continuer à vivre malgré un cœur brisé.

Une grimace s'empare de ses lèvres. Quand, soudain, son bras s'enroule autour de mes épaules pour me plaquer contre son torse.

– Tu m'emmerdes, Auréa.

Mon nez contre la veine palpitante de son cou humide, je souris, sachant pertinemment avoir remporté cette manche.

– Je ne plaisante pas, renchérit-il. T'es vraiment une chieuse.

– Une chieuse qui t'aime.

– La ferme, soupire-t-il.

Cependant, son timbre chaud, légèrement rauque, ne ment pas, lui…

– Tu comptes me rejeter, Néoh ?

Plusieurs secondes de silence s'égrènent, avant qu'il ne réponde :

– Pas tant que tu resteras toi…

40

Néoh

Les yeux noyés dans la pénombre, je ne parviens pas à m'endormir. Pas comme la petite blonde dont le corps couvre la moitié du mien et qui a dû mettre pas plus de trois secondes avant de rejoindre Morphée. Auréa, quoi… en phase avec ses émotions, ce qui anime son cœur. À cette pensée, un pic assez violent me transperce les tripes. Ces mots… ces trois petits mots, je les ai tant redoutés. Haïs, même. Mais dans sa bouche…

J'ai attendu… cette vague de panique qui aurait dû me submerger, m'entraîner vers le fond. Seulement, elle n'est jamais parvenue jusqu'à moi… et n'a fait que mourir à mes pieds. Ce que j'ai vécu avec Ambra, cette sensation d'être piégé, la façon dont, en se suicidant, elle a transformé un tel sentiment en chaînes, je pensais ne jamais réussir à m'en défaire, qu'elles continueraient à me garder près d'elle, dans les profondeurs de ce lac. Mais… mais Auréa.

Je ne suis pas foutu de comprendre totalement ce qu'elle représente. Tout ce que je sais, pour le moment, c'est que me passer d'elle m'apparaît inconcevable. Et, ouais, dans un sens, ça me fait encore plus flipper. Qu'elle aussi finisse par m'enchaîner. Que tout ce cirque recommence. Que je perde l'unique personne qui me rattachait à la réalité… avant Auréa.

Un bruit me fait soudain sursauter. Saleté de karma…

Avec douceur, je me coule sur le matelas afin de me défaire de l'étreinte d'Auréa sans la réveiller. À tâtons, je cherche mon boxer sur le sol, l'enfile pour m'immobiliser derrière la porte. Lorsque j'entends celle de l'entrée se refermer enfin, puis les pas incertains d'Énes s'éloigner dans l'autre couloir, je déverrouille la serrure de la chambre de sa sœur, puis me glisse en silence à l'extérieur, en direction du salon. Avant de me statufier.

Énes, les paumes appuyées contre chaque pan de mur du couloir, semble galérer à rester sur ses deux jambes. Sans réfléchir, je m'approche, passe un de mes bras sur sa taille et l'un des siens sur mes épaules.

– T'es déchiré, mec, je me moque.

L'arrière de sa tête retombe sur mon épaule tandis qu'il se met à rire malgré ses traits tirés et les taches sombres bouffant le dessous de ses yeux.

– Putain, je l'ai pas vu venir.

– Quoi ? La méga cuite que tu te tapes ? ricané-je tout en l'aidant à gagner sa chambre. Je t'ai déjà dit de ne jamais mélanger les alcools.

– Toujours écouter son meilleur pote, il divague. Surtout quand il est le roi des excès en tout genre.

Je serre les dents pour ne pas répliquer méchamment. Ou l'abandonner ici, par terre. Surtout qu'encore une fois, il a raison.

– D'ailleurs, ajoute-t-il, tu es déjà revenu ?

– Il est plus de cinq heures du mat', je réponds alors que je réussis à l'asseoir sur son lit sans trop de dégâts. J'ignore pour qui tu me prends, mais baiser une fille pendant six heures d'affilée n'est pas vraiment du domaine du possible.

– Ouais… j'avais oublié combien tu aimais les jeter après avoir obtenu ce que tu voulais.

Une fois de plus, mes mâchoires se contractent méchamment pour m'empêcher de lui répliquer un «sauf ta sœur» qui serait aussi blessant qu'inutile. L'amitié qui me lie à Énes a beau être profondément ancrée en nous, il n'empêche qu'à certains moments, j'ai envie de lui balancer mon poing en pleine figure. Spécialement quand il sait si bien user des mots. Il n'y a pas à dire, c'est un trait de famille.

– Laisse-moi t'aider, connard, maugréé-je.

Un autre de ses sourires solaires étire ses lèvres. D'un geste qui pourrait être théâtral s'il n'était pas aussi imbibé, il écarte les bras pour m'inviter à le déshabiller. J'attrape donc l'ourlet de son tee-shirt, puis le lui retire. Une fois torse nu, il se laisse tomber en arrière, n'opposant aucune résistance au moment où je déboutonne son pantalon afin de l'en débarrasser également, en embarquant ses chaussettes.

– Allez, couche-toi, poivrot.

Néanmoins, Énes n'esquisse pas un seul mouvement. Debout, je le dévisage un instant tandis qu'il fixe le plafond avec une expression dévastée que je ne lui connaissais pas.

– Tu me détestes? dit-il alors, dans un murmure.

Putain... Les deux frangins ont décidé de me crever à petits feux, ce n'est pas possible autrement.

– Pour quelle raison je te détesterais? biaisé-je.

– Je ne peux pas te la laisser... répond-il, d'une voix si lointaine qu'elle semble provenir des profondeurs de ses entrailles.

Soudain épuisé, je frotte ma nuque raide et crispée. Le chaos qui hante mes nerfs et qu'Auréa était parvenue à mettre en sourdine revient en force. Avec autant de violence que de cruauté.

– Je ne te déteste pas, grondé-je. Tu cherches à la protéger, et... après Ambra, je comprends que tu aies peur. Mais fais-moi confiance...

– Je ne peux pas, déclare-t-il, toujours pétrifié sur son matelas.

– Je ne la blesserai pas, insisté-je.

– Tu sais bien que si.

Immobile à mon tour, je le surplombe et ne dévie pas mon attention quand il reporte deux yeux d'un vert glacial sur moi.

– N'importe qui, mais pas elle, Néoh.

Finalement, je suis bien coincé. Toutefois, mes chaînes ne se matérialisent pas à cause d'Auréa, mais… de lui. Mon meilleur ami, celui qui me maintenait à flot. Celui qui, pourtant, est devenu l'un des seuls piliers de ma vie. Jusqu'ici.

Sans répondre, je lui tends une main qu'il attrape, puis l'aide à se placer correctement et à caler son visage usé sur son oreiller.

– Reste sur le côté, grommelé-je.

Énes s'exécute en silence. Et, les paupières enfin closes, parvient à répéter :

– Tu me détestes ?

J'opère une volte-face, noue mon regard à celui, déchiré, de sa sœur qui, depuis le seuil, nous observe.

– Évidemment que non. Tu as toujours été là, Énes.

Focalisé sur les prunelles bicolores d'Auréa, je sors de la chambre tandis qu'elle se recule, puis je referme la porte dans mon dos. Dans le silence le plus complet, elle et moi nous affrontons sans émettre le moindre son. Ses cheveux blonds s'échappent sur son buste recouvert d'un débardeur au tissu si fin qu'il révèle la courbure de ses seins. Du coin de l'œil, j'aperçois ses mains se rétracter contre ses cuisses nues et son menton se relever, comme chaque fois qu'elle veut s'imposer.

Un autre soubresaut agite mon estomac. Rien à voir avec une quelconque culpabilité ou cette crainte que ses sentiments finissent par m'emprisonner… Parce qu'il est trop tard. Parce que je suis enfin en mesure de définir pleinement qui est Auréa. Ma chance, voilà ce qu'elle représente. Ma chance de, moi aussi, ressentir sans sombrer.

– Encore, murmuré-je tout bas.

Je n'ai pas besoin de développer davantage. Comme trop souvent, elle me devine mieux que personne. Aussi, la seconde suivante, elle me saute dans les bras, enferme mes hanches entre ses jambes, puis griffe mes omoplates en s'y accrochant.

– Je t'aime, glisse-t-elle à mon oreille.

Je la serre. Si fort contre moi que mes membres se mettent à trembler. Avec une telle sensation de puissance dévalant mes veines que j'ai l'impression dingue que mon palpitant est sur le point de se désarticuler.

Cette femme est ma putain de chance. Et… j'ai une furieuse envie de la saisir, cette chance. À bras-le-corps, et peu importent les conséquences.

41

Auréa

– Va prendre ta pause, Auréa. Avant que les clients du resto se ramènent tous après leur dîner.

J'offre un immense sourire à Demetrio, trop heureuse de remplir mon estomac qui crie famine. Je file donc sans demander mon reste, puis me rends dans le réfectoire du personnel. Tous les jours, les cuisines préparent à manger pour les employés et déposent le tout sur un buffet. Bon, à vingt heures, il ne reste pas grand-chose puisque ceux du restaurant y sont déjà passés avant leur service, mais je ne vais pas me plaindre. Surtout que la pièce située au rez-de-chaussée possède une immense baie vitrée offrant une vue imprenable sur le lac. Aussi, après avoir mis un peu de salade de pâtes dans une assiette, je prends place à la table collée à la vitre, puis rallume mon portable afin de consulter mes messages. Plus de cent notifications WhatsApp m'indiquent que Malena et Thomas s'en sont encore donné à cœur joie sur notre groupe commun, cependant je ne lis pas, préférant ouvrir le texto de Néoh. Un rire s'échappe de ma gorge quand, sur l'écran, apparaît une photo de Blue Moon gentiment assis sur la porte ouverte du four, avec pour légende :

[Ton chat m'a bousillé un boxer
avec ses griffes. La prochaine fois,
le four, je l'allume.]

Tout en roulant des yeux, je lui réponds :

[Tu crois quoi ? Il agit uniquement
sur les ordres de sa maman qui lui
a soufflé à l'oreille de détruire tous
tes sous-vêtements. Sérieusement,
tu devrais penser au nudisme, Néoh.
Tu en ferais, des heureuses…
(moi la première).]

Soudain, un bruit de chaise m'extirpe de mes pensées qui commençaient à dériver dangereusement vers des images d'un Néoh nu, et…

Focus, Auréa. Sinon, je suis bonne pour tremper mon cul dans l'eau émeraude du lac.

– Je peux savoir pour quelle raison tu souris ainsi ?

Je noue mon regard à celui, vert électrique, d'Énes qui, un plat entre les mains, s'installe en face de moi.

– Malena et Thomas. Je te jure, ces deux-là pourraient monter un show uniquement basé sur les conneries qui traversent leur crâne.

J'emprisonne un soupir derrière la barrière de mes lèvres. Je déteste lui mentir, je déteste mentir tout court, à vrai dire, mais il paraît que certains mensonges sont nécessaires… Depuis la scène de la semaine dernière, lorsqu'il est rentré saoul, j'avoue ne plus savoir où me situer. D'un côté, j'ai envie de lui crier que je n'ai nullement besoin de sa protection, et d'un autre, je ne veux pas m'interposer dans leur relation. Même si… cette situation ne pourra durer indéfiniment.

– Depuis quand tu mens, petite sœur ? C'est l'influence de Néoh qui te pousse dans la mauvaise direction ?

La fourchette pleine de pâtes que je m'apprêtais à enfourner se fige à quelques millimètres de ma bouche.

– Ou l'influence de vos conneries cumulées, je rétorque sans chercher à nier.

J'ai mes limites. Passer sous silence est une chose. Lui assurer qu'il fait fausse route en plongeant mes yeux dans les siens en est une autre. Finalement, Énes me connaît toujours aussi bien…

– Parce que c'est une connerie de prendre soin de toi ?

– Tu as cinq ans de retard, pour ça.

Son expression se durcit tandis qu'il repousse son assiette avant de se rencogner contre sa chaise, un coude négligemment calé sur le dossier.

– Cinq ans ou pas, c'est vrai que tu n'as jamais vraiment eu besoin de moi, dit-il dans un ricanement amer. Ni de personne, d'ailleurs.

– Dans ce cas, pourquoi vouloir éloigner Néoh ?

– Et si ce n'était pas pour te protéger toi, mais lui ?

Mes sourcils se froncent. Déroutée par ses propos, j'abandonne l'idée de manger et demande :

– Le protéger de qui ? De moi ?

– De lui-même, petite sœur.

Sans comprendre pourquoi, un frisson chute en un friselis désagréable le long de ma colonne vertébrale.

– Il ne t'a pas parlé d'elle, j'imagine, renchérit-il.

– En… surface seulement. Je sais juste qu'elle était amoureuse de lui et qu'à cause de ses sentiments non réciproques, elle a mis fin à ses jours.

Je déglutis, mal à l'aise d'évoquer cette femme. Il est vrai que je meurs d'envie de comprendre, d'en savoir plus, mais il est également vrai que je n'ai pas le droit d'en réclamer davantage. Cette histoire ne m'appartient pas.

– Tu n'étais pas là, Auréa. Tu ne l'as pas vu… quand tout a dérapé salement. Je suis resté à ses côtés pour l'aider à remonter la pente, mais… et si tout recommençait ? Comment je fais, coincé entre mon meilleur ami et ma sœur ?

Un silence plane, lourd et quelque peu étouffant. Puis je réplique :

– Tu es égoïste. Tu t'intéresses au moins à ce que lui veut ? Et si je lui faisais du bien ? Et s'il avait justement besoin de quelqu'un comme moi ? Sans aucun bagage, sans doutes ou peurs ? Et t'intéresses-tu à ce que moi, je veux ? Tu penses sincèrement que si Néoh me tourne le dos, je vais aller me jeter d'un pont ? J'aime vivre. Et compte bien en profiter un maximum, même si je dois endurer chaque seconde avec un cœur brisé.

– Putain, Auréa… Depuis combien de temps ça dure, votre truc ?

Les lèvres scellées, je ne dis rien, croise les bras sur ma poitrine tout en le défiant d'un regard effronté. En réaction à mon mutisme, mon frère ferme les paupières durant quelques secondes, inspire profondément, et… lâche un rire amusé. Puis, sans que je m'y attende, il se penche au-dessus de la table, attrape mes poignets contre mon buste, puis emmêle nos doigts.

– Tu es si… belle, déclare-t-il, le timbre légèrement vacillant. Et je ne parle pas uniquement de ce physique ravageur que l'A.D.N. nous a donné, mais… de ce truc qui brûle en toi. Tu as toujours été généreuse, petite sœur. Toujours à te donner à fond pour tout et rien à la fois.

Ma vue se brouille un court instant sous l'émotion provoquée par ses paroles.

– Pourquoi avoir peur, alors?

Un voile de tendresse habille ses traits alors que du revers de la main, Énes caresse doucement ma pommette.

– Je suis désolé… si je t'ai semblé injuste. Ou méchant. Ce n'est… ce n'est pas ce que je voulais.

Un autre soupir vide ses poumons. Puis il affirme :

– Je t'aime. J'aime cet abruti aussi. Et, durant des mois entiers, j'ai vécu avec la peur qu'il termine comme Ambra vissée au bide. Mais… si je pense à ces derniers temps, à son comportement moins borderline, à cette rage qui semble l'avaler un peu moins… Force m'est d'admettre qu'effectivement, tu lui fais du bien. Peut-être…

Ses doigts me relâchent au moment où il se redresse à nouveau sur son siège.

– Peut-être que je devrais lâcher prise, poursuit-il. Et admettre qu'il a sûrement plus besoin de toi que de moi.

– Énes, dis-je dans un souffle, il ne s'agit en aucun cas de t'écarter, mais…

– Je sais, je sais, me coupe-t-il. Ce n'est pas ce que je prétends. Jamais vous ne vous débarrasserez de moi. Je serai le chewing-gum collé à vos cheveux, impossible de vous en défaire.

J'éclate de rire, soulagée et surtout heureuse d'avoir mis les choses au clair avec mon frère. Moi qui voulais ne pas m'en mêler, visiblement, j'ai eu tort.

– Je vais partir, lance-t-il soudain.

– Partir?! m'étranglé-je.

Un sourire moqueur ourle ses lèvres, logeant un éclat taquin au cœur de ses billes azur.

– Pour un mois ou deux, détends-toi. La saison se termine dans trois semaines, et l'hôtel va fermer. Ça fait tellement longtemps que je ne suis pas parti en voyage pour juste… m'aérer le crâne… L'an dernier, j'étais trop préoccupé par Néoh pour songer à me barrer…

Une seconde vague glaciale me gèle les flancs. Mon Dieu… Mais dans quel état s'est retrouvé Néoh ?

– J'ai envie d'aller au Népal. L'un de nos clients a un contact qui organise des treks dans la région. Je pense me laisser séduire. La nature, des paysages à couper le souffle… et rien d'autre. Plus qu'envie, j'en ai besoin, conclut-il, les lignes de son visage s'affaissant.

– Donc, tu comptes t'évanouir à l'autre bout de la planète ? Encore ?

Un rictus en coin, Énes incline sa tête sur le côté.

– Qui est égoïste, là ?

Je lui adresse une moue coupable. Néanmoins, j'insiste tout de même :

– Tu ne veux pas reculer d'une année supplémentaire, tu es sûr ?

– Non, petite sœur. J'ai beau vouer une amitié sans égale à Néoh, cela ne change rien au fait que… sa douleur m'a bouffé petit à petit. Je dois changer d'air, je le sens. Et puis je serai de retour pour Noël. Sans compter que… vous aurez le champ libre, raille-t-il en m'adressant un clin d'œil. Au moins, tu sauras. Si… votre histoire vaut le coup.

Mon ventre se serre tout à coup. Bien que je comprenne les motivations de mon frère, je ne peux m'empêcher de me demander s'il ne s'efface pas pour me creuser une place auprès de son meilleur ami. Et j'avoue me sentir mal à l'aise à cette idée. Je veux et réclame effectivement une place auprès de lui… mais pas une qui supplante celle d'Énes.

Parce que si tel est le cas… nous ne sommes qu'aux prémices d'un chaos annoncé.

42

Auréa

– Néoh…

Le gémissement qui ponctue ma phrase est d'une telle indécence que si ce n'était pas déjà le cas, je suis sûre de me creuser une place direct en enfer. Pas grave. Je compte bien la creuser jusqu'au noyau de la Terre, s'il le faut. Parce que…

Putain.

La sensation que des lianes enflammées rampent le long de ma peau, naissent dans mon ventre pour s'enrouler autour de chacun de mes membres. Les mains cramponnées à la tête de lit, mes cuisses refermées sur le visage de Néoh étendu sous moi, j'ondule du bassin au rythme de sa langue s'amusant avec mon clitoris. En vrai, c'est ce mec… il est l'enfer à lui tout seul. Le mien et… Dieu sait que plus les semaines en sa compagnie s'égrènent, plus mon âme se perd, vautrée dans un délire de luxure trop addictif pour ne pas y succomber.

Soudain, une main s'écrase sur mes fesses afin de m'intimer silencieusement de ne plus bouger. Évidemment, je ne m'exécute pas, ayant perdu le contrôle de mon corps depuis plusieurs minutes, déjà. Évidemment, ses doigts s'incrustent méchamment dans ma chair. Dommage pour lui, mes hanches se déchaînent davantage lorsque, après avoir jeté un coup d'œil en arrière, je réalise que Néoh, la paume enserrée autour de son sexe, se masturbe tout en nourrissant l'incendie à l'intérieur de mon abdomen.

Je gémis encore d'une façon si obscène que je me condamne une bonne fois pour toutes aux flammes. Puis, pris par le plaisir, je le sens gronder entre mes chairs, déclenchant un orgasme qui éclate et se déploie comme une toile vorace dans chacune de mes cellules. Son corps tremble sous moi, à l'instar du moindre de mes muscles qui se raidissent sous l'orgasme. J'appuie mon front contre le mur, le souffle court et le pouls cognant si fort contre ma cage thoracique que j'ai la sensation que des chevaux de course ont pris le départ entre mes tempes. Puis, vidée de toute force, je m'écroule sur le matelas, à côté de Néoh avant de caler ma tête sur ses cuisses.

– Joyeux anniversaire, piccolina.

Un sourire étire mes lèvres. Aujourd'hui, nous sommes le vingt-cinq novembre, et cela fait donc 22 ans que je suis venue au monde. D'ailleurs, à ce propos…

– Tu vas arrêter de m'appeler ainsi? grogné-je mollement. Surtout quand ton torse porte encore les traces d'un plaisir partagé avec cette «piccolina».

– «Plaisir partagé», raille-t-il. Ce n'est pas en prononçant ce genre de phrases que je vais cesser de te le dire. Du sperme, Auréa. Toujours appeler les choses par leur nom. J'ai éjaculé du sperme parce que tu es putain bandante, piccolina.

Je roule des yeux et réplique:

– Et tu n'as aucun tact. Aucune subtilité.

– Tu viens de jouir sur ma bouche, je ne suis pas certain que tu aies fait preuve de subtilité non plus.

Malgré moi, j'éclate de rire. Avant de m'étirer paresseusement, les membres encore engourdis par l'orgasme.

Je ne me suis jamais sentie à la mauvaise place, je ne me rappelle pas avoir un jour déprimé, d'ailleurs… et pourtant, je peux assurer que ces dernières semaines ont été les plus heureuses de ma vie. Depuis le départ d'Énes, je flotte, entre moments de réel bonheur comme lorsque, pour son boulot, Néoh et moi sommes allés à Paris, et moments où je suis propulsée au septième ciel. Même lui est… différent. Bien sûr, il paraît toujours enveloppé de ses ombres, mais d'un autre côté, plus les jours passent, plus il me laisse approcher, me glisser toujours un peu plus sous sa peau. Alors, oui, je profite de chaque instant, m'en délecte avec autant d'avidité que de retenue pour en profiter au max. Lorsque Néoh est en déplacement ou qu'il doit bosser sur un projet en free-lance, je m'évade avec Malena et Thomas. L'hôtel ayant fermé jusqu'à la saison suivante, je suis sans boulot, et donc avec un max de temps libre à combler. Ce qui n'est pas pour me déplaire, je l'avoue. J'ai bien conscience que cette période est éphémère, et justement… c'est pour cette raison que je vis intensément la moindre seconde.

Surtout que… le retour de mon frère approche. Bien que les choses aient été mises au clair avant son départ, il n'empêche que le revoir m'angoisse un peu. D'autant plus qu'il m'a fait promettre de ne rien rapporter de notre conversation à Néoh afin d'en parler en tête-à-tête avec lui, ce qu'il refuse de faire tant que nous ne savons pas si oui ou non, notre relation peut fonctionner à long terme. En bref, pour ne pas se prendre la tête avec son meilleur ami pour « rien ». Mais… une fois de plus, je me retrouve à mentir par omission. Encore. Une chance pour Énes que je culpabilise un peu qu'il se mette sur la touche lui-même, sinon jamais je n'aurais accepté.

Tout à coup, une rafale de coups s'abat sur la porte d'entrée, m'extirpant de mes pensées. Suivie de piaillements en tout genre.

– Je ne les supporte plus, grommelle Néoh. Dis-leur de baiser, je t'en supplie.

Je ris à sa remarque. Il est vrai que Malena et Thomas s'adorent, mais ne cessent de se chamailler pour tout et rien.

– Promis, je ne leur ai pas dit de passer, je me marre.

– Je sais, c'est moi. Tu commences à me ramollir le crâne, Auréa. Et c'est pas bon...

– Tant que c'est que le crâne...

Un coude replié sous sa tête, il penche cette dernière sur le côté afin de me dévisager, un sourcil arqué :

– Quoi ? Je te ramollis le crâne et tu pervertis le mien. Moi, je trouve qu'on se fond bien l'un dans l'autre.

Son sourcil se hausse davantage. Un rictus puant la dépravation se pointe sur le coin de ses lèvres.

– Je ne parlais pas de sexe, soupiré-je.

Son rictus se transforme, mute en un vrai sourire à mi-chemin entre tendresse et chaleur brûlante tandis que son bras libre s'allonge pour venir caresser doucement la base de mon cou.

– Je sais, se contente-t-il de dire.

Et je n'en réclame pas plus. Juste le fait qu'il ne fuie pas mes sentiments me suffit. Après tout, vu ce qu'il a vécu, c'est déjà un pas énorme. Une coulée de lave semble voiler ses prunelles onyx quand son index s'amuse à dessiner des cercles entre mes seins.

– Euh... Néoh ?

– Chh, laisse-moi encore te pervertir...

– Tu oublies un détail. Deux, à vrai dire... du nom de Malena et Thomas.

Comme pour illustrer mes propos, les coups sur le battant redoublent d'intensité. Un long soupir, tenant plus du grondement caverneux, vide ses poumons. Il s'incline ensuite légèrement afin de récupérer la boîte de mouchoirs sur sa table de chevet, puis s'essuie le torse. Après avoir viré ma tête de ses jambes en m'ébouriffant les cheveux, il se lève enfin, hurle un : « Deux minutes, putain ! », une fois dans le couloir, avant que le bruit de l'eau m'indique qu'il s'est rendu dans la salle de bains. Loin de me presser, je m'étire une seconde fois, me tourne sur le ventre et, comme je le disais, profite tout simplement en revisitant le rôle du mollusque échoué sur un banc de sable.

– C'est pas trop tôt ! résonne enfin la voix de Malena telle une tempête s'écrasant contre les murs. Tu foutais quoi ?

– Il est habillé d'une serviette, lui répond la voix amusée de Thomas. D'après toi, qu'est-ce qu'ils pouvaient bien faire ?

– Il me pervertissait ! hurlé-je sans pour autant bouger un orteil.

– Comme si tu en avais besoin ! crient-ils en chœur.

La seconde suivante, j'entends les talons de l'Italienne frapper le parquet jusqu'à la chambre de Néoh pour… ouvrir la porte à la volée.

– Te gêne pas, grommelé-je. Je suis à poil.

Avant de glousser comme une ado lorsque le timbre de Néoh rugit presque, à l'attention de Thomas :

– Toi, ne songe même pas à y aller !

Le rire de ce dernier perce les murs, provoquant les nôtres. Nullement gênée par ma paire de fesses en plein dans sa ligne de mire, Malena s'assoit sur le matelas, se penche sur moi, puis… se met à me tirer les oreilles.

– Mais lâche-moi ! me révolté-je.

– Tais-toi donc ! C'est pour te porter chance, je dois te les tirer 22 fois !

– Merci, mais ça, c'est mon rôle ! crie Néoh de… là où il peut bien être.

Non, mais j'hallucine. Cet appart est devenu une maison de fous ! Néanmoins… j'adore ça. Je me suis toujours épanouie au milieu de la foule, dans un bordel ambiant et, quand il s'agit d'un bordel créé par des personnes devenues importantes, c'est encore meilleur. Plus délirant. Jusqu'à en devenir presque vital.

Aussi, sans moufter, je laisse Malena poursuivre sa connerie.

– Allez, ramène ton cul, dit-elle ensuite en m'assénant une claque sur ledit cul.

– Je crois qu'on vient de repousser les limites de l'intimité, là, maugréé-je tandis qu'elle s'échappe de la pièce.

Quelques minutes plus tard, habillée d'un pull à large encolure laissant apparaître une épaule sur des leggings noirs ainsi que d'une paire de grosses chaussettes, je les rejoins dans le salon. Malena et Thomas sont assis sur le canapé, Blue Moon ronronnant sur les cuisses de ce dernier, en train de conspirer à voix basse. Quant à Néoh... Où il est? Mes sourcils se froncent de suspicion quand je le vois revenir du couloir où se trouve la chambre d'Énes. Toutefois, je l'oublie à la seconde où mes yeux se posent sur l'immense gâteau qui trône sur la table basse, en compagnie d'une bouteille de champagne. Mon sang réclamant désespérément sa dose de sucre me guide jusqu'à la petite pièce montée garnie d'une quantité indécente de crème.

– C'est aux Oréos! commente alors l'Italienne d'un air fier. Tu as compris? Auréa, Oréo... non?

Je me contente de rire, puis, l'eau à la bouche, récolte un peu de crème fouettée sur mon index avant de... de ne pas pouvoir y goûter puisque Néoh me chope la main à la vitesse de l'éclair pour fourrer mon doigt entre ses lèvres. Sa langue s'enroule lascivement à mes phalanges, me nargue pour aussitôt me relâcher. Petit con.

Du mieux que je peux, j'essaie d'enrayer la flambée de désir qui enfle dans mon ventre, puis finis par m'asseoir sur le tapis alors que Néoh s'installe dans le fauteuil derrière moi. Immédiatement, Blue s'approche, renifle mon cou, puis mes cheveux, et s'immobilise, le dos droit et le regard fixé sur la montagne de sucre. Sa langue ne tarde pas à passer sur sa truffe pour disparaître la seconde suivante.

– Ne t'inquiète pas, mon Chaton, toi aussi, tu auras ta part. Petite, par contre, hein. Sinon, tu vas être intenable, après.

Un aboiement satisfait me répond pendant que je lui gratte l'encolure.

– On aurait pu fêter ça dehors, se lamente Malena.

– Hum… non, je n'en ai pas envie. Juste vous, ça me suffit, pour cet anniversaire.

D'un air de diva, elle rejette ses cheveux en arrière tout en faisant tinter les bracelets à son poignet.

– Ça va, je peux supporter de passer une soirée enfermée, dans ce cas.

– Tes parents ne te manquent pas un peu? demande soudain Thomas.

– Si, je réponds, mais comme cadeau d'anniversaire, je leur ai demandé de venir passer Noël ici, et ils ont accepté. J'ai tellement hâte de vous les présenter. Par contre, je vous préviens, ma mère est peut-être une excellente avocate, mais dans l'intimité, elle ne dépasse pas les quinze ans d'âge mental.

– Je confirme, raille Néoh dans mon dos.

Sans me retourner, je lui flanque un coup de coude dans le tibia.

– Tu ne connais pas la règle? s'amuse Thomas. Ne jamais critiquer belle-maman.

Un vent froid se met soudain à souffler au-dessus de nos corps. Néoh a pour ainsi dire toujours fait partie de ma famille, aussi, l'imaginer en compagnie de mes parents n'a rien d'anormal. En revanche, j'avais omis un léger détail… notre relation, elle, a changé. Au-delà du fait que mon père risque d'avoir du mal à avaler que le gamin qui avait déjà 6 ans quand son bébé est né se tape désormais sa fille… il reste tout le reste. Énes, d'une part, et… Néoh de l'autre. Assumer devant ceux qui sont devenus mes plus proches amis est une chose. L'assumer devant ma famille et son meilleur ami… une autre. Le gouffre entre les deux est si énorme pour Néoh qu'un vertige me violente la tête durant quelques secondes. Et vu le peu de réaction derrière moi, je peux affirmer avec certitude que lui aussi vient d'en prendre conscience.

Merde.

J'étais bien, dans mon monde brûlant et coloré, quelque peu naïf, certes, mais où il fait tellement bon vivre…

Heureusement pour mon moral, Malena interrompt tout le monde en exigeant l'ouverture des cadeaux. Je suis douée pour au moins une chose : la politique de l'autruche. Je suis si accrochée au simple fait d'être bien que me voilà capable d'envoyer valser mes idées noires par ma seule volonté. Si parfois, c'est une force, parfois… il ne s'agit que d'une fuite en avant. Parce que les fantômes, eux, rôdent toujours dans les ombres. Peu importe combien vous avancez.

Cela étant dit, comme je l'ai précisé, je suis douée pour le positif. Voilà pourquoi il ne me faut pas plus de quelques minutes pour me mettre à sautiller de bonheur dans tous les sens. Parce que le présent de mon Italienne est juste… parfait. Une fois de plus, elle a fait jouer ses relations afin de m'obtenir une place de bénévole dans un grand refuge pour animaux sauvages, et vu que ce centre travaille avec un zoo situé dans la région, les places pour y bosser, même sans salaire, sont rares. Dire que je suis heureuse est un euphémisme. Alors que je manque étouffer Malena dans un câlin reconnaissant, Thomas disparaît dans l'entrée pour revenir avec un immense paquet. Enfin, un paquet qui fait quasi sa taille et qui ressemble à s'y méprendre à…

– Une planche de snow ! crié-je, surexcitée.

– Tu nous as tellement rebattu les oreilles avec tes montagnes… Je me suis dit qu'on pourrait se faire quelques escapades dès que les premières neiges tomberont.

Sans plus attendre, je déchire le papier recouvrant la planche, et…

– Oh, mon Dieu, soufflé-je, ébahie.

Une planche immaculée se dresse sous mes yeux, mais… ce qui les comble jusqu'à les faire briller de joie, ce sont les deux animaux version tag dessinés dessus : un immense dogue bleu ainsi qu'une petite boule de poils de la même couleur, avec l'inscription « The Blue Family ». Je n'ai même pas de mots tant je suis émue. Aussi, je me serre contre lui, ignorant le grondement mécontent de Néoh qui n'a pas bougé de sa place. Contre le sommet de mon crâne, je sens Thomas sourire, puis m'embrasser tendrement le cuir chevelu avant de me relâcher presque aussitôt. J'imagine que la paire d'yeux sombres qui doivent tenter de le transpercer mentalement ne le motive pas à me garder dans ses bras…

Heureuse, je laisse éclater ma joie en attrapant Blue Moon qui commençait à griffer le canapé, puis lui « montre » son double graphique.

– Regarde, bébé ! Comme tu es beau !

Tout à coup, deux mains s'arriment à mes hanches pour me faire tournoyer. Blue Moon miaule de mécontentement tandis que Néoh me le reprend des bras pour le donner à Malena.

– Suis-moi, dit-il simplement.

Néoh, quoi. Économe en paroles. En même temps… ce n'est pas plus mal. Le peu de fois où il a exposé ses émotions, j'ai cru me noyer.

Mes doigts coincés par les siens, je le laisse me guider jusqu'à la chambre d'Énes, où un gros paquet recouvert d'un linge sombre m'attend sur le lit. J'ignore pour quelle raison, mais je me fige, soudain anxieuse à l'idée de savoir ce que cache le tissu. Dans mon dos, Néoh soulève les cheveux de mon épaule dénudée avant d'y déposer un baiser qui n'a rien de tendre, celui-là.

– Tu ne regardes pas ?

– Je…

C'est alors qu'un tout petit bruit suivi d'un léger mouvement sous le tissu me coupe la parole. Aussitôt, je me rue pour arracher le linge, et…

– Oh ! m'extasié-je. C'est… Oh, putain ! Je… Il est trop beau !

Un cri qui n'a absolument rien de sexy, de discret ou même d'élégant s'échappe de ma gorge face au petit être devant moi. Le paquet se révèle être, en réalité, une cage dans laquelle se trouve une perruche toute bleue – évidemment.

– Je pensais qu'elle pourrait s'appeler Azzurra[1], chuchote Néoh.

– Azzurra, c'est parfait, rétorqué-je sur le même ton en ouvrant la cage dans le but de caresser l'oiseau.

Toutefois, ce dernier se recule à peine l'ai-je approché. Aussi, je laisse pendre mon bras à l'intérieur sans chercher à le toucher.

– Je te comprends, tu sais, lui dis-je en murmurant. Moi aussi, je me sauverais si je voyais une blonde complètement folle débarquer, mais ne t'en fais pas, toi et moi allons apprendre à nous connaître, et bientôt, tu ne pourras plus te passer de moi. Et ce n'est pas Captain Obscur derrière moi qui prétendra le contraire.

Seul un ricanement clairement vaincu me répond… puis déploie un frisson de bonheur pur sur l'entièreté de mon épiderme. Durant de longues minutes, je ne change pas de position. Prends le temps d'observer sa petite tête blanche surmontée d'un bec jaune ainsi que les rayures noires et blanches tissées sur le sommet de sa tête trop mignonne pour mon bien. Ensuite, je réprime mon envie de glisser mon doigt le long du bleu couvrant le reste de

1. Bleu clair.

son plumage, me retire en douceur, puis referme la cage avant de littéralement sauter dans les bras de Néoh. Pendue à son torse tel un koala, je le serre avec tant de force que plus, et je nous fonds vraiment l'un dans l'autre.

– Merci, merci, merci, dis-je, émue, en l'embrassant encore et encore.

– Non, Auréa, c'est moi qui…

Il s'interrompt, enroule mes cheveux autour de son poing afin de me forcer à suspendre mon regard au sien, incendié d'une émotion que je ne parviens pas à définir.

– Merci, reprend-il après avoir inspiré profondément. Personne d'autre n'aurait été…

À nouveau, il se tait. Puis recommence :

– J'avais peur, au départ. Tu m'as tellement envahi que j'avais cette sensation qu'à chaque respiration, tu t'engouffrais en… moi. Mais je crois avoir compris, maintenant… Chaque fois que je respire, je me sens plus libre, et je sais… que c'est grâce à toi.

J'avais raison. Néoh s'exprime peu, mais chaque fois, je me noie. Et là, c'est carrément un tourbillon d'émotions qui m'emporte. M'aspire sous la surface. Mais je m'en fous, je serais capable de respirer même sous l'eau pour lui.

43

Auréa

– Peek-a-boo !

Je me retiens pour ne pas éclater de rire et donc apeurer Azzurra qui, juchée sur mon épaule, pivote à nouveau sa petite tête dans la direction opposée pour immédiatement la retourner vers moi en répétant :

– Peek-a-boo !

Cette fois, je ne parviens pas à garder mon calme. Je me mets à rire, caresse ses plumes du bout de l'index, puis jette un coup d'œil à Blue qui nous sonde avec intérêt. S'apercevant que je le regarde, il lâche un léger aboiement, son arrière-train s'agitant au rythme de sa queue. Quant à Blue Moon, fidèle à la réputation des chats, il boude, en nous dardant de temps à autre un œil hautain, dans un coin, comme chaque fois que je sors leur nouveau petit frère de sa cage. Monsieur ne semble pas apprécier que je l'empêche de croquer un morceau de perruche. Entre mon chien, avec sa passion pour les canards, et lui, les volatiles n'ont qu'à bien se tenir. Heureusement, Chaton a au moins compris que ce volatile-ci était hors de portée.

Pendant que Néoh est à Bruxelles pour son dernier déplacement avant les fêtes de fin d'année, j'ai testé ma super planche de snow, hier, avec mes deux amis, et suis lessivée. Aujourd'hui, j'ai refusé l'invitation de Malena afin de rester cocooner en compagnie de mes bébés. Tandis qu'Azzurra continue de jouer avec moi, une boule d'excitation grandit dans mon ventre. Mes parents atterrissent le vingt-trois décembre, soit dans trois jours. En janvier, je débute le bénévolat. Mes moments avec Néoh sont toujours aussi parfaits. Ou presque… On parle d'un mec sombre face à une nana légèrement attaquée du ciboulot, quelques clashs sont fatalement à prévoir. Mais même ces moments-là, je ne les échangerais pour rien au monde. Parce que je suis à cent pour cent moi. Et surtout, qu'il est à cent pour cent lui : un connard quand il est saoulé ou touché, mais un connard qui ne cherche plus à me dissimuler que ce lien entre nous a évolué au point d'éclaircir les ombres ourlant son regard.

Tandis qu'un sourire étire mes lèvres si largement que je dois ressembler à un Joker sous acide, quelques coups timides résonnent contre la porte d'entrée. Un soupir plus tard, je replace Azzurra dans sa cage.

– Combien on parie que Tata Malena n'a pas supporté l'idée que je reste seule, pour une fois.

Tout à coup, Blue part au quart de tour, comme piqué par un ressort, manque de me faucher au passage, puis se rue dans l'entrée en jappant, avec la queue qui remue bientôt aussi vite qu'une hélice d'hélicoptère. Intriguée par sa soudaine excitation, je le rejoins, l'engueule pour qu'il me laisse de la place, puis ouvre le battant.

Face à mes yeux exorbités apparaît un couple d'une cinquantaine d'années. Un homme aux traits incisifs et durs me fixe d'un regard émeraude. Ses cheveux de jais striés de légers fils grisonnant sur ses tempes, parfaitement coiffés, il pose une main sur l'épaule de sa femme, la serre comme s'il cherchait à lui communiquer son émotion. Quant à la blonde aux prunelles noisette, je n'ai pas le temps de l'observer davantage qu'elle m'attrape pour me propulser dans ses bras. Bras qui se referment sur mon pauvre corps avec la force d'un boa constrictor.

– M'man! La vache, tu t'es mise à la muscu?

– Ton langage, jeune fille, maugrée-t-elle, plus par réflexe qu'autre chose.

Avant de ronronner tout en me berçant et en m'embrassant le cuir chevelu.

– Oh, mon bébé, tu m'as tellement manqué.

C'est alors que Marlon nous enveloppe également d'une étreinte douce et ferme à la fois. Une véritable étreinte paternelle, en somme. Un vent de chaleur et de joie me gonfle les poumons. Me perdre au creux de leurs bras me fait un bien fou. Surtout après toutes les émotions des derniers mois. Contrairement à Énes, j'ai toujours été proche de mes parents. Sûrement que ma place de «bébé» de la famille a favorisé nos rapports. Tel que l'a si justement précisé Néoh un jour, je suis une fille un peu trop gâtée. C'est la première fois que je reste loin d'eux autant de temps, et malgré mon tempérament indépendant, j'avoue qu'avoir ma mère à mes côtés m'a manqué. Surtout lorsque j'ai ressenti avec passion pour la première fois…

– Vous ne deviez arriver que dans trois jours, je réussis à articuler malgré les tentacules qui tentent de m'asphyxier.

– On a voulu te faire une surprise. On avait peur, d'ailleurs, que tu ne sois pas là, explique mon père.

Sa bouche se pose tendrement sur ma tempe avant qu'il me relâche.

– Bianca, laisse ta fille respirer un peu, ajoute-t-il.

Seulement alors, je réalise que Blue est dans un tel état d'euphorie que ses gémissements foutent un bordel monstre dans le couloir de l'immeuble. Et dès que mes parents posent un pied dans l'appartement, mon immense chaton de plus de soixante-dix kilos leur saute dessus. Si Blue ne supporte pas d'être loin de moi, il adore aussi mes parents. Il faut dire que ces derniers ont encore plus pourri mon chien que leur propre fille. Pendant que ma mère se colle au mur afin de ne pas partir à la renverse tout en lui gratouillant les flancs, papa lui assène quelques tapes tendres avant de le contourner. Mon paternel, quoi… quand ma mère est parfois trop exubérante, lui est d'un stoïcisme inébranlable. Cependant, il suffit de sonder son regard pour y lire toute la douceur et l'amour dont il est pétri. Voilà une chose dont j'ai toujours eu conscience : je suis chanceuse d'avoir grandi dans ce foyer qu'ils nous ont construit. Dommage qu'Énes l'ait oublié, avec le temps.

Après avoir décollé Blue de ma mère, je les entraîne dans le salon où maman se met à éclater de rire.

– J'en étais sûre, dit-elle en déboutonnant son manteau long pour le jeter sur le dossier d'un fauteuil. Que tu finirais par revisiter le concept de l'Arche de Noé !

Sa phrase est ponctuée d'un chant d'Azzurra, déclenchant aussitôt un « ohhhh ! » dans sa bouche. Dans une simple chemise blanche en dentelle et une jupe longue d'un vert profond, elle s'avance, l'air émerveillé, vers la cage, en plissant son nez constellé de taches de rousseur.

– T'as pensé au retour ? intervient mon père, toujours axé sur le côté pratique des choses.

Lui aussi se débarrasse de sa veste en cuir pour ne plus conserver qu'un pull noir sur un jean brut, puis renchérit :

– Les trois dans la soute ? Je vois d'ici la galère que ce sera.

Mon sang se fige d'un coup. Le retour ? Non, clairement, je n'y ai pas pensé. Car, comme je l'ai toujours dit, je suis douée pour me focaliser sur le positif en oubliant le reste… Rentrer aux États-Unis? Rentrer sans Néoh? Mon Dieu… En suis-je capable? Mais surtout… Qu'en dirait-il, lui? Certes, ce que nous vivons ces derniers mois a tout d'une relation de «couple», mais… me demanderait-il de ne pas partir? Tient-il assez à moi pour désirer me voir rester?

Une onde de panique vrombit dans ma poitrine, figeant mes muscles au passage. Parce que je réalise alors que… je n'ai pas la réponse à ma dernière question. Heureusement pour moi, maman, fidèle à son tempérament, ne tarde pas à monopoliser l'attention en babillant sur leur voyage, les quelques coupes de champagne qu'elle «n'aurait jamais dû boire, encore moins papa, d'ailleurs», leur trajet en taxi le long du lac magnifique, au milieu de toutes ces teintes givrées, ainsi que leur arrivée dans l'hôtel de luxe où ils comptent séjourner. Tout un monologue qui se termine par un très – trop – enthousiaste:

– Et donc, tadam, nous voilà! Surprise!

Camouflant du mieux que je peux cette fichue crainte qui s'attaque à présent, avec minutie, à mon estomac, je me rue de nouveau dans ses bras.

– Je suis tellement heureuse que vous soyez là. Toi et papa, vous m'avez trop manqué. Il faut que je vous présente mes amis, tu vas les adorer, j'en suis certaine.

– À ce propos, tu es seule? Où sont passés Énes et Néoh?

Je me détache de l'étreinte de maman, gardant tout de même un bras sur ses épaules, pour me tourner vers lui.

– Énes est en voyage, il est censé rentrer juste avant Noël.

– Mouais… Sauf si tu lui as dit que nous venions, raille-t-il d'une voix amère.

Effectivement, le peu de fois où j'ai eu Énes, j'ai omis de parler de la visite de nos parents. D'une part parce que moi aussi, j'ignore s'il aurait effectivement attendu leur départ pour revenir. D'une autre, par pure vengeance. Mon frère me force à mentir par omission, on verra la tête qu'il fera lorsque ça se retournera contre lui…

Ignorant sa remarque, je poursuis :

– Et Néoh est à Bruxelles.

– J'avoue avoir hâte de le revoir, lui aussi. Même si je compte bien le pourrir également de ne nous avoir donné aucunes nouvelles, argumente maman. Bon, tu me fais visiter ?

Un autre type d'alerte retentit entre les parois de mon crâne où se tapissent une multitude d'images de mes sous-vêtements dans la chambre de Néoh.

– OK, mais pas la chambre des mecs. Ils me tueraient sinon, et puis, crois-moi, tu ne veux pas voir ce qu'il s'y cache.

– Je te crois sur parole ! se met-elle à rire avant de me prendre par la taille pour murmurer d'un ton de conspirateur :

– Demain, c'est journée entre filles : shopping, promenade et *gossip*. Je veux tout savoir des Italiens ! Et surtout si ma fille en a trouvé quelques-uns à son goût.

– Je fais comme si je n'avais rien entendu, grommelle mon père une fois assis sur le canapé, le museau de Blue se logeant immédiatement sur sa cuisse.

Quant à moi, j'en appelle à toute ma détermination pour que mon sourire ne s'évanouisse pas.

On dirait que le temps de la fuite en avant au pays du sexe et de la bonne humeur est dorénavant révolu…

44

Auréa

L'appartement dévoré par la pénombre, avec pour seul éclairage la petite lumière de la hotte de la cuisine, je plonge mon doigt dans le pot de glace, puis le porte à ma bouche. Le goût du caramel au beurre salé explose sur mes papilles, apaisant très temporairement cette saleté d'angoisse qui ne me lâche plus. Si, hier, mes parents ont tenu à rester tranquilles le temps de se remettre du *jet lag* avec Chicago, aujourd'hui, maman a respecté sa promesse : journée entre filles pendant que mon père a profité du spa. Or, même si j'ai passé un excellent moment, surtout avec l'arrivée de Thomas et Malena, je n'ai jamais réussi à faire taire ce truc qui s'amuse à me pourrir les entrailles. Alors je me noie dans le sucre. À défaut de noyer mes doutes dans le sexe comme j'ai su le faire, ces dernières semaines.

– Ce n'est jamais de bon augure lorsque tu sors le pot de glace à presque une heure du matin, résonne soudain une voix s'attachant au moindre grain de ma peau.

Et surtout, m'arrachant un cri si aigu que je manque de perdre un tympan au passage. Il ne faut d'ailleurs pas plus de quelques secondes à Blue pour se ruer dans la cuisine à son tour. Avant de repartir dans le sens inverse en trottinant après avoir aperçu

Néoh. Ce dernier, son sac de voyage encore à l'épaule, me sonde gravement. Puis, malgré son regard qui me ferre, me sourit avec cette expression n'appartenant qu'à lui. Un mélange de fièvre, de tendresse incendiaire et d'ombres.

– Tu m'as fichu une peur monstrueuse ! je me révolte, une main cramponnée au plan de travail. Qu'est-ce que tu fais là ?

– Hum… j'habite ici ? raille-t-il, son sac tombant lourdement sur le sol.

– *Thanks, Captain Obvious.* Je veux dire aussi tôt. Tu étais censé ne revenir que demain.

– Je voulais juste te faire une surprise.

Un rictus mordant ses lèvres, il se débarrasse de sa veste en cuir qu'il balance négligemment sur l'un des tabourets hauts du bar, puis comble l'espace entre nous d'un pas lent. À ma hauteur, il demeure un instant immobile, baignant dans cette sorte d'aura aussi nonchalante qu'acérée, ses yeux obscurs vissés aux miens. Tout à coup, il étale sa main sur mon ventre pour me repousser doucement contre le plan de travail. Ses deux paumes appuyées sur la céramique, de chaque côté de mes hanches, Néoh se penche ensuite de façon à pouvoir chuchoter contre ma bouche :

– Pourquoi j'ai l'impression que tu ne veux pas m'embrasser ? Encore ?

Un bruit assez étrange s'extirpe de ma bouche.

– D'ordinaire, c'est moi qui grogne, se moque-t-il.

– Je grogne parce que si, j'ai envie de t'embrasser, mais que si je m'exécute, je ne ferai que fuir, une fois de plus. Je grogne parce que je n'aime pas la tête que tu affiches, celle qui dit : « Je te connais par cœur, piccolina, alors cesse de faire l'enfant. » Je grogne parce que tu m'as manqué. Et je grogne parce que… je ne sais même pas si moi, je t'ai manqué.

L'un de ses sourcils s'arque tandis qu'il lâche un profond soupir.

– Auréa, va droit au but, s'il te plaît.

Vexée qu'il ne tente même pas de me rassurer un tant soit peu, je cherche à le repousser.

– J'avais oublié que pour parler sentiments, il fallait endosser son armure de super soldat en acier trempé, je bougonne en essayant de le contourner vu qu'il ne bouge pas d'un iota.

– Tu m'emmerdes, Auréa.

D'un geste brusque, il me chope par la taille, puis m'assoit de force sur la surface plane. Ses doigts à présent incrustés dans mes cuisses nues sous ma nuisette en coton afin que je ne me soustraie pas à sa prise, il dit d'un ton vibrant :

– Oui, tu m'as manqué, peste. Même te comporter en chieuse ne plombe pas mon envie de rentrer près de toi. Ça te va ?

Un pli boudeur chiffonnant mes lèvres, je rétorque :

– T'as l'art et la manière de faire des déclarations, toi.

Son sourire arrogant réapparaît, m'apaisant, paradoxalement. Néoh me relâche pour venir entourer délicatement mon cou de ses mains et, comme par magie, une douce torpeur enrubanne mes nerfs jusqu'ici à vif.

– Il y a autre chose, je me trompe ? insiste-t-il.

– Mes parents ont débarqué avant-hier, dis-je sans préambule.

– Je vois…

À mon tour, je hausse les sourcils. La chaleur de son contact sur ma chair affole la pulsation au cœur de ma carotide, et pourtant, mes muscles continuent à se ramollir. Comme si la pression de ces derniers jours s'envolait grâce à sa seule présence. Alors que… Néoh en est la cause même. Ses billes d'obsidienne se fondent dans mon regard avec tant d'intensité qu'une boule de feu enfle au creux de mon abdomen.

– Et donc, il poursuit, tu broies du noir parce que tu aimerais leur parler de toi et moi, mais que par ma faute, tu t'en empêches. J'ai bon, jusque-là ?

D'un hochement de tête, j'acquiesce en silence.

– Auréa…

Son front choit contre le mien, mais notre lien visuel ne se rompt pas.

– Je suis désolé, piccolina. Mais je refuse.

Ses paroles sont aussi cuisantes qu'une gifle. À tel point que je sens mes mâchoires se contracter durement et mes yeux me brûler.

– Pas tant qu'Énes n'est au courant de rien, précise-t-il.

– Parce que… je déglutis. Parce que tu comptes lui en parler ?

– Ai-je vraiment le choix ? lâche-t-il dans un ricanement amer.

Piquée par sa remarque, je l'oblige à reculer, puis bondis sur le sol. Avant d'effectuer une volte-face afin de le confronter.

– Évidemment que tu as le choix ! Est-ce qu'une seule fois je t'ai forcé à quoi que ce soit ? Non, jamais ! Je pense même être en mesure d'affirmer que j'ai été plus que patiente !

Son corps pivoté à moitié dans ma direction, il abat une paume sur le plan de travail, et crie presque :

– Et je t'avais dit de ne pas tomber amoureuse, merde !

Soudain pétrifiée autant par son timbre enragé que par sa phrase, je crois que… j'oublie de respirer pendant de longues secondes. Avant que, prise d'un vertige, je recule jusqu'à me retenir à l'une des chaises hautes.

– Tu… c'est ce que tu voudrais ? je gémis presque. Que je ne t'aime pas ? Que je m'en aille pour enfin te laisser en paix avec mon frère ? Tu préfères que je parte, Néoh ?

Une paire d'yeux fous me foudroie. Il fait un pas, puis deux dans ma direction, mais se ravise finalement pour rejoindre son point de départ. Le souffle haletant et la cage thoracique en proie à un chaos sans nom, il fourrage dans ses cheveux qu'il tire avant de dissimuler deux poings fermés dans ses poches. Quant à moi, j'attends... la mise à mort de ce que je pensais pourtant... indéniable.

– Tu me demandais si tu m'avais manqué, déclare-t-il d'une voix calme, en dépit des spasmes qui persistent à agiter son torse. La vraie réponse est : oui et non. Tu me manques lorsque je me couche sans toi, lorsqu'une autre femme me regarde avec trop d'insistance, lorsque je vois un animal, lorsque j'entends quelqu'un parler avec un accent américain, lorsque ce chanteur italien sur lequel tu fantasmes en secret me fracasse les tympans, lorsque tout est trop calme... Toutefois... tu ne me manques pas quand je bois un verre avec mes collègues, quand je fais ce boulot que j'adore, quand je lis, quand j'ai une conversation passionnante ou inutile avec un pote, quand je cours ou que je prends enfin le temps de ne rien faire.

Tandis que mon cœur est parcouru d'un choc électrique si puissant que je suis certaine de ne pas y survivre, il renchérit :

– As-tu la moindre idée de ce que tu m'offres, Auréa ? La liberté et une certaine paix qu'est censée apporter une relation saine. J'aime tous mes moments avec toi. Et ce sont ces moments qui font que j'apprends petit à petit à aimer aussi tous les autres. Alors non, je ne veux pas que tu partes. Parce que si tu t'en vas, là, tu me manqueras d'une façon qui n'aura plus rien de sain.

Une grimace de fureur tord son visage quand il prononce ces dernières paroles. Et tord également mon estomac ainsi que tout ce qui se trouve sous mon épiderme.

– Voilà pourquoi je ne pense pas avoir d'autre choix que d'en parler à Énes. Il ne s'agit plus de choisir, mais de vivre.

Une larme suivie d'une deuxième roulent le long de mes joues. Je n'imaginais pas un jour avoir la sensation de mourir de passion et d'émotions. De me déchirer sous le poids de mes sentiments. Ou de ressentir un amour si puissant, si violent…

– Tu me laisses t'embrasser maint…

Sans lui laisser le temps de finir sa phrase, je me rue sur lui et fais fusionner nos lèvres.

… De ressentir un jour un amour si indéniable.

45

Auréa

– Et toi, Thomas ? Tes parents font quoi ?

Un silence s'abat soudain sur la tablée composée de mes parents, de Malena, de Néoh, de Thomas, donc, et de moi. À l'affût, avec Néoh et Malena, nous nous tournons comme un seul homme vers notre ami qui, un morceau de lasagne sur sa fourchette figée à l'orée de ses lèvres, esquisse un sourire amusé.

– Mon père est un homme d'affaires de Monaco. Quant à ma mère, elle est agent immobilier ici, sur les rives du lac.

Bianca émet un ricanement qui a tout de l'ironie.

– Homme d'affaires, hein ? Laisse-moi deviner : l'import-export ?

Pour unique réponse, Thomas se marre, comme s'ils venaient de partager une vanne qu'eux seuls pouvaient comprendre. Ce qui me rend davantage perplexe. Et agace prodigieusement Malena, si j'en crois le grognement frustré qui sort de sa gorge. Quant à Néoh, il s'en fiche pas mal. Tant qu'il ne voit pas Thomas me tourner autour, j'imagine que le reste lui importe peu.

J'enfourne à mon tour de la nourriture dans ma bouche, le cœur léger et empli de chaleur. Aujourd'hui, nous sommes le vingt-quatre décembre. Et comme mes amis seront avec leur famille respective demain, nous avons décidé d'improviser un dîner de réveillon à l'appartement. Néoh n'a même pas émis une seule objection. De toute façon, après le sermon de maman sur son attitude de « fils d'adoption indigne », il n'avait plus vraiment d'autre choix que d'accepter. Cela étant dit, je dois avouer qu'il a été plutôt malin... Un sourire en coin façon Néoh saupoudré d'excuses et un câlin plus tard, Bianca avait déjà relégué ses reproches au rang de souvenirs lointains. Ma mère, donc, aidée de Malena, s'est occupée de passer commande auprès d'un traiteur qui a dû être ravi de bosser au dernier moment une veille de Noël.

– Et le boulot d'influenceur, demande mon père à l'Italienne, ça paie bien ?

Impossible de ne pas capter le sarcasme assez puant, je dois l'avouer, que ses paroles cachent à peine. Néanmoins, Malena étant qui elle est ne relève pas, et se contente de répondre :

– Je n'ai pas à me plaindre, dit-elle de son sempiternel ton enjoué. Même si je ne fais pas ça pour l'argent.

Après s'être légèrement penchée, elle chuchote, une main cachant une partie de ses lèvres :

– Je n'en ai pas vraiment besoin.

– Hum, je peux te poser une question sans que tu le prennes mal ? demande soudain maman.

Malena se redresse alors, puis, avec un sourire franc, la devance :

– Ai-je peur de contribuer à développer une mauvaise image de la femme ?

– Exactement, répond Bianca. Pardon, hein, mais prôner un corps parfait et...

– Maman, je l'interromps. S'il te plaît, tu peux garder tes discours féministes pour une prochaine fois ?

À ma gauche, elle pose une paume tendre mais ferme sur mon avant-bras avant de me rappeler gentiment :

– Ma chérie, sans mes discours féministes, tu ne serais peut-être pas la même femme, aujourd'hui.

En gros, ferme ta gueule, ma fille, et laisse ta mère s'exprimer. En face de moi, Néoh me décoche un regard rieur tout en tentant de dissimuler un sourire. Quant à Papa, il n'émet plus un son, conscient qu'intervenir n'est plus de son ressort. Mon père n'a jamais été du genre à se soumettre aux excès de maman. Je crois que plus elle est exaltée, plus il l'aime.

– Je n'ai jamais prôné le corps parfait, explique calmement mon amie, tellement habituée à ce genre de remarque. Si vous suivez mes profils sur les réseaux sociaux, vous verrez que je ne me montre jamais en train de faire du sport ou de manger un plat sain. Je laisse ça aux coachs qui, eux, sont professionnels. La seule chose que j'essaie de partager est plus une façon d'aborder sa propre image.

– Je ne vois pas vraiment en quoi c'est différent, lui répond Bianca.

La brune pose ses couverts, s'apprêtant à plaider face à une avocate.

– Eh bien, déjà, cela commence par ne pas juger trop facilement. Je sais quelle image je renvoie de prime abord. Belle, mince, maquillée, toujours apprêtée, et si on a le malheur de me lancer sur un sujet géopolitique, par exemple, alors là, je me noie. La vérité est que je suis très vite sortie de toute cette machinerie scolaire. Pour deux raisons. La première étant que… peu importe ce qu'on essayait de m'enseigner, il me manquait le principal : m'apprendre à m'accepter avec mon corps en surpoids, à tout juste 12 ans, face à tous mes compagnons de classe. La seconde, c'est que… j'ai tenté de me suicider à 15 ans. Je n'en parle pas pour essayer de me trouver une excuse ou vous endormir par l'empathie, mais juste pour expliquer comment j'en suis arrivée là. Mes parents m'ont immédiatement retirée de l'école, et j'ai été suivie par un pédopsychiatre. Ce qui m'a fait énormément de bien. J'ai remonté la pente, me suis reconstruite doucement, mais sûrement.

Tandis qu'un deuxième silence enveloppe l'atmosphère, Malena se tait durant quelques secondes avant de reprendre, d'une voix plus douce.

– Chacun devrait pouvoir faire ce qui le rend heureux sans avoir à pâtir du jugement des autres. Je sais… ça fait un peu discours naïf de Miss Monde, dit ainsi, mais les gens heureux et qui s'acceptent ne sont pas ceux qui regardent les autres d'un air dépréciateur. Nous sommes tous différents. Certains ont besoin de se « ranger », d'autres non. Si, aujourd'hui, je pouvais parler à mon « moi » de 12 ans, je crois que je lui dirais : « Tu veux te maquiller ? Fais-le. Tu veux te conformer à une « image » ? Fais-le. Tu veux la briser, cette image ? Construire la tienne en dehors des clous ? Fais-le. Tu veux te trouver belle en étant bien maquillée et habillée ? Fais-le. Tu veux te voir belle, peu importent tes vêtements ? Fais-le. Tant que tu respectes ton corps et ta santé, fais ce qui est nécessaire pour être heureuse, mais heureuse à travers tes yeux, pas ceux des autres. »

Je me détourne de mon amie afin d'étudier le profil de maman. Profil sur lequel je peux lire une certaine émotion ainsi qu'une sorte de fierté.

– Mais le but est justement de ne plus avoir une image à laquelle se conformer, la contredit-elle, de façon beaucoup moins abrupte, toutefois. Or, tant qu'on trouvera plus facile de s'y plier, cela ne changera jamais.

– J'admire ce combat, mais ce n'est pas le mien, réplique Malena. À mon tout petit niveau, j'espère juste assez « influencer » les personnes qui me « suivent » pour qu'elles soient capables de choisir la voie qui les rendra heureuses. Et si cette voie les mène à rallier ce combat dont vous parlez, eh bien… j'en serai contente pour eux. Moi, je n'ai pas les épaules pour ça, je ne cherche pas à les avoir, d'ailleurs ; et c'est très bien comme ça. En revanche, je peux affirmer me rapprocher du bonheur chaque jour, et ça… beaucoup en sont malheureusement loin.

L'histoire de Malena, je la connais déjà. Cette dernière ne s'en est jamais cachée. Néanmoins, chaque fois qu'elle en parle, une immense bouffée de chaleur et d'empathie me submerge. Je pense que c'est pour cette raison qu'elle et moi nous accordons à ce point. Nous sommes gouvernées par le même besoin : celui d'être bien avec les personnes qui partagent nos existences. La différence réside dans le fait que, la concernant, la route a été semée d'épreuves que je n'ai jamais connues. Malena a beau avoir décroché des études, elle possède cette intelligence rare de ceux qui savent apprécier notre existence sur Terre pour ce qu'elle est : un voyage à vivre intensément.

– Ce qui est également un combat admirable, conclut Maman, les yeux brillants et empreints de cette fameuse exaltation.

Quelques minutes s'égrènent ensuite dans un calme qui n'a rien d'inconfortable, au contraire. Minutes durant lesquelles Thomas s'incline vers notre amie pour lui embrasser la joue avec une tendresse infinie tandis que Néoh demeure… Néoh, imperturbable et indéchiffrable.

– Et toi, fils ? résonne soudain la voix de papa à l'attention de ce dernier. Ça fait tellement longtemps que l'on ne t'a pas vu… Tu te plais, au moins, en Italie ?

Les deux billes obscures de Néoh se focalisent sur mon père. Un sourire légèrement bancal aux lèvres, il s'apprête à répondre avant que sa voix ne soit recouverte par une autre :

– Comment ne pas s'y plaire alors qu'il est en ma compagnie ?

Cette fois, c'est carrément une chape de plomb qui paraît étouffer l'atmosphère. Et, malgré mon angoisse qui se repointe d'un coup, je ne peux m'empêcher d'éprouver une joie immense. Aussi, sans réfléchir, je bondis de ma chaise pour me ruer dans les bras du nouvel arrivant.

– Énes !

– Salut, petite cachottière, chuchote-t-il à mon oreille en me serrant contre lui. On dirait que je tombe à pic.

46

Néoh

Un putain de silence à couper à la hache nous asphyxie tous, et Auréa reste la seule à irradier malgré tout. Dans les bras de son frère, je ressens, depuis ma place, son soulagement quand moi… je crève. Les voir ensemble est un uppercut d'une rare violence après avoir passé ces derniers mois en compagnie de la sœur de mon meilleur pote. Seulement voilà, elle n'est plus sa sœur, à mes yeux, mais ce petit bout de femme d'une force si impressionnante qu'elle est parvenue à combler le moindre interstice, la moindre cicatrice que cette histoire avec Ambra avait laissés sur et bien en dessous de ma peau.

La mienne, de femme. Voilà qui est Auréa.

Peut-être que sa folie douce a juste cramé la totalité de mes cellules, entravant ainsi le marasme que ne cessaient de ressasser mes synapses. Peut-être… et je m'en fous pas mal.

J'ai trop ressenti. Trop aimé respirer, profiter, vivre. Trop aimé la ressentir en m'imprégnant du moindre centimètre carré de sa peau, la respirer en me gavant de chaque particule d'air portant son odeur. Vivre à ses côtés, me cacher dans sa lumière, m'incruster toujours un peu plus dans cet organe qui la maintient en vie. Ouais… je suis allé trop loin pour songer à opérer ne serait-ce qu'un pas en arrière.

Et c'est pour cette raison… qu'au moment où le vert électrique des yeux d'Énes s'abandonne dans l'obscur des miens que je prends pleinement conscience que… je vais le perdre. Comment serait-ce possible autrement quand… ils partagent le même sang, putain? Or, si Auréa a réussi à me réapprendre à vivre malgré le suicide d'Ambra, je ne suis pas certain qu'elle sera de taille à me remonter une fois que je serai amputé de lui. Et lui de moi. Et pourtant… je ne vois aucun autre moyen…

Un voile acide tapisse soudain mon palais, ourlant ma lèvre supérieure d'une grimace tordue. Grimace que je m'empresse de lisser lorsque, cette fois, le regard aux couleurs si distinctes d'Auréa me cherche tandis qu'elle se détache de l'étreinte de son frère. Durant quelques secondes, je plonge en elle, dans ce lien entre nous qui parfois apaise ce truc dégueulasse qui ronge mon bide, et parfois, comme en cet instant, l'alimente. Toutes ces émotions que j'ai pourtant exécrées dans le passé sont bel et bien là… en dépit de mes efforts pour éradiquer ne serait-ce que ma capacité à les éprouver, ces dernières années. Elles sont là, et entièrement dirigées vers ma petite blonde. J'espère juste qu'elles suffiront…

Auréa détourne son attention de moi afin de la reporter, angoissée, sur ses parents. Si leur père dévisage Énes sans broncher, leur mère, en revanche, se lève pour s'avancer doucement vers son fils.

– Salut, maman, lui dit alors Énes, avec ce demi-sourire qui, quand il était gosse, signait toujours le moment où Bianca lui cédait enfin.

Et ce ne sont pas les années qui ont changé quoi que ce soit… Aussitôt, cette dernière ouvre ses bras, puis l'entraîne dans un câlin dont seule leur famille a le secret. Un truc entre la prise de catch et l'étreinte dégoulinante d'amour.

Par-dessus son épaule, il me regarde à nouveau, son sourire s'élargissant. Je sais à quel point ses parents lui ont manqué bien qu'il soit le seul à avoir imposé une distance entre eux. Seulement, parfois, foutre un coup de ciseaux entre deux personnes est plus facile… que de laisser un simple coup de couteau pourrir un lien jusqu'à ce que la gangrène s'installe.

Pendant que Bianca maugrée d'une voix paradoxalement tendre sur combien il leur a manqué, je réalise à quel point les traits d'Énes semblent apaisés. Visiblement, il a maigri, durant son voyage, mais il paraît plus détendu, serein, même si ce dernier point ne lui a jamais vraiment fait défaut. Ses cheveux sont plus longs, et sa barbe n'a jamais été aussi drue et mal entretenue. Lui qui a toujours cultivé son image avec soin, c'est étrange de le voir ainsi. Étrange, mais de bon augure, je l'espère.

– Je sais, je sais, m'man, répond-il. Je suis un mauvais fils, mais pas totalement perdu, n'est-ce pas?

– En tant qu'avocate, je suis spécialiste des cas désespérés, raille-t-elle malgré l'émotion qui fait trémuler sa voix.

Après avoir posé deux mains tendres sur les joues de son fils, elle l'invite, d'un mouvement de tête, à faire le premier pas vers son père, qui n'a toujours pas bougé d'un pouce. En face, Malena et Thomas, pour la première fois depuis que je les connais, ne savent pas vraiment où se foutre. Et ouais, j'avoue que c'est assez plaisant à voir. Marlon observe son fils s'approcher sans piper mot. S'il y a bien une chose qu'Énes a héritée de son père, c'est l'orgueil. Cependant, s'il y en a bien une autre qu'il n'a pas prise, c'est son côté bourru et quelque peu froid. Heureusement, sinon il aurait été impossible de briser la glace entre les deux hommes.

– Papa, l'interpelle-t-il une fois à sa hauteur. Je peux pas croire que tu ne sois pas content de me voir.

Ses sourcils épais se fronçant, Marlon demeure silencieux sans lui donner ni raison. Ni tort d'ailleurs.

– Allez, p'pa… le retour du fils ingrat la veille de Noël, on se croirait dans l'une de ces comédies de Noël qu'Auréa nous forçait à mater. Et dans ces films, généralement, ça finit par un gros câlin familial.

Unique réaction supplémentaire du père : l'un de ses sourcils s'arque, cette fois. Aussi, Énes s'agenouille près de lui, passe sa main dans l'une de ses mèches blondes trop longues, puis souffle, si bas que je dois tendre l'oreille pour capter la totalité de ses paroles :

– Je suis désolé, OK ? J'ai merdé, ces dernières années, j'en ai conscience. Le vertige de la liberté, la connerie de mon âge, l'impression d'avoir l'éternité devant soi… un mélange de tout ça, et j'ai oublié… que si j'avais tout ça, justement, c'était grâce à vous. Je te promets de ne plus l'oublier, dorénavant.

Par réflexe, je reporte mon attention sur Auréa qui, un bras autour de la taille de sa mère, couve son frère d'un regard… à la Auréa : débordant d'empathie et de générosité. Une aiguille cruelle me fend le bide à cette pensée : aucun de nous ne le mérite, ce regard, putain…

Un claquement de langue maternelle plus tard, leur père réagit enfin. Se lève, entraînant son fils à l'imiter. Avant de l'enlacer d'une étreinte virile, quoiqu'un peu maladroite. Après une claque dans le dos d'Énes qui semble autant empreinte d'amour que de vengeance, il se contente de lâcher un :

– J'espère que tu dis vrai, fils.

Avant d'ajouter, néanmoins :

– Et, oui, je suis heureux de te retrouver.

C'est lorsque j'entends Malena renifler comme si elle assistait à l'un de ces fameux films dont parlait Énes que je décide de bouger.

D'un grondement, j'attire l'attention de l'Italienne ainsi que de Thomas, et les invite gentiment, avec un coup d'œil sombre, à partir. Et, pour une fois, ils s'exécutent sans se rebeller. Comme quoi… les miracles existent. À mon tour, je m'éclipse en ramassant le sac d'Énes pour le ramener dans sa chambre. Le reste de ces retrouvailles leur appartient.

***

Plus d'une bonne heure plus tard, l'appart se vide enfin. J'attends quelques minutes encore avant de sortir de ma piaule, traverse le couloir, puis le salon, passe devant la porte de la salle de bains à travers laquelle j'entends l'eau couler, et me fige sur le seuil de la chambre d'Énes. Ce dernier fixe son sac de voyage juché sur son lit d'un œil vide.

– Déjà envie de te barrer?

Au son de ma voix, il pivote pour me décocher son fameux sourire en coin.

– Je ne sais même pas par quel miracle tu as survécu deux mois sans moi, raille-t-il. Je préfère ne pas tenter le diable.

Une épaule contre le chambranle, je croise les bras et rétorque, sombre:

– Toi et moi ne l'avons déjà que trop tenté.

D'un geste soudain las, il dézippe son sweat pour s'en débarrasser, ne gardant qu'un tee-shirt blanc avec son jean.

– Je ne peux malheureusement pas te donner tort.

Tandis que son bras passe par-dessus son épaule afin d'attraper le tissu et de l'enlever, je change de sujet:

– Ton voyage t'a fait du bien, on dirait.

Torse nu, il se laisse tomber sur le matelas, les bras écartés et les yeux rivés au plafond. Un sourire éthéré fleurit sur ses lèvres.

– Franchement, ouais. Je crois que j'avais besoin de me vider l'esprit. Mais rassure-toi, même à l'autre bout de la planète, tu m'as manqué, mec.

À mon tour, je souris. Ou plutôt un rictus vient foutre le bordel sur mon visage. Entre culpabilité, rage contenue et absence.

– Et toi? Comment ça s'est passé, avec Auréa? demande-t-il alors en penchant sa tête de façon à arrimer nos regards l'un à l'autre.

– Ta sœur est une chieuse, je me contente de dire.

Un éclat de rire lui transperce la gorge.

– Je ne vais pas l'en blâmer. La détermination fait partie de notre A.D.N.

Sans même que mon cerveau en donne l'ordre, je sens les lignes de mon visage s'affaisser pour se couler dans l'obscurité. Après avoir déplié mes bras, je m'avance jusqu'à lui, le surplombant de toute ma hauteur.

– On a pas mal de choses à se dire, Énes.

D'un coup de langue entre ses lèvres, il les humidifie, son attention toujours focalisée sur la mienne.

– J'imagine, oui... mais pas ce soir. J'ai la concentration d'un junkie en manque. Et un grand besoin de me reposer, surtout après ce moment avec mes parents.

– Je suis heureux de savoir que ça s'est arrangé entre vous, je réponds avec une platitude putain pathétique.

– Arrangé, je ne sais pas. Mais je dirais que c'est sur la bonne voie. Encore un miracle *made by* Auréa. Comme quoi... il était vraiment temps qu'elle débarque.

Sa dernière phrase me fait tiquer, néanmoins je n'insiste pas, ses paupières luttant pour rester ouvertes. Je chope le plaid au bout de son lit afin de le recouvrir avec, puis, au moment où je m'apprête à partir, sa main retient mon poignet.

– Tu m'as vraiment manqué, Néoh.

Je souris. Encore. Parce que je ne suis pas fichu de faire autre chose. Je souris un truc si tordu, si forcé que j'ai la sensation de fissurer mes propres lèvres. Et de déglinguer un peu plus ce qui rugit sous la surface.

Quand je retourne entre mes murs, les nerfs prêts à exploser, je tombe sur la seule personne capable de me faire dégoupiller. Et c'est ce qu'elle fait… mais, une fois de plus, à la Auréa : d'une façon incendiaire et totalement indécente.

Ses courbes à peine couvertes d'une minuscule serviette, elle parvient, j'ignore comment, à me retirer pantalon et boxer pour ensuite me faire asseoir sur mon lit. Je n'essaie même pas de l'arrêter, me contente de la laisser me manipuler tel un automate ou – comme le disait son propre frère – un junkie en manque de l'unique came qui ait le pouvoir de le faire planer si haut que la chute ne peut être que brutale. Seulement, j'ai besoin qu'elle surcharge mes veines d'adrénaline, de ce plaisir si violent qu'il annihile tout le reste. Voilà pourquoi, quand, son petit corps agenouillé entre mes cuisses ouvertes, Auréa me prend entre ses lèvres, je rejette la tête en arrière, clos mes paupières, et… oublie le reste. Me réfugie là où elle désire m'emmener.

Lorsque je les rouvre, je réalise que, perdu entre mes pensées délirantes et les sensations démentes qu'elle incruste à coups de burin dans mon bide, je me suis allongé. Mon poing convulsé dans ses cheveux, je la retiens pendant que je baise littéralement sa bouche. Mes hanches opèrent des va-et-vient de plus en plus saccadés, de plus en plus rapides, brusques, jusqu'à avoir la sensation de carrément convulser entre ses lèvres.

Mais j'en ai besoin. Trop besoin. Besoin d'elle. De cet espace entre nous où se perdre ne veut pas dire me perdre.

Tout à coup, ses ongles se plantent dans mes hanches, me griffent en suivant mes obliques, signant ma reddition. Les muscles bandés à l'extrême, je me déverse en elle, une lame de feu transperçant ma colonne vertébrale pour ensuite venir fendre mes reins. Le souffle court, je mets un certain temps à émerger. Peu à peu, ma prise sur son cuir chevelu se relâche, lui rendant sa liberté. Je l'attire ensuite contre moi, cale sa tête dans le creux de mon épaule et, tandis que je lui embrasse le front, je… j'atterris.

Et comme je l'avais prédit, c'est putain de violent. Parce que je me fracasse sur une paire d'yeux verts teintée d'obscurité, et… qui nous observe à travers l'interstice crée par la porte de ma chambre entrouverte.

Merde.

47

Néoh

Une heure. J'ai dû garder mon calme, feindre que tout allait bien durant une heure. Le temps qu'Auréa me raconte combien elle se sentait heureuse maintenant que sa famille était complète, combien… elle avait enfin l'impression que tout était à sa place. Conneries. Avant qu'elle s'endorme enfin.

Et je sais. Qu'Énes n'est pas loin. M'attend. Mais moi aussi, j'attends ce moment. Celui de réclamer ma liberté.

Aussi, c'est sans grande surprise qu'une fois échappé en douceur des bras d'Auréa et habillé d'un pantalon de sport gris, je tombe sur la silhouette de son frère, uniquement vêtu d'un boxer, dans le salon. Avachi dans un fauteuil, les jambes contre le dossier et son torse nu sur l'assise, il pivote, la tête en équilibre sur la tranche, dans ma direction.

– Laisse-moi deviner, dit-il d'une voix traînante, si lentement que durant une seconde, je me demande s'il n'a pas finalement décidé de la prendre, cette came. Tu as sagement patienté le temps que ma petite sœur s'endorme dans tes bras.

Avant que je puisse répondre quoi que ce soit, il porte la première estocade.

– C'est ce que tu faisais avec Ambra, après tout.

J'encaisse. Sans broncher. Puis, les poings fourrés dans mes poches, je me fige, les jambes à quelques mètres de son visage renversé.

– Cela n'a rien à voir avec Ambra.

Un sourire mauvais fend sa bouche tandis qu'il persiste à me fixer depuis sa position.

– J'espère bien. Parce que si je t'ai laissé faire avec elle, là, compte pas sur moi pour ne pas réagir. On parle de ma sœur. Putain, Néoh... tu t'en rends compte, au moins? Ma sœur!

J'encaisse. Encore. Plus difficilement, cependant. Mon abdomen se contracte durement, comme s'il venait de me coller un uppercut bien réel.

– Justement, grondé-je, les dents serrées. Voilà pourquoi jamais je n'utiliserai ta sœur pour satisfaire un besoin sexuel ou n'importe quelle autre connerie, tu peux imaginer. Sans compter que...

Le reste de ma phrase demeure retranché sous ma peau. Avec elle. Après tout, ces mots lui appartiennent. Et je refuse de les utiliser en cet instant.

Comprenant que je n'en dirai pas plus, Énes se réinstalle enfin à l'endroit. Un pied sur le rebord du fauteuil, il pose un coude sur son genou relevé, puis darde un regard si polaire dans ma direction qu'un frisson désagréable se greffe à ma nuque.

– Écoute, je reprends d'un ton plus calme, je comprends que tu veuilles la protéger. Après Ambra... je ne peux que comprendre. Mais bordel, Énes, c'est moi. Ce meilleur pote qui t'accompagne depuis toujours. Tu me connais mieux que personne. Tu sais qui je suis... tout comme tu sais combien Auréa a toujours été importante. Pas de la même façon qu'à présent, certes, mais... si je ne tenais pas à elle, jamais je ne l'aurais touchée.

– Ma petite sœur, répète-t-il. Ma. Petite. Sœur.

Mes paupières se ferment un instant infime. Infime, mais suffisant pour m'implanter des images aussi malsaines que nocives dans le crâne. Cette vague âcre et dégueulasse afflue à nouveau entre mes côtes. Cette même vague qu'Auréa avait renvoyée au loin avec une facilité déconcertante.

– Je ne compte pas te demander la permission, déclaré-je alors, calme, mais avec une détermination quasi létale. Tu as peur pour elle, j'en ai conscience. Seulement, si tu ne me fais plus confiance, aie au moins confiance en ta sœur. Auréa n'est pas une femme que l'on brise facilement. Bien au contraire. Et c'est sûrement pour ça… qu'elle est parfaite pour moi.

– Parfaite ? siffle-t-il, une grimace enragée explosant les lignes de son visage.

D'un bond, il se relève, dévore l'espace entre nous jusqu'à coller son torse contre le mien. Je réprime un mouvement de recul bien que j'en crève d'envie. Mais je refuse de battre en retraite. Énes doit comprendre. Le passé, je compte désormais le laisser à sa place : profondément enterré dans le passé.

– Parfaite pour toi ? insiste-t-il. Mais tu ne la mérites pas ! Peut-être que, finalement, Ambra, elle, te méritait.

Ce fichu venin qui me pourrit depuis des lustres se coule enfin hors de mes pores, prêt à tout saccager. Et tant pis s'il est sur son chemin. Mes doigts s'enroulent puissamment autour du cou de mon meilleur ami. D'un bond, je nous fais pivoter, écrasant son dos contre l'arête d'une commode.

– Ambra ne méritait pas de croiser notre chemin, craché-je. Elle aurait mérité quelqu'un qui l'aime, la tire vers le haut plutôt que de l'entraîner dans un déluge de sexe sans réelle importance. Je vivrai avec cette culpabilité toute ma vie, Énes. Mais je vivrai quand même. Avec ou sans toi. À toi de choisir, maintenant.

Un éclat de pure folie irradie soudain ses prunelles. Ses ongles se plantent alors dans la chair de mon bras, le tenant captif avant de me griffer presque jusqu'au sang. Un rictus aux accents de soufre tant il pue l'enfer aux lèvres, il approche son visage afin de murmurer, à la commissure des miennes :

– Dis-moi, qui tu imagines quand tu fouilles le ventre de ma sœur, hein ?

Un réflexe me pousse à le relâcher immédiatement, son contact me cramant l'épiderme tel de l'acide.

– Tu la briseras, assène-t-il alors. Peut-être pas maintenant, mais tu la briseras. Que crois-tu qu'il se passera quand Auréa saura toute la vérité ? Auréa n'est pas Ambra. Elle est beaucoup trop pure, trop entière pour aimer se vautrer dans le vice, Néoh. Or, c'est tout ce que tu es : une accumulation de vices. Tu l'aimes ? Rends-lui sa liberté. Elle ne peut pas t'appartenir. Pas à toi. Elle appartient à la lumière, pas au néant.

Tandis que ses propos se fraient un passage à coups de hache sous mon crâne, Énes me rejoint en deux enjambées.

– Laisse-la partir, Néoh. Offre-lui l'ignorance, pas la vérité. Parce que le jour où elle saura, tu ne perdras pas que son amour, mais aussi votre amitié vieille de plusieurs années, ainsi que tous vos souvenirs.

48

Auréa

– Quelque chose te tracasse, sweetheart? s'enquiert maman, ses deux mains couvertes de maniques plongeant dans le four.

Les reins calés contre l'évier, je décroise mes bras pour les recroiser aussitôt.

– Je ne sais pas, je réponds d'un ton faussement nonchalant. Je trouve juste bizarre que Néoh ait disparu alors qu'on était censés passer le déjeuner de Noël ensemble.

– Il a peut-être préféré s'épargner le carnage de nous voir toutes les deux en cuisine, tente-t-elle de me rassurer, son nez plissé au-dessus de l'énorme dinde encore dans son plat.

Puis elle se met à crier:

– Marlon! Pardon de le dire ainsi, mais cette dinde pue du cul!

Malgré la boule d'angoisse qui enfle dans mon ventre, je me mets à rire.

– M'man! Ton langage!

– Pardon, cette volaille, de son petit nom scientifique *Meleagris gallopavo*, exhale une odeur pestilentielle par son orifice anal, ça te va?

– Nan, grimacé-je. On dirait un vieux pervers qui parle.

Dès que papa apparaît dans notre champ de vision, tel un sauveur, j'en profite pour m'éclipser afin d'aller ronger mon frein en solo. Et consulter mon téléphone pour la centième fois, au moins. Évidemment, mes trois derniers messages sont restés sans réponse…

Je ne comprends pas. Hier soir, Néoh avait pourtant l'air confiant. J'en ai même été surprise… J'avais imaginé qu'avec le retour d'Énes, ses doutes sur notre relation seraient remontés à la surface, mais ce ne fut pas le cas. Au contraire, lorsqu'il m'a serrée dans ses bras au moment de dormir, j'ai ressenti toute sa force et sa conviction. Alors, bordel, pourquoi il n'était plus là lorsque je me suis réveillée? Assise sur le canapé, je ressasse mes idées sombres, Blue Moon sur les genoux dans le but de calmer mon inquiétude grandissante, quand la voix de papa me fait tiquer.

– Enfin! Monsieur notre fils nous fait l'honneur de se réveiller, raille-t-il au moment où Énes surgit dans le salon.

Ma tête pivote immédiatement dans la direction de mon frère qui, encore en pyjama, se frotte la tête en baillant, avant qu'un immense sourire éclaire son visage.

– Tout le monde n'a pas la chance d'encaisser les *jet lags* aussi facilement que vous, lui répond-il.

– Tu ne saurais pas où est Néoh, par hasard? demandé-je sans aucun préambule.

Et sans aucune subtilité non plus, d'ailleurs. Mais je m'en contrefous. Je m'en fous si mes parents me grillent avant que Néoh ait pu en parler à mon frère. Je m'en fous. Je m'en fous. Et je m'en fous. Le monstre qui s'affaire à me tordre les tripes avec un certain sadisme depuis mon réveil effectue trop bien son sale boulot. Je suis morte d'angoisse.

– Aucune idée, mais on parle de Néoh, petite sœur, réplique-t-il, un rictus déformant le coin de ses lèvres. Tu sais comment il est: imprévisible et un peu con sur les bords.

Un frisson glacé serpente le long de ma colonne vertébrale pour venir planter ses crocs polaires dans ma nuque. Durant quelques secondes, je demeure immobile. Observe le comportement d'Énes, trop lisse, trop… imperturbable. Or, Énes n'a jamais rien eu de lisse.

– Ouais, tu as raison, après tout, commenté-je d'une voix blanche.

Je me relève ensuite, m'enfonce dans le couloir et me réfugie dans ma chambre, Blue Moon toujours dans mes bras comme s'il pouvait servir de rempart entre moi et ce que… je pressens. Mon pouce tapote sur l'écran tactile de mon Smartphone, puis, ce dernier coincé entre mon oreille et mon épaule, j'attends. Une sonnerie, deux, puis trois.

– Je te manque déjà ? s'amuse une voix dans le combiné.

– J'ai besoin de toi. Maintenant, Thomas.

***

– Tu es sûre de toi ? m'interroge Thomas, le nez relevé sur l'édifice ancien qui nous surplombe.

– Je viens de planter ma famille le jour de Noël. Je t'ai fait planter la tienne. Ce n'est pas pour reculer.

– Il nous faudrait Malena, commente-t-il en passant un bras sur mes épaules. Je ne sais pas pourquoi, mais je sens qu'un peu de bonne humeur nous serait bénéfique.

Un vent glacial soulève soudain mes cheveux, me giflant les joues d'une onde gelée. Par réflexe, je resserre mon écharpe ainsi que les pans de mon manteau, puis, un autre type de froid tempêtant sous ma poitrine, fais glisser mon doigt sur chaque bouton de l'interphone, prête à recommencer mon manège une bonne centaine de fois s'il le faut.

– Tu ne veux toujours pas me dire comment tu as fait pour le retrouver? demandé-je en jetant un coup d'œil en biais à mon ami qui, les mains à présent dans les poches de son manteau, m'observe d'un air tranquille.

– La géolocalisation de son portable est activée. À partir de là, c'est un vrai jeu d'enfant de retrouver quelqu'un.

– Euh… j'en aurais été incapable.

– Et c'est pour cette raison que tu m'as appelé. Parce que tu savais que moi, je le pourrais, réplique-t-il avec un clin d'œil.

Soudain, une troisième voix, métallique, celle-ci, couvre les nôtres alors que l'ouverture automatique de l'immeuble s'enclenche.

– Troisième étage! La seule porte ouverte, évidemment!

Je darde un regard anxieux sur la petite boîte en métal qui vient de crachoter ces paroles. Et, vu le brouhaha qui s'en est échappé, mon petit doigt me dit que, effectivement, j'ai eu le nez fin en appelant Thomas à l'aide.

– Qu'est-ce qu'il fout là? grommelé-je.

Et pour une fois, Thomas ne tente pas de me rassurer.

La sensation d'aller à l'échafaud à chaque marche que je gravis. Plus je monte ce fichu escalier, plus mon estomac paraît lourd. Rongé par l'acide. Lorsque, enfin, nous arrivons à cette fameuse porte ouverte, je tremble. Littéralement. Flanquée de Thomas qui demeure étrangement silencieux, je pénètre dans l'appartement assez luxueux, mais en proie à un bordel sans nom. Des cadavres de bouteilles et d'autres choses que je préfère ne pas identifier jonchent le parquet ancien. Pas un centimètre carré qui ne soit envahi, asphyxié par un corps, un morceau de peau ou un effluve de parfum. Visiblement, passer Noël en famille est devenu has been. Après avoir dégluti, je me fraie un passage au milieu de la foule, ma paume serrée autour de celle de Thomas. Passé le large vestibule, nous atterrissons dans une cuisine bondée, traversons une salle à manger, un immense salon avant d'emprunter un autre escalier, en colimaçon, cette fois. À l'étage, nous tombons aussitôt sur une sorte de mini salon où…

Je m'arrête soudain, pétrifiée. Mon cœur se mange une telle décharge d'adrénaline qu'il se fracasse tel un dératé contre mes côtes. Parce qu'il est là. Défoncé, clairement. Avachi sur un fauteuil en velours d'un pourpre immonde, Néoh semble divaguer dans un autre monde. Sa tête rejetée en arrière sur le dossier, il fixe le plafond, l'air… absent, vide. Mort. Des formes féminines agressent tout à coup mes rétines tandis qu'elles cherchent à se placer à califourchon sur lui. Heureusement pour elle – et surtout pour lui, cela dit – Néoh la vire d'un revers de main sans s'encombrer d'une quelconque explication. C'est bien la première fois que j'aime l'enfoiré qui est en lui.

Ma prise se raffermit sur mon ami que j'entraîne à ma suite alors que je m'approche avec une lenteur flippante de Néoh. Flippante, car bien que j'en crève d'envie, le rejoindre ne fait qu'accroître ce truc qui hurle sous ma cage thoracique. Néanmoins, je serre les dents, étouffe mon angoisse et pose enfin une paume sur son épaule pour signaler ma présence.

– Putain, la première fois ne t'a pas suffi ? feule-t-il, la mâchoire contractée, sans même se demander à qui il s'adresse. Ne me touche pas !

– Oh, mais rêve pas ! craché-je. Si je me contente de ton torse, c'est pour éviter de t'émasculer, abruti !

Le son de ma voix a au moins le mérite de l'arracher à sa léthargie. Sa tête se redresse comme un clown monté sur ressort hors de sa boîte. Ses yeux s'arrondissent avant de se fendre d'un regard sombre. Sombre et qui glisse dans le foncièrement mauvais lorsqu'il aperçoit ma main dans celle de Thomas.

– J'imagine que ce serait mieux ainsi, hein ?

J'ignore son ton qui pue autant la moquerie que la fatalité et relâche la paume de Thomas qui, par respect, s'éloigne pour se placer en retrait.

– T'es con ou t'es con? soupiré-je en m'agenouillant entre ses jambes.

En réalité, mon premier réflexe serait plutôt de le secouer avant de le traîner hors de cet endroit. Seulement, d'un, mon intuition me dicte d'y aller en douceur, pour une fois, et de deux… je ne suis clairement pas équipée pour avoir le dessus physiquement.

– Tu m'emmerdes, Auréa, grogne-t-il sans pour autant esquisser le moindre mouvement.

– Change de disque. Tu radotes, vieux con.

Mes yeux plongent dans les siens pour mieux y sombrer. Le noir de ses pupilles a dévoré la totalité de ses prunelles, accentuant leur profondeur, mais aussi… leur aura dévastatrice.

– Qu'est-ce qu'il se passe, Néoh? tenté-je d'un ton chaud et, je l'espère, apaisant.

– Le retour à la réalité, voilà ce qui se passe, piccolina.

Je déglutis. Mes doigts, de colère, s'enfoncent dans la toile de son jean, toutefois je ne la laisse pas m'envahir.

– Et qu'a-t-elle de si mal, cette réalité?

Toujours aussi raide qu'un vieux morceau de fer rouillé, il répond, d'une voix désincarnée:

– Tu n'y as pas ta place.

Mes paupières se closent une courte seconde. Mon cœur tambourine de plus belle, révolté et souffrant. Cependant, je parviens encore à conserver mon calme.

– Alors ça, mon petit père, tu n'es pas le seul à le décider. Or, moi, j'ai décidé que je hanterai chacun de tes pas, donc… le plus simple serait que tu te fasses une raison et cesses de flipper à l'idée d'en parler à Énes. Surtout que…

– Tu ne comprends rien, lâche-t-il, les lèvres retroussées. Tu oublies qu'une autre hante déjà mes pas. Ainsi que toute une partie de moi que je ne t'offrirai jamais.

OK, celle-là, elle fait mal. Putain mal, même.

– Et toi, tu oublies une chose, Néoh. Je te connais. Et je suis très bien placée pour savoir que tu sais user des mots pour blesser dans le but de me repousser, mais… je suis toujours là. Regarde-moi…

Avec douceur, je déploie une main sur sa joue, en glissant mes doigts dans sa barbe.

– Je suis là, répété-je avec ferveur. Et je ne partirai pas.

Son expression impassible se brise à ces mots. Mais pas pour me révéler ce que j'aurais désiré. Au contraire, les lignes de son visage se détruisent pour ensuite se tendre, se cisèlent jusqu'à devenir tranchantes. Lentement, il se penche, puis murmure à mon oreille :

– Ne me force pas à te faire partir, Auréa. Si je sais blesser par les mots, tu sais aussi que je suis encore plus doué sans prononcer une seule parole.

Un vent de révolte me secoue de l'intérieur. Les muscles parcourus d'électricité, je réponds sur le même ton :

– Et ? Que comptes-tu faire ? Baiser la totalité des corps grouillant dans cet appart ? Ça aussi, tu l'as déjà fait. Et… mate un peu, je suis toujours là. Parce que toi et moi, on sait… que quand tu couches avec les autres, tu ressens que dalle.

– Tu n'as jamais été foutue de savoir quand lâcher l'affaire. Très bien. Laisse-moi t'apprendre au moins ça, piccolina.

Sans que j'aie le temps de réagir, Néoh se lève d'un bond, m'embarquant au passage après avoir chopé mon bras d'une poigne ferme. D'un geste, j'intime silencieusement à Thomas de ne pas s'interposer quand celui-ci amorce un pas dans notre direction. Avant de laisser Néoh m'entraîner dans un couloir, puis dans une salle de bains qui doit bien faire le triple de la nôtre. Après avoir verrouillé la porte derrière nous, Néoh se retourne sur moi, puis, la démarche fauve, s'avance jusqu'à m'acculer contre un lavabo.

– Et si je te baisais? dit-il d'un timbre d'acier. Qu'en penses-tu, piccolina? Si je te baisais ici pour ensuite te jeter comme je l'ai toujours fait avec les autres?

D'un mouvement brusque, il me retourne, visse son entrejambe au creux de mes reins jusqu'à ce que mon bassin s'enfonce dans l'émail. Une main étalée sur ma gorge, Néoh maintient ma tête contre son torse, nouant ainsi nos regards à travers le miroir accroché au mur devant nous.

– De cette façon, continue-t-il. Comme pour notre première fois, qu'en dis-tu?

Afin d'illustrer le monceau de conneries qu'il débite, il ponctue sa phrase d'un coup de hanches.

– Fais-le, le provoqué-je. Et jette-moi. Mais on sait tous les deux que ce sera la mort dans l'âme. Et uniquement dans le but de t'enterrer un peu plus pour ne plus respirer.

– Mon âme est déjà morte, Auréa.

Un soubresaut tord mon ventre tandis que, sans se détourner un seul instant de mes yeux, il déboutonne mon pantalon avant d'en faire glisser la fermeture Éclair. Mes dents se plantent férocement dans l'intérieur de ma joue. Jusqu'à ce qu'un goût de sang heurte mes papilles au moment où sa main se coule sous la couture, recouvrant entièrement mon sexe. Je tremble. La pièce tournoie dangereusement autour de nous, pourtant je ne tente rien pour stopper ces gestes. Je crois que… qu'une part de moi en a envie, même. Comme un besoin de trouver une sorte de refuge à ce mal-être qui, à cet instant, le consume entièrement.

– Je crève de m'enfouir en toi, avoue-t-il soudain, reflétant mes pensées.

Mes doigts s'emmêlent alors à ceux qui n'ont pas quitté ma gorge.

– Je suis là. Néoh, je suis là…

Le regard fou, il gronde en nichant son visage dans mon cou.

– Pourquoi tu me forces à te faire mal?

– Parce que je t'aime. Blesse-moi si tu en as tant besoin. Mais je ne partirai pas. Je te l'ai déjà dit: je suis assez forte.

– Pas moi. Je ne le suis pas.

Tout à coup, son corps me relâche, couvrant le mien d'un voile glacé qui me transit de la tête aux pieds.

– Si tu m'aimes vraiment, Auréa, retourne à Chicago. Libère-moi de toi. Et libère-toi de moi. Je ne pourrai jamais te donner ce que tu veux. Je ne pourrai jamais t'aimer. Tu…

– Tais-toi! crié-je presque, sans me retourner, la colère s'échappant de ma peau en ondes néfastes. Trouve une autre excuse, putain! Ce n'est pas parce que tu es incapable de le formuler à voix haute que…

En une enjambée, Néoh comble la distance qu'il avait lui-même instaurée entre nous. Sa main bande soudain ma bouche pour m'empêcher de terminer.

– Lâche! j'essaie de hurler contre sa peau.

– Tu as raison, je suis un lâche. Un lâche, car… j'ai bien trop peur de te révéler… de tout te révéler. La vérité est que… je peux encaisser de te rejeter, mais… j'en crèverais si toi, tu me rejetais. Si… je devais lire du dégoût ou de la haine dans tes yeux. Alors, je t'en prie, rentre aux États-Unis. Libère-nous, Auréa.

Je ne tente rien pour le retenir tandis qu'il s'éloigne. Ni quand il me déchire d'un regard que je sais pourtant passionné. Ni quand il m'abandonne dans cette pièce, pensant sûrement que moi, j'ai abandonné. Que je l'ai abandonné, lui.

Mais… je préfère, et de loin, mourir le cœur balafré de toutes parts plutôt que d'abandonner.

49

Auréa

Thomas m'a tout juste déposée au pied de l'immeuble que je grimpe les marches quatre à quatre, me rue dans le couloir, puis m'engouffre dans cet appartement devenu le mien au cours de ces derniers mois. J'en ai marre. D'être patiente. De me tenir à l'écart par « respect » pour leur relation. Parce que, d'où je me tiens, moi, je trouve qu'elle pue, leur relation. Qu'on ne me fasse pas croire que la réaction de Néoh n'a rien à voir avec le retour d'Énes. Je suis peut-être jeune, mais pas idiote. Encore moins naïve. Leur amitié me paraît bien bancale, soudain… Sinon comment expliquer que Néoh sombre dès que mon frère est dans les parages?

La porte de l'entrée claquant dans mon dos, je ne prends même pas le temps de caresser Blue qui, fébrile, réclame mon attention. Je jette ensuite mon manteau sur le bar de la cuisine tandis que je passe à côté, puis m'installe à table, pile en face de mon frère.

– Où est Néoh? s'inquiète alors maman, déjà assise à droite de son fils. Tu ne l'as pas retrouvé?

Je l'ignore. Tout comme j'ignore la légion de plats s'entassant sur la table ainsi que le regard de papa, à ma gauche, qui pivote aussitôt sur moi. En revanche, les deux billes d'un vert profond qui me défient, elles… je me les mange en pleines dents. Là, à cet instant, je sais que j'ai raison. La fuite de Néoh a tout à voir avec l'homme qui m'observe d'un air sombre.

– Maintenant, je me contente d'articuler.

Énes relâche alors sa fourchette pleine pour la reposer dans son assiette avec une lenteur qui me donne une envie furieuse de coller sa tête dedans.

– Ma puce? papa tente d'attirer mon attention.

Mais rien ne le peut. Déterminée à ferrer Énes, je croise les bras sur ma poitrine, lui signifiant ainsi que je ne céderai pas un seul millimètre de terrain. Cela dit, je n'ai pas l'impression que c'est ce qu'il recherche vraiment. Au contraire, pour une fois, il ne fait pas mine de se dissimuler derrière un sourire, une plaisanterie ou une expression désinvolte.

– Qu'est-ce que tu veux, petite sœur? demande-t-il d'un ton calme, mais pesant.

Étouffant, même. Au point de réduire au silence nos parents qui nous dévisagent comme s'ils assistaient à l'affrontement de deux bêtes sauvages prêtes à se sauter à la gorge.

– La pièce manquante du puzzle, voilà ce que je veux.

Un rictus fend le coin de sa bouche.

– Tu l'as devant toi.

Déstabilisée par sa réponse, je marque une pause. Avant de répondre un ridicule:

– Hein?

– La pièce manquante du puzzle, c'est moi.

– Je… je ne comprends pas.

Un ricanement amer lui échappe.

– Évidemment, comment tu le pourrais? Auréa, il n'a jamais été question d'une partie à deux joueurs, tout comme il n'a jamais été question de seulement Ambra et Néoh.

– Qui est Ambra? ne peut s'empêcher de commenter maman.

À nouveau, je l'ignore, les rouages de mon cerveau s'activant à toute allure. Qu'est-ce que mon frère peut bien… Tout à coup, un séisme me retourne l'estomac quand une lueur de compréhension me frappe l'esprit.

– Oh, mon Dieu, Ambra a trompé Néoh avec… toi?

Un autre type de sourire tord sa bouche. Entre l'indulgence et, au contraire, une certaine condescendance.

– Il n'y a jamais eu de tromperie entre nous, Auréa… Disons qu'Ambra se partageait très bien avec nous deux. Entre nous deux. Et quand je dis entre… je parle au sens figuré comme au sens littéral du terme.

Cette fois, je suis sûre de vomir. La bile remonte ma trachée avec une telle violence que je me plie en deux sur ma chaise.

– Tu comprends, maintenant? insiste-t-il, sans aucune pitié pour mon corps soudain parcouru de spasmes, pourquoi Néoh a tant cherché à te résister, au départ? Coucher avec la petite sœur du mec avec qui il formait un putain de couple à trois… Qui peut faire ça?

50

Néoh

Je la déteste.

Pourquoi est-elle venue, putain? Pourquoi doit-elle avoir la détermination chevillée au corps? Pourquoi… Pourquoi je ne suis pas foutu d'enrayer le flot de mes pensées qui me ramène toujours vers elle?

Avec Ambra, c'était facile. Si, au départ, son corps m'affamait, je me suis vite lassé. Passé le «délire» de la partager avec mon pote, je me suis rapidement retrouvé avec une envie d'ailleurs. D'autre chose. À mes yeux, tout ce bordel n'était qu'une expérience passagère durant ma vie de jeune adulte. Le souci, c'est que, à trop profiter et s'amuser, on en oublie le reste. Tout ce qui gravite autour et sur lequel nous n'avons aucune emprise, surtout avec la tête bien enfoncée dans ses conneries. Ambra est tombée amoureuse de moi sans même que je m'en doute une seule seconde. En bel enfoiré que je suis, je n'ai rien vu. Que dalle. Pas une saloperie d'indice. Il aura fallu qu'elle se donne la mort pour que j'ouvre les yeux, et encore… avec l'aide d'Énes qui, lui, avait parfaitement capté les signaux. Parce que, tandis que moi, j'assouvissais mes fantasmes sur les courbes d'Ambra, mon meilleur ami, lui… succombait à bien plus que son corps.

Alors, ouais… comment pourrais-je lui en vouloir de haïr le simple fait que je touche sa sœur quand, par ma faute, à cause de mon égoïsme, la femme qu'il aimait est morte ? Énes a beau être Énes : généreux, solaire, aimant, il a beau m'avoir pardonné alors que la culpabilité me bouffait de l'intérieur, il n'empêche… que m'imaginer avec Auréa reste trop. Une limite à ne pas franchir. Le même sang que le sien, celui de l'homme que j'ai blessé à un point inimaginable. Et… si je suis honnête, maintenant que je suis enfin face à moi-même, dans les profondeurs, et sans l'influence d'Auréa, je peux me l'avouer : il a raison. Je n'ai pas le droit de la contaminer avec les ombres de mon passé. Ambra a déjà été sacrifiée par ma faute, et s'il arrivait malheur à Auréa… je jure de foutre ce monde à feu et à sang. Voilà pourquoi je suis mieux ici, dans cette fête organisée par une de mes connaissances qui, auparavant, me fournissait en n'importe quelle substance bonne à raser ce qui polluait mon esprit. À me permettre d'avoir un pied déjà en enfer sans quitter cette putain de réalité merdique.

– Tu sais, il y a quelque temps, j'aurais payé cher pour assister à ce spectacle.

Les paupières closes, de nouveau installé sur cet affreux sofa, je lâche un grondement – enfin, j'imagine – sans même regarder le propriétaire de cette voix à la tessiture bien trop arrogante. En même temps, à sa place, moi aussi, je prendrais mon pied. Soudain, je sens l'assise s'enfoncer un peu plus sous le poids du nouvel arrivant, m'extrayant au passage de la torpeur dans laquelle j'ai vite replongé après le départ d'Auréa.

– Pourquoi tu ne vas pas courir derrière son cul, la langue pendante, plutôt que de venir me faire chier, Thomas ? Depuis le temps que tu attends… à moins que tu ne sois venu savourer ta victoire ?

– Victoire ? J'avoue, je l'attendais, mais pas pour les – ou plutôt la – raison à laquelle tu fais allusion.

Cette fois, j'ouvre un œil, suivi du second, ce qui me colle aussitôt un tournis dingue qui me soulève le cœur. La tête vers cet abruti qui, assis à ma gauche, ne se donne même pas la peine de me retourner mon regard, préférant dériver au gré des corps autour de nous, je maugrée :

– Je ne suis clairement pas en état de connecter mes neurones. Non pas que j'en aie envie, cela dit. Alors si tu as quelque chose à cracher, sois explicite. Ou non, j'ai mieux encore : barre-toi.

Un sourire éthéré, quoiqu'un peu tordu, semble fissurer son profil. Et me fissurer un peu plus le crâne au passage.

– Je te rassure, rétorque-t-il. Même à jeun, tu ne comprends rien. On a beau s'agiter sous ton nez, toi…

Son attention toujours rivée ailleurs, il bouge néanmoins ses doigts comme s'il contrôlait des marionnettes.

– … toi, tu ne vois rien.

Sans me détourner de son visage qui s'obscurcit soudain, je demeure silencieux. Et patiente, pressentant qu'il s'apprête justement à m'arracher ces œillères qu'il me soupçonne de porter.

– Vous l'avez détruite, lâche-t-il enfin.

Sa voix, je la perçois aussi clairement que si nous étions seuls, sans ce bordel ambiant. Et putain… elle me percute méchamment. La mâchoire contractée à tel point que je suis sûr de me péter une dent, je me contente d'un :

– Tu la connaissais.

– C'est… c'était ma cousine.

Fuck.

– Ambra et moi étions très proches, explique-t-il alors, calmement malgré la tempête que je devine sous ses côtes. Du coup, tu imagines le temps qu'elle a passé à me parler de vous, de ces deux Américains exilés en Italie avec lesquels elle découvrait un autre genre de sexualité. Le pire, c'est que je ne l'ai même pas dissuadée de poursuivre votre délire à trois. Au contraire, tant qu'elle s'amusait en se protégeant, où était le mal? Et puis... est arrivé le moment où ses regards étaient de moins en moins enjoués, de plus en plus déprimés. Son cœur supportait mal d'être ignoré par l'homme dont il tombait amoureux peu à peu. Cet homme qui se détachait d'elle au fil des jours, qui préférait «autre chose», qui...

– Stop, tranché-je d'un ton enragé.

Les muscles submergés d'une vague de fureur, je me penche soudain, les coudes sur mes genoux et les poings fermés contre mon cuir chevelu. J'inspire profondément, et surtout, n'esquisse pas un putain de mouvement. Si je bouge, je suis sûr de mettre cet endroit à sac. Avant de m'en prendre à moi-même.

Néanmoins, Thomas poursuit, sans aucune pitié, mais... franchement, je n'en mérite aucune, de toute façon.

– Lorsque Ambra s'est donné la mort, j'ai su... que cela avait un rapport avec vous deux. Je voulais comprendre. Comment une jeune femme si lumineuse pouvait en arriver à de telles extrémités? Alors j'ai cherché, je vous ai cherchés, vous. Et c'est Auréa que j'ai trouvée. Si belle, si solaire, si généreuse...

Son prénom ricoche si lourdement entre mes tempes qu'une onde électrise méchamment mes nerfs. Vif, j'attrape le col de sa chemise griffée pour le rabattre contre moi.

– Si tu...

– Je ne suis pas ce genre d'homme, m'interrompt-il, polaire, sans me laisser finir. Jamais je ne lui ferai de mal. J'aime vraiment Auréa. Et ce qui me fout le plus les boules, c'est qu'elle aussi souffre à cause de vous.

Je le relâche immédiatement, comme si son contact m'avait cramé. À moins que ce ne soient ses paroles si... vraies. Après avoir repris ma position initiale, je dis dans un soupir épuisé:

– Je suis désolé.

Je déglutis, puis reprends :

– Désolé pour ta cousine. Si j'avais vu...

– Vu quoi, Néoh ? Comment peux-tu voir alors que tu ne regardes pas dans la bonne direction ? Je vous ai observés, toi, Énes et Auréa, ces derniers mois... et s'il y a bien une chose que je peux t'affirmer, c'est que... tu es aveugle, mec.

Tout à coup, sa paume se couche sur ma nuque en un geste qui n'a rien de brutal ou de malveillant. Son buste s'incline à côté du mien tandis qu'il ajoute :

– Pourquoi Auréa vous a rejoints en Italie ?

– Elle en avait ras le bol de ses études, je réponds, avec la sensation que... une information capitale me glisse tel du vent entre les doigts.

– Faux.

Piqué, je pivote le visage de façon à affronter enfin ses billes noisette, et... voilées d'une étrange chaleur.

– Énes lui a demandé de venir, car, et je cite les paroles de Auréa : Néoh sombre peu à peu et, bien que mon frère ne puisse pas me révéler pourquoi, il pense que me revoir ferait remonter à la surface l'ancien Néoh.

D'un bond, je me relève, avec l'impression délirante que de l'acier est en train de se solidifier dans la moindre de mes cellules. Ma rage explose enfin. Je le chope de nouveau par le col pour, cette fois, le plaquer contre un mur, ignorant les paires d'yeux inquiets qui convergent sur nous.

– Je sais ce que tu essaies de faire, sifflé-je, menaçant. Briser notre amitié en espérant ainsi venger Ambra. Mais tu n'y parviendras pas. J'ai déjà perdu beaucoup, je...

– Perdu Auréa ? Cette amitié avec Énes vaut-elle vraiment le coup que tu la perdes ? Et laisse-moi te dire autre chose, Néoh. Ce qui existe entre toi et Énes, ce n'est pas de l'amitié... loin de là.

Avec un calme juste hallucinant étant donné que je suis à deux doigts de l'étrangler avec son tissu hors de prix, il enroule ses paumes autour de mes poings, puis poursuit :

– Pose-lui la question. À Auréa. Demande-lui pourquoi elle a lâché sa dernière année pour venir ici ?

– Je l'ai déjà fait.

– Au début, riposte-t-il. Quand elle n'avait pas encore compris… Qu'est-ce que ça te coûte, hein ? Retrouve-les. Auréa, Énes. Et demande-leur !

Face à sa détermination, je doute. Hésite, incapable de réfléchir tant le sang dans mes veines surnage au milieu de toute la merde que j'ai prise, ce soir. Avant que Thomas émette ces quelques paroles… celles qui embrasent définitivement tout sous la surface pour n'y laisser qu'une colère sourde et implacable.

– Il ne s'agissait pas de toi, Néoh… Ambra, ce n'est pas de toi qu'elle était tombée amoureuse.

51

Énes
Un an plus tôt

À quel moment mon monde s'est désaxé pour s'enfoncer dans cette réalité distordue? À quel moment je me suis enfoncé dans cette réalité avec trop d'empressement, avec cette envie aussi cruelle que délicieuse ancrée au bide?

À quel moment je suis devenu affamé au point de quémander une attention, une caresse, tel un clébard en manque?

À quel moment...

Soudain, un petit corps nu se moule au mien, tranchant net le cheminement foireux de mes pensées. Étendu, à poil, sur le dos, dans mon lit, je laisse Ambra se blottir dans le creux de mon épaule, sa cuisse en travers de mes jambes comme si elle cherchait à entraver le moindre de mes mouvements. Le voilà, le moment, ou plutôt le départ de tout ce merdier. Elle. Cette femme d'à peine vingt ans rencontrée dans un bar lors d'une soirée un peu trop alcoolisée, et qui est devenue notre joujou préféré. Non pas que Néoh et moi l'ayons entraînée contre son gré, bien au contraire. Seulement... le point de rupture s'est amorcé, avec toutes ses conséquences inévitables. Conséquences que je ne suis pas prêt à affronter. Je la sens déjà... cette sensation de me noyer, de sentir l'eau envahir ma trachée jusqu'à bloquer mes poumons. Jusqu'à me faire crever.

Le nez d'Ambra s'enfouit dans mon cou, me chatouille tandis qu'elle s'amuse à mordiller ma peau. Je suis incapable de bouger. La colère est encore trop épaisse dans mes veines.

– Où est Néoh ? se renseigne-t-elle alors, bien qu'au son traînant de sa voix, je devine qu'elle s'en fiche pas mal.

– Parti, je réponds, laconique.

Parti il y a plus de deux heures, après m'avoir balancé un : « C'était la dernière fois, mec. J'en ai fini de ces conneries » pendant qu'Ambra dormait encore.

Fini de ces conneries ?! Conneries ? C'est tout ce qu'on, ce que je représente à ses yeux ?

Sans parvenir à dissimuler l'amertume qui me ronge, je renchéris :

– Il ne reviendra plus avec nous.

Je la sens se raidir un bref instant, puis elle se redresse sur un coude afin de nouer son regard au mien. Ses longs cheveux châtains dégringolent sur mon torse, me soutirant une grimace que je ne contrôle pas. Pendant qu'Ambra me couve de ses yeux d'un marron tendre, elle dit dans un chuchotement :

– C'était à prévoir. Il semblait ailleurs, ces derniers temps.

Ses lèvres rosées s'ourlent d'un doux sourire.

– Et puis… ça se sent quand un homme n'est pas à fond dans ce qu'il entreprend, raille-t-elle.

Un goût acide remonte mon œsophage pour exploser telle de la rouille sur ma langue.

– Qu'est-ce qui ne va pas ? s'inquiète-t-elle soudain. Ce genre d'histoire à trois, ça ne peut pas durer. Enfin, pas avec des hommes comme Néoh. Ce n'était qu'une passade, qu'une expérience plutôt… sulfureuse, pour lui, il ne s'en est jamais caché, d'ailleurs.

D'un hochement de tête, j'acquiesce en silence. En réalité, je veux juste qu'elle la ferme.

– Tu t'en fais pour votre amitié? insiste-t-elle. Énes, vous vous connaissez depuis tout gosses, avoir partagé du bon temps en compagnie de la même femme ne va pas vous séparer.

Quand va-t-elle comprendre qu'au fil des dernières semaines, elle est devenue un substitut? Une saloperie de prétexte? Un leurre? Que les sentiments que je lis dans ses prunelles chaudes quand elle les pose sur moi, je ne les partage pas? Pire, que je les exècre?

Parce que... c'est ailleurs que je veux les lire, merde!

– Et puis... que Néoh quitte la partie n'implique pas fatalement que le jeu doit cesser, glousse-t-elle.

Indifférente à la rage qui doit pourtant exsuder du moindre de mes pores, Ambra s'incline, fait courir sa langue sur le fil de ma mâchoire, puis sur ma jugulaire, l'une de ses mains s'aventurant à prendre mon sexe entre ses doigts. Sans grand succès.

Je sais ce qu'il me suffirait de faire. Penser à lui. Imaginer mon meilleur ami de toujours faire coulisser ma queue dans sa paume. Imaginer son souffle, ses grondements rauques s'échouer contre ma chair. Imaginer les lignes dures et sèches de son corps contre moi. Sur moi, et...

Putain.

Satisfaite de me sentir bander, Ambra se coule au-dessus de moi, commence à onduler, frottant son intimité contre mon sexe. Les yeux clos, je tente de... je n'en sais rien, bordel! Une saloperie d'envie me pourrit l'abdomen, me pousse à le dessiner, lui, sous la barrière de mes paupières afin d'insuffler encore plus de vie à mon fantasme. Mais il est bien là, le problème. Le fantasme ne suffit plus. Et le mensonge ne tarde pas à chasser le désir pour me plomber d'un manque qui me fait friser la folie.

Ne tenant plus, j'attrape Ambra par les épaules pour la jeter plus loin sur le matelas en hurlant.

– Mais lâche-moi, bordel !

D'un bond, je suis sur le sol, les nerfs tellement à vif qu'un voile pourpre couvre ma vue.

Je le hais d'avoir implanté un tel besoin, une telle obsession dans mon crâne et mes cellules sans même s'en douter une fichue seconde.

Je me hais d'être encore excité, à cet instant, uniquement parce que mes pensées dérivent vers lui.

Et je la hais, elle. Jamais je n'aurais ressenti cette merde si elle ne nous avait pas entraînés dans ce déluge de sexe. Jamais, alors, je ne me serais rendu compte à quel point je crevais de sentir mon meilleur ami en moi quand il s'enfonçait dans son ventre à elle.

Aussi, lorsque ses yeux s'écarquillent à la fois de surprise, d'incompréhension et de peine, je vrille. Et expulse enfin ce monstre qui griffe mes côtes depuis trop longtemps.

– Tu ne comprends vraiment pas ? sifflé-je, les dents serrées à m'en péter l'émail. Je ne t'aimerai jamais. Jamais, putain ! Tu sais quoi ? J'ai à peine apprécié de coucher avec toi pour assouvir ton besoin de sexe ! Parce que mon besoin, à moi, n'a jamais été étanché entre tes cuisses ! Si je bandais, ce n'était pas pour toi, Ambra. Alors fous-toi dans le crâne que si Néoh quitte la partie, comme tu dis, le jeu est terminé. Je n'ai aucun intérêt à jouer sans lui. Et certainement pas pour toi.

Je perçois bien son désarroi. Je la vois, cette douleur déchirer son regard jusqu'à se loger sous sa poitrine qui, d'un coup, se soulève de façon frénétique et désordonnée. Je l'entends, ce sanglot qui semble lui arracher la gorge. Néanmoins… je ne ressens rien. Pas de tristesse, ni d'empathie. Rien.

Il a déjà pris toute la place.

***

Deux semaines plus tard

– Merde, Néoh…

Un grognement s'arrache de ma cage thoracique lorsque je l'aide à s'affaler sur son lit. Saoul. Et camé, je soupçonne. Comme c'est le cas depuis sept jours, depuis que nous avons appris le suicide d'Ambra.

Si la culpabilité étouffe mon meilleur pote, elle me dévore. S'attaque à la plus infime de mes cellules afin de la pourrir lentement, en attendant de pouvoir s'emparer de la prochaine. Jamais je n'ai voulu ça… Jamais je n'ai pensé qu'Ambra était capable d'un tel acte. Cela dit, aurais-je réagi différemment, dans ce cas? Le pire, c'est que je suis persuadé du contraire. Le chaos dans mon crâne prenait de telles proportions que je n'aurais pas pu faire autrement. Pas par cruauté ou méchanceté, mais uniquement par faiblesse. Par lâcheté, car m'en prendre à elle était plus facile. Sans grande conséquence. Du moins, je le pensais…

Le fantôme d'Ambra hantera chacun de mes pas. De mes actes. Seulement, si je lui laisse une partie de mon âme, je ne peux lui donner le reste. Car, comme je le disais, il a déjà tout pris.

Néoh est à présent allongé, et je commence à le déshabiller. Retire ses chaussures, son tee-shirt, son pantalon… En boxer, étendu de tout son long, il n'esquisse plus un mouvement. Moi non plus, d'ailleurs. Cette putain d'obsession, ma putain d'obsession m'explose à la gueule. Et, si j'étais parvenu à la museler jusqu'ici, trop empêtré dans ma culpabilité comme dans la sienne, ce soir… je n'y parviens plus. Je redeviens faible, lâche…

Dépossédé du moindre contrôle sur mon propre corps, sa chaleur s'enlaçant désespérément à ma peau, je m'allonge près de lui. Contre son flanc. Perdu dans son propre bordel intérieur, Néoh ne réagit même pas. Nous demeurons ainsi, en silence, pendant un long moment. Enfin, il me semble… En tout cas, assez longtemps pour que chaque grain de ma chair endure l'enfer de le sentir si proche. Assez longtemps pour que le désir qui enfle dans mon bide à m'en torturer les sens me flingue.

Je pivote ensuite lentement afin de l'observer. Ses yeux sont fermés, mais je doute qu'il dorme. Ou s'il dort, ce n'est pas un sommeil sain, mais plutôt une inconscience forcée due à ce qu'il a ingurgité ce soir. Sans réussir à me réfréner, j'approche ma paume de son torse nu, le survole avant de la poser franchement sur la ceinture de son abdomen. Toujours aucune réaction de sa part. Un filet de sueur dégringole ma colonne vertébrale tandis qu'une morsure enflammée s'empare de mon ventre. Avant de contaminer mon membre déjà dressé au moment où le bout de mes doigts se coule sous la couture de son boxer.

– On l'a tuée, résonne soudain sa voix, me giflant méchamment au passage.

Je retire aussitôt ma main pour la ramener contre moi en un poing convulsé.

– Comment on a pu ne pas voir sa détresse? insiste-t-il. Comment on a pu la baiser et ne rien percevoir de son mal-être? On n'est même pas foutus de savoir pourquoi elle a fait ça… On est toxiques, Énes. On ne devrait même plus… rester l'un près de l'autre. Je n'arrive plus à… te regarder sans penser qu'on est putain pourris…

C'est là, à cet instant, qu'au lieu de nous sortir la tête de l'eau, j'ai préféré nous enterrer. Nous enterrer dans notre culpabilité, dans les mensonges et la noirceur. Par lâcheté, encore une fois. Parce que, me noyer avec lui, avec elle, aussi, quelque part, était toujours plus facile que d'apprendre à respirer sans sa présence.

Voilà pourquoi je lui ai murmuré ces mots qui continueront de hurler dans ma tête jusqu'à ma mort:

– Ce n'est pas nous, Néoh, mais toi… j'avais beau ne voir qu'elle, tenter d'attirer son attention en vain, elle ne voyait que toi. Que toi, qui aspirais déjà à l'attacher à ton passé. Elle n'a pas supporté ton indifférence… Alors, je t'en prie, ne m'ampute pas de la seule personne qui me reste…

52

Auréa
Retour au présent

J'ai beau fermer les paupières, je les aperçois. J'ai beau n'avoir jamais vu son visage, je le devine. Elle, avec… eux. Bon sang…

Frigorifiée, j'inspire profondément en rabattant les pans de mon gilet contre ma poitrine. Sur le balcon où je me suis réfugiée le temps de… je ne sais pas trop, en fait, je m'accroupis, le dos contre l'un des murs. Blue, évidemment, m'a suivie et, une fois de plus, se tient assis, le dos droit comme une pierre. Ou comme une falaise à laquelle me raccrocher, plutôt. Un flash bombarde soudain mon esprit. Une image datant d'il y a tout juste quelques mois, lorsque je me ridiculisais, sur ce même balcon, avec mes mouvements de yoga. Mais surtout lorsque je me suis promis de le percer à jour. Eh bien… encore une preuve que ma détermination est sans faille. Sans prix à payer, en revanche… je n'en suis pas certaine. Soyons clairs, je me fous pas mal de ses expériences passées. Peu importe dans quels excès, sexuels ou autres, il s'est oublié, cela ne change rien à la façon dont je le perçois. Toutefois… là, c'est différent. D'un, mon frère est dans l'équation. De deux… on parle d'une vraie relation, au vu des propos d'Énes. Or, dès que des sentiments sont en jeu, c'est le début de la défaite. Et de tous les côtés.

Et la mienne, de défaite, a un goût de cendres. Parce que, au-delà d'avoir été trahie par leur silence à tous les deux, je comprends maintenant... que je suis réellement sur le point de perdre Néoh. Mais, contrairement à ce que j'ai toujours prétendu, je ne suis pas certaine de réussir à me relever sans lui.

– Ma puce?

Je redresse la tête sur maman qui, enveloppée d'un plaid, referme doucement la baie vitrée derrière elle avant de me rejoindre, de s'asseoir sur le sol gelé, à ma gauche, pour ensuite nous accueillir, Blue et moi, sous la couverture. Sans plus attendre, je pose ma tempe contre son épaule, me pelotonnant dans son étreinte, au cœur de ce cocon formé par nos trois corps. Je ne tente même pas de savoir si Énes est encore dans le salon avec notre père. Si ce dernier le sermonne, le console... Pour le moment, je m'en fiche. Pour une fois, je n'ai pas envie de me jeter immédiatement dans la bataille. Pour une fois, je réclame un peu de paix, avant.

– Comment tu te sens? chuchote alors Bianca.

– Je ne sais pas trop, je réponds honnêtement. Je n'arrive pas à trier mes propres idées.

– Je comprends, dit-elle en me resserrant contre elle. Et si tu commençais par m'expliquer, toi et Néoh?

Un sourire mélancolique éclot sur mes lèvres, par réflexe.

– Je suis amoureuse.

Là encore, difficile de faire plus honnête. Mais je n'ai jamais rien caché à maman, ni à qui que ce soit, d'ailleurs – exception faite d'Énes – alors pourquoi je débuterais maintenant?

– Ouah, tu le dis d'une telle façon... comme si c'était une fatalité.

– Bah, ça l'est un peu, non? Je ne pense pas que l'on choisisse d'éprouver ce genre de sentiments. On aime, c'est tout.

Un ricanement lui échappe pour venir s'échouer dans mon cuir chevelu.

– Exact… Heureusement dans certains cas, et malheureusement dans d'autres. Mais toi ? Tu te situes où ?

– Tu n'es pas très subtile, pour une avocate, raillé-je.

– Et toi, tu es ma fille. Tu m'as fait pipi et caca dessus, et tu m'as même vomi dessus, alors… non, je ne donne pas dans la subtilité.

Malgré l'instant, je roule des yeux. Là est le pouvoir d'une mère, après tout. Il suffit d'une parole ou d'un geste pour que, miraculeusement – ou pas, d'ailleurs – on redevienne enfant. Néanmoins, je lui réponds avec cette impression d'avoir définitivement quitté l'insouciance.

– Je dirais que ça dépend d'où lui se situe.

– Hum… et moi, je te dirais que tu te trompes de voie, dans ce cas. Tu n'as pas à te situer en fonction de lui…

– Maman, soufflé-je, je t'en prie, tes discours féministes ne vont pas m'aider, là…

– Tais-toi donc, m'interrompt-elle d'un ton doux mais ferme. Je ne te parle pas féminisme, Auréa, mais amour. Je vais faire simple : tu l'aimes ?

– Oui, grogné-je, agacée de devoir le répéter.

– Es-tu capable de poser des mots sur les raisons qui te poussent à l'aimer ?

Un bref instant, je me fige. Fronce les sourcils le temps d'analyser sa question avant… de sourire, encore. Plus franchement, cette fois.

J'aime qu'il me provoque sans arrêt. Tente de me repousser uniquement dans le but de me pousser vers lui parce qu'il sait… que je le rejoindrai toujours.

J'aime cet enfoiré qu'il brandit parfois en défense.

J'aime cette noirceur qui ourle ses yeux sombres. Car il me la livre dans sa quasi-entièreté.

J'aime cet autre éclat qui se loge dans son regard quand il le pose sur moi. Aussi épais, mais tellement plus éclatant et brûlant.

J'aime sa façon de me recouvrir, sa chaleur s'emparant de la mienne. Le sentir m'envahir quand nous faisons l'amour, prendre possession de mon corps pour me laisser ensuite, moi, prendre possession du reste. J'aime ses coups de reins sauvages et bestiaux lorsqu'il se dévoile un peu trop, tout comme j'aime ses baisers lascifs lorsqu'il se dévoile encore plus.

Mais surtout, j'aime la femme que je suis à ses côtés. Parce que je suis moi. Parce que, malgré ses faiblesses, Néoh n'a jamais tenté de m'enchaîner d'une quelconque manière. Parce que, avec lui, je continue d'évoluer et de devenir la femme que j'ai toujours voulu être. Libre. Forte. Assez folle pour ne pas craindre de chuter. Capable d'aimer à s'en fendre le cœur en deux, à s'en déchirer l'âme, et… continuer d'aimer encore.

– Oui, je réponds alors, mes lèvres s'étirant au maximum. Je crois que oui…

Tandis qu'un regain de combativité, celui que j'attendais en me réfugiant ici, me submerge pour me transcender d'une énergie aussi puissante que délirante, je réalise autre chose : Néoh aussi a évolué avec moi. Ces chaînes qu'il se trimballe depuis le suicide d'Ambra, à défaut de s'en être totalement débarrassé, il avait au moins réussi à les rendre plus légères.

Avant que, d'un coup, elles s'alourdissent jusqu'à carrément l'étrangler.

À cause d'une seule personne…

– Maman, tu peux dire à Énes de venir, s'il te plaît ? J'ai besoin de lui parler.

– Seulement si tu me promets de ne pas t'engueuler avec lui. C'est ton frère, ma chérie, ne l'oublie pas. Je comprends que ce… cette révélation t'ait perturbée, seulement…

– Maman, j'insiste. À moins que tu ne préfères que je parle de ça devant papa ?

Un long soupir suivi d'un : « T'es trop maligne » plus tard, elle se relève, non sans m'avoir auparavant embrassé tendrement le front. Puis, me laissant sous ma couverture avec Blue qui n'a pas bougé d'un poil, elle s'engouffre à l'intérieur.

Quant à moi, j'attends, patiente, le cœur battant, car lui aussi se prépare… à cette conversation qui, je le sais, ne me laissera pas indemne.

53

Auréa

Lorsque la silhouette d'Énes se glisse par l'interstice de la baie vitrée semi-ouverte, je me relève lentement, le plaid toujours sur mes épaules bien que je n'aie plus froid. Une main massant sa nuque, il me couve d'un regard doux, mais contrit.

– Papa est en train de flipper, dit-il d'un ton grinçant.

– Flipper à cause de quoi? rétorqué-je. De me savoir avec Néoh? De cette histoire de trouple? Ou de comprendre que son fils a laissé sa petite sœur dans l'ignorance?

L'air semble déserter ses poumons tant ses épaules s'affaissent sous son sweat noir.

– Je suis désolé, Auréa, mais je te l'ai dit: ce n'était pas à moi de te confier ce qui ronge le cœur de Néoh.

– Bien sûr que si! m'exclamé-je, si fort que Blue bondit sur ses pattes. À partir du moment où tu étais impliqué aussi, tu devais m'en parler! Bordel, Énes, vous avez partagé les mêmes draps, la même…

Un goût de sang tapisse mon palais lorsque je m'interromps en mordant l'intérieur de ma joue.

– Ce n'était que du sexe, dit-il, essayant de se justifier.

– C'est faux… Ça ne l'était pas pour elle, pas pour Ambra.

Comment tu peux… ne pas paraître touché par cette histoire alors qu'elle s'est suicidée ? Que Néoh sombre, et que…

Toujours drapé d'une fausse nonchalance, car je la sens… cette autre chose latente sous sa peau, il avance de quelques pas dans ma direction. Avant de s'immobiliser quand je recule jusqu'à buter contre le garde-fou.

– Je ne suis pas Néoh, petite sœur. Même si les remords m'assaillent de toutes parts, je ne me rends pas. Toi et moi sommes pareils, nous préférons la lutte plutôt que la reddition. Et puis… ce sont les actes de Néoh qui ont indirectement poussé Ambra au suicide, alors j'imagine que la culpabilité que je ressens est moindre par rapport à la sienne. Surtout que… l'un de nous deux devait tenir pour l'autre…

– Alors pourquoi Néoh replonge dès que tu es là ? Il a suffi de… quelques heures, après ton retour, pour qu'il reparte en vrille ! Pourquoi j'ai la sensation que tu lui fais plus de mal que de bien ?

Cette fois, mon frère ne parvient plus à conserver son calme apparent. Ses lèvres se chiffonnent en une grimace amère qu'il ne tente même pas de camoufler.

– Tu penses que voir mon meilleur ami dans cet état, ne pas réussir à soulager ses maux me plaît ? Que… lire dans son regard qu'à travers moi, il ne perçoit qu'elle ne me fout pas en l'air ? Tu crois vraiment que me rendre compte que ma propre sœur lui fait plus de bien que moi, son ami de toujours, ne me donne pas envie de hurler ?

– Pourtant c'est toi qui m'as demandé de venir ! J'ai lâché mes études pour ton appel à l'aide, Énes ! Pour vous deux, j'ai tout plaqué, merde ! Et tout ça pour que tu me mentes ! Que tu nous mentes, parce que je suis sûre d'une chose : jamais tu n'as avoué à Néoh que tu étais au courant pour lui et moi avant de te barrer, cet automne !

Soudain, une troisième voix rugit, me recouvrant d'un frisson à la fois glacé et soulagé :

– Parce que tu savais !

Énes et moi pivotons de concert vers le visage furieux de Néoh. En simple tee-shirt alors que la température avoisine le zéro, il dévore la distance qui nous sépare jusqu'à se planter à tout juste un mètre de mon frère. Je crève d'envie de le rejoindre, de me blottir dans ses bras ou de l'accueillir sous mon plaid, mais suis incapable de bouger le moindre membre. La rage, froide et implacable, qui transpire de ses muscles bandés me pétrifie. Même Blue, par réflexe, se place devant mes jambes, entre eux et moi. Un grognement bas et rauque s'extirpe même de sa gueule lorsque Néoh dirige tout à coup son attention sur moi, me poignardant de deux pics d'obsidienne.

– Pourquoi tu es là ? crache-t-il alors.

– Quoi ? je contre-attaque, sa colère me contaminant. Tu aurais préféré que je sois déjà le cul dans un vol retour pour Chicago ?

Une lueur indéchiffrable zèbre son regard. Puis, les poings serrés contre ses cuisses, comme s'il cherchait à se canaliser, il reformule :

– Pourquoi tu es venue en Italie, Auréa ?

D'instinct, mes yeux croisent ceux de mon frère qui, d'un signe de tête, m'encourage à répondre :

– Énes me l'a demandé. Tu… il avait peur pour toi, et…

– Conneries, me coupe-t-il.

Comprenant que sa réflexion ne m'est pas destinée, je reste silencieuse. Et dévie mon regard sur Énes au moment où Néoh lui intime :

– Regarde-moi.

Il s'exécute sans broncher, le coin de ses lèvres se rehaussant légèrement. Trop proches… Ils sont beaucoup trop proches l'un de l'autre, et une brusque envie de m'intercaler entre leurs deux corps m'envahit. Toutefois, je n'en fais rien. Je crois que… je me suis tout simplement retrouvée prise entre deux feux, au milieu de conflits qu'ils n'ont jamais vraiment réglés.

– Dis-moi la vérité, Énes. Si tu as encore, à mon égard, un reste de notre amitié, dis-moi pourquoi tu l'as embarquée dans ce bordel ?

L'impression que l'atmosphère se sature… arrive au point crucial où la seule issue possible est l'anéantissement, l'explosion. Et cette explosion naît au cœur des prunelles de mon propre frère. À l'instant où il fixe son attention sur Néoh, son expression change radicalement, mute en quelque chose de brisé, à la limite du désespoir.

– Parce que tu l'as regardée avec envie.

Un pli se forme entre les sourcils de Néoh. Décontenancé par ses paroles, il dit dans un grondement :

– De quoi tu parles ?

– Ose me dire que tu ne t'en souviens pas, siffle Énes, les mâchoires contractées. De la fois où je t'ai montré une photo d'Auréa postée sur Instagram alors qu'elle était à Miami ? Parce que moi, je m'en souviens parfaitement… du désir qui dégueulait de ta façon de la mater. Elle, ma propre sœur, putain ! Baiser avec toutes ces gonzesses de passage, ça ne te suffisait pas, hein ? Je t'ai tellement détesté, à ce moment-là… Lire cette envie, sur ton visage, qui lui était destinée… à elle. À elle. À elle, bordel !

Chamboulée par ses propos, je me recroqueville sous ma couverture. Un immense vide se creuse entre mes côtes. Je ne saisis pas le sens de… ou plutôt si, je commence à le saisir, à emboîter petit à petit les pièces de ce puzzle pervers et néfaste. Et… je suis sûre d'y laisser un morceau de mon âme, dans ce jeu malsain auquel mon propre frère m'a forcée à participer.

– Pourquoi la faire venir? répète Néoh en articulant chaque syllabe.

Si j'ai pris l'habitude de dire que, souvent, ses ombres l'enveloppent, là… c'est totalement différent. C'est lui, cette fois, qui semble les avaler, les assimiler pour s'en nourrir. Je ne l'avais encore jamais vu aussi polaire, dangereux. Presque létal.

– Je voulais la pousser dans tes bras, avoue alors Énes. Que tu t'en empares, la jettes, comme tu le fais avec toutes les autres pour qu'ensuite, tu viennes ramper jusqu'à moi, en étouffant de culpabilité. Que tu te sentes mal de m'avoir trahi en la blessant, elle, et qu'ainsi tu cesses de te détacher de moi, de nous. Comme… comme ça avait fonctionné après le décès d'Ambra…

Moi aussi, j'étouffe soudain. La douleur qui me déchire la poitrine est telle que je me plie en deux, incapable de respirer. Un cri se coince dans ma gorge, me broie la trachée.

Impossible.

Pas lui. Pas mon frère… Il n'a pas pu…

Non… non!

Tout à coup, d'autres paroles percent le brouillard asphyxiant qui m'entoure. Me fracassent le crâne.

– Je suis désolé, petite sœur. Tellement désolé…

54

Néoh

J'ai la sensation d'avoir bel et bien foutu deux pieds en enfer. D'avoir été balancé dans la folie pure. J'imagine qu'il est là, le véritable purgatoire… certainement pas au cœur de la Terre, mais dans les nôtres, de cœurs. Dans chacune de nos vies, prêt à tout basculer pour que, sans quitter la surface, nous nous enfoncions. Brusquement ou, comme pour moi, avec lenteur, presque avec douceur, même… et dans ce cas, la violence du choc n'est pas la chute, ni l'atterrissage, mais l'instant où la vérité vous fout un tel uppercut que vous vous affalez de nouveau sur le sol.

Debout, immobile malgré mes muscles surchauffés par l'effort fourni pour ne pas dégoupiller, je regarde mon meilleur ami me cracher au visage comment il a utilisé sa sœur pour… quoi, au juste? Se venger? Me ramener à lui en m'enchaînant grâce à ma culpabilité? Mais…

Soudain, un bruit me redonne vie. Je l'oublie, lui, le temps de quelques secondes. Je l'oublie pour me précipiter sur Auréa qui, sous le choc, a laissé échapper un sanglot. Pliée en deux, elle s'agrippe à son chien qui se met à japper, paniqué. Aussitôt, je la rabats contre moi, l'entoure de mes bras même si je ne suis pas certain que mon contact lui fasse plus de bien que de mal. Néanmoins, en gardant une main accrochée à Blue, elle enroule l'autre dans la couture de mon tee-shirt avant de se blottir contre mon torse, le nez au creux de mon cou. Malgré ce chaos qui imbibe mes veines et s'y déploie, une vague de chaleur m'étreint et m'apaise momentanément. À mon tour, j'enfouis mon visage sur le sommet de son crâne, respire son odeur, la respire, elle. Par réflexe, mes yeux croisent ceux d'Énes qui observe sa sœur, l'air abattu et déchiré. Une bouffée de rage me cingle les flancs. Il n'a pas le droit. Pas le droit de la regarder ainsi, comme s'il regrettait. Comme s'il l'aimait vraiment. Il n'a même plus le droit de se tenir près d'elle.

– Auréa, piccolina, rentre, s'il te plaît.

Sans redresser son visage, elle grommelle un « non » buté. Évidemment, on parle d'Auréa, après tout… Mes paumes glissent sur ses joues pour, cette fois, l'obliger à suspendre son attention à moi. Le voile humide couvrant ses prunelles me bousille un peu plus. Toutefois, je ne craque pas. Et conserve mon calme.

– Tu veux bien cesser d'être bornée, pour une fois ?

Encore un non, mais silencieux, cette fois.

– Ne me force pas à te soulever pour te ramener de force dans le salon, j'insiste.

– Et toi, arrête de m'infantiliser.

Malgré la situation, elle parvient à m'extirper un sourire.

– Tu m'emmerdes, Auréa, lui dis-je doucement en lissant sa lèvre inférieure de mon pouce.

– Tu te répètes… vieux con.

Mon front sur le sien, je visse mon regard à ses prunelles bicolores.

– Tu n'aurais pas dû te retrouver mêlée à ça, soupiré-je.

– Mais je suis là, souffle-t-elle.

– Et c'est maintenant que tout ceci doit cesser, je l'interromps. Sans toi. Cette histoire a commencé avec ton frère et moi et se terminera de la même façon.

Du coin de l'œil, je perçois le corps d'Énes se raidir avant d'opérer un pas vers nous. Toutefois, d'un geste, je lui défends d'approcher. J'ignore si lui aussi désire que sa sœur s'en aille afin de se retrouver seul avec moi, ou s'il a enfin recouvré la raison, toujours est-il qu'il s'exécute sans broncher.

– Je refuse que tu fasses partie des dommages collatéraux, Auréa. Ambra…

Je déglutis, incapable de poursuivre sous peine de réellement déraper. Quelque chose dans mon regard doit l'interpeller car, docile pour la première fois de sa vie, je crois bien, elle hoche la tête.

– OK, elle cède dans un soupir.

Avant de se lever sur la pointe des pieds, de croiser ses bras sur ma nuque et de chuchoter à mon oreille :

– C'est mon frère, Néoh.

Mes paupières se ferment de colère, mais pas seulement… d'amertume et de peine, également.

Et c'est le mien aussi…

Afin de la rassurer, j'acquiesce en silence, embrasse son front, puis me détache de ses courbes à contrecœur. Flanquée de Blue, elle effectue quelques enjambées, se fige à la hauteur d'Énes, soutenant son regard dans un élan de sincérité : autrement dit sans rien lui cacher de sa douleur. En cela, Auréa sera toujours plus forte que nous. Si nous aussi avions été capables de ne pas nous dissimuler, nous n'en serions pas là…

Le temps de l'observer courir dans le salon pour se réfugier dans les bras de sa mère, je n'esquisse pas un mouvement, me nourris encore un peu de cet instant de paix qu'elle seule pouvait m'offrir. Même Énes ne paraît plus vraiment présent. À croire que la ligne du temps vient de se mettre sur pause, comme pour retarder un instant qui sera… fatal.

– C'est ça… que tu aurais dû faire, j'attaque alors. La tenir loin de nous, loin d'ici. La protéger ! Tu as vu ce qu'il s'est passé avec Ambra ? Tu aspirais à quoi ? Pousser ta propre sœur aussi ?

– Dis pas de conneries, lâche-t-il dans un ricanement. Auréa n'est pas Ambra. Ça, au moins, tu l'auras compris…

Les mains vissées dans le fond de ses poches, il comble la distance entre nous d'un pas lent et soudain las. Le moindre de mes muscles se rigidifie d'instinct tandis que je sens ma bouche se tordre sous l'effet de toutes ces émotions malsaines qu'il implante sous ma peau par sa seule proximité.

– Tu sais le pire ? demande-t-il d'un ton si traînant qu'un instant, je doute qu'il s'adresse réellement à moi. J'adore ma sœur. Je l'envie, l'admire, même. De posséder cette capacité de ressentir sans que ça la détruise. De… t'aimer sans… s'intoxiquer de ta présence. Moi, je… je n'y arrive pas.

Pétrifié par ces mots que je redoutais tant, je ne bouge pas. Ne fais que… le regarder, contempler l'une de mes plus grandes peurs se matérialiser sur le visage du seul être sur qui j'ai appris à compter durant ma vie.

– J'ignore comment elle fait, renchérit-il, les yeux perdus au fond des miens. Rester debout face à toi sans plier un genou. Sans se perdre. Sans en venir, au fond, très au fond, à te haïr de tant ressentir. Pour moi, c'est une putain de torture. Un supplice sans aucune échappatoire. Et… c'est en partie ta faute, Néoh. Tu le savais… Ose me faire croire que tu n'avais pas remarqué que, plus le temps passait, plus je… tombais devant toi. Ose me faire croire que ramener toutes ces filles à l'appart n'était pas une façon de me montrer, sans avoir à le dire franchement, que jamais tu ne serais à moi. Tu aurais pu y mettre fin, arrêter cette descente aux enfers. Si je t'ai fait sombrer en m'accrochant à toi, toi… tu n'as jamais cherché à nous relever non plus.

Je… À ce moment précis, je suis sûr qu'une part de moi crève… comme ça, d'un seul et unique coup. Mais cela n'en reste pas moins atrocement douloureux. Prendre conscience d'un tel fait tout en l'enfouissant dans un recoin sombre de son âme est une chose. La voir prendre vie – plus morte que vive, d'ailleurs – en est une autre. Le chaos a déserté, instaurant entre mes côtes un trou sombre, un néant particulièrement cruel. Insupportable.

Pourtant… je suis toujours incapable de réagir, enfermé dans une prison de chair et de sang. Par sa faute. Par la mienne, aussi…

Ses yeux d'un vert tourmenté me délaissent, plongent dans le ciel blanc tandis qu'il rejette la tête en arrière en soupirant. Mais pas un soupir affligé. Au contraire, extirper ces mots de son propre corps semble l'avoir soulagé, apaisé, comme un mal que l'on parvient enfin à arracher de soi. D'un pas, puis d'un deuxième, Énes se décale jusqu'à appuyer ses paumes sur le garde-fou. Et, le regard perdu droit devant lui, il ajoute :

– Ambra ne t'a jamais aimé. Elle aussi a fait la connerie de tomber amoureuse de la mauvaise personne, et… putain, regarde où ça l'a menée. T'avoueras, ce monde a quelque chose de pourri dans ses entrailles pour s'amuser avec nos gueules de cette façon. À moins que je ne l'aie mérité. Après tout… je l'ai rejetée, alors… pourquoi toi, tu ferais différemment avec moi, hein ? Pourtant, merde, j'ai essayé. Je suis parti, je vous ai laissés, toi et Auréa, en espérant, une fois loin de toi, réussir à t'extraire de mon crâne, mais… je suis condamné, Néoh. Condamné à t'espérer, à te rêver. Condamné. Juste… condamné.

J'ignore ce qui m'insuffle enfin l'énergie nécessaire pour me sortir de ma torpeur. Son dernier mot ? Ou sa façon de le prononcer ? Le désespoir hurlant à travers son timbre fêlé ? Car à peine a-t-il terminé sa phrase que je me tourne enfin vers lui. Juste à temps pour deviner l'impulsion qu'il donne à son corps à l'aide de ses jambes.

– Énes !

Mon cri me déchire les poumons, broie mes cordes vocales. La panique qui me submerge est telle que je ne me vois même pas bondir sur lui, l'attraper par les épaules pour ensuite ceindre son buste avant qu'il bascule dans le vide. Mes bras l'entourant, le tenant fermement avec toute la force dont je suis pourvu, je l'éloigne de la rambarde le plus rapidement possible.

– Lâche-moi ! Lâche-moi, putain !

Possédé par une folie pure, à moins que ce ne soit le véritable visage du désespoir, il tente par tous les moyens de se défaire de ma prise. L'arrière de sa tête cherche à percuter mon visage. Ses coudes, mon torse.

– Arrête ça ! Énes, calme-toi, putain !

Il hurle, crie, rugit. Se démène afin de s'échapper. En vain. Je ne le lâcherai pas. Je ne l'ai que trop fait, ces derniers mois. Alors, peu importe le nombre de coups que je recevrai... Peu importe qu'il me blesse. Peu importe. Tant qu'il cesse de se blesser, lui.

Soudain, Marlon apparaît dans mon champ de vision et, sans réellement chercher à comprendre, attrape l'un des bras de son fils, puis le second, avant de prendre ma place, me libérant ainsi. Une fois maintenu par son père, Énes se calme. Pour mieux se déchaîner lorsque son regard croise le mien au moment où je me place devant eux. Durant de longues secondes, je me sens impuissant, démuni face à sa détresse et à la démence qui s'est emparée de ses yeux. J'entends Marlon tenter de raisonner son fils, mais cela ne fonctionne pas. Au contraire, Énes se met à hurler de plus belle.

Une fraction de seconde. Il ne me faut qu'une fraction de seconde, le temps de me nourrir des prunelles paniquées d'Auréa qui, accompagnée de Bianca, débarque à son tour sur le balcon pour me remettre d'équerre.

D'un bond, je me rue sur Énes, puis… l'étreins. Un bras enroulé autour de sa nuque, le second accroché à ses épaules, je le serre contre moi avec force. Comme j'aurais dû le faire tant de fois auparavant.

– Calme-toi. Je t'en prie, Énes. Calme-toi et écoute.

Bien qu'il ne cède pas, persistant à vouloir nous résister, je murmure, la voix métallique, à son oreille :

– Tu as raison. Évidemment que j'ai vu. Que j'ai compris… que tu me voyais différemment. Pourquoi crois-tu que j'ai cessé ce bordel avec Ambra ? J'espérais qu'il n'était pas trop tard, que l'on réussirait à revenir en arrière, comme… avant.

Contre moi, je le sens enfin arrêter de se mouvoir. Aussi, je continue, dévoilant, à mon tour, ce truc sombre qui me pourrit de l'intérieur :

– La vérité, c'est que je ne suis qu'un lâche. Pendant longtemps, tu as été l'un de mes rares repères, pour ne pas dire le seul. Tu as été ma famille, le seul capable de combler le vide qu'ont laissé mes parents. Sans toi… j'avais peur que… qu'une partie de mon monde ne s'écroule. Encore. Peur de me retrouver orphelin. Encore. J'étais paniqué, Énes. Paniqué à l'idée de perdre ce que l'on avait.

Cette fois, ses muscles se relâchent totalement, et il niche son front contre mon torse.

– Je t'aime, renchéris-je. Je t'aime, et je suis désolé de ne pas t'aimer comme tu le voudrais ou comme tu en aurais besoin. Je suis désolé d'avoir été faible, égoïste, de m'être détourné de ta douleur. Désolé que l'on se soit détruits. Désolé de t'avoir abandonné, trahissant pour de bon notre amitié. Désolé de t'avoir, moi aussi, enchaîné en refusant de faire face à tes sentiments. Mais… Énes…

Mes paumes se couchent sur ses joues, maintenant son regard à hauteur du mien. Une violente douleur me perfore le bide alors que la sienne imprègne chacun de ses traits, lacère chacune des lignes de son visage.

– Tu n'as pas que moi, sifflé-je, la rage vissée au cœur. Tes parents, ta sœur… Tu n'as pas le droit d'être égoïste, de leur faire subir ce que nous avons subi avec le suicide d'Ambra. Toi et moi, nous savons à quel point un tel acte détruit notre entourage. La douleur, la souffrance, aussi puissante qu'elle puisse être, finira toujours par s'estomper, se gommer peu à peu au profit d'autres émotions plus… fortes encore. Je t'en fais la promesse, Énes. Je te jure qu'un jour, tu iras mieux, que tu retrouveras cette sensation d'être toi-même. Ce mec solaire, arrogant, aussi casse-couilles que sa sœur, et loyal. Ce mec qui m'a prouvé qu'on peut aimer de tant de façons différentes.

– Mais… ce sera sans toi, n'est-ce pas? il réussit enfin à dire, d'une voix dévorée par la peine.

Mon front cogne contre le sien, mes mains le retenant toujours.

– Je ne te fuis pas. Au contraire, rester près de toi, c'était ça, ma vraie fuite. On est devenus trop toxiques l'un pour l'autre. Et se l'avouer est un immense pas en avant. Le meilleur soutien que je puisse t'apporter est de te laisser partir… de disparaître de ta vie.

Je ferme les paupières un court instant. Pour les rouvrir sur les larmes qui roulent sur ses joues, et donc sur mes doigts. Cependant, malgré sa cage thoracique qui se démène soudain, je sais que je fais le bon choix. Celui que j'aurais dû faire il y a longtemps déjà.

– Je crois que… tu as raison, déclare-t-il en gémissant presque. Je ne pourrai jamais être libre en respirant un air saturé de… de toi.

Je hoche la tête, la souffrance infligée par cette vérité me percutant méchamment. Puis, doucement, je laisse retomber mes bras… avant de m'éloigner de quelques pas.

Aussitôt, Bianca se précipite sur son fils qui, à mon grand soulagement, s'abandonne à son étreinte. Sans un regard dans ma direction, elle le ramène à l'intérieur avec empressement, Marlon sur les talons. Seule Auréa demeure figée, un pied encore dehors, le second de l'autre côté de la baie vitrée. Son visage strié de larmes pivote dans ma direction, me bousille par la peine qu'elle laisse paraître, sans fard. Puis elle se tourne vers les silhouettes des membres de sa famille, dans le salon. Me regarde à nouveau.

Et finit par opérer une volte-face afin de rejoindre ses parents et son frère.

55

Auréa

Devant la porte de l'appartement que j'ai considéré comme mon foyer durant ces derniers mois, je m'autorise enfin un temps de répit. Une paume enroulée autour de la poignée, je laisse choir mon front contre le battant. Et respire. Enfin normalement. Depuis que mes parents, Énes et moi avons quitté l'immeuble afin de ramener mon frère à la chambre d'hôtel où logent maman et papa, j'ai la sensation qu'une enclume entrave mes poumons. Qu'une force invisible a collé des couches et des couches de tissu sur ma bouche, m'empêchant d'inspirer profondément. Je n'ai même pas réussi à adresser un seul mot à Énes, que ce soit pour l'apaiser ou, au contraire, lui hurler dessus jusqu'à être soulagée. Je me suis contentée d'alterner les moments où, dans la voiture d'Énes, je l'ignorais tandis que maman le gardait dans ses bras tel un enfant se débattant avec son chagrin, et ceux où, lorsque nous sommes enfin arrivés à l'hôtel, je ne pouvais me détacher de son visage aux traits détruits. Plus je l'observais, et plus je me rendais compte d'une chose : cet homme-là n'avait plus rien à voir avec mon frère, celui avec qui je partageais tous mes souvenirs d'enfance. Cet homme-là s'était perdu, quelque part sur ces terres italiennes. Cet homme-là m'avait utilisée quand jamais mon frère n'aurait pris le risque de me faire souffrir pour ses propres besoins.

Non. Cet homme-là n'est plus mon frère, cependant, je veux conserver l'espoir – naïf, peut-être – qu'il est, certes, perdu, mais pas impossible à retrouver. Seulement… ceci n'est pas mon rôle.

Une part de moi est dévastée. Trop d'émotions se bousculent sous ma peau et, pour une fois, je ne suis pas certaine de savoir comment les gérer. Cela dit, entre la peine d'avoir été trahie par mon frère, la colère nourrie par tous ces secrets qui ont éclaté, ou encore le choc de la vérité, je crois que ce qui me fait le plus mal, c'est… ce sentiment perfide de culpabilité de n'avoir rien vu du désarroi d'Énes.

À moins que ce ne soit autre chose… l'urgence de le rejoindre, lui. Néoh. Le seul avec qui j'avais envie d'être tandis que je raccompagnais Énes. Oui, je crevais de rester avec lui, sur ce balcon, mais je me devais de m'assurer que mon frère était en sécurité. Malgré le mal qu'il nous a fait, il reste, à mes yeux, la première victime de ses propres actes. Une victime qui vient de hurler désespérément à quel point elle a besoin d'aide.

J'inspire une dernière fois avant d'actionner enfin la poignée et de pénétrer dans l'appartement. Blue me saute immédiatement dessus, bien que son attitude et sa façon de se voûter trahissent une réelle angoisse. Je prends quelques secondes afin de le rassurer en le câlinant, puis me rends dans le salon. Chaton, quant à lui, fuse aussitôt sur le balcon. Après lui avoir emboîté le pas, je me fige près de la baie vitrée, sans en franchir le seuil. Un vent de panique s'engouffre sous mes côtes lorsque j'aperçois Néoh, debout et immobile, les mains agrippées au rebord du balcon, et le regard dans le vide. Rien dans son comportement n'indique le pire, seulement… le pire a failli se produire, justement, il y a à peine une heure.

– Néoh ? l'interpellé-je.

Surpris, il opère une rapide volte-face. Se pétrifie, ses yeux sombres se fondant dans les miens. Avant de se précipiter sur moi, de me rabattre contre son torse pour ensuite me soulever du sol. Mes jambes enroulées à sa taille, je croise mes doigts sur sa nuque, enfouis mon visage dans son cou, puis le laisse me porter jusqu'au salon, où il s'assoit sur le canapé sans me relâcher.

Jamais encore Néoh ne m'avait serrée si fort contre lui. Jamais je ne l'avais senti aussi vulnérable tout en dégageant… quelque chose d'une puissance assez impressionnante. Peut-être est-ce dû à sa manière de s'abandonner totalement à notre étreinte, à sa façon de respirer à même ma peau, ou encore à ses doigts qui s'enfoncent, tremblants, dans ma chair. Ou… à cette sensation qui enfle sous ma poitrine pour m'arracher quelques larmes qui roulent sur mes joues. Cette sensation désarmante, révoltante et injuste de… lui dire adieu.

– Tu vas t'en aller, n'est-ce pas ? dis-je dans un sanglot.

Ses lèvres se posent juste en dessous de mon oreille, m'embrassent avec force et tendresse. Puis son buste se redresse enfin tandis qu'il ramène son visage à hauteur du mien.

– Je le dois, Auréa…

– Tu m'en veux, c'est ça ? De ne pas t'avoir révélé la véritable raison de ma venue ici ? Parce que… je refuse de m'excuser pour ça. Je refuse de m'excuser d'être venue chercher mon ancien ami pour finalement trouver l'homme qui…

– Chh, m'intime-t-il doucement en posant son index sur mes lèvres. Ton arrivée aura été notre plus beau cadeau. Ma plus belle chance, tu te souviens ? Mais…

Il se tait, inspire ensuite profondément, puis reprend :

– Je suis tellement désolé, piccolina…

– Stop, je l'interromps d'une voix vacillante après avoir enlevé son doigt de ma bouche. J'en ai marre d'entendre ça. On a tous plus ou moins merdé, on est tous désolés… Maintenant, stop. Il est temps de… d'avancer enfin.

Un sourire lourd de mélancolie se déploie sur ses traits épuisés. Doucement, il essuie les perles d'eau cascadant sur mes joues, puis ferme ses paupières durant un bref instant. Lorsqu'il les rouvre, il me livre alors, sans plus aucune barrière, tous ces sentiments sur lesquels il ne posera jamais de mots.

– Tu m'as promis, souffle-t-il, ses lèvres frôlant les miennes.

Un nouveau sanglot s'échappe de ma gorge.

– Promis quoi? demandé-je, tentant de retarder l'échéance, même si je sais parfaitement que c'est vain.

– Vivre, avec un cœur brisé.

– Non… vivre malgré un cœur brisé, Néoh. Ce qui est… bien différent.

Ses traits se brisent un peu plus à mes paroles. Nichant des éclats de verre dans ce qui continue de battre, *malgré tout*, entre mes côtes.

– Comment je peux te rendre heureuse, Auréa? Quand je me débats avec un tel foutoir dans mon crâne?

– Mon bonheur ne t'incombe pas, je riposte. Je suis en mesure de m'en charger.

– Je sais, dit-il, son sourire se teintant de nuances tristes et amères. Mais j'ai besoin d'être en paix avec moi-même. Je dois… réussir à me regarder, à regarder au plus profond de moi. Et seul. Sans quiconque à mes côtés que je risquerais de blesser. Si… Auréa, je… Je refuse qu'aimer devienne une torture. Pour toi comme pour moi. Alors, je t'en prie, garde en toi chacun de ces souffles qui, à tes côtés, m'ont donné cette sensation vertigineuse de liberté. Garde-les pour moi, tu veux bien?

Incapable d'émettre un seul son, j'acquiesce en silence. J'ai envie de le secouer, de l'insulter, de le traiter de lâche, mais… je serais alors la personne la plus égoïste de cette planète. Parce que, en dépit de la douleur qui me déchire le ventre, je comprends. Qu'il est tout sauf lâche, justement… Ses démons, il doit les affronter s'il veut un jour parvenir à les exorciser. Et je ne serai pas celle qui l'empêchera de se délivrer enfin, de se débarrasser d'une partie de ses ombres. Non, je ne serai pas cette personne-là.

– Dis-le moi une dernière fois, me supplie-t-il presque.

Mon visage strié de larmes, le cœur en lambeaux, je puise en nous, en ce lien indéniable, la force de lui sourire. Et de lui répondre :

– Je t'aime, Néoh.

56

Auréa
Sept mois plus tard

La musique crachant à travers les vieilles enceintes, arrêtée à un feu rouge, j'attache mes cheveux trop longs, agacée qu'ils volent devant mes yeux à cause du vent s'engouffrant par la fenêtre ouverte. Avant de lancer mon vieux van typique des sixties sur l'une des plus grosses artères de la périphérie de Miami. Le volant vibre sous mes doigts, les parois métalliques tremblent, grincent, me suppliant sûrement de leur octroyer un repos plus que mérité. Mais je m'en fous. Je n'y peux rien, je l'adore, mon gros tas de ferraille. Surtout depuis que papa, après en avoir eu marre de m'entendre geindre, a accepté de le retaper pour aménager l'arrière en couchette cosy. Penser à mes parents fait retomber légèrement le sourire éclatant sur mes lèvres. Ça fait plus d'un mois, à présent, que je suis partie de la maison, prétextant une envie d'ailleurs. Seulement, bien qu'ils ne m'aient rien dit, ils ne sont pas bêtes. Le retour d'Énes dans la résidence de notre enfance, après presque six mois en « centre de repos », a précipité mon départ. Bien qu'au fond, je lui ai déjà pardonné, je ne suis pas prête à me retrouver face à lui. À affronter son regard, à lui parler. Toutes les émotions éprouvées et endurées l'année dernière sont encore beaucoup trop vivaces sous ma peau.

Et puis… le revoir fera fatalement dévier mes pensées vers Néoh. Ce que j'essaie d'éviter par tous les moyens, sans réellement y parvenir, toutefois. Lui aussi est encore trop présent, trop imprégné dans la moindre de mes cellules. Surtout le soir… durant ce laps de temps où je me glisse sous les draps, sans ses bras, puis m'endors, toujours sans ses bras. Je me console en me persuadant que, de son côté, il remonte la pente, mais… cela ne m'empêche toutefois pas de nourrir une certaine rancœur à son égard. Pas une seule fois il n'a pris de mes nouvelles, ou de celles d'Énes. Je l'ai attendu, pourtant. Durant presque deux mois, je suis restée chez Malena dans l'espoir qu'il revienne. Deux mois, c'est ce qu'il m'aura fallu pour me foutre enfin un coup de pied au cul et respecter ma promesse : vivre malgré mon cœur brisé. Alors je suis rentrée à Chicago, et je suis restée autant que possible auprès de mes parents qui, eux aussi, ont dû se débattre avec cette impression d'avoir abandonné leur fils. J'ai renoué avec d'anciens camarades. Je suis sortie, j'ai dansé, ri, pleuré aussi… seule, le soir. Et me voilà. À Miami afin de satisfaire mon besoin de chaleur et de soleil. Le soir, je pose mon van dans un village tenu par des hippies, sur un morceau de plage privée. Et le jour, je… vogue, au gré de mes envies.

En parlant d'envie, je n'ai qu'une hâte : me plonger dans ces moments qui se profilent à l'horizon. Concentrée sur la route, je jette un bref coup d'œil aux sièges, à ma droite, sur lesquels Blue est assis, la truffe au vent.

– Toi aussi, tu as hâte de les voir, mon gros Chaton ? Au fait, il est où, l'affreux ? Encore en train de dormir ?

Je n'ai même pas besoin de vérifier dans le rétroviseur pour savoir que Blue Moon est étendu à l'arrière. Jamais vu un animal aussi arrogant que ce chat. Monsieur dort, mange – pardon, exige à manger quand lui le décide –, s'étire avant de se rendormir. Et, de temps en temps, il me réquisitionne pour se faire gratouiller le pelage. Cependant, en dehors de ces moments-là, si j'ai le malheur de réclamer son attention, la seule chose dont il me gratifie est un regard profondément blasé, quelquefois accompagné d'un feulement agacé. Mais le pire, c'est que j'adore cet animal. Je dois avoir un penchant pour les bêtes sauvages un peu sombres au sale caractère…

Une onde électrise mes cellules lorsque, enfin, j'arrive à l'aéroport. Après avoir passé plus de dix minutes à galérer pour garer mon véhicule, je récupère un chariot à bagages afin d'y placer Blue Moon, attaché à une laisse, me maudissant certainement sur cent ans d'oser le mettre sur cet engin à roulettes qui doit vibrer sous ses coussinets.

– Me regarde pas ainsi, pesté-je en lui tirant la langue. Tu préfères attendre gentiment que l'intérieur du van atteigne les cinquante degrés pour rester sur ton précieux matelas ?

Blue, quant à lui, s'installe sur la partie basse sans rechigner, à présent habitué aux lubies de sa maman. Tandis que je me dirige vers les portes menant aux arrivées, sous les yeux curieux des passants, un cri beaucoup trop aigu me perce les tympans. Ainsi qu'à toutes les personnes présentes à dix kilomètres à la ronde.

– Mon Oréo !

Entendre ce surnom me remplit de bonheur. J'explose ensuite de rire quand, sous mes yeux ronds, une bombe italienne, habillée d'un mini short et d'un débardeur doré, se met à courir en tentant, d'une main, de traîner son énorme valise et, de l'autre, de dessiner un cœur – ou une moitié de cœur, en l'occurrence – qu'elle agite dans tous les sens. Soudain, la tornade brune s'abat sur moi, lâche tout pour me soulever dans les airs comme si je ne pesais pas plus lourd qu'une plume. Avant de, presque aussitôt, me lâcher afin de se précipiter sur Chaton qui jappe de joie face à une Malena particulièrement surexcitée.

– Euh, c'est moi que tu es venue voir ou mes animaux ? je me marre.

– T'es mignonne avec ce nouveau look hippie, intervient ensuite une troisième voix.

Je me retourne sur Thomas qui, au contraire de notre amie, marche lentement, drapé dans sa sempiternelle nonchalance. Je baisse mon regard sur ma longue robe à fleurs, puis le remonte sur le sien, pétillant. Lui et moi avons eu un passage à vide, après Noël. Qu'il m'ait menti à propos d'Ambra, et donc à propos de Néoh et Énes, m'a vraiment blessée. C'était, à ce moment-là, le mensonge de trop. Aussi, pendant les deux mois où je suis restée en Italie, je me suis bornée à l'ignorer. Refusant le moindre contact avec lui. Ce n'est qu'une fois rentrée chez moi que l'absence de ceux qui sont devenus mes meilleurs amis s'est cruellement fait sentir. Aussi, un soir, je l'ai appelé, écouté, puis ai accepté ses excuses avant de, tout simplement, passer à autre chose.

– Il fait trop chaud à Miami pour les slims en cuir, je lui réponds en me réfugiant dans ses bras ouverts.

– Tu m'as manqué, dit-il en embrassant mon front.

– Toi aussi. Vous aussi, ajouté-je après que Malena m'a tuée d'un regard assassin.

– Câlin à trois ! s'exclame-t-elle soudain.

Quelques bonds plus tard, elle nous saute littéralement dessus.

– Elle a bu quoi, dans l'avion ? grommelé-je, comprimée entre leurs deux corps.

– T'as oublié ? s'esclaffe Thomas. C'est son état normal. Comme quoi… il était vraiment temps qu'on débarque…

***

En effet, il était grand temps que ces deux-là débarquent. Un dîner pique-nique sur la plage plus tard, j'ai l'impression d'avoir pris un shoot de bonne humeur en provenance directe du soleil lui-même. Bon, les trois cocktails pris au bar de l'hôtel où loge Malena – parce qu'il était évidemment hors de question pour Madame de dormir dans mon van, sans confort – aident aussi. Quoique… en fait, non, avec ou sans alcool, c'est bien leur présence haute en couleur qui me transporte. J'avoue, au départ, avoir redouté leur visite, de peur de le voir, lui, à travers eux, seulement… il n'y a qu'à travers moi que je le vois.

Tandis que Malena sort son Smartphone afin de se filmer, et donc de faire profiter ses abonnés de sa soirée, je roule des yeux.

– L'influenceuse n'est jamais loin, hein? lancé-je à Thomas en triturant un morceau effiloché de ma courte robe blanche en crochet.

– On danse? me propose-t-il alors.

– Oh, mais je ne dis jamais non à une occasion de me moquer de ton corps qui, clairement, déteste la simple idée du rythme.

– Tu mériterais que je te laisse pourrir sur ta chaise.

Bien sûr, il ne pense pas un mot de ce qu'il avance. Et bien sûr, il ne nous faut pas plus de quelques secondes pour bondir sur la piste. Malena ne tarde pas à nous rejoindre, offrant des rafales de «cœurs» à tous ceux qui croisent son regard. Je secoue la tête, ne parvenant pas à m'empêcher de m'esclaffer quand, soudain, des doigts accrochent ma nuque et me retournent contre un torse à la dureté minérale.

Une sensation de déjà-vu m'enveloppe pour me replonger loin, très loin… contre un cou à la peau brûlante. Au cœur de ce parfum qui lèche ma peau d'une langue de feu. Contre cette chair sous laquelle bat un pouls lourd et frénétique qui ranime le mien. Les paupières closes, je ne bouge pas. Suis mentalement ce lien qui s'enflamme à nouveau à mesure qu'il reprend vie, creuse sous ma poitrine comme sous celle de l'homme qui, un bras barrant le creux de mes reins, me retient contre lui. Une minute. Juste… une petite minute. J'y ai bien droit, après tout. De sentir ce vide dans mon ventre se combler, ce manque s'estomper tout en devenant, paradoxalement, encore plus douloureux. De…

Mes yeux se rouvrent enfin. Chutent sur une chemise en lin blanche dont le col déboutonné laisse entrevoir une parcelle de peau, de sa peau. Remontent sur une pomme d'Adam qui semble riper méchamment au moment où je me fixe dessus. Poursuivent sur une barbe un peu plus fournie qu'auparavant, ainsi que sur des cheveux bruns légèrement plus longs aussi. Puis… sombrent dans un regard, par contre, toujours aussi noir que dans mes souvenirs, mais… intenses, d'une force et d'une ferveur que je ne reconnais pas…

Pétrifiée par la horde de sentiments qui m'assaillent de toutes parts, je demeure muette. Et n'esquisse pas un mouvement lorsque son pouce vient lisser ma lèvre inférieure comme il l'a fait tant de fois.

– Bonsoir… piccolina, dit Néoh d'un timbre si bas que je devine plus que je n'entends ses mots.

Toutefois, juste imaginer sa voix rauque me suffit. À être effrayée par ce que je ressens, par ce qui se débat avec fureur dans mes veines.

Et, pour la première fois de ma vie, à fuir.

57

Néoh

Elle est là. Putain, elle est là.

Si près que sa présence flingue chacun de mes sens. Que mon corps souffre d'une subite overdose tout en la réclamant avec encore plus d'ardeur.

Mes doigts se crispent sur sa hanche dans l'espoir fou de s'y incruster tandis que je ramène Auréa davantage contre moi. Ses yeux remontent lentement jusqu'à percuter les miens, me percuter de l'intérieur, me… m'envahir de leurs couleurs si électriques, si éclatantes, si… elle.

N'y tenant plus, je tire sur sa lèvre inférieure avec mon pouce, mes muscles bandés afin de ne pas lui sauter dessus et réellement m'emparer de sa bouche.

– Bonsoir… piccolina, chuchoté-je.

Elle happe un filet d'air, puis se fige dans mes bras. L'espace d'un instant, je suis décontenancé par sa réaction, ou son manque de réaction, plutôt, qui ne lui ressemble tellement pas. Et qui ne me plaît pas du tout. Cette façon de se retenir, de conserver ses émotions emmurées sous sa peau, ce n'est pas elle. Pas ma Auréa.

Soudain, elle relève le menton, me cloue d'un regard lourd de reproches avant de tourner les talons et de fuir.

Fait chier.

Immobile, je la mate, comme un con, partir, fendre la foule dans le but d'imposer le plus de distance possible entre nous. Mes poings se ferment contre mes cuisses. D'impuissance. De colère, aussi, d'une colère entièrement dirigée contre moi. Mais également de peur… d'avoir brisé son cœur au point que ce dernier ne m'appartienne plus.

– T'attends quoi?

Thomas surgit soudain devant moi.

– Sept mois de plus? Qu'elle soit définitivement hors de ta portée?

– Elle ne sera jamais hors de ma portée, grondé-je, les mâchoires serrées.

Un sourire condescendant ourle ses lèvres, et me file une envie de le démolir, ce sourire. Mais je n'en ferai rien. Et il le sait, ce con. Sans lui, ces derniers mois auraient été un véritable enfer… car il était le seul auprès de qui je pouvais récolter des informations sur Auréa en sous-marin. J'ignore pour quelle raison il a respecté sa promesse de ne jamais avouer à son amie que lui et moi étions en contact, de passer sous silence nos rencontres. Peut-être pour ne pas la blesser. Ou peut-être parce que, au départ, nous nous retrouvions uniquement pour parler d'Ambra… J'avais trop besoin de savoir, de comprendre, de… me racheter auprès d'un fantôme. Et, contre toute attente, Thomas m'a apporté un réel soutien, depuis Noël dernier. Une vraie définition de ce qu'est censée être une amitié saine.

– T'es encore là, constate-t-il, un sourcil arqué.

– Ta gueule, sifflé-je.

Je m'élance ensuite sur les pas d'Auréa. Ralentis l'allure lorsque je repère ses épais cheveux blonds battre le bas de ses reins à chacun de ses pas trop lourds. Puis la suis, en conservant une distance raisonnable pendant qu'elle sort du bar, plongeant au cœur de la nuit, et traverse une rue piétonne afin de lentement gagner la plage. Un rictus amusé s'épanouit sur mon visage au moment où je l'entends râler à voix basse, sans discontinuer, tandis qu'elle retire ses nu-pieds. Là, je reconnais mon Auréa.

Je prends le temps d'enlever mes chaussures ainsi que mes chaussettes que j'abandonne sur le sable, retrousse le tissu jusque sur mes mollets, et la rejoins. Trois vagues nous lèchent les pieds avant qu'elle ne craque enfin.

– Pourquoi tu es là, Néoh? crache-t-elle, son visage toujours braqué en direction de l'océan.

– D'après toi, piccolina?

Un ricanement amer me répond. Auréa pivote, sublime noyée dans toutes ses émotions, pour m'affronter. Alors qu'elle ouvre la bouche afin de répondre, je la devance:

– Tu es si belle.

J'avoue qu'un frisson de satisfaction mord ma colonne vertébrale de la voir si surprise qu'elle en est réduite au silence.

– Quoi? je renchéris. Je m'essaie à la méthode Auréa et dis ce qui me passe par la tête. Je ne cache rien… Ce n'est pas ce que tu allais me demander? De ne pas me dissimuler?

Une fois de plus, elle ravale ses paroles. Sa langue glisse entre ses lèvres, me nargue et… bordel, ça fonctionne si j'en crois le désir liquide qui se perfuse à une vitesse ahurissante dans mes veines.

– Quoi d'autre? lance-t-elle ensuite. Si tu es à ce point doué, tu devrais être capable de deviner ce qui habite mes pensées sans que je prononce un seul son, alors je t'écoute…

En une enjambée, je dévore la distance entre nous jusqu'à ce que sa poitrine s'écrase contre mon buste. Sans qu'elle cherche à se rapprocher, ni, au contraire, à s'échapper, Auréa relève la tête, suspend son regard au mien quand j'ai l'impression que c'est moi qui suis suspendu à la moindre de ses réactions, de ses expressions, de ses souffles…

J'amène ma paume à hauteur de son visage, sans toutefois ne serait-ce que l'effleurer, puis la descends au niveau de sa gorge.

– Tu as envie, non, besoin de me toucher, déclaré-je, la détermination vissée au bide. De m'embrasser. De tout me livrer. Parce que tu ne sais pas faire autrement, encore moins avec moi. Mais tu n'en feras rien… Je pourrais… me pencher, kidnapper tes courbes contre moi pour posséder tes lèvres; je ne suis même pas sûr que tu me repousserais. En revanche, je sais que tu m'en voudrais. Et je sais que tu as besoin d'entendre certaines choses…

Elle déglutit, un voile humide couvrant ses prunelles qui se mettent à briller sous les rayons de lune. Et je ne peux m'empêcher de la trouver magnifique. Aussi… je le lui livre également:

– Tu es resplendissante, Auréa. Regarde-toi, tu me jettes ta peine, me l'exposes sans fard, et… tu n'en deviens que plus belle encore.

– Tu m'as brisé le cœur, dit-elle alors, d'une voix à peine perceptible, mais qui, pourtant, hurle sous mon crâne.

– Je sais… et je sais aussi que tu en as compris les raisons.

Un regain de combativité semble s'engouffrer entre ses côtes.

– Oui, pour te trouver, regarder au fond de toi et… tu as accompli ce miracle en sept mois?

– Non, je lâche dans un rire confus. Enfin, pas totalement… Néanmoins, je t'ai trouvée, toi. Au fond de moi… il y avait toi. Qui cramait tout de ta lumière. Même mes ombres, comme tu as toujours aimé les appeler.

Une larme franchit la barrière de ses cils pour échouer sur sa joue. Suivie d'une deuxième, puis d'une troisième. Je n'essaie même pas de les recueillir sur mes doigts, de les effacer ou d'empêcher les suivantes de couler. Car ces larmes-là contiennent la douleur que j'ai implantée dans son cœur… cette douleur qu'elle expulse enfin, extirpe de son corps, m'offre.

Ses incisives se plantent dans sa lèvre inférieure pendant que ses paumes se déploient sur mon torse, en suivent les lignes avant de s'enrouler dans le col de ma chemise. Sur la pointe des pieds, elle se pend presque à moi, sa bouche frôlant la commissure de mes lèvres au moment où elle m'intime, dans un murmure :

– Dis-le moi.

Sans réfléchir davantage, je souffle :

– Je t'aime, Auréa.

Ses mains se convulsent brusquement, tortillant le tissu entre leurs doigts. Ses larmes redoublent. Un immense sourire flamboie sur ses lèvres. Sa tête se rejette en arrière.

La moindre parcelle de son corps tremble contre moi, si bien que je m'empresse de la couvrir de mes bras pour la serrer de toutes mes forces. Son front à présent échoué sur mon sternum, Auréa remplit ses poumons d'air, son visage enfoui contre le morceau de peau dévoilé par ma chemise. Et je dois faire appel à toute ma volonté lorsque je la sens m'embrasser, sa langue me caressant, se repaissant de ma chair.

– Comment tu comptes faire, Néoh ? demande-t-elle ensuite, ses yeux renouant avec les miens.

– Pour ?

– Pour me rendre toutes ces nuits où j'ai dû m'endormir sans tes bras ?

– Je…

– Chhh, m'interrompt-elle, son index en travers de ma bouche.

Décontenancé, je la couve d'un regard interrogateur lorsqu'elle s'arrache de mes bras pour se reculer d'un pas. Malgré ses joues mouillées, elle me gratifie d'un sourire malicieux. Malicieux, indécent. Putain d'outrageux. Ses mains attrapent ensuite le bas de sa robe, tirent sur un fil effiloché et… tirent encore. Jusqu'à en déposer le bout dans le creux de ma paume. Par réflexe, je le serre. Et le serre encore tandis qu'Auréa effectue un pas en arrière. Puis un second, le fil s'allongeant entre nous.

Enfin, elle se retourne avant de marcher lentement, de s'éloigner dans la nuit pendant que sa robe se découd petit à petit, me révélant l'entièreté de ses cuisses, de son cul si tentateur, recouvert de dentelle blanche, du bas de son dos…

Elle avance sans s'arrêter. Disparaît dans l'obscurité sans que le fil se rompe une seule fois.

58

Auréa

Mes paupières s'ouvrent, papillonnent à cause du soleil qui se déverse déjà à travers les fenêtres du van. Les rayons s'étendent jusque sur le drap qui recouvre à peine mon corps. J'ai chaud, mais ce n'est nullement dû aux températures élevées de Miami. En vérité, j'ai chaud depuis hier soir. Depuis… lui. Depuis que sa peau a retrouvé la mienne. Depuis que ses paroles… ont bombardé mon cœur d'une énergie si vive, si puissante que mon sang bouillonne de bonheur.

À moins que…

Doucement, je bouge une jambe, puis le bassin…

À moins que cette chaleur ne soit due à celle qui s'enlace autour du moindre de mes pores. À ce corps, contre mon dos, qui épouse mes courbes. À ces bras qui m'entourent enfin. À cette main déployée sur mon abdomen en un geste possessif.

Je ferme à nouveau mes yeux. Laisse s'épanouir un sourire apaisé sur mes lèvres. Me gorge de cette paix légèrement survoltée qui galope dans mes veines.

– T'as de la chance que Blue Moon ne t'ait pas attaqué. Je l'ai entraîné à sortir ses griffes avec l'une de tes photos.

En réponse, un sourire chatouille ma nuque.

– Où est passé Thomas ? D'ordinaire, ce sont ses bras qui me serrent, au réveil, je renchéris.

Cette fois, des incisives se plantent dans ma chair, m'extorquant un rire.

– Pourtant, hier soir, ce sont les miens que tu réclamais, me répond une voix rauque qui semble chuter jusque dans mes reins.

– J'étais saoule.

– Ivre, plutôt.

– Laisse-moi deviner : ivre de toi ?

– J'aime bien cette idée, piccolina.

– Ou alors, ivre de manque, de rancœur aussi.

– C'est pour ça que je suis là, non ? Pour combler ce manque.

– Toujours aussi arrogant. Qui te dit que tu es celui capable de le combler ?

– Et si je ne te parlais pas du tien, de manque, mais du mien ? De cette soif qui a pourri chacune de mes cellules ? De ce vide entre mes côtes ? De mon cœur affamé ?

Malgré la douleur qui revient momentanément étreindre ma poitrine à ces paroles, je souris de plus belle. Me retourne sans me désincarcérer du carcan de ses bras pour enfin faire face à ces yeux ourlés d'obscurité. D'éclats incendiaires aussi.

– C'est pour ça que tu es là, non ? Pour combler ce manque, dis-je, répétant ses propres mots. Notre manque.

– Parce que je t'ai manqué, Auréa ?

– Autant que la souffrance manque à une âme pour se sentir vivante.

Ses sourcils se froncent tandis qu'il ramène l'une de ses paumes pour l'étaler contre ma gorge qu'il enserre ensuite délicatement.

– Et moi ? demandé-je dans un souffle, je t'ai manqué ?

– Autant que la lumière manque à une âme pour se sentir vivante, me répond-il aussitôt.

La lumière, c'est dans mon propre cœur qu'elle se loge afin de tout irradier, même mes ombres. Celles que Néoh a créées, me rendant, paradoxalement, complète.

– Où étais-tu, tout ce temps ? ne puis-je m'empêcher de demander.

Son regard toujours ancré dans mes pupilles, il accroche ma cuisse de sa main libre afin de la caler contre sa hanche, arrimant encore plus nos corps l'un à l'autre.

– Je suis resté un peu à Desenzano à… ne rien faire. En réalité, je pense avoir sombré davantage… Pendant deux mois, pour être exact.

– Deux mois ?

– Hum, grogne-t-il, son pouce retrouvant le chemin de mes lèvres. Quand tu es partie, j'ai démissionné. Je me suis barré à New York où j'ai trouvé un appartement, loin d'être aussi grand que l'ancien, mais il est sympa. Il te plairait, j'en suis sûr.

– Mais… et Azzurra ? je sursaute, soudain paniquée à l'idée qu'il ait abandonné mon bébé à plumes.

Un rire s'arrache de sa gorge. Après avoir secoué la tête comme s'il n'était pas vraiment étonné d'une telle remarque dans un moment pareil, il m'explique :

– Je l'ai prise avec moi, évidemment. Je lui ai même acheté deux compagnons, c'est dire à quel point tu m'as atteint, avec tes animaux.

D'une pichenette entre ses yeux, je l'incite à poursuivre tout en lui tirant la langue.

– J'ai décroché un poste d'assistant de TD à l'université de New York pour la rentrée et, en attendant, j'ai… je me suis trouvé une psy. Assez douée, je ne peux pas lui retirer ça. Et… ça fait quelques semaines que je tourne en rond dans l'attente de… jouer les touristes à Miami.

– Menteur, je souris contre son doigt qui ne cesse de suivre les contours de ma bouche.

Néoh hausse un sourcil interrogateur avant de lâcher un ricanement lourd lorsque je précise :

– Ça fait beaucoup plus longtemps que tu tournes en rond, avoue.

Tout à coup, il nous fait basculer jusqu'à me clouer au matelas, son corps étendu sur le mien.

– Je voulais… que tu aies la chance d'être avec un homme qui ne serait pas… cassé.

– Mais ?

– Mais, s'il y a une chose que j'ai comprise, c'est qu'il est impossible de combler certaines fissures ou de recoller certains morceaux. Parce que le temps fait que ces morceaux se sont modifiés, les empêchant de se réassembler.

– Et surtout, tu oublies une chose : je suis tombée amoureuse de cet homme aux contours tranchants et brisés. Pas lisses ou sans aspérités. De toi, Néoh. Cassé. Parfait.

Avant que je le réalise, sa bouche est sur la mienne. S'en empare. M'emporte dans un baiser aussi passionné que… cassé, lui aussi. Parce que cette absence dont nous avons tous deux souffert explose entre nous, nous submerge, nous avale avant de… tout simplement s'amenuiser, se retirer doucement jusqu'à disparaître. Ne laissant plus que l'électricité et la fièvre de deux corps qui se retrouvent.

Lorsque Néoh détache ses lèvres des miennes, son visage chute dans mon cou pour mieux me respirer.

– New York ? dis-je alors.

Une fois de plus, je le sens sourire à même ma chair.

– Il me semble qu'une piccolina est censée terminer ses études dans une des villes voisines… je me trompe ?

– Alors c'est vrai ? Je veux dire… pour de vrai, Néoh ?

Les trémolos dans ma voix le forcent à se redresser. Ses paupières se plissent, son regard devient encore plus incisif au moment où il découvre le voile de larmes dans mes yeux. Je n'y peux rien, je… Les émotions me compriment soudain le thorax. Exacerbent la moindre de mes sensations qui se transforment alors en un raz-de-marée de sentiments. Parce que… il est là, mais surtout, il me parle d'un avenir possible, d'un réel avenir pour lui et moi.

– Comment tu as pu croire que je ne reviendrais pas, Auréa ?

– Comment ? je lâche presque, dans un sanglot libérateur. J'avais tellement peur que tu ne voies que…

– Ton frère ? termine-t-il à ma place. Ça fait un bail que je ne te vois plus comme la sœur d'Énes, piccolina, mais comme… mienne. Comme l'unique personne au monde à qui je pourrais m'enchaîner sans éprouver le moindre doute, la moindre peur. La seule à qui je peux dire ces trois mots que j'ai toujours détestés… jusqu'à toi.

Je ne retiens même pas mes larmes. Ni ma poitrine qui, sous le joug de ses paroles, se déchaîne, transportée par un flot de sentiments juste délirants. Encore moins le sourire qui transcende mes lèvres.

Et surtout, je ne le retiens pas lui quand, après avoir dit : « J'ai besoin d'être en toi » d'un ton presque suppliant, Néoh me débarrasse de mon short, puis de mon dessous. Ni quand il s'agenouille au-dessus de moi, vire son boxer, ses billes d'obsidienne parcourant ma peau offerte avec avidité, le fait glisser sous ses fesses avant de reprendre place – sa place – entre mes jambes.

Et je ne le retiens pas quand, en une poussée lente et puissante, il me pénètre. Se fige au creux de mon ventre, ce lien entre nous s'enflammant pour nous enlacer, nous fondre l'un dans l'autre.

– J'ai besoin de t'entendre, souffle-t-il, les paupières fermées tel un guerrier blessé ayant enfin trouvé son refuge.

– Je t'aime, Néoh.

D'instinct, je rejette la tête en arrière quand, d'un coup de reins, il s'enfonce une deuxième fois en moi. Ses doigts attrapent alors mon menton, m'obligeant à nouer nos regards.

– Encore, m'intime-t-il.

– Je t'aime, je gémis tandis qu'il se retire pour me retrouver, plus brutalement, cette fois.

– Encore.

– Je t'aime.

– Encore.

Il s'immobilise, dans l'attente de ces mots. Aussi, j'en profite pour inverser nos positions. À califourchon sur sa taille, c'est moi qui m'empare de lui. Centimètre par centimètre. Battement de cœur après battement de cœur.

Ombre après ombre.

Lumière après lumière.

Ombre après lumière.

Mes doigts s'emmêlent aux siens au moment où je les place sur mes hanches, ses pouces pressés contre mon abdomen. Seulement alors, je réponds :

– Indéniable.

ÉPILOGUE

Auréa

– Tu m'emmerdes, Auréa.

Un rire s'échappe de ma gorge tandis que j'ouvre brusquement les rideaux de l'appartement. Un coup d'œil à un New York particulièrement ensoleillé plus tard, je rétorque :

– Et toi, tu radotes toujours autant.

Avec toute la subtilité dont je suis pourvue – autrement dit, très peu – je prends de l'élan, puis fais le saut de l'ange sur notre lit pour atterrir en travers du fessier entièrement nu de Néoh qui se met à grogner de plus belle.

– Bordel, plus tu vieillis, plus tu deviens casse-couilles.

– Tu sais ce qui serait vraiment « casse-couilles » ? Ce serait de louper notre vol parce que Monsieur est de mauvaise humeur le matin, je renchéris, toujours à moitié étalée sur lui.

– Humm… et toi, tu sais ce qui pourrait me mettre de meilleure humeur ?

Véloce, il se retourne, me chope par les hanches pour réussir – j'ignore par quel miracle – à inverser nos positions. La seconde suivante, sa langue trace un sillon incendiaire le long de ma gorge pendant que son bassin se balance de façon tout à fait indécente contre le mien. D'instinct, j'écarte les jambes, croise les talons sur le bas de ses reins, puis accompagne ses mouvements, branchée sur la même fréquence que l'homme qui, depuis plus de cinq ans maintenant, teinte ma vie de nuances toutes plus profondes les unes que les autres. Un gémissement perce mes lèvres lorsque sa main se glisse sous la couture de mon short en cuir, part à l'assaut de…

– Mais qu'est-ce que je fous, moi? grommelé-je soudain.

– Tu m'aides à être de bonne humeur, susurre-t-il, sa bouche alors à hauteur de mon sein, dont le téton réclame sa liberté à travers le tissu de mon tee-shirt bleu.

– Mouais, c'est chose impossible, ça. Et on le sait tous les deux.

Je fouette alors sa croupe tendue, puis profite de sa surprise pour gesticuler dans tous les sens jusqu'à réussir à lui échapper. D'un bond, je suis sur le sol. Néoh, quant à lui, lâche un soupir frustré avant d'enterrer sa tête sous un oreiller, non sans émettre un: «Tu m'emmerdes, Auréa» grognon.

– Je vais chercher le petit déj, ne te plains pas, je me marre en enfilant un gilet léger. Toi, debout, et prépare-toi.

– Tu…

– Je sais, je sais, Néoh. Cinq ans que je t'emmerde. Mais cinq ans que tu ne cherches même pas à t'échapper.

– Pas ma faute. Mon geôlier baise trop bien.

Je pouffe. Quel abruti…

– Ou alors il t'aime un peu trop, ton geôlier.

D'une main, il dégage l'oreiller de son visage. Se redresse sur un coude, cambrant au passage les lignes sculptées de son dos, et me décoche l'un de ses regards dévastateurs, irisés d'une coulée de lave à vous cramer les sens.

– Je préfère qu'il baise bien, raille-t-il.

– Sale con! m'esclaffé-je tandis que je m'extirpe de la chambre.

Après avoir enfilé une paire de nu-pieds, je sors enfin de l'appartement, dévale l'escalier sur six étages, puis déboule sur le trottoir. Aussitôt, la chaleur étouffante du mois de juillet me plombe les épaules en même temps qu'une odeur de viande trop grillée me cueille. Voilà deux raisons pour lesquelles New York ne me manquera pas. Alors que je m'apprête à traverser la route afin de me rendre au Starbucks situé sur le trottoir opposé, une voix que je ne connais que trop bien me stoppe dans mon élan.

– Auréa?

Un frisson indéchiffrable serpente le long de ma colonne vertébrale pour saisir mes flancs. Le cœur battant, je me retourne vers l'homme qui m'a abordée, puis me fige.

– Énes!

Devant mes yeux, une haute silhouette me surplombe avant de me gratifier d'un sourire solaire, bien qu'un peu hésitant. Et je n'ai pas besoin de plus. Guidée par mon instinct, je lui saute dans les bras. Surpris, il se pétrifie sur le coup, mais se détend presque immédiatement pour me serrer contre lui dans une étreinte timide, mais ferme.

La dernière fois que j'ai vu mon frère, c'était le jour où, accompagné de mes parents, il quittait l'Italie. Depuis, j'avoue m'être toujours arrangée pour ne pas leur rendre visite lorsqu'il était chez eux. Déjà parce que le fait que je me remette avec Néoh a été assez difficile à avaler pour papa et maman. Surtout pour papa, d'ailleurs. Ils ont beau savoir que Néoh n'est pas entièrement responsable du comportement d'Énes, il n'empêche que… ce ne sont ni plus ni moins que des parents: incapables d'une totale objectivité lorsqu'il s'agit de l'un de leurs enfants. L'autre raison pour laquelle je ne l'ai pas revu est… ma peur, tout simplement. Celle de ne plus jamais retrouver dans ses yeux verts ce frère qui m'a tant manqué. Je sais par maman qu'il a remonté la pente et s'est enfin débarrassé de ses démons. En partie, du moins. En vivant avec Néoh, je suis bien placée pour savoir que jamais on ne s'en débarrasse réellement. S'en délivrer ne veut pas forcément dire les annihiler.

– Tu… tu m'attendais? demandé-je en me détachant doucement de son étreinte.

– Oui, je… je voulais te… te parler avant votre départ.

Un sourire avenant sur les lèvres, je hoche la tête.

– J'en serais super contente! dis-je avec, peut-être, un peu trop d'entrain. Un café, ça te dit?

– J'en serais super content aussi, rit-il.

Une onde de chaleur envahit alors mes veines. Parce que le sien, de sourire, je le reconnais. À l'instar de cette pointe de moquerie dans le son de sa voix. Et, bien que, petite, cette dernière m'ait filé de sacrées envies de meurtre, à présent, je serais prête à le supplier pour l'entendre à nouveau. Nous filons donc au Starbucks dans un silence étrange, pas pesant, mais tout de même lourd d'émotions. Après avoir commandé, toujours sans se parler, et récupéré nos boissons chaudes, nous nous installons enfin autour d'une minuscule table ronde. Mon ventre se serre lorsque Énes saute sur son café afin de gagner du temps. Aussi, en douceur, je pose ma main sur la sienne, crispée sur la surface en bois.

– Je suis heureuse de te voir, dis-je dans un murmure.

Aussitôt, son visage s'éclaire, retrouve cette lumière qui a toujours étincelé au creux de ses yeux.

– Moi aussi, petite sœur.

Cette fois, c'est mon cœur qui se prend une décharge. Presque six ans que je n'avais pas entendu ces mots, et les réentendre me touche encore plus que je ne l'aurais cru.

– Félicitations pour ton poste fixe dans ce refuge, ajoute-t-il. C'est… juste toi. Parfait pour toi.

– Oui! je ne peux m'empêcher de jubiler sur ma chaise. C'est un peu un rêve. Bon, un rêve possible grâce à Malena, hein. Il s'agit du refuge dans lequel j'aurais dû être bénévole, à la base, alors ils auraient pu m'envoyer balader… Mais peu importe. Ils ne l'ont pas fait, et j'en suis plus qu'heureuse !

Je garde pour moi le fait que Néoh ait réussi à retrouver également son ancien poste, pas certaine de pouvoir parler de lui à mon frère sans que cela le blesse.

– Personne n'a assez de volonté pour te dire non, Auréa, raille-t-il.

Je roule des yeux, mais ne le contredis pas pour autant. Un deuxième silence nous tombe dessus. Un silence, cette fois, qui semble plonger Énes dans une lutte intérieure.

Ma paume dévie alors sur son doigt ceint d'un anneau doré.

– J'aimerais beaucoup le rencontrer, soufflé-je.

Un sourire éthéré fleurit sur ses lèvres, dessinant sur son visage une expression que je ne lui avais encore jamais vue : une paix réelle. Apaisée. Juste belle à regarder.

– Roman et moi ne sommes pas vraiment mariés, précise-t-il, mais j'aime bien avoir cette preuve physique pour me rappeler ce que doit être l'amour. Le vrai. Loin de l'obsession.

– Maman m'a dit qu'il était, et là, je la cite : « Encore plus enjoué et dingue que toi », je m'empresse de dire afin de masquer mon trouble dû à ses derniers mots. Alors j'espère vraiment faire sa connaissance un jour.

– On pourrait…

Soudain, il s'interrompt, ses traits perdant un peu de leur éclat. Sous le coup de l'anxiété, ses incisives se plantent dans sa lèvre inférieure tandis que ses épaules s'affaissent.

– Énes…

– Je suis désolé, Auréa, lâche-t-il tout à trac.

Décontenancée, je ne réagis pas sur le coup.

– Je suis désolé de t'avoir utilisée. À l'époque, je pensais qu'à une chose : ne jamais permettre à Néoh de s'éloigner de moi. Je savais pertinemment que jamais il ne pourrait m'aimer comme j'en crevais d'envie, alors je voulais qu'il souffre. Et… te mettre sous son nez après la façon dont il t'avait regardée… Je le connais, le connaissais… Je savais qu'il ne te résisterait pas. Ce qui fut le cas, dans un sens… Aussi, j'ai voulu jouer sur sa culpabilité comme je l'avais fait avec Ambra, parce que… s'il ne me désirait pas, il m'aimait quand même. Et c'est tellement facile de tirer sur la corde lorsqu'une personne tient à toi… Alors, ouais, je me suis dit : il va s'en vouloir d'avoir couché avec ma sœur, et je n'aurai qu'à lui faire croire qu'il m'a de nouveau blessé pour…

Un ricanement sombre lui échappe, puis il reprend :

– Pour je ne sais même pas, en fait. J'ignore comment j'ai pu imaginer qu'un tel plan fonctionnerait. C'était impossible… Pas avec toi dans la partie. En fait, j'avais le même comportement qu'un drogué, tu vois ? J'avais conscience que mes actes blessaient les autres, mais je m'en fichais. Pas par sadisme, mais par désespoir. J'étais perdu dans mon addiction. Et plus Néoh restait, nourrissant toujours plus ma dépendance, plus je sombrais…

Chamboulée par ses propos, je me décompose. Une larme dévale ma joue en même temps que ma paume se retient un peu plus à la sienne.

– Excuse-moi, petite sœur, conclut-il, plus doucement. Loin de moi l'idée de te replonger dans tout ce bordel, mais j'en avais besoin. De t'exposer ce qui pourrissait ma tête à ce moment-là. Et surtout… besoin que tu saches à quel point j'étais désolé. De t'avoir embarquée dans ma démence. De t'avoir fait mal, à toi, mon propre sang. À toi que… je vois dès que j'aperçois mon reflet, parce que jamais je pourrai oublier le mal que je t'ai fait, que je vous ai fait.

Avec une tendresse désarmante qui me fend le cœur, il replace l'une de mes mèches rebelles derrière mon oreille, puis déclare :

– Je t'aime, Auréa. Ça n'a jamais changé. Même pendant ma folie, je t'aimais toujours. Je ne te demanderai même pas de me pardonner un jour, je n'en ai pas le droit, mais…

Sans le laisser achever sa phrase, je me relève dans un sursaut, puis écrase mon buste sur la petite table, me fichant pas mal du liquide que je renverse. Mes bras se referment sur mon frère que je propulse contre moi, puis enlace avec force.

– Débile, dis-je dans un sanglot. Je t'avais pardonné avant même que tu poses à nouveau un pied sur le sol américain.

Je le sens sourire contre mon cuir chevelu et lâcher un soupir si profond que ses muscles se ramollissent.

– Merci, petite sœur. Merci d'être toi, si généreuse et empathique. Et merci de nous avoir sauvés, lui et moi.

***

De retour à l'appartement, je suis… apaisée, alors qu'une étrange énergie transit mes nerfs d'une excitation explosive. Mes boissons chaudes ainsi que quelques pâtisseries sous le bras, je pénètre dans l'appartement, dépose ma commande par terre, puisque les pièces sont quasi vides, quand un léger bruit dans le placard mural de l'entrée me fait tiquer. Lentement, j'ouvre la porte qui grince. Avant de me faire alpaguer par des petits doigts qui me tirent vers le fond.

– Chhhh ! Pas de bruit ! Papa va me trouver, sinon !

Je réprime un rire, et m'exécute. Sans un bruit, donc, je me plie jusqu'à réussir à m'asseoir à côté de la petite poupée blonde de 4 ans et haute comme une pomme et demie.

– Fallon, j'espère bien que papa va te trouver, sinon on va rater notre avion, mon gros chat.

– Bah, justement, bougonne-t-elle en écartant ses petites mains comme si elle expliquait un problème de physique quantique à un parterre de cailloux. Je ne veux pas y aller, moi, en Talie.

– Italie, mon cœur.

Ses yeux noirs, si semblables à ceux de Néoh, se fixent sur les miens, me dévisagent longuement, puis elle croise ses petits bras sur son déguisement de Wonder Woman (il paraît que les princesses sont « trop pas cool, maman »).

– M'en fiche, je veux pas y aller. J'en ai discuté avec Blue et Blue Moon, dit-elle très sérieusement tandis que je me pince la bouche pour ne pas rire, et ils sont d'accord avec moi. On a décidé de rester chez mamie et papy avec Azzurra.

Un sourire fend mes lèvres. Et je ne résiste pas à l'envie de kidnapper ma fille dans mes bras, malgré ses protestations, afin de la couvrir de bisous. Si, d'ordinaire, je ne me retiens pas, c'est encore pire avec mon bébé. Pourtant, le jour où j'ai appris que j'étais enceinte, j'ai cru crever d'angoisse. Fallon a pointé le bout de son petit nez retroussé neuf mois après que Néoh et moi nous sommes retrouvés. Sa naissance est arrivée trop tôt, quelques années trop tôt, en vérité. Je venais à peine de reprendre mes études, son père se débattait encore avec ses fantômes, et j'étais loin d'être assez mature pour avoir un enfant. Néanmoins, Néoh, lui, n'a pas flippé une seconde. En tout cas, si tel était le cas, il n'en a rien montré. Pour une fois, les rôles se sont inversés, et… il s'avère que Néoh ne se débrouille pas trop mal, en homme solide et confiant. Alors, oui, nos premières années ensemble n'ont pas été de tout repos. Maman n'a cessé de faire des allers et retours entre Chicago et New York, entre mon frère et moi, afin de nous appuyer le plus possible. Les examens à réviser entre deux pleurs et deux biberons me poursuivront longtemps dans mes cauchemars. Le manque d'intimité alors que nous venions tout juste de nous trouver, les doutes liés au simple fait de devenir parents, et donc responsables d'un petit bout de vie, la fatigue, la frustration, parfois... Tout ceci a souvent été compliqué à gérer. Mais nous l'avons géré et continuons à plutôt bien gérer, d'ailleurs. N'en déplaise à la petite bouille qui tord sa bouche en une moue boudeuse.

À présent sur mes genoux, elle soupire en s'amusant avec mes cheveux retombant sur ma poitrine.

– Mais chez mamie et papy, nous ne serons pas avec toi.

– J'aurai Blue, Blue Moon et Azzurra, aussi, me rétorque-t-elle. Et puis on se verra sur le téléphone de mamie.

– Hum... je ne sais pas trop. Il y a tellement de choses à faire, là-bas, on n'aura pas vraiment le temps, tu sais. Parce que quand on ne sera pas chez tata Malena, on ira voir tonton Thomas. Ou alors on sera sûrement sur un bateau, sur le lac, en train de skier dans les montagnes... Maman s'occupera des animaux, et...

– Des animaux? Je pourrai les voir, moi?

– Je l'ignore... faudrait que je demande à mes collègues, pour ça. Quoique... ce n'est pas possible, en fait, puisque tu vas rester chez mamie et papy.

Sa moue se transforme en une expression pensive. Avant de se lisser en un sourire solaire et chaleureux:

– OK, mais je veux voyager avec Blue, alors.

– Euh... je te laisse négocier avec papa, hein.

Quoi? Je n'ai jamais prétendu être une maman parfaite. Et parfois, savoir à quel moment passer le flambeau à papa est une question de survie.

En parlant du loup, la porte du placard s'ouvre brusquement sur un Néoh contrarié.

– Évidemment, vous vous planquez ensemble.

– Papa !

Fallon lui bondit dessus, et son père a tout juste le temps de la rattraper dans ses bras pour qu'elle ne tombe pas. Par réflexe, il lui embrasse la joue avant de ramener ses longues mèches blondes dans son dos.

– Allez, au petit déj, chieuse, grommelle-t-il.

– Tu sais quoi ? lance-t-elle, toute fière, pendant que je me déplie pour les suivre, maman m'a dit que tu accepterais que je reste avec Blue dans la soute !

Une paire d'yeux onyx se retournent sur moi pour me poignarder.

Oups.

Je dévoile alors une rangée de dents en un sourire que j'espère lumineux au point de lui brûler quelques neurones. Le pire, c'est que ça fonctionne plutôt bien puisqu'il abat un bras sur mes reins pour me blottir contre eux.

***

Deux jours plus tard

– Rappelle-moi ce qu'on fait ici ? grogne Néoh en coupant le moteur de notre toute nouvelle voiture.

– Moi, je sais, papa ! s'excite Fallon depuis son siège enfant. On vient adopter un bébé !

– Un bébé à poils ! précisé-je, aussi excitée que ma propre fille.

– C'est bien ce qu'il me semblait, souffle-t-il. Ma question est : pourquoi ?

– Parce que maman a dit que j'étais assez grande pour avoir le mien, maintenant !

Je me détache, puis m'extirpe du véhicule afin d'ouvrir la porte arrière.

– On y va, mon koala?

– Oui! Moi aussi, je veux mon bébé!

Après avoir tiré la langue à son père qui nous mate à travers le rétroviseur, je la prends dans mes bras, la calant sur ma hanche. À peine avons-nous parcouru quelques mètres qu'une voix nous hèle avec un «youhou!» aussi discret que… bah, qu'une Malena débarquant dans un refuge sur une paire de stilettos bientôt aussi haute que Blue, flanquée de Thomas qui se marre face à l'expression blasée de Néoh.

– Quoi? l'interpelle Malena. Tu ne pensais tout de même pas qu'on allait manquer un tel événement?

– On vient prendre un chien, hein. Elle ne vient pas d'obtenir son diplôme ou un prix Nobel, lui répond Néoh.

– Va falloir t'y habituer, mec, s'amuse Thomas. Ce n'est que le début.

– Tonton! Je veux aller avec tonton! crie soudain Fallon en s'agitant.

Je la confie donc à mon ami qui, avec une mine légèrement niaise, lui dit:

– Je t'ai manqué, ma princesse?

– Oui! Et, tu sais quoi? Eh bah…

Alors que ma fille se lance dans un de ses monologues sans queue ni tête digne d'une enfant de son âge, Malena me lance:

– *Mica scema, tua figlia*[1]. Elle se jette direct sur le beau gosse friqué.

L'année dernière, vaincu par nos questions insistantes lors d'un séjour de retrouvailles ici, en Italie, Thomas nous a enfin appris que son père était à la tête de la division de protection de la famille princière de Monaco. Rien que ça… Son fils était censé marcher sur les pas de son paternel, néanmoins, il a changé de

1. Elle est loin d'être bête, ta fille.

voie en s'associant avec sa mère dans son agence immobilière. Mon petit doigt me souffle que ce revirement est dû au fait que nous soyons tous ici, à présent. J'ai l'impression que le suicide d'Ambra l'a poussé, lui aussi, à revoir ses priorités, et donc à vouloir plus profiter de la vie en général. Thomas et Néoh ont passé tellement de temps ensemble, ces dernières années, qu'il en sait bien plus sur le Monégasque que moi. Mais, dans un sens, je m'en fiche. Je sais qui est Thomas : un homme loyal, sincère, et qui a remporté le pari dingue de devenir un véritable ami pour Néoh. Sans compter qu'il semble être le *crush number one* de ma fille, alors... je peux difficilement m'en débarrasser.

– Hum, mon amour ?

Je retiens Néoh lorsque Malena les rejoint à l'intérieur.

– Mon amour ? rit-il en s'arrêtant pour me faire face. Tu as dû m'appeler deux fois ainsi... quand tu as su être enceinte et quand Blue nous a encore ramené un chaton abandonné. Dois-je flipper, *mon amour* ?

Un sourire se pointe sur mes lèvres en réponse à celui qui s'imprime sur celles de Néoh. D'un pas, il avale l'infime distance qui nous sépare, puis entoure mon cou de ses paumes.

– Eh bien...

– Auréa...

– Il se pourrait que... peut-être... enfin, je veux dire : il est possible que...

– Tu m'emmerdes, Auréa. Accouche.

– J'ai invité Énes et son copain à passer Noël avec nous !

Je me ratatine sur moi-même tout en tentant à nouveau le coup du sourire à cent mille dollars. Mais, cette fois, l'effet escompté n'est pas au rendez-vous. En réalité, aucun effet n'est au rendez-vous. Figé, Néoh se contente de plonger son regard au fond du mien. Je le sens... creuser, puiser en moi un peu de force afin de démultiplier la sienne.

– Je peux annuler, tu sais. Énes comprendra tout à…

– Non, me coupe-t-il. N'annule pas. Je… j'aimerais bien le revoir.

– Sûr?

– Certain, confirme-t-il d'un ton ferme, son pouce étirant ma lèvre.

OK, ce n'est pas un oui festif avec feux d'artifice, mais on parle de Néoh. Et rien que le fait qu'il envisage cette idée est un pas énorme. Une preuve que ses démons, leurs démons, sont sur le point d'être exorcisés.

***

Le soir, lorsque je sors de la chambre où Fallon dort pour quelques jours, Malena nous logeant gentiment le temps que nous trouvions une maison, je tombe sur Blue, dans le salon. Je m'empresse de le câliner, puis grogne devant son regard insistant:

– Ne me regarde pas comme ça, Chaton. Tu n'étais pas là, toi. Sinon tu aurais aussi craqué. Alors oui… deux saint-bernard, c'est peut-être… bon, OK, c'est sûrement trop, mais tu les as vus? Et puis, qu'est-ce que j'étais censée faire? Séparer un frère et une sœur? Je ne suis pas un monstre, moi, monsieur. Toi, tu ramènes des chats errants. Eh bah, moi, ce sont des chiens.

– Ouais, mais minimum soixante-dix kilos de chien! Malena éclate de rire dans mon dos. C'est une ferme que vous allez devoir vous trouver! D'ailleurs, Néoh t'attend dehors. Je suis sûre qu'il est sérieusement en train de penser à t'enterrer sous un pied de vigne.

Je me redresse, ignore royalement mon amie, puis caresse une dernière fois le museau de Blue. Alors que je m'apprête à ouvrir l'une des baies vitrées, Malena me coupe dans mon élan:

– Mon Oréo? Tu n'imagines pas comme je suis heureuse de vous avoir tous les trois ici.

– Si, j'imagine très bien, au contraire...

Un cœur dessiné du bout des doigts plus tard, l'Italienne s'évapore dans une tornade de mèches brunes.

Un bref instant après, je suis près de la piscine, où... il n'y a aucune trace de Néoh. Et ce n'est que lorsqu'un coup de tonnerre résonne au-dessus de ma tête que je sais... où le trouver. En courant, je me précipite vers le vignoble attenant à la demeure quand, au moment où quelques gouttes chutent sur ma peau, je m'arrête à l'endroit exact où nous nous sommes embrassés, la première fois. Comme ce soir-là, l'air est lourd, chargé de particules électriques qui déchirent soudain le ciel.

– Néoh?

Aucun son ne me répond. En revanche... mon corps, lui, le ressent. Il s'approche dans mon dos jusqu'à le frôler de son torse. Sa respiration cherche la mienne pour mieux s'y accorder.

– Piccolina, chuchote-t-il à mon oreille. On peut dire que tu m'en auras fait voir, en cinq ans...

– Et? Aurais-tu l'audace de regretter?

Un sourire chatouille ma nuque, soulève une légion de frissons sur la totalité de ma peau. Tout à coup, ses mains s'agrippent à mes épaules pour me retourner brusquement. Avant de balayer mes jambes afin de nous faire tomber. Sa main sur le sol amortit notre chute, et je m'empresse de m'enrouler telle une liane autour de lui, mes jambes nouées à sa taille, arrimant ainsi nos bassins l'un à l'autre. D'une main, il se redresse, puis, ses prunelles sombres luisant, en plein milieu de la nuit, d'une intensité qui me coupe le souffle, il gronde, tant son timbre vibre:

– J'en réclame cinq de plus, Auréa. Et encore cinq. Puis, une fois ces cinq terminées, j'en veux encore cinq. Jusqu'à ce que tu ne sois plus capable de m'emmerder.

– Tu réalises qu'il faudrait que je sois morte, pour ça?

– J'en ai parfaitement conscience, oui.

– Dans ce cas, tu as définitivement viré taré, Néoh.

– Peut-être… mais c'est logique, dans un sens… puisque c'est une folle qui m'a ramené à la vie. Cette nuit-là, Auréa… celle où tu étais allongée à cet endroit exact, où chacune de mes putains de cellules te réclamait à cor et à cri, j'ai senti mon cœur battre. Vraiment battre… Pas à ce rythme lancinant qui m'empêchait juste de crever, mais avec… ardeur, folie, cette essence même qui te rend si… belle, si éclatante, si excessive, si passionnée, si vivante, si… sacrée. Alors… putain, oublie les cinq ans, Auréa, j'en voudrai toujours plus. Plus de toi, de nous, plus de Fallon, plus de ces monstres à poils, même plus de Malena et Thomas. Peut-être que tu m'as juste… drogué, toi aussi. Mais je m'en carre. Fous-moi une autre pilule sur la langue… parce que je refuse de décrocher.

Une pluie battante se met brusquement à se déverser du ciel. À nous recouvrir, se mélangeant aux larmes qui s'échappent de mes cils pour rejoindre la terre sous nos corps enlacés. Mais je ne la sens même pas, je ne ressens que lui. N'entends même pas l'orage qui se rapproche dangereusement. Je ne perçois que les battements de mon cœur qui pompe comme un dératé, enivré d'une multitude d'émotions toutes plus puissantes les unes que les autres.

Je ne vois que lui. Cet homme assez dingue pour permettre à mon monde de… tourner encore plus vite. Logeant ce vertige démentiel au creux de ma poitrine qui me rend encore plus vivante.

– Dis-le… soufflé-je contre ses lèvres.

– Je t'aime.

Sa bouche s'empare de la mienne. Puis s'éloigne.

– Je t'aime, Auréa. Parce que tu es indéniablement folle, et… indéniablement mienne.

Et pourtant, c'est lui… lui qui fait que je suis indéniablement moi.

Que nous sommes… indéniablement nous.

Fin

REMERCIEMENTS

Merci d'avoir accompagné Auréa et Néoh tout au long de leur histoire, parfois sombre, parfois douloureuse, mais toujours emplie d'espoir et d'amour. Merci de les avoir suivis au gré de ces mots que j'ai tant aimé partager d'abord avec eux, puis avec vous.

Comme toujours, ma première pensée va à ma famille, à mes deux hommes qui sont mon univers. Cet univers dans lequel je suis libre de créer ces autres mondes imaginaires.

Un merci du fond du cœur à ma moitié de plume, ma Milyi, mon Emi et ma Ci. Depuis cette première phrase posée sur un coup de tête, vous êtes là. À m'épauler, me soutenir, me pousser même. Le reste, vous le savez… cette amitié qui nous unit toutes est LA plus belle chose (parmi tant d'autres) que m'a apportée l'écriture.

À Virginie, qui m'a également soutenue et motivée pendant la rédaction de cette histoire. J'aime tes avis francs, sincères, sans fioritures, qui vont droit au but. Tu t'es révélée un vrai moteur lors de la fin de ce manuscrit, et je t'en remercie infiniment.

Une pensée pour la meilleure des pom-pom girls, ma Cath adorée. Merci d'être toujours là.

Enfin, un merci à toutes ces personnes qui nous soutiennent, nous, les auteurs : lectrices, chroniqueuses, blogueuses, instagrameuses, etc.

Je fais le choix de ne citer personne, pour une fois, de peur d'en oublier… Vous apportez tellement de joie et d'émotions dans cette aventure qu'est l'écriture que je m'en voudrais d'omettre un nom.

Un merci tout spécial aux éditions Addictives pour leur professionnalisme, leur confiance et pour toujours offrir un si bel écrin à ces personnages nés de mes idées.

Je vous dis à très bientôt pour, je l'espère, de nouvelles émotions livresques. En attendant, je vous souhaite de belles lectures !

Isla

Extrait

MON INSUPPORTABLE VOISIN !

Louise Valmont

1

PETITE FÊTE ENTRE AMIS

Norma

– Mais bouge-toi au lieu de rester dans mes pattes !

Titubant sous le poids du dernier carton de déménagement, je manque de m'étaler sur le palier de bois verni du premier étage.

– Pardon ? explose June au bout du fil. Si tu m'en veux de ne pas être venue t'aider à t'installer, tu peux me le dire franchement, Norma !

– Mais non, je parlais à Oscar ! Depuis qu'on est arrivés, il est complètement stressé et ne me quitte pas d'une semelle.

Téléphone coincé entre oreille et épaule, je repousse du pied la porte d'entrée de mon nouvel appartement. En nage après plus de quinze allers-retours depuis ma voiture garée juste devant la maison, je pose avec soulagement mon paquet sur le plan de travail. Un peu vexé, Oscar m'observe depuis le seuil de la cuisine. Tout en me servant un verre d'eau, je lui fais signe d'approcher.

– Allez, viens, t'es pot de colle, mais je t'aime quand même… T'inquiète, June, ajouté-je pour mon amie à deux mille kilomètres de là, c'est à Oscar que je fais une déclaration.

– Il en a besoin, ce n'est pas si simple de quitter du jour au lendemain le monde magique, même pour commencer un super job à Boston…

– C'est ce que je lui ai répété pendant tout le trajet depuis Orlando… dis-je en riant. Tu vas t'éclater, Oscar !

Rassuré, celui-ci se faufile dans la cuisine, longe mes mollets en agitant sa queue avant de bondir à côté de l'évier.

– Contente que tu sois là, tu sais… murmuré-je en caressant son épaisse fourrure jaune.

– Alors il est comment, ton appart de rêve ? demande June au téléphone.

– De folie ! Attends, je te fais visiter ! dis-je en m'élançant, portable sur vidéo à la main et Oscar sur les talons. Après l'entrée, tu as un immense salon, quatre baies vitrées donnant sur Commonwealth Avenue, une rue hyper large inspirée par les boulevards parisiens du Second Empire.

Tournant mon téléphone vers l'extérieur, je filme le terre-plein central, planté d'arbres où de superbes magnolias commencent à fleurir.

– L'appart est tout meublé avec un canapé divin, qu'Oscar adore déjà. Une bibliothèque grande comme un porte-avions avec une chaîne stéréo intégrée, continué-je en enclenchant la radio. Ensuite tu as la chambre, très claire, la salle de bains tout en marbre, les toilettes, au moins douze placards…

– Pratique pour ranger les nombreuses affaires dont tu n'as pas voulu te séparer… Je pense en particulier à ce jean hors d'usage et cette culotte Bisounours en satin rose.

Amusée, je songe avec tendresse aux jours qui ont précédé mon départ, où June est venue m'aider à trier, empaqueter et vider mon studio d'Orlando.

– L'endroit que je préfère, c'est mon bureau ! J'ai déjà branché mon ordi et mon imprimante.

– Mais c'est géant, ton truc ! s'exclame mon amie, admirative. Tu as eu le temps de voir un peu la ville ?

– Rien, à part le Whole Food du coin, la Hancock Tower au loin et quelques rues de mon quartier, Black Bay, un des plus chics d'après ce que m'a dit l'agent immobilier !

– Ça doit te coûter une blinde, soupire mon amie.

– Même pas ! Et si tu voyais la maison, tout en briques, hyper mignonne, avec juste deux étages. Au premier, il y a une vieille dame, paraît-il, et au deuxième, un loft d'archi avec une terrasse. J'ai eu une chance de dingue sur ce coup, j'ai trouvé tout de suite, l'appart était libre, l'agent immobilier top…

– Quand tout s'organise bien, c'est cool.

Mon amie semble soudain triste. C'est vrai que quand Sean l'a larguée il y a deux mois, après cinq ans de vie commune, elle a galéré pour louer un mini studio pour lequel elle paie une fortune.

– Comment ça va, toi ? Le moral remonte ?

Sean était le premier grand amour de June, pour moi un type un peu fade, pas très franc et bien trop macho, mais pour elle, *the One and Only*, toujours partant pour tout. Tellement partant qu'il s'est barré du jour au lendemain avec une blondasse et les économies de June…

– Y a encore des hauts et des bas. Mais dans l'ensemble, ça va. Je redécouvre la vie en célibataire.

– Tu t'habitues à vivre seule ?

Après sa séparation, l'idée de se retrouver en solo était ce qui faisait le plus peur à June, surtout quand, peu après le départ de Sean, je lui ai annoncé que j'avais trouvé un job de correctrice dans la capitale du Massachusetts, à la *Boston Review,* la revue politico-littéraire qui a publié les premiers textes de Keith Connelly, le journaliste d'investigation du *Washington Post* qui vient d'avoir le Pulitzer Price à même pas 25 ans.

– Ouais, top ! crâne mon amie. Et je te jure que je ne suis pas prête à me recaser avec quelqu'un. Le dernier truc dont j'ai envie en ce moment, c'est d'un mec !

– Moi, au pire, j'en veux bien un qui m'apporte tout de suite un grand verre de coca frais, mais qui disparaisse après ! plaisanté-je en observant mon frigo affreusement vide.

– C'est toi qui as tout compris depuis longtemps, dit mon amie d'un ton songeur. Pas de mec, juste un quand tu en as envie et basta !

– Pas d'attaches, aucune dépendance, rien que du plaisir ! ajouté-je en pensant au beau brun très mignon avec qui j'ai terminé la nuit de ma fête de départ.

Et dont le prénom n'est jamais arrivé jusqu'à mon esprit. En même temps, ce n'est pas ce qui m'intéressait chez lui…

– *Carpe diem,* c'est ma nouvelle devise ! affirme June.

– Ravie qu'on la partage. J'ai hâte que tu viennes la mettre en pratique avec moi ici.

– J'aimerais bien que mon job me délocalise…

Au moment où je vais lui demander si elle pense vraiment quitter la Floride, un coup de sonnette retentit.

Ah mince, est-ce que j'ai mis la musique trop fort ?

– Faut que je te laisse, dis-je en coupant la radio.

Pattes et jambes mêlées, Oscar et moi ouvrons la porte. Un grand blond aux cheveux très courts avec des yeux bleus de dingue se tient sur le seuil.

– Salut. Je suis dans l'appart du dessus, on allait déboucher une bouteille, mais le tire-bouchon m'a claqué dans les mains.

Il me montre l'objet en effet mal en point.

– Hyper frustrant, admets-je.

– J'ai frappé en face mais, comme d'hab, Mme O'Neill n'entend pas.

Sans que j'aie le temps de l'interroger sur cette voisine que je n'ai pas encore rencontrée, la porte s'ouvre à l'étage du dessus, laissant arriver jusqu'à nous une voix féminine joyeuse :

– Hugo, magne-toi, on a une caisse de bordeaux qu'on voudrait bien goûter avant la soirée !

– Donc, moi, c'est Hugo ! dit le voisin avec un sourire charmant. Et j'ai un besoin urgent de tire-bouchon.

– Je devrais pouvoir te dépanner, si je le retrouve dans mes cartons...

– Oh, excuse-moi, tu viens d'arriver, c'est vrai, bienvenue dans la maison ! Tu verras, c'est cool ici. La seule casse-pieds était l'ancienne locataire de ton appart, une rabat-joie qui menaçait d'appeler le FBI chaque fois qu'elle entendait l'interphone ! On ne va franchement pas la regretter.

Amusée, je me dirige vers le carton où j'ai rangé torchons, serviettes brodées de ma grand-mère et tire-bouchon hérité de mon grand-père. Plus deux pots de *peanut butter* offerts par June le jour de mon départ.

– Mais tu as l'air vraiment beaucoup plus cool qu'elle ! avoue le voisin en riant quand je lui tends l'ustensile. D'ailleurs, si ça te tente, on organise ce soir une petite fête, tu n'auras qu'à monter, on partagera le verre de l'amitié !

– C'est gentil, mais j'ai tous mes cartons à défaire. Et puis, je comptais travailler un peu...

– OK, mais si tu veux faire une pause, n'hésite pas à nous rejoindre, lance-t-il avant de repartir.

Pas de doute, je vais être bien ici !

– Mais ce n'est pas le tout, dis-je à Oscar qui m'observe d'un air réprobateur. Il est déjà dix-sept heures, et il faut que je passe déposer les documents administratifs qui manquent à mon dossier avant la fermeture des bureaux de la revue. Tu gardes la maison ?

***

Quand j'arrive dans une adorable petite rue pavée en haut de Beacon Hill, le quartier historique de Boston, je suis assez excitée de découvrir le lieu où je vais passer plus de huit heures par jour dès lundi. Ma boss, Mme Baldwin, a l'air très exigeante et pointilleuse, mais les qualités d'une correctrice sont justement la passion du détail et la recherche de la perfection d'un texte. Et même si relire et corriger les écrits des autres n'est pas le job de ma vie, c'est celui pour lequel j'ai déménagé et qui va me permettre de payer mon loyer, de manger et d'être plus à l'aise financièrement pour faire ce que j'aime.

Aussi, c'est avec enthousiasme et curiosité que je pousse la porte, tout en me demandant comment vont être mes collègues dans cette revue mythique et ancestrale. À ma grande surprise, passé l'aspect classique de la façade sur rue – j'ai lu sur le site Internet de la revue que les bureaux se sont installés il y a quelques années dans cette maison datant du XVIIIe siècle –, l'intérieur est très contemporain, un mix entre bureaux branchés de start-up et demeure familiale à la campagne : une immense pièce au parquet blanc, des bancs autour d'une longue table de bois sur laquelle traînent des mugs, sur le côté un mur turquoise où sont épinglées des couv de la revue, des Post-it griffonnés et des photos que je n'ai pas le temps de détailler. Une bibliothèque remplie de livres et, derrière les baies vitrées type atelier, une jolie cour entourée de murs de brique où sont disposés un parasol et des transats.

Je sens que je vais adorer bosser ici !

– Salut, me dit un grand type à moustaches qui porte un dossier sous le bras et s'engouffre dans un petit bureau vitré.

– Bonjour, tu dois être Norma Galloway, notre pro des espaces fines insécables et des tirets cadratins, déduit une fille qui doit avoir à peu près mon âge, 21 ans.

Ses cheveux très noirs et de gros macarons sur chaque côté du crâne la font ressembler à Abby dans *NCIS*. D'ailleurs, elle a l'air aussi enthousiaste, vive et pétillante que la scientifique de la série.

– Je suis Emma Blackstone, on va partager le même bureau. Celui que tu viens de voir est notre comptable, Ronald.

Emma me présente ensuite le maquettiste, un homme entre deux âges au ventre proéminent, le rédacteur en chef et une graphiste souriante. Puis elle me fait entrer dans le bureau de ma boss. Vêtue d'un tailleur en lainage bouclette improbable, celle-ci commence par faire une nouvelle fois le top 3 des qualités qu'elle attend de moi : l'excellence en orthographe-grammaire-conjugaison-syntaxe-ponctuation-typographie, la perfection en organisation-méthode-adaptabilité et enfin le sublime en matière de suppression des lourdeurs-répétitions-barbarismes. Après m'avoir rappelé que douter et vérifier sont désormais mes seuls mantras, elle m'emmène faire le tour des locaux. Nous terminons par le bureau que je vais partager avec Emma et un certain Angus, un brun à lunettes bleutées, aux petits airs de Robert Downey Jr. jeune, auxquels elle me confie. Emma gère les abonnements et les réseaux sociaux tandis qu'Angus occupe les fonctions de secrétaire de rédaction et supervise le service des traductions.

– Vous êtes combien dans ce service ? demandé-je.

– Deux, répond-il avec un clin d'œil. Rosie, mon *Crassula*, et moi.

Devant ma mine surprise, Emma rit en indiquant une énorme plante grasse sur le bureau encombré.

– Rosie est ma bouffée d'oxygène dans ce monde de brutes, m'explique Angus.

J'éclate de rire. Ensuite, nous discutons un moment de leurs missions, de la mienne et de mon job précédent. Quand je repars,

Emma promet de me faire connaître dès lundi toutes les bonnes adresses des environs.

Excepté la distance qui me sépare de June, je ne regrette pas une seconde d'avoir quitté ma région natale. Super appart, ville agréable et temps printanier, que demander de plus ? Et si ce job n'est pour moi qu'une étape dans mon plan de carrière, collègues sympas et bureaux au cœur de ce foyer culturel des États-Unis sont un plus que je vais apprécier chaque jour.

Mais pour le moment, j'ai hâte d'enlever tailleur chic et talons pour aller retrouver Edward : lui aussi vient de déménager pour commencer une nouvelle vie.

***

Assise devant mon ordinateur, je pense à Edward. Il n'a pas toujours eu la vie facile : une enfance austère dans une famille nombreuse, un père pasteur alcoolique, mais un professeur de littérature qui lui a ouvert l'esprit en lui faisant découvrir le théâtre et la boxe. Aujourd'hui, il lutte pour sa passion et se bat contre un affreux producteur qui refuse de monter sa pièce.

– Au fond, la boxe, je ne suis pas sûre que ça apporte quelque chose au personnage, me dis-je, prête à effacer un long paragraphe où Edward s'entraîne comme un dingue contre un adversaire imaginaire.

À moitié couché sur mon clavier, Oscar ne semble pas de mon avis.

– Tu as raison, ça va me servir dans ce nouveau chapitre où le producteur agresse une jeune actrice venue lui demander un rôle, dis-je en tapant « Chapitre X ».

La conscience tranquille d'avoir vidé et débarrassé tous mes cartons, je me réjouis déjà de cette longue soirée entièrement consacrée à l'écriture : sachant qu'il est plus de vingt-deux heures et que je suis une couche-tard, j'ai au moins trois heures de travail devant moi. Comme chaque fois que je me remets à mon roman, je commence par un petit rituel : je relis le dernier passage écrit, puis je ferme les yeux, je visualise le début de la scène suivante et ensuite j'écris. Mais à l'instant où Edward entre d'un pas assuré dans les bureaux feutrés du producteur, un ouragan sonore pénètre mon crâne, dézingue le calme de mon espace de travail et vrille mes tympans qui menacent d'exploser. Stupéfaite, je bondis de ma chaise tandis qu'Oscar se réfugie sous la table. Basses et volume à fond, une musique épouvantablement forte fait trembler le plafond, secoue les rideaux et envahit mon appartement, faisant vibrer toute la maison. Après un moment de surprise, je quitte ma table de travail et abandonne Edward dans le couloir des bureaux de la production pour monter à l'étage d'un pas décidé.

Sur le palier du deuxième, c'est carrément démentiel. On se croirait à l'intérieur des amplis d'un concert de Rammstein.

Tout le monde doit être sourd là-dedans vu le nombre de coups de sonnette sans effet que je donne avant de tambouriner sur la porte à poings fermés et de songer aux coups de pied. Au bout d'un moment, une fille en mini-short vert pomme finit par ouvrir. Je passe devant elle sans lui laisser le temps de protester.

D'après ce que j'aperçois en me faufilant entre les gens qui se trémoussent et hurlent sur la musique, la petite fête s'avère être une méga teuf de jeunes cadres dynamiques, à en juger par le nombre de costumes-cravates au mètre carré. Après avoir demandé où je peux trouver Hugo, je le repère en train de discuter tranquillement dans une immense cuisine ouverte qui ressemble à une page de magazine déco.

Mais comment peuvent-ils parler avec un tel volume sonore, je suis déjà à moitié sourde d'une oreille !

Hâtant le pas, je fonce droit sur le beau blond, qui d'abord me sourit. Je lui jette un regard noir tout en remarquant qu'il porte à présent une veste, comme plusieurs des mecs qui l'entourent.

Avec mon caleçon motif Mickey et mon sweat bouloché « Florida forever », je ne suis pas vraiment dans le ton… On dirait que je sors de l'école, il ne me manque plus que mon cartable et des socquettes ! Les types autour s'écartent en me voyant débouler, tel un missile sur sa cible.

– Ça t'arrive de penser à tes voisins ? attaqué-je aussitôt. De te dire que peut-être y en a qui ont envie de calme, de concentration et ont autre chose à foutre que de subir ton festival de boucan ?

C'est quand même le monde à l'envers : c'est moi, à 21 ans, qui dois aller faire la police chez des trentenaires en pleine rave-party !

– Ça va, c'est une petite fête, tente un des mecs avec un sourire.

– T'as raison, ce n'est pas comme si j'avais juste au-dessus de chez moi un concert de metal donné par un troupeau d'éléphants en transe !

Hugo reste impassible, mais parmi ses copains, j'en entends un rigoler, ce qui me met hors de moi. Mains dans les poches, ce grand type vêtu d'un costume à fines rayures sur une chemise blanche ouverte qui semble tout droit sorti de *Vogue Homme* me fixe et se marre. La petite trentaine, peau hâlée, cheveux châtains coiffés en arrière et des yeux verts comme deux émeraudes serties de cils très noirs. Plus quelques taches de rousseur sur le nez véritablement charmantes. Il rit de plus belle en croisant mon regard interloqué.

– Je ne vois pas ce qu'il y a de drôle.

– Hugo n'y est pour rien, dit le super beau gosse sans se démonter.

J'inspire lentement avant de me tourner face à lui. Sublime, hypnotique et canon, certes, mais exaspérant : le genre redresseur de torts qui va bientôt me faire le coup de la présomption d'innocence…

– Je suis le seul responsable, avoue-t-il avec une moue absolument craquante qui fait plisser le coin de ses yeux.

De la dégradation de mes capacités auditives ? De l'arrêt brutal de mon élan d'inspiration ? De l'envie de meurtre qui monte en moi ? Un peu déstabilisée, je soupire tout en cherchant une repartie cinglante.

– En fait ici, c'est chez moi. Et c'est moi qui ai organisé la fête. Désolé si on t'a dérangée dans ta retraite, ajoute-t-il avec un sourire ravageur.

Piquée au vif, je lève les yeux au ciel. Ce qui me laisse le temps de respirer calmement, de me remettre les idées en place et surtout de réaliser que j'ai peut-être été un peu excessive en débarquant ici comme une furie… Presque légendaire auprès de mes amis, mon impulsivité est l'un de ces défauts que l'on maquille en « réactivité » ou « capacité d'adaptation » au cours d'un entretien d'embauche, mais qui, depuis quelques minutes, pourrait clairement me faire passer pour une hystérique aux yeux de mon nouveau voisin. Et quel voisin ! Je ne me suis peut-être pas présentée sous mon meilleur jour…

– Bon, mais puisque tu es là, profites-en, reste un peu. Amuse-toi, détends-toi…

– T'inquiète pas pour moi, je suis très détendue.

– Ça crève les yeux, ironise-t-il en remplissant une coupe de champagne. Allez, prends un verre, ça se fait quand on se rencontre pour la première fois entre voisins. Et c'est important, les relations de bon voisinage.

– Tu rigoles ? Tu organises une rave-party à vingt centimètres de mes tympans ? Pour moi, c'est de l'agression avant d'être des relations… m'énervé-je de nouveau, incapable de rester sereine face à ce type déstabilisant.

Sans prendre le verre qu'il me tend, je lui décoche un regard hostile. Il m'examine, sourire ironique aux lèvres.

– Je m'appelle Alec. Et toi tu es… ?

– La voisine du dessous ! Et je rentre chez moi retrouver Oscar et Edward. Salut, Alec, grincé-je en tournant les talons.

– Oh, tu pars déjà ? me demande la fille en short quand je fends le salon bondé. C'est dommage, les fêtes d'Alec sont toujours démentes ! Mais t'inquiète, il y en a tous les week-ends !

Merveilleux !

Arrivée chez moi, tout en me félicitant d'avoir emporté une boîte de boules Quies dans mes cartons, je réalise qu'en plus du fait que cet Alec n'a pas envisagé une seconde de baisser le volume de la musique, il ne s'est même pas excusé.

Ça promet !

Déjà disponible
dans toutes les bonnes librairies !

addictives

Rose Becker
Le Bébé, mon milliardaire et moi (aussi en poche)
Torride, sexy & dangereux
Forever You – saisons 1 et 2
Dangerous

Aimée Bianca
B.O.S.S. Beau, Odieux, Sexy, Snob

Phoebe Campbell
Lui résister… ou pas – l'intégrale
You Again
Single Daddy. Try Me if You Can

Mia Carre
Bad for You
Teach Me Everything
Charmant connard !

Mélodie Chavin
Campus Rules
Fucking Wedding
Coloc avec mon ennemi

Alexia Clemens
Red Python. Save Me

Sonia Eska
Ne me tente pas

Emma Green
Toi + Moi : L'un contre l'autre (aussi en poche)
Toi + Moi : Envers et contre tout (aussi en poche)
Toi + Moi : Seuls contre tous (aussi en poche)
Call Me Baby – volumes 1 et 2
Call Me Bitch
Love Me if You Can
Kiss Me if You Can
Bliss. Le faux journal d'une vraie romantique – volumes 1 et 2
Jeux interdits
Jeux insolents
Jeux imprudents
Une toute dernière fois
Fallait pas me chercher ! – volumes 1 et 2
Corps impatients (aussi en poche)
Cœurs insoumis (aussi en poche)
Âmes indociles (aussi en poche)

Cent facettes de Mr Diamonds – l'intégrale
Bliss. Le faux journal d'une vraie romantique – l'intégrale
(Im)parfait
Love Me if You Can – l'intégrale
Kiss Me if You Can – l'intégrale
It's Raining Love!
The Boy Next Room
Call Me Baby – l'intégrale
Call Me Bitch – l'intégrale
PS: Oublie-moi!
Fallait pas me chercher! – l'intégrale
Recherche coloc: emmerdeurs, râleurs, lovers… s'abstenir!
10 bonnes raisons de te détester!
Just 17
Love & Lies on Campus
Bien plus forte que toi!
If You Wanna Be My Lover…
The Boy on Fire

Megan Harold
Breaking the Rules
Initiation with My Boss

Ludivine Hart
Arrogant & Tattooed

Amy Hopper
Gone Boy
Le Coloc

Charlie Lazlo
Mon insupportable boss

Sienna Lloyd
Mords-moi!

Caroline Mongas
Mariage forcé. Un contrat indécent

June Moore
Étreinte – volumes 1 à 3

Zoé Murat
Stepbrother Love
Boss Me Around

Clara Oz
Arrogant

Lina Parker
Campus at Sea

Gaëlle Sage
Kiss, Kill & Ride
Lost Rider

Ana Scott
Dark Ride
Last Ride
Vicious Ride
The Dominant
Evil Ride
Sensual Stepbrother
Un enfoiré mais un coup d'enfer !
Say Yes to the Boss
Le Meilleur Ami de mon frère

Camilla Simon
Le voisin parfait est un enfoiré
Initiation with My Enemy
Le mec parfait est un inconnu… ou presque !
Le rockeur parfait est insolent et tatoué

Ève Souliac
Sexy Mistake

Liv Stone
Love Lessons

Lisa Swann
Adore-moi ! – l'intégrale

Louise Valmont
Toi & moi, c'est compliqué !
Campus Initiation
Mon insupportable voisin !

Chloe Wilkox
Extreme Lover – l'intégrale
Immoral
Dominant Boss. Apprends-moi
The Virgin's Price

Luv

Ana K. Anderson
Indompté
Scottish Bastard

Sophie Auger
Be with Me

Sonia Birdy
L'Initiation
Touchdown. Campus Star

Laura Black
Dark Initiation
Games of Desire
H.A.R.D. Hot, Arrogant, Rebelle, Déterminé
Sulfurous Bad Boy

Margot D. Bortoli
Too Young

Juliette Brunel
Delicious

Anne Cantore
Promets-moi. Louise et Marco

Sarina Cassint
Avec toi... peut-être
Insolent Boss

Romy Cole
Never Kiss a Soldier

Mary Ann Davis
Coach Me Love

Sarah Dheilm
Hot Reward

Gwen Delmas
Noël, toi & moi
Sex Friends. Pas de contraintes, que du plaisir!

Eugénie Dielens
Imprévisible boss
The Boss Next Door

Cléa Dorian & Ninon Vars
Dark Love

Laurie Eschard
Love Naked

Lil Evans
Savage Rider
Crash & Burn
Boss Affair

Lou Garance
Can You Keep a Secret ?
Foutu coloc !

Alexandra Gonzalez
Shades of You

Erin Graham
Teach Me Love
The Boss
Secret Stepbrother
Strong Addiction
Coloc avec mon boss
The Initiation

Joh Harper
Crazy Love
Broken but Alive

Marie Hayle
Under Control
Lover Next Door

Ellie Jade
About Last Night

Emma S. James
Under the Rain

Lucie F. June
Fight with Darkness

Sara June
Rider in the Dark
Sexy Wild Rider

Emily Jurius
Love to Hate You

Allie Krown
High School Challenge

Antinea Kane
In Love with My Enemy

Marion Laurent
Mr Alpha
I Want You in My Bed!

Pauline Libersart
Tiger. Entre ses griffes

Nina Loren
Breaking the Ice
Teach Me Again. Impossible Desire

Ella Lores
Mariée par accident à un connard arrogant rencontré la veille...
My Best Enemy

Jessica Lumbroso
Emma X. Secrète et insoumise

Lili Malone
Coloc avec un inconnu

Mila Marelli
Dark Man in Love
Crazy Wedding

Mag Maury
My Hipster Christmas

Billie Morgan
Free Fighter

Aurore Nox
Foutu menteur !

Alix Parks
Never Kiss the Boss

Jeanne Pears
Insupportable coloc
Colocs & Sex Friends
H.O.T. Hypnotique, Obstiné, Ténébreux
The Most Insolent Man

Alexia Perkins
Arrogant Fake Lover

Sophie S. Pierucci
L'Inconnu de l'ascenseur & Moi (aussi en poche)
My Stepbrother. L'initiation

Silvia Reed
Darkest. La dernière heure
Too Close

Anita Rigins
No Rules
My Rules

Isla A. Rowley
Le coloc de mon frère

Avril Rose
Coffee, Sex & Law

Jana Rouze
Effet de vague – saisons 1, 2 et 3

Wendy Roy
Une seule fois (ou presque)

Ana Scott
À corps brisés

Adora Sky
Decadent Lover

Léana Soal
Fight & Hope

Cara Solak
Perfect Obsession

Izia Soley
Fauve
Initiation. On Your Skin

Liv Stone
Initie-moi. Mes jours contre tes nuits

Lena K. Summers
Perfect Bad Boy
Donovan, roi des connards

Kaly Swann
Austin. Breathe with Me

Lily Tortay
Dance for Me

Flore Valier
Ta peau contre la mienne

Anna Wendell
Arrogant Bad Boy
Apprends-moi le désir
Colosse. Le maître du jeu
Break Your Chains

Mina Zadig
Just Sex & Tattoos
Arrogant Highlander

New adult addictives

Sonia Birdy
California High School

Mélodie Chavin
Stepbro' Next Door

Juliette Duval
Falling for my Stepbrother

Sianna Milano
High School Initiation

Isla A. Rowley
Toxic Games

addictives POCHE

Rose Becker
Le Bébé, mon milliardaire et moi (aussi en grand format)
Désirs & Désastres

Marjorie Burbaud
The Campus Teacher

Phoebe Campbell
Tes ordres sont mes désirs

Olivia Dean
À lui, corps et âme – volumes 1 et 2

Sonia Eska
My Last Chance

Lou Everly
Bad Boy Crush

Erin Graham
Nos amours contraires

Emma Green
Seuls contre tous (aussi en grand format sous le titre *Toi + Moi : Seuls contre tous*)
L'un contre l'autre (aussi en grand format sous le titre *Toi + Moi : L'un contre l'autre*)
Envers et contre tout (aussi en grand format sous le titre *Toi + Moi : Envers et contre tout*)
Corps impatients (aussi en grand format)
Cœurs insoumis (aussi en grand format)
Âmes indociles (aussi en grand format)

Kim Grey
Fausse fiancée & vrais ennuis

Megan Harold
Sublime-moi !

Charlie Lazlo
Kiss Me I'm Famous
The Duke

Jeanne Pears
Jamais avec mon coloc !

Sophie S. Pierucci
L'Inconnu de l'ascenseur & Moi (aussi en grand format)
Deep & Dark

Lise Robin
Forbidden Stepbrother

Alexane Tolley
The Boss Rules

Chloe Wilkox
Your Game, My Rules

Ce qui se passe au Mexique reste au Mexique…

La fin des études universitaires a sonné ! Après six années à travailler dur, Lexie est enfin diplômée. Et quoi de mieux que de fêter ça en partant pour un mois et demi de vacances avec sa bande d'amis délurés ? Miley, Noah, Scott, Calum et Lexie s'envolent pour le Mexique avec une seule chose en tête : s'amuser et profiter à fond !
Mais ce que Lexie n'avait pas prévu, c'était de totalement craquer pour Calum, son pire ennemi depuis le lycée, et le meilleur pote d'enfance de son ex-petit ami, Scott. Depuis toujours, ils se détestent cordialement et pourtant la tentation n'a jamais été aussi forte. D'autant plus que dans la grande villa où ils logent, il leur suffit de pousser discrètement la porte de la chambre d'à côté pour céder au désir…

Pour des news exclusives, des bonus
et plein d'autres surprises, retrouvez-nous sur :
Facebook : **facebook.com/editionsaddictives**
Twitter et Instagram : **@ed_addictives**
et sur notre site **www.editions-addictives.com**

Auteure : Isla A. Rowley

Edisource – Éditions Addictives
100, rue Petit, 75019 Paris
Imprimé par FINIDR – Lipova cp. 1965 – 73701 Cesky Tesin,
République tchèque
Dépôt légal : juin 2022 – Achevé d'imprimer : mai 2022
Réimprimé en octobre 2022
ISBN : 978-2-37126-505-9
Réf. contrat : ZNEO_001